U0109443

中國語言文字研究輯刊

十 二 編

許 錟 輝 主編

第12冊

文獻所見廣州方言詞彙三百年來的歷史演變

林 茵 茵 著

花木蘭文化出版社

國家圖書館出版品預行編目資料

文獻所見廣州方言詞彙三百年來的歷史演變／林茵茵 著 -- 初版 -- 新北市：花木蘭文化出版社，2017〔民 106〕

序 4+ 目 4+262 面；21×29.7 公分

（中國語言文字研究輯刊 十二編；第 12 冊）

ISBN 978-986-404-986-8（精裝）

1. 漢語 2. 方言學

802.08 106001506

中國語言文字研究輯刊

十二編 第十二冊 ISBN：978-986-404-986-8

文獻所見廣州方言詞彙三百年來的歷史演變

作　　者 林茵茵

主　　編 許錟輝

總 編 輯 杜潔祥

副總編輯 楊嘉樂

編　　輯 許郁翎、王筑　美術編輯 陳逸婷

出　　版 花木蘭文化出版社

社　　長 高小娟

聯絡地址 235 新北市中和區中安街七二號十三樓

電話：02-2923-1455 ／傳眞：02-2923-1452

網　　址 http://www.huamulan.tw 信箱 hml 810518@gmail.com

印　　刷 普羅文化出版廣告事業

初　　版 2017 年 3 月

全書字數 208986 字

定　　價 十二編 12 冊（精裝） 台幣 30,000 元

文獻所見廣州方言詞彙三百年來的歷史演變

林茵茵 著

作者簡介

林茵茵，臺灣清華大學文學士、香港理工大學文學碩士、廈門大學文學博士；現任香港理工大學中文及雙語學系專任導師。研究範圍包括漢語方言、語文教學。曾發表〈從老中青的差異看廣州方言詞類的演變情況〉、〈香港粵語標音的現狀〉、〈從新會荷塘話聲調發展看語言接觸〉、〈廣州話讀音與中古音的對應例外〉等論文。也曾參與編撰《公務與事務文書寫作規範》及《現代企業管理文書寫作規範》的工作。

提　要

本文利用明末清初的廣州地方文獻與現今的廣州方言作比較，分析其詞彙的演變規律與特點，把近代粵方言詞彙史，從十九世紀推前至十七世紀。

全文分爲四章。開篇爲緒論，介紹選題緣由、研究意義、理論根據、研究方法。

第二章運用詞彙層次的理論，把核心詞、基本詞彙與一般詞彙區別開來；從義類系統出發，考察了廣州方言在三百年間詞彙的存留、消失與變異的情況，爲廣州方言詞彙的研究提供了新的思路，也獲得了一些新的結論。

第三章從語義場的角度，把核心詞的概念應用於廣州方言詞彙的歷時研究上，採用共時、歷時相結合的方法，對近三百年之間廣州方言的形容詞、動詞、顏色詞進行了較爲詳細的語義分析，同時加入了非核心詞的比較，勾勒出廣州方言核心詞在三百年間的變化輪廓。

第四章結合老中青三派語言使用者的實際使用情況，對文獻中幾個主要詞類的常用詞進行了比較詳細的分析，透過縱向的比較，特寫幾十年間廣州方言詞彙的演變及其原因。初步確定了變化程度較大的詞類和詞目，以及變化速度較快的年代。

序　言

林茵茵的《文獻所見廣州方言詞彙三百年來的歷史演變》就要在花木蘭文化出版社出版了，來信向我索序。這是她所寫的漢語方言學的博士論文，回想當年來跟我攻讀博士學位時的情景，雖然已經過去十幾年了，那艱難備嘗的狀態，還是很使人感動的。在完成了臺灣清華大學中文系的學業之後，她在香港理工大學找到一份工作。一個缺乏社會生活和大學教學工作經驗的女孩子，要適應繁忙的語文教學任務，實屬不易。要強的她決意給自己充實一些有用的學科知識，提高自己的教學研究能力。2005 年考上廈門大學博士班之後，我建議她研究粵語詞彙演變史，一來可以系統地瞭解以往學者們研究粵語的情況，二來可以得到在香港教學語文、提高學生普通話詞彙水平的啓發，三還可以爲今後繼續研究粵語開闢一條路子。定下研究方向之後她就搜集、研讀了大量粵語的有關文獻和研究資料，思考撰寫論文的提綱。我見她有潛力、勁頭也大，希望她通過撰寫論文，尋求學術上的突破。以往的粵語研究，語音的分析做得多，詞彙的研究方面常常限於搜集材料，做一些面上的異同比較，也考考方言詞的本字，關於核心詞、基本詞的歷史考察顯然不足，我就建議她通過歷史上的語料提取常用詞，拿許多的粵語詞典做比較，再向老中青三代人進行調查，經過歷史和現實的考察比較，必能探求到一些基本詞彙歷史演變的規律。這顯然是一項規模浩大的研究工作。在確定方向之後，她用了七年的辛勤勞動，終於寫出了令答辯評委們滿意的論文，於 2012 年順利通過了畢業答辯。這期間，要完成繁重的研究任務，又要堅持正常的教學工作，還要負擔家務和兩個孩子的養育，其中的艱苦是旁人難以想像的。

爲了考察粵語基本詞彙 300 年間的演變，作者考察了四本權威的粵語歷史語料，最早是屈大均的《廣東新語》（1687），最晚的是孔仲南的《廣東俗語考》（1933），中間是西方傳教士 19 世紀中葉所編的《散語四十章》（1877）和《中文讀本》（1841）；現代粵語的詞彙，則對比了饒秉才等、麥耘等和白宛如的三本廣州話詞典，還在香港找了老中青三代人進行了調查。

在考察廣州話 300 年間的演變中，作者選取了幾個不同的觀察點，用統計數字說明不同的方面的變遷所體現的規律。

一、就 6625 個名詞的存、廢，考察詞彙的變遷與詞彙的常用度以及社會歷史背景的關係。結果發現，越是常用的詞，保留的越多；越是早期的詞，保留的越少；而在社會生活大變動的時代（如二次大戰期間），則變動最大。

二、就 35 組常用而穩定的核心詞做抽樣調查，從語義學的角度考察其變異的規律。結果發現，常用詞的基本義最穩定，引申義則較多變動和擴大；語義場在演變之中有簡化、概括化的趨向，同樣是核心詞變動少、一般詞變動大。

三、就 1841 年的《中文讀本》所錄的基本詞彙 701 個和一般詞 4477 個，向老中青三代人做調查，考察一百多年間詞彙演變的狀況。結果發現，常用詞的穩定和一般詞的多變大約是 1：3 的差等；就詞類的差異說，各類詞在老中青之間變動的大小，大體上按照「名——動——形——量——代」的順序遞減；由於經歷的社會生活的不同，在老中青之間，老、中之間的差異大，而中、青之間差異小，三代人之間代差大約是 25%。

核心詞、基本詞代表著語言的結構特徵和時代特徵，顯然是詞彙發展變化的最重要標誌。考察這些常用詞的演變情況，確實是研究詞彙發展史的最重要內容。從一般的情況說，詞彙發展的制約因素並不難理解，例如，和現在最相近的時代的詞彙差異最小，越是久遠時代的詞彙和現代詞彙相差越大，這是時間因素對詞彙發展的制約；越是常用的詞彙因爲使用頻度高，「用進廢退」，就留存越多、變化越慢，這是語用頻度對詞彙發展的影響；還有，同義成分越多，由於便捷使用，精簡冗餘，多義項的詞語逐漸減少義項，這是語義結構和詞語發展的關係。這都是符合一般人的感性認識的。然而，要從理論上說明這些道理並不容易，只有用經過數量統計的語言事實來加以論證，這些理解才能上升爲理論，也才能具有足夠的說服力。本書由於取材恰當，統計數字有力，還能抓住一些典型的詞例加以分析，作爲漢語方言中一個重要的個案，一段重要的歷史時期，就很能讓人得到詞彙演變史的正確而深刻的理解。正因爲如此，這類具體案例的調查、分析和研究就是很值得提倡和鼓勵的。

在詞彙演變方面，方言和通語應該是有共同的規律，例如，彼此都是既有繼承、也有揚棄；必有變異，也會有創新。然而二者的發展也有顯然不同的特點。例如，共同語的發展有書面語和口頭語的競爭，有通語和方言的競爭，這就是方言的演變所沒有的。就方言方面說，方言區內普遍通行、區外未見和少見的特徵詞，由於重要和常用，又是普遍通行的，所以常常是穩定少變的；又如不同方言的不同文化類型對於方言詞彙的演變和發展也有重要的制約作用。粵方言在漢語方言中是特徵詞既多又獨特，又是很強勢的方言。這兩個特點對於粵語詞彙的歷史發展就有明顯的制約作用。本書在有關的章節曾經提到了粵語的特徵詞，但是很可惜，並沒有就此進行必要的分析和論證。「特徵詞」主要是從「對內普遍通行、對外少見」的角度說的，事實上，特徵詞所以能夠在區內通行，也正是由於那些詞彙往往就是常用的方言基本詞。例如，本書提到過的「鼻哥、脷、頸、面、攞、睇、畀、手甲、大佬、細佬、家婆、老竇、人客、事頭、屐、番梘、人工、鑊、樽、煲、打邊爐、心抱、多士、士多、西米、布顛」等等，就是各地粵語中普遍存在而且很常用、又很獨特的特徵詞。特徵詞的大量存在和方言的強勢是相互作用的，這正是粵語有別於其它漢語方言的重要特徵。可見，考察方言的詞彙演變也必須充分地關注方言的特徵詞。我想，有關這方面問題的研究，還值得本書作者繼續努力的課題。

在暨南大學開始招收漢語方言的博士研究生之後，我先後接受了幾位同學，黃小婭、黃仲鳴、盧興翹、鍾錦春、周柏勝、和林茵茵。他們都以研究粵語爲題撰寫博士論文，本書也曾經多次引用過他們的論著。和他們共同討論粵語的有關問題，使我知道了許多粵語的知識，讓我在研究漢語方言中補上了重要的一課，也使我體會到教學相長的樂趣。就這一點說，我還應該感謝他們的。

是爲序。

李如龍 2016 年 8 月於廈門大學西村

目次

第一章 緒 論

1.1 廣州地理歷史和方言概貌〔註1〕

廣州位於東經 112°57′～114°03′北緯 22°26′～23°56′，地處西江、北江、東江匯流處，珠江三角洲北緣，瀕臨南海；東連博羅、龍門兩縣，西鄰三水、南海、順德三市，北靠新豐縣、佛岡縣及清遠市，南接東莞市、中山市，毗鄰香港、澳門。廣州市總面積爲 7434.4 平方公里，佔全省陸地面積的 4.2%。廣州是華南地區的中心，是廣東省的政治、經濟、文化、科技、交通的中心。

據文物考證，廣州在七八千年前的新石器時代，已有先民居住。約三四千年前，開始了農業生產。西周至戰國時期，農業有了進一步的發展，「五羊銜穀，萃於楚庭」的傳說，也因此而來。

廣州是嶺南地區的政治、經濟、文化的中心，是歷史文化名城，是古代海上絲綢之路的發祥地之一。廣州在秦漢時期開始了海上貿易，兩千多年以來一直沒有停止。近數十年間，廣州也是當代中國改革開放的前沿地，是全國對外開放口岸最多的城市。

廣州方言是中國南方地區的重要方言之一。廣州方言傳統上稱「廣府話」，本地人稱爲「白話」，外地人稱爲「廣東話」，屬粵方言廣府片〔註2〕，是粵語的

〔註 1〕本節主要參考廣州市地方志：http://www.gzsdfz.org.cn/。

〔註 2〕粵方言按分佈區域劃分，包括五個小片：粵海片（廣府片），通行於廣州、佛山、

代表方言。它通行於以廣州爲中心的珠江三角洲、粵中地區、粵西南地、粵北部份地區，以及廣西東南部。在香港、澳門這兩個特別行政區，廣州方言也是社會的共同交際語。

廣州方言由古代漢語演變而來。它的形成與發展經歷了一個長期的過程。秦代以前，廣東、廣西地區由少數民族「南越」（百越的一種）居住。《漢書・地理志》臣瓚注：「自交趾至會稽七八千里，百粵雜處，各有種姓」（百粵又作百越），包括壯、瑤、黎族和疍家等。秦始皇派兵戍守嶺南，開始了早期漢語與百越語言融合。漢代至唐宋，中原及其它地區的漢民族不斷地遷徙嶺南，華夏民族與少數民族在相互影響之下，促進了粵語的發展和定型。不過，有學者認爲粵方言最早的源頭，應該是楚人南遷、楚語南來所導致的結果〔註3〕；也有學者認爲廣州話是「宋代官話的直接後裔」〔註4〕。

廣州方言一方面繼承、保留了古漢語的特點，另一方面也吸收了一些南方非漢語的成分，例如壯語。整體上，廣州方言與普通話和其它方言有較大的差異，具有自己的語音、詞彙和語法特點。

1.2 文獻回顧

粵語的研究，從民間流傳的韻書算起，至今已有兩百多年的歷史。從現代語言學觀念出發的粵語研究，在上世紀初才出現。按照語音、詞彙、語法的分類方法，在這兩百年期間，粵語的研究重點以廣州方言爲主，主要集中在語音，近年在語法方面也有比較深入地挖掘，詞彙的研究相對比較薄弱。以下我們將集中回顧：一、廣州方言近百年的詞彙研究，二、西方傳教士語料的方言研究。

香港等地，以廣州話爲代表；四邑片，主要分佈在台山、恩平、開平、新會等地，以台山話爲代表；香山片：中山、珠海（斗門除外）等地，以石岐話爲代表；莞寶片：通行於東莞、深圳寶安區等地，以莞城話爲代表；高雷片：通行於湛江、茂名、陽江等地，暫未形成代表方言。參詹伯慧：《廣東粵方言概要》，廣州：暨南大學出版社，2002年。

〔註3〕李新魁：《廣東的方言》，廣東：廣東人民出版社，1994年。

〔註4〕劉鎮發：〈現代粵語源於宋末移民說〉，《第七屆國際粵方言研討會論文集》，北京：商務印書館，2000年，頁76。

1.2.1　廣州方言詞彙研究概述

廣州方言詞彙方面的研究，大致可分爲五個方面：一是詞典編纂，這是對方言語音、語義和詞彙系統的綜合考察；二是方言詞源考證，主要是對方言詞彙進行歷時的考證；三是對比研究，從橫向的角度，考察方言間的關係，當中較多是粵語與普通話之間的比較；四是特徵詞研究，考察反映方言特徵的基本詞彙；五是詞彙一般特點的研究，以及從方言詞彙透視地域文化的研究。

（1）詞典編纂

詞典的編纂方面，近二三十年有不少粵方言詞典面世，如：饒秉才、歐陽覺亞、周無忌的《廣州話方言詞典》（1981），是國內較早期出版的廣州方言詞典，詞典收錄了和普通話說法不同的廣州方言的詞語 5000 多條，修訂本在 2009 年出版，增加了 2500 條詞語，影響頗大。麥耘、譚步雲的《實用廣州話分類詞典》（1997），是按照意義分類的詞典，收集了廣州話與普通話不同的詞語約 7500 條，分 11 大類。白宛如的《廣州方言詞典》（1998）是《現代漢語方言大詞典》的分卷，約 11000 餘條，詞典的內容分爲三部份：主體是詞典正文，前有引論八項，後有義類索引與條目首字筆畫索引。此外，有曾子凡所編的《廣州話・普通話口語詞對譯手冊》（1982）等。

譚世寶曾考察七本粵方言詞典（包括上述的三本），認爲「由於地域與文化背景的差異，某些新出詞語兩地（廣州與香港）往往存在一定的理解、讀音或書寫差異」〔註 5〕。文章同時指出詞典之間有形音義的偏差、方言對譯通語的誤釋等情況。

（2）方言詞源考證

詞彙方面研究中開展得比較早的是考本字。通過方言詞彙的歷時比較，考求方言本字的學者，在二三十年代有詹憲慈《廣州語本字》（1929），他考證了 1405 個廣州話口語詞；另有孔仲南著《廣東俗語考》（1933），全書分十九章，所列口語詞超過 1500 個。這兩本文獻主要列出「本字」及其字義，但字音的轉變稍欠合理解釋。

〔註 5〕譚世寶：〈廣州、香港的一些粵方言詞考辨——以近十多年的若干粵語詞典的詞條爲中心〉，《第八屆國際粵方言研討會論文集》，北京：中國社會科學出版社，2001 年，頁 478～491。

單篇論文有羅正平〈廣州方言詞彙探源〉(1960)、林蓮仙〈粵語釋俗〉(1970),白宛如〈廣州話本字考〉(1980)、張惠英〈廣州方言詞考釋〉(1990)、林倫倫〈粵方言常用詞考釋〉(1994)等,幾位學者都在考本字方面做了一些探索。而陳伯煇的專書《論粵方言詞本字考釋》(1998),可說是「把粵語考本字的研究向前推進了一步,也爲考求方言詞本字的方法做了一番小結」〔註6〕。

蔣紹愚在《近代漢語研究概要》中指出「近年來,做得最多的是詞語考釋」〔註7〕,廣州方言詞彙的研究做得較多的同樣是詞語考釋。根據《粵語與文化研究參考書目》一書所收錄的粵語研究書目,與詞彙有關的論文有290篇,詞彙考釋佔了三分之一,共93篇。可見詞義考釋的研究,佔了廣州方言詞彙研究中相當大的比例〔註8〕。

(3)對比研究

反映廣東方言的詞彙差異的重要著作有:詹伯慧、張日昇在八十年代的《珠江三角洲方言詞彙對照》(1988)、《珠江三角洲粵方言常用詞述略》(1989),此研究共調查了二十五個方言點,共 1401 個詞,反映了珠江三角洲地區粵方言常用詞與北京話常用詞的異同,同時顯示了珠江三角洲各地粵方言和代表點廣州方言在常用詞方面的異同。粵方言與其它方言的詞彙對比研究,一直以粵方言與普通話的比較佔多數,且研究集中在詞形差異、詞根差異兩方面,如郭熙〈論大陸漢語與臺港漢語在詞彙上的差異〉(1989)、胡士雲〈大陸與港臺語言交際中的詞彙問題〉(1989),曾子凡的專書《廣州話·普通話語詞對比研究》(1995)則兼論詞義和構詞等。至於考察粵方言與普通話詞彙之間在源流、造詞、結構、意義和價值等各種差異的,有盧興翹的〈粵方言與普通話常用詞比較研究〉(2005)。

有關廣州話與其它方言詞彙比較的論文不多,如陳瑞端〈粵語閩南語詞彙比較研究〉(1983)、林倫倫〈廣州話潮州話相同詞語初探〉(1989)、林立芳、

〔註6〕李如龍:〈《論粵方言詞本字考釋》序〉,《論粵方言詞本字考釋》,香港:中華書局,1998年,序9。

〔註7〕蔣紹愚:《近代漢語研究概要》,北京:北京大學出版社,2005年,頁287。

〔註8〕麥甘於恩:《粵語與文化研究參考書目》,廣州:廣東科技出版社,2007年。

鄺永輝、莊初升〈閩、粵、客方共同的方言詞考略〉（1995）等。

（4）特徵詞研究

由李如龍提出的方言特徵詞理論，是近年詞彙研究的一個重要的論題。特徵詞指一定地域裏一定批量的，區內大體一致，區外相對特殊的方言詞〔註9〕。它一方面涉及上古、中古語音和語義的歷時考證，另一方面需要與其它方言進行共時比較。在粵方言的研究成果有張雙慶的〈粵語特徵詞研究〉（2001）。

（5）詞彙的一般特點

此類研究，在五六十年代有松本一男〈關於廣東話語彙的若干考察〉（1956），劉進〈廣州話方言詞彙〉（1956），喬硯農《廣州話口語詞的研究》（1966），饒秉才、歐陽覺亞、周無忌《廣州話詞彙特點研究》（1981），曾子凡〈廣州話口語詞在用字上的特點〉（1989）等。

全面論及粵方言語音、詞彙、語法的有余靄芹《粵語研究》（1972）、高華年《廣州方言研究》（1980）、李新魁《廣州方言研究》（1995）；然而，在這些著作中，詞彙的研究不是主要的部份。

關於方言詞彙與地域文化的研究，近年有黃小婭〈試論廣州市原芳村區地名的地域文化特色〉（2009）、〈廣州「河南」地名考〉（2003），王培光〈香港一些地名用字考〉（2000）等等。

（6）小　結

從以上的資料可見，廣州方言詞彙研究比較集中在歷時的詞彙考釋、共時的粵方言與普通話對比。目前在上述兩方面雖已有一定的成果，但詞彙研究的其它方面，例如常用詞演變的研究、各階段詞彙系統的研究、近代詞彙發展的研究都做得不多。

1.2.2　西方傳教士語料的方言研究概述

西方傳教士進入中國，自十六世紀始。然而現在留下的西方傳教士所編的方言語料，大多是十九世紀傳教士進入中國時編寫的。當時，中國政府不允許公開傳教，傳教士認爲傳播福音的最好方法就是印刷大量的書籍和小冊子，讓

〔註9〕李如龍：〈論漢語方言特徵詞〉，《漢語方言的比較研究》，北京：商務印書館，2001年，頁107～137。

當地中國人直接使用方言閱讀。因此，當時的通商口岸，如廣州、廈門、上海等，都留存了不少由傳教士編寫的方言語料，例如詞典、教科書、《聖經》的譯文之類。

（1）傳教士方言語料研究簡述

西方傳教士的方言語料的研究，大致分爲兩大類。

第一類是概述性、評論性的論述。這一類的論述，大多是從宏觀的角度著眼，在已經掌握的大量傳教士漢語材料的基礎上，對整體狀況加以研究和評價。早期的如羅常培〈耶穌會在音韻學上的貢獻〉（1930）、〈《耶穌會在音韻學上的貢獻》補〉（193?）〈西洋人研究中國方音的成績及缺點〉（1933），徐宗澤《明清間耶穌會士譯著提要》（1949），鄒嘉彥、游汝傑《漢語與華人社會》（2001），游汝傑《西洋傳教士漢語方言學著作書目考述》（2002），莊初升、劉鎮發〈巴色會傳教士與客家方言研究〉（2002），陳澤平〈19 世紀傳教士研究福州方言的幾種文獻資料〉（2003），游汝傑《漢語方言學教程》（2004）則有專節敘述。

第二類是語音、詞彙、語法的研究。此類論述，從語音和音系的角度出發較多，其次是詞彙、語法。語音方面的研究如胡明揚早年的〈上海話一百年來的若干變化〉（1978），陳澤平《十九世紀的福州音系》（2002）；詞彙方面的研究有李如龍、徐睿淵〈廈門方言詞彙一百多年來的變化——三本教會廈門語料的考察〉（2007），林寒生〈福州方言詞彙二三百年來的歷史演變〉（2001），張美蘭〈《語言自邇集》中的清末北京話口語詞及其貢獻〉（2007），黨靜鵬〈《語言自邇集》的詞彙學價值〉（2011）；語法方面的研究有陳澤平《19 世紀以來的福州方言：傳教士福州土白文獻之語言學研究》（2010）等等。

（2）傳教士方言語料的研究價值

對於西洋傳教士所記錄的漢語方言材料，游汝傑給予很高的評價〔註 10〕。歸納起來主要有三點：一、傳教士的材料比較準確地記錄了當時的口語，較能反映當時的語音系統；二、不同方言、不同時期的《聖經》譯本，爲漢語研究提供了共時與歷時的比較資料；三、傳教士的材料爲方言漢字的研究、近現代語文運動的研究，提供了資料和證據。莊初升、劉鎮發的意見與游汝傑的第一、

〔註 10〕游汝傑：《漢語方言學教程》，上海：上海教育出版社，2004 年，頁 235～236。

二點相近〔註11〕；余靄芹則認爲這些方言材料，有一定的價值，但要使用得當〔註12〕。林亦對傳教士的材料卻有不同的看法：她認爲這些資料的質量參差不一，需要專門研究，轉寫成國際音標才能看懂。她還認爲傳教士非語言學家，不可能有系統的方言語感，所以大部份材料只能作爲參考〔註13〕。

整體上，學者多從語音的角度去評價西洋傳教士的方言語料，對傳教士材料的詞彙研究，評價不多。游汝傑曾提及可以利用這些著作，整理詞彙、語法系統，研究方言一百多年來語音、詞彙、語法系統的歷史演變〔註14〕。

余靄芹曾經指出「廣州人自己編的資料差不多沒有」〔註15〕。換言之，西洋傳教士這一類的方言材料，正提供了大量的線索，讓我們可以觀察方言的詞彙系統。錢乃榮就曾利用傳教士材料、同時代的日本學者編寫的上海話課本、中國學者研究上海方言俗語的著作，全面研究上海方言，對上海方言百年來的語音、詞彙、語法演變做了全面的系統研究〔註16〕。

1.2.3　早期廣州方言語料簡介

此處的早期廣州方言語料指十九世紀初至二十世紀初的廣州方言材料，當中大部份是西洋傳教士所編的詞典、教科書、《聖經》譯文之類，少部份是地方材料。根據游汝傑的研究，早期粵語《聖經》有 132 本，傳教士的方言學著作有 80 本〔註17〕。而目前學者使用的早期文獻，主要有以下四十二種，主要由傳教士編寫（第 1～39 條），少數由當地人編寫（40～42 條）〔註18〕：

〔註11〕莊初升、劉鎮發：〈巴色會傳教士與客家方言研究〉，《韶關學院學報（社會科學版）》，2002 年，第 23 卷第 7 期。

〔註12〕余靄芹：〈粵語研究的當前課題〉，《中國語言學報》，香港：中文大學出版社 1995 年，第 23 卷第 1 期，頁 21。

〔註13〕林亦：《百年來的東南方音史研究》，南京：南京大學出版社，2004 年，63～65。

〔註14〕游汝傑：《漢語方言學教程》，上海：上海教育出版社，2004 年，頁 235。

〔註15〕余靄芹：〈粵語方言的歷史研究——讀麥仕治廣州俗話《書經》解義〉，《中國語文》，2000 年，第 6 期，頁 497。

〔註16〕錢乃榮：《上海語言發展史》，上海：上海人民出版社，2004 年。

〔註17〕鄒嘉彥、游汝傑：《漢語與華人社會》，上海：復旦大學出版社，2001 年，頁 197、200。

〔註18〕參黃海維：〈早期粵語中的選擇問句〉（2005）；丘寶怡：〈談早期粵語選擇問句析

1. Morrison, Robert. 1815. *A Grammar of the Chinese Language.* Scrampore?：Mission Press.
2. Morrison, Robert. 1828. *A Vocabulary of the Canton Dialect*. Macao：G. J. Steyn & Brother.
3. Bridgman, E. C. 1841. *A Chinese Chrestomathy in the Canton Dialect.*（*enl. ed.*）China：S. Wells Williams.
4. Williams, S. Wells. 1842. *Easy Lessons in Chinese.* Macao：Office of the Chinese Repository.
5. Devan, T. T. 1847. *The Beginner's First Book in the Chinese Language*（*Canton Vernacular*）. Hong Kong China Mail Office.
6. Bonney Samuel. W. 1853. *Phrases in the Canton Colloquial Dialect.* Canton.
7. Bonney, Samuel W. 1854. *A Vocabulary with Colloquial Phrases of the Canton Dialect.* Canton：Office of the Chinese Repository.
8. Williams, S. Wells. 1856. *A Tonic Dictionary of the Chinese Language in the Canton Dialect.* Canton：Office of the Chinese Repository.
9. Devan, T. T. 1858. *The Beginner's First Book or vocabulary of the Canton Dialect.* Hong Kong：China Mail Office.
10. Chalmers, J. 1859. *An English and Cantonese Pocket Dictionary.* Hong Kong：London Missionary Society Press.
11. Lobscheid, W. 1864. *Grammar of the Chinese Language*（*2 vols*）. Hong Kong：Office of the Daily Press.
12. French. 1865. 《親就耶穌》.（出版資料不詳）
13. Castaneda, B. 1869. *Gramatica Elemental de la Lengua China, Dialecto Cantones.* Hong Kong：De Souza & Ca.
14. Piercy, G. 1871. 《天路歷程》，廣州：兩粵基督教會。
15. 不詳（1873）《路加傳福音書》.（出版資料不詳）
16. L. Happer. 1874. 《悅耳眞言》.（出版資料不詳）

取連詞「嗼」、「嗼係」〉(2005)：片岡新：〈19 世紀的粵語處置句：摵字句〉(2005)；竹越美奈子、橫田文彥：〈「喺」的歷史演變〉(2005)。

17. Dennys, N. B. 1874. *A Handbook of the Canton Vernacular of the Chinese Language.* Hong Kong：China Mail Office.
18. Burdon J. S. 1877. 《散語四十章》，香港：聖保羅書院。
19. Eitel, E. John. 1877. *A Chinese Dictionary in the Cantonese Dialect.* Hong Kong：China Mail Office.
20. Chalmers, J. 1878. *An English and Cantonese Dictionar*y（5th ed.）. Hong Kong：De Souza & Ca.
21. Ball Dyer J. （1883）*Cantonese Made Easy* Hong Kong ：China Mail Office
22. Ball Dyer J. （1888）*How to speak Cantonese（1st ed.）*. Hong Kong：Kelly & Walsh, Ltd.
23. Fulton, A. A. 1888. *Progressive and Idiomatic Sentences in Cantonese Colloquial.* Shanghai：American Presbyterian Mission Press.
24. Stedman T. L. and Lee, K. P. 1888. *A Chinese and English Phrase Boo*k *in the Canton Dialect.* New York：Brentano's.
25. Kerr, J. G. 1889. *Select Phrases in the Canton Dialect（7th ed.）*. Hong Kong：Kelly & Walsh, Ltd.
26. Hess, Emil. 1891. *Chinesische Phraseologie.* Leipzig：C. A. Koch's Verlog.
27. Gibson, R. O. 1892. *Easy Question for Beginner.* Foochow：M. E. Mission Press.
28. Ball, Dyer J. 1894. *Readings in Cantonese Colloquial.* Hong Kong：Kelly & Walsh, Ltd.
29. 上海大美國聖經會（1900）《新粵全書》廣東土白
30. Wisner, O. F. 1906. *Beginning Cantonese.* Canton：China Baptist Publication Society.
31. Ball Dyer J. 1908. *The Cantonese Made Easy Vocabulary（3rd ed.）* Hong Kong：Kelly & Walsh Ltd.
32. Leblanc, Lientenant. 1910. *Cours De Langue Chinoise Parlee Dialecte Cantonnais.* Honoi-Haiphong：Imprimerie D'extreme-Orient.
33. Kwok, Tsan Sang. 1914. *Select Phrases in the Canton Dialect*

34. Cowles, R. T. 1915. *Inductive Course in Cantonese Book First.* Hong Kong：Kelly & Walsh, Ltd.

35. Cowles, R. T. 1916. *Inductive Course in Cantonese Book Second.* Hong Kong：Kelly & Walsh, Ltd.

36. Cowles, R. T. 1918. *Inductive Course in Cantonese Book Third.* Hong Kong：Kelly & Walsh, Ltd.

37. 聖書公會（1919）《新約全書》廣東話口語本

38. Well, H. R. 1930. *Guide to Cantonese.* Hong Kong：Wing Fat & Company.

39. O' Thomas A. Melia 1941. *First Year Cantonese, vol. 4（2nd ed.）*. Hong Kong：Maryknoll House.

40. Chao, Yuen Ren. 1947. *Cantonese Primer.* Cambridge, MA：Harvard University Press.

41. Chao, Yuen Ren. 1947. Character Text for Cantonese Primer. MA：Harvard University Press.

42. Chan Yeung Kwong. 1955. *Everybody's Cantonese.*

（1）利用早期廣州方言語料的語音、語法研究

就廣州方言研究來說，以西洋傳教士文獻爲研究對象的，在語法方面的代表是張洪年，如「Completing the Completive：（Re）Constructing Early Cantonese Grammar」（1997）、「The Interrogative Construction：（Re）Constructing Early Cantonese Grammar」（2001），以及由張洪年領導的「近代粵語的演變——早期廣東話華語材料研究計劃」（CUHK6055／02H）。計劃所發表的論文包括：張洪年〈早期粵語「個」的研究〉（2004），丘寶怡〈談早期粵語選擇問句析取連詞「嗅」、「嗅係」〉（2005），片岡新〈19世紀的粵語處置句：摵字句〉（2005），郭必之、片岡新〈早期廣州話完成體標記「嘵」的來源和演變〉（2006）等。此外，有余靄芹的 Materials for the diachronic study of the Yue dialects（2004），黃海雄的〈早期粵語中的選擇問句〉（2005）等。

利用地方材料來作的研究比較少，主要有余靄芹的〈粵語方言的歷史研究——讀麥仕治廣州俗話《書經》解義〉（2000）、楊敬宇〈三部粵謳作品中的可能式否定形式〉（2005）。

語音方面，利用西洋傳教士文獻的有張洪年〈早期粵語的變調現象〉（2000）、李藍〈早期粵語文獻中的粵語音系及相關的語言學問題〉（2005）、姚玉敏〈也談早期粵語的變調現象〉（2010）等。使用地方材料的研究則有：黃耀堃、丁國偉〈《唐字調音英語》與二十世紀初香港粵語的聲調〉（2001）；至於劉鎮發、張群顯的〈清初的粵語音系——《分韻撮要》的聲韻系統〉（2001）是中西方的材料並用。

（2）利用早期廣州方言語料的詞彙研究

利用早期文獻研究廣州方言詞彙的論文有五篇，其中三篇以傳教士的方言材料爲研究對象，包括：張洪年〈早期粵語裏的借詞現象〉（2000）〔註 19〕、黃小婭〈近兩百年來廣州方言詞彙和方言用字的演變〉（2000）〔註 20〕、趙恩挺的〈廣州話百年來的詞彙變遷——以 J. Dyer Ball 的廣州話教科書爲線索〉（2003）〔註 21〕。利用早期廣州方言地方文獻的有兩篇，分別是曾綺雲〈從《唯一趣報有所謂》看二十世紀初香港粵語詞彙〉（2005）〔註 22〕以及戴忠沛的〈《俗話傾談》反映的 19 世紀中粵方言特徵〉〔註 23〕。總體來說，粵語詞彙史方面的研究，暫時未形成系統。

a. 以傳教士方言材料為研究對象的詞彙研究

以傳教士方言材料爲研究對象的，有張洪年的單篇論文〈早期粵語裏的借詞現象〉。所用的是 Robert Morrison：*Vocabulary of the Canton Dialect*（1828）、E.C. Bridgman：*Chinese Chrestomathy in the Canton Dialect*（1841）、T.L. Siedman & K. P. Lee：*A Chinese and English Phrase Book in the Canton Dialect*（1888）。

〔註 19〕張洪年：〈早期粵語裏的借詞現象〉，《語言變化與漢語方言：李方桂先生紀念論文集》，臺北市：中央研究院語言學研究所籌備處，2000 年，頁 319～335。

〔註 20〕黃小婭：〈近兩百年來廣州方言詞彙和方言用字的演變〉，暨南大學博士論文，2000 年。

〔註 21〕趙恩挺：〈廣州話白年來的詞彙變遷——以 J. Dyer Ball 的廣州話教科書爲線索〉，臺灣國立師範大學博士論文，2003 年。

〔註 22〕曾綺雲：〈從《唯一趣報有所謂》看二十世紀初香港粵語詞彙〉，香港中文大學碩士論文，2005 年。

〔註 23〕戴忠沛：〈《俗話傾談》反映的 19 世紀中粵方言特徵〉，《第十三屆國際粵方言研討會論文集》，香港：香港城市大學，2009 年，頁 245～260。

文中引用了三本早期文獻共九十個例子，討論了借詞手段、音譯、譯音兼釋義、翻譯、外來語的用法，爲早期借詞的現象呈現了一個清晰的畫面。

黃小婭的博士論文材料爲西洋傳教士所編纂的詞典：Robert Morrison（馬禮遜）的 *A Vocabulary of the Canton Dialect*（《廣東省土話字彙》）（1828）、William Lobscheid（羅存德）的 *A Chinese and English Dictionary*（《英華字典》）（1871）、Bernard F. Meyer & Theodore F. Wempe 的 *The Student's Cantonese–English Dictionary*（《學生粵英詞典》）（1935）。論文主要考察了以下三個方面：一、廣州方言詞彙的發展，內容包括：承傳詞、變異詞與創新詞，方言口語詞、借詞、譯詞，單用替換、兼用替換；二、廣州方言詞義變遷，主要觀察詞義的擴大、縮小與轉移；三、粵語方言用字和演變，此部份把方言用字分爲古本字、訓讀字、方言俗字、方言同音或近音字、借用字五類。

趙恩挺的博士論文則從語音、詞彙、語法的角度探討廣州話百年來的演變，其中詞彙的部份所佔比例較大。論文以六本廣州話教科書作語料，包括：J. Dyer Ball 的 *Cantonese Made Easy*（1888）、*How to Speak Cantonese*（1912），S.W. Bonney 的 *Phrases in the Canton Colloquial Dialect*（1853），A. A. Fulton 的 *Progressive and Idiomatic Sentences in Cantonese Colloquial*（1888），O. F. Wisner 的 *Beginning Cantonese*（《教話指南》）（1918）以及 Chan Yeung Kwong 的 *Everybody's Cantonese*（1947）。在語音方面，論文分析了 J. Dyer Ball 兩本教科書的語音系統；詞彙則說明了詞彙的取代、消亡、轉換與消失，同義詞的增加與減少，詞彙的音節、詞序的變化；最後一章從語法的角度分析了疑問詞與否定詞的變化。

總的看來，兩篇博士論文引用了大量詞彙演變的例子，有一定的參考價值。但在借鑒現代漢語詞彙學理論、影響詞彙變化因素等方面，可以進一步加強。

b. 以地方方言材料為研究對象的詞彙研究

以地方方言材料爲研究對象的，有曾綺雲的碩士論文。該文利用 1905 年的香港報章《唯一趣報有所謂》〔註 24〕，探討香港粵語的詞彙，包括五個部份：

〔註24〕「文中用了大量的粵語詞」「當中又以《社會聲》這個欄目出現方言詞彙的頻率最高，通常是大量的粵方言詞彙夾雜少量的書面和文言詞寫成」。見曾綺雲：〈從《唯一趣報

已經消失的詞語、舊式的方言詞、仍然活躍的方言詞、書寫方言詞的形式、《唯一趣報有所謂》反映的語言現象。論文為所要討論的問題，做了明確的界定，同時詳細說明了 1905 年香港粵語的情況。文中的例子也不少，共 292 個。

戴忠沛的單篇論文則使用了「目前可考最早的『三及第』〔註 25〕小說」《俗話傾談》（1870），分語音、詞彙、句法三部份。詞彙部份列出了十四條「粵語已不常見或意思已經改變的詞彙」、十八條熟語以及三十五條詈語的例子，文中的分析不多。

整體上，這兩篇論文主要利用「三及第」的材料篩選出方言詞彙，然後進行分析。當中以曾文的分析較為詳明。

（3）小　結

綜合上述的資料，以早期方言材料為研究對象的廣州方言研究，固然有其可取之處，然而在常用詞演變的研究、各階段詞彙系統發展的研究都仍然有待深入。

1.3　本文的研究材料

本文分別採用傳教士的方言材料以及廣東地區的地方文獻為調查對象，把觀察點立足於十九世紀，以當時的傳教士語料 E. C. Bridgman（裨治文）的 *Chinese Chrestomathy in the Canton Dialect*（《中文讀本》）（1841）為基礎，以 John Shaw Burdon（包爾騰）的《散語四十章》（1877）為輔助，同時利用十七世紀屈大均的《廣東新語》（1687）以及二十世紀孔仲南的《廣東俗語考》（1933）兩本地方文獻，嘗試延展現代廣州方言詞彙歷時研究的跨度，探討十七世紀至今約三百年的廣州方言的歷史演變——常用詞的演變以及詞彙系統的演變。

1.3.1　十七至十九世紀的研究材料

（1）E. C. Bridgman（裨治文）的 Chinese Chrestomathy in the Canton Dialect（《中文讀本》）（1841）

有所謂》看二十世紀初香港粵語詞彙〉，香港中文大學碩士論文，2005 年，頁 25、27。

〔註 25〕「所謂三及底，即由文言文、白話文、廣州話所組合而成的文體」。見黃仲鳴：〈香港三及第文體的流變及其語言學研究〉，暨南大學博士論文，2001 年，摘要。

裨治文是美國派遣來華的第一位新教傳教士，自 1830 年來華傳教，旅居中國三十年。裨治文來華的第一件事，就是學習中國的語言和文字，當時裨治文使用的教材主要是 J. R. Morrison（馬禮遜）的 *A Dictionary of the Chinese Language*（《華英字典》）以及 *A Vocabulary of the Canton Dialect*（《廣東省土話字彙》）。自 1832 年起，裨治文主編 *Chinese Repository*（《中國叢報》），及後創立了 Society for the Diffusion of Useful Knowledge in China（在華實用知識傳播會），嘗試把西方的知識傳授給中國人〔註 26〕。

本文研究的《中文讀本》（下文簡稱《讀本》）由「在華實用知識傳播會」資助，是當時最早出版的課本〔註 27〕，裨治文在引言中也指出：除了馬禮遜博士的《字彙》以外，暫時沒有這種方言的著作供學生使用〔註 28〕，由此可見《讀本》應是當時廣州地區第一本供外國人學習中文的書籍。

《讀本》共分十七章，內容涵蓋天文地理、商業貿易、生活日用、人體醫學、朝廷制度等等。與同期的教科書比較，此書提供了比較豐富的社會文化知識，在內容、取材上略超過一般的「純」教科書。書中的對話部份以粵語口語編寫，其它的說明性文字，除粵語外，雜有白話文及文言文。內容每頁分三欄，第一欄是英文句子，第二欄是中文句子，第三欄是羅馬字母拼音，若有需要，作者會在頁尾加上解釋。裨治文採用這種編排模式，反映了他的編寫目的：一、協助外國人學習中文，二、協助中國人學習英語，三、透過羅馬字母來表達中文。《讀本》原稿由馬禮遜審定，商業貿易（第五、第六）兩章由 Robert Thom 編纂，自然歷史及索引部份由 Samuel Wells Williams（衛三畏）編纂〔註 29〕。

（2）John Shaw Burdon（包爾騰）的《散語四十章》（1877）

《散語四十章》（下文簡稱《四十章》）「由自邇集翻譯羊城俗話」，譯於 1877 年。此處的「自邇集」所指的是 Thomas Francis Wade（威妥瑪）的《語

〔註 26〕參張施娟：〈裨治文與他的《美理哥合省國志略》〉，浙江大學博士論文，2005 年，頁 9、16、27。

〔註 27〕游汝傑：《漢語方言學教程》，上海：上海教育出版社，2004 年，頁 232。

〔註 28〕此句的原文爲：「But, except a small Vocabulary published by Dr. Morrison in 1829, no work of any note has yet been provided for the student in this dialect」見《讀本》引言，頁 i。

〔註 29〕詳見《讀本・前言》。

言自邇集》（下文簡稱《自邇集》）（1867）。

威妥瑪於 1841 年到中國，任英國駐華公使館的中文秘書，負責英國海外雇員的漢語教學。他於 1882 年回國，1885 年成爲劍橋大學首位漢語教授。《自邇集》在當時是一部權威的北京話課本，第一版 1867 於倫敦出版，第二版 1886 年上海出版，第三版在 1902 年出版；張衛東翻譯的《語言自邇集——19 世紀中期的北京話》是第二版。

《自邇集》是第一部以當時北京話口語爲對象的語言學巨著，以威妥瑪式拼音（Wade system）記錄北京話，全書一千一百餘頁，對北京話語音、詞彙和語法方面作了比較詳細的記錄與分析。此書在日本、歐洲都有很大的影響，也曾流傳於韓國〔註 30〕；現代學者對此書有很高的評價〔註 31〕。此書分爲引言、正文、附錄三個部份。引言包括：序言、凡例，學習指南備忘錄；正文共八章，分別是：1 發音、2 部首、3 散語章、4 問答章、5 談論篇、6 秀才求婚或踐約傳、7 聲調練習、8 詞類章；附錄爲英語單詞與短語彙編、漢字索引、北京音節表、書寫練習。

本書所使用的《四十章》是《自邇集》的正文部份第 3 章「散語章」（The Forty Exercises）的粵語翻譯。《四十章》於 1877 年由聖保羅書院印行，譯者 John Shaw Burdon（包爾騰）〔註 32〕，曾任聖保羅書院校長。此書內容涵蓋數詞、量詞、代詞、方位詞、形容詞、時間天氣、生活用品、服飾、商業、旅遊、人體、稱謂等等。每課由「單語」、「聯語」兩部份組成。「單語」部份是「字」，每課二十五個，全書四十課共一千個漢字。「聯語」部份前半是詞，後半是句。全書利用以字組詞，組詞成句的方式教授粵語。

總的來說，《自邇集》能成爲一本巨著，在選材上定有它的優點。而《四

〔註 30〕張衛東：〈《語言自邇集》譯序〉，《漢字文化》，2002 年第 2 期，頁 46～50。

〔註 31〕參〔註 30〕及胡雙寶：〈讀威妥瑪著《語言自邇集》〉，《語文研究》，2002 年第 4 期，頁 22～28；陳珊珊〈《語言自邇集》對日本明治時期中國語教科書的影響〉，《吉林大學社會科學學報》，2009 年第 2 期；張美蘭：〈《語言自邇集》中的清末北京話口語詞及其貢獻〉，《北京社會科學》，2007 年第 5 期；黨靜鵬：〈《語言自邇集》的詞彙學價值〉，《河北大學學報（哲學社會科學版）》，2011 年第 5 期，頁 126～131。

〔註 32〕參片岡新：〈19 世紀的粵語處置句：摵字句〉，《第十屆國際粵方言研討會論文集》，北京：中國社會科學出版社，2007 年，頁 199。

十章》譯者在翻譯時，也注意到保留選材的優點。他把原文的「單語」翻譯爲地道的廣州方言，「聯語」則組成能反映廣州方言特色的詞和句。因此，本文以《四十章》作爲《讀本》的輔助，以協助梳理百年前的常用廣州方言詞彙。然而，《四十章》的不足在於譯文只有課文，缺少了原文備有的解說和拼音。

（3）屈大均《廣東新語》（1687）

屈大均（1630～1696），明末清初番禺人，是一位學問淵博的學者，以詩作聞名。他的《廣東新語》（下文簡稱《新語》）撰於 1678 年，刻於 1687 年，全書二十八卷，每卷論述一類事物，如天、地、山、水、詩、文、食、貨、獸、蟲等。舉凡廣東的天文地理、經濟物產、風俗人情、文化藝術等，大抵都包括在內，是「一本較有價値的清代筆記」〔註 33〕，也是「清代廣東的一部內容最爲豐富的百科全書」〔註 34〕。

寫作《新語》的目的，書中〈自序〉及〈潘序〉均有說明。在〈自序〉中，屈大均說「吾於《廣東通志》，略其舊而新是詳，舊十三而新十七，故曰『新語』……是書則廣東之外志也」。〈潘序〉則稱「山川之秀異，物產之瑰奇，風俗之推遷，氣候之參錯，與中州絕異。未至其地者不聞，至其地者不盡見，不可無書以敘述之。於是考方輿，披志乘，驗之以身經，徵之以目睹，久而成《新語》一書」。可見屈大均寫作此書，一方面在原有的文獻基礎上，補充了較多的新資料，另一方面經過自己實地考察，才把資料彙集成書，內容相對較爲可信。

李新魁曾指出「屈大均作於清初的《廣東新語》，其中的「土言」部份所列舉的粵方言語詞，已與現代粵方言的說法相當一致」〔註 35〕。林亦認爲「可惜目前研究方言的學人，還不太重視利用這類寶貴史料」〔註 36〕。本文使用清初的資料來研究廣州方言詞彙演變，暫時仍未見到先例，可以算是一個新的嘗試。然而，《新語》並不是收集方言口語詞的專書，也不是爲詞彙研究而撰寫，在收

〔註 33〕屈大均：《廣東新語・出版說明》，北京：中華書局，1985 年。

〔註 34〕李育中等注：《廣東新語注・出版說明》，廣東：廣東人民出版社，1991 年。

〔註 35〕李新魁：《廣東的方言》，廣東：廣東人民出版社，1994 年，頁 66。

〔註 36〕林亦：《百年來的東南方音史研究》，南京：南京大學出版社，2004 年，頁 60。

詞和詮釋上不可能符合科學性、系統性的要求。加上當時口語與書面語混雜，書面上只通行文言，口語詞也可能用文言來表達。因此，我們對此採取慎重的態度，只以《新語》作爲廣州詞彙歷史研究的其中一個參考。

（4）孔仲南《廣東俗語考》（1933）

孔仲南，高要人，關於他生平的資料不多。他所著的《廣東俗語考》（下文簡稱《俗語考》）是一本地方文獻，全書十九章，天文、地理、服飾、飲食、用具、動物、植物、動作、情狀等，涉及範圍頗廣。此書的寫作目的，在書中的自序說明：「然粵語之名物雖正，而亦多有求其聲而無其字者……於是而生安白造之俗字出焉，此外省人所以謂廣東多白字者也……即以屈翁山（即屈大均）之博學，其所著廣東新語，於土言一則，亦訛誤甚多……著者不敏，謹將平日考得粵語之字，分類而著之篇」。按作者所言，《俗語考》應是專爲考本字而寫。

陳伯煇曾指作者「用功雖深，弊在字音之轉變欠缺合理解釋」〔註 37〕。此外，此書的僻字、造字頗多，也增加了閱讀的困難。然而，撇除作者在考本字的不足，我們不能否認的是，書中列出了超過 1500 個口語詞及其解釋，加上作者在解釋的部份，引用了其它口語詞例子，因此，全書所收集的口語詞總數超過 1900 個，數量不少，是一部值得進行詞彙研究的地方文獻。

（5）小　結

總的來說，上述所用的資料，雖然寫作目的不盡相同，但是總體上四部文獻的收詞範圍較廣、類別較多、數量較大，選材比較相近，這些因素都有利於本文的縱向比較。

1.3.2　當代廣州方言的研究材料

當代廣州方言的材料依據有詞典及田野調查兩類，本文將這兩類材料進行綜合處理。具體的辦法是：四部文獻製成詞彙數據庫後，通過筆者的語感內省，初步確定文獻在廣州方言的存留和丟失狀況，然後再考查饒秉才、歐陽覺亞、周無忌的《廣州話方言詞典》（修訂版）（2009），麥耘、譚步雲《實用廣州話分類詞典》（2011），白宛如《廣州方言詞典》（1998）三本詞典，並在農業、漁船

〔註 37〕陳伯煇：《論粵方言詞本字考釋》，香港：中華書局，1998 年，引言 11。

業、建築等方面，進行了專業詞彙的田野調查，經過多方面的綜合，才確定存留與丟失的狀況。

至於第四章調查的老中青三位發音人，其年齡相差約十五歲，調查對象本身及其配偶的籍貫均屬粵海片（廣府片）的南海、番禺、順德〔註 38〕。三位調查對象的資料如下：

出生地（籍貫）	姓　名	性　別	出生年份	文化程度
香港（番禺）	何多梁	男	1940	大專
香港（順德）	胡澤榮	男	1956	中五
香港（番禺）	張志勤	男	1970	博士

1.4　本文的研究方法、意義、體例

1.4.1　研究理論與方法

在廣州方言詞彙演變概述中，我們把四部文獻所收詞彙劃分為常用基本詞彙〔註 39〕和一般詞彙，運用李如龍所提出的方言詞彙系統性〔註 40〕、詞彙系統的競爭〔註 41〕來觀察廣州方言詞彙系統的演變，說明詞彙的演變規律。

對於廣州方言詞彙的傳承與變異，則參照斯瓦迪斯的核心詞表，運用語義場理論，就廣州方言的一些概念進行了窮盡式的研究，透過共時、歷時的觀察與描寫，考察詞彙場、概念場、搭配關係等語義變化，比較詞彙在演變過程中相互影響的情況，以展現廣州方言核心詞傳承與變異的情況。

至於詞類的演變情況，將利用《讀本》與當代老中青的廣州方言作一個縱向比較，綜合近代詞彙學、歷史學的研究，特寫幾十年來廣州方言基本詞彙與一般詞彙的動態演變，以總結影響詞彙演變的因素。

〔註 38〕調查樣本數量不多，是本文不盡完善之處。這主要是由於香港是一個移民城市，要尋找擁有這種語言背景，以及其它客觀條件都能配合的男性，比較困難。在尋找的過程中，透過劉鎮發老師的人脈，才能找到中派的調查對象。

〔註 39〕此處的常用基本詞彙指在本書所調查的四部文獻中曾經重複出現的詞彙。

〔註 40〕李如龍：《漢語方言學》，北京：高等教育出版社，2001 年，頁 102～107。

〔註 41〕李如龍：〈詞彙系統在競爭中發展〉，《漢語應用研究》，北京：中國傳媒大學出版社，2004 年，頁 185～202。

1.4.2　研究意義與創新

到目前爲止，有關廣州方言詞彙演變狀況的研究比較薄弱，常用詞彙的演變、各階段詞彙系統發展等方面的研究就更爲欠缺。因此，本文的研究至少有以下幾方面的意義：

一、基本詞彙與一般詞彙的研究是詞彙學重要的研究內容。本文嘗試從這一角度揭示廣州方言常用基本詞彙與一般詞彙的演變差異，這將有助於瞭解廣州方言詞彙系統的構成及其演變與發展情況。

二、常用詞中的核心詞，是各個時期的詞彙系統特徵的集中反映。本文通過廣州方言核心詞的描寫，勾勒了三百年間廣州方言的總體面貌及其發展概況，爲描寫詞彙系統的發展，提供最重要的基本材料。

三、本文對《讀本》在老中青三派的使用情況所作的研究，有助於揭示粵語詞彙在當代使用中的具體差異，也爲瞭解廣州方言詞彙的共時變異速度提供基礎資料。

除此之外，本文有以下的創新點：

一、運用詞彙層次的理論，把基本詞彙、一般詞彙的概念應用到廣州方言詞彙的研究上，豐富了廣州方言詞彙的研究成果，並爲廣州方言詞彙的研究提供了新的思路。

二、把核心詞、特徵詞的概念應用到廣州方言詞彙歷時研究上，並對三百年之間廣州方言的形容詞、動詞、顏色詞進行了較爲詳細的語義分析，勾勒出廣州方言核心詞在三百年間的變化。

三、根據《讀本》的老中青調查，考察了廣州方言幾個主要詞類的常用詞的變化情況，初步確定了變化程度較大、變化時代較快的詞類和詞目。

四、在語言材料方面，利用明末清初的廣州地方文獻來調查詞彙演變的狀況，把近代的粵方言詞彙史，從十九世紀前推至十七世紀。

1.4.3　體　例

本文采用國際音標注音，體例如下所示：

（1）聲母（20個，含零聲母）

p 波	p^h 婆	m 摸	f 科	
t 多	t^h 拖	n 挪		l 羅
ts 左	ts^h 初		s 梳	j 也
k 家	k^h 卡	ŋ 牙	h 哈	
kw 瓜	kw^h 誇			w 華
Ø 阿				

（2）韻母（53個）

a 阿	ai 挨	au 坳		am 啱	ap 鴨	an 晏	at 壓	aŋ 硬	ak 額
	ɐi 縊	ɐu 牛		ɐm 庵	ɐp 邑	ɐn 銀	ɐt 屹	ɐŋ 鶯	ɐk 得
œ 鋸								œŋ 央	œk 約
			ɵy 睿			ɵn 潤	ɵt 律		
ɔ 屙	ɔi 哀					ɔn 安	ɔt 渴	ɔŋ 肮	ɔk 惡
		ou 澳						oŋ 甕	ok 屋
ɛ 爹								ɛŋ 釘	ɛk 糴
	ei 地							eŋ 英	ek 益
i 衣		iu 腰		im 閹	ip 葉	in 煙	it 熱		
y 於						yn 淵	yt 月		
u 烏	ui 杯					un 搬	ut 缽		
				m̩ 唔				ŋ̍ 吳	

（3）聲調（9個）

本文采用調類標調法表示，以1、2、3、4、5、6、7、8、9分別代表陰平（55）、陰上（35）、陰去（33）、陽平（11）、陽上（13）、陽去（22）、陰入（5）、中入（3）、陽入（2）。

第二章　廣州方言詞彙演變概述

本章運用詞彙層次的理論，嘗試把基本詞彙與一般詞彙區別開來，分析其不同的演變情況。使用的語言材料是 1687 年的《廣東新語》(《新語》)、1841 年的《中文讀本》(《讀本》)、1877 年的《散語四十章》(《四十章》)、1933 年的《廣東俗語考》(《俗語考》) 所收的詞彙，按照詞的義類分爲三種類型〔註 1〕：反映自然世界的詞、體現人及人際關係的詞、展現社會生活的詞。本章主要討論 6625 條名詞，按照其存留與消失的情況分爲三類：基本不變的詞、現代社會生活不再使用的詞、詞義詞形有所變化的詞，以整體考察廣州方言詞彙演變類型及其成因。詞條分兩種方式統計，一是從常用的角度，把共現於四部文獻的情況列出，以顯示較爲常用的詞的情況〔註 2〕；二是從一般的角度，分立四部文獻的詞彙使用情況，以考察不同年代的演變情況。

2.1　反映自然世界的詞

人們對自然世界的基本認識，從對山水、天地、草木、鳥獸的認識開始。因此反映自然世界的詞彙，主要涉及這些事物。下文將從天象地理、節令時

〔註 1〕義類劃分主要參考北京大學中國語言文學系語言學教研室：《漢語方言詞彙》，北京：語文出版社，1995 年；類型劃分根據徐睿淵：〈廈門方言一百多年來語音系統和詞彙系統的演變——對三本教會語料的考察〉，廈門大學博士論文，2008 年。

〔註 2〕共現於四部文獻的常用基本詞彙，見附錄一。

間、植物、動物、礦物自然物等義類，考察粵語反映自然世界的詞彙的演變。此部份共有 2845 條，佔名詞總體的 42.9%。

2.1.1 與天象地理相關的詞

與天象地理相關的詞，基本的情況是：屬於基本詞的，常見的天文現象的詞語保持不變，比較罕見的天文現象，則大多已由現代的說法取代。

從常用的角度來看，共現於四部文獻用詞的存廢情況，統計如下表：

與現代廣州話比較				
情況	不再使用	仍然使用	詞義詞形有變化	總　數
數量	2　（16.7%）	8　（66.7%）	2　（16.7%）	12　（100%）

共現於文獻的詞條，可說是比較常用的詞，這些詞的不再使用率是 16.7%，例子有「天暖、風舊」；而仍然使用率是 66.7%，例子包括「海、水、氹（路上低窪處有水）、天時（天氣）、熱頭（太陽）、日頭（太陽）、天熱（熱的時候）、白撞雨（有太陽時突然下的陣雨）」。這樣看來，常用的天象地理方面的詞彙，變化不大。由於這裡只有十二組，數量不多，然而利用十七世紀廣州話文獻所作的研究很少，本文算是一個開始，也是日後需要繼續探討的地方。

先看基本詞。根據四部文獻的資料，表示天文地理的基本詞不變，如：天、風、雨、江、河、湖、塘、坑、窿（「地中有穴」）」。此外，常見的天文現象也保持不變，如：雨毛（細雨）、雨溦（細雨）、過雲雨（陣雨）、風飋（微風）、逆風（逆讀 ŋak[9]）等等。

比較少見的天象名稱，主要出自《新語》。例如雨有：苦雨（「白露雨」）、黃日雨或黃雨（「日色微黃，且日且雨」）。此外，風、風暴、颶風的名稱很多，從起風的方向、方位來講，有「起於澤」的「少女風」，「起於山」的「少男風」。而「大北驟作」的風有「泥浪」、「暴北」、「鹹頭」，其中「鹹頭」又特指「風乘鹹潮而起」。「臘月而大南驟作」的有「送年南」；「逆風」稱作「頂頭風」。至於風雨是否同時，又有不同的名稱：「石尤」是「天昏無雨，從西北暴至」；「狂龍」是「天色淡然，微有日光，無雨而作」；「赤遊」是「天昏無雨，從西北暴至」；「青東」或「青凍」指「當暑時天昏有雨，從東北暴至」；「颵」、「飄」是「當寒時天明無雨，從西北暴至」。以風的強度來分，有「旋風、風舊、颶」等等。「鬼頭風」爲「旋風」，「風舊」是「颶風」、「惡風」，又分「左風舊」（東風）

及「正風舊」（北風），以鐵颶爲大，無堅不摧。而「颶」是「具四方之風」，「左颶」指「先西北而後東南」的颶風；颶風有「風癡、落西、蕩西」「俱至南乃息」；「風颶」是「惡風」、「海中大風，從四面風俱至」。可是，「旋風」、「風舊」、「颶風」、「風颶」如何劃分、有何區別，不容易說清楚。

以上的天象名稱，現在有一部份已由數字化的資料取代，例如用風速來說明颱風、颶風的強度，從雨量來說明下雨的情況等。

除此以外，部份與潮汐有關的詞彙，也不再使用。例如不再使用的「汛」有「春汛、冬汛、大汛、小汛」，「春汛」指「自清明前三日，至大暑前一日」；「冬汛」指「自霜降前一日，至小寒前一日」。當中以「春汛爲大，以水頭故言大汛」，「冬汛爲小，以水尾故言小汛」。與水界有關的有「合沓水、埒、畛水或潮心」，「合沓水」指「水之新舊者，去來相逆；「畛水」或「潮心」的「畛者界也，潮心行乎江中，其白如雪，明明可辨，故曰界」。當時的水還區分陰陽，「生於風者」爲「陰水」；「生於雷者」爲「陽水」。

另外，有一小部份天象詞彙的詞義擴大、縮小或轉移。

詞義擴大的有「回南、水頭、水尾」。「回南」指「颶風也，俱至南乃息」，現在的「回南」除了指颳南風，還指天氣由冷轉涼，空氣濕度大的天氣。又如「水頭、水尾」，本是潮汐漲退的情況：「水頭」是「以望日長，至十八而消」，「水尾」是「以初四消至十四，以十八消至廿九、三十」。現在，除原來的意思外，「水頭」是「錢」的婉辭，例如說「水頭緊」，是手頭有點緊；「水尾」則指剩餘的東西、殘貨，例如：「呢啲貨，水尾啦，邊有人要呀。」（這些貨，是殘貨，哪有人要！）

詞義縮小的有「大墳地、母、䏲」。「大墳地」原爲「地之大者」，在香港，「大墳地」則指從前位於上環的「大笪地」（即大墳地），爲「平民夜總會」，以江湖賣藝者的表演爲主，又兼營路邊食肆；現指這類型的夜市。「母」、「䏲」原本與風有關：「母」是颶與瘴，「䏲」是西北風。現在「母」和「䏲」都只表示「母的」，風的含義已經消失。

詞義轉移的是「沙田」：「凡鹽田五畝，以其半分爲四區，布之以細沙，周之以溝水。五畝之中，有溝，有漏，有槽，有池」，現在沙田是香港的地名，其原義已經不再使用。有的詞彙的搭配與過去的用法有所不同，如「洋、漩」。「洋」，「從廣州虎門而出，水皆曰洋」；「漩」，「水迴旋」。現在這兩個詞都不能單獨成詞。又有「甽（圳）、湧、峯、礅」，其中「甽」（圳）指「田水，田間水道」；「湧」是「小水，粵借作內河小水用」；「峯」是「田二歲」；「礅」是「企者，地之企岩」。這四個字除了不單獨成詞以外，現在只用於地名，如深圳、東涌、禾峯、紅礅。

至於天象地理類的詞彙在四部文獻的存廢情況如下表：

與現代廣州話比較				
文　獻	不再使用	仍然使用	詞義詞形有變化	總　數
1687《新語》	49　（75.4%）	8　（12.3%）	8　（12.3%）	65　（100%）
1841《讀本》	2　（18.2%）	9　（81.8%）	0　（0.0%）	11　（100%）
1877《四十章》	11　（32.4%）	20　（58.8%）	3　（8.8%）	34　（100%）
1933《俗語考》	9　（36.0%）	11　（44.0%）	5　（20.0%）	25　（100%）

從上表可以看到，《新語》所列粵語詞的使用率最低，《讀本》最高，一般來說，年代越久遠，差異相對越大。然而按上表的數據，年代與使用率不一定成正比，這大概與選材有關。《新語》由當時的大文豪屈大均所撰，有一部份的詞可能取自當時的書面語，例如：「分龍雨」、「石尤風」也見於其它典籍，可能影響了保留率。

簡言之，從具體的詞條來看，基本詞彙的變化並不大，而比較少見的天文現象用詞則變化很大。

2.1.2　與節令、時間有關的詞

與節令、時間有關的詞的具體情況是：時間詞有明顯的競爭與創新；節令方面的詞彙，與宗教迷信有關的，多有變異。

先看共現於四部文獻的詞條，其存廢情況見下表：

與現代廣州話比較				
情況	不再使用	仍然使用	詞義詞形有變化	總　數
數量	2　（22.2%）	7　（77.8%）	0　（0.0%）	9　（100%）

比較常見的時間節令詞彙，其流失率約爲 20%，可見，常用的詞比較穩定。不再使用的有「昨日、昨晚」，仍然使用的有「日（天）、日日（天天）、聽日（明天）、朝頭早（早上）、晏晝（中午或下午）、挨晚（天將晚）」等。

按文獻的個別情況來講，關於時間、時段方面的詞彙，不再使用的有：

與早晨有關的「天庲、天朦朧、朦朧」（三者都是「天將曉」的意思）和「侵早（「清早」）、朗白（「天既曉」）」等；指夜晚的「臨光臨黑（「將夜」）、黑後夜（「夜晚」）、殺更或殺擂（「五更後收更」）」等；指某一特定時間段的「先日（「以前」）、昨日（「昨天」）、昨晚、奣奣（「婦女謂初一，婦女以每月初一爲好日」）」等。

現代廣州話口語仍然使用的有：天蒙光（蒙讀 moŋ[1]，「天將曉」）、大前日（大前天）、大後日（大後天）、大大後日（大後天更後一日）、聽日（明天）、遞日（改天）、耐（時候）。

從上面的例子可以看到，時間詞的競爭較爲激烈。例如：

年份／詞	明天	明年	明早	昨晚	昨天
1841《讀本》	聽日	–	聽朝／聽早	昨晚	昨日
1877《四十章》	明日／噏日	–	–	昨夜／昨晚	昨日
1933《俗語考》	停日	停年	–	–	–
現代廣州話	聽日	明年	聽朝／聽早／聽朝早	琴晚	琴日

廣州方言的「明天」，1841 年用「聽日」，1877 年是「明日」或「噏日」，1933 年用「停日」（停讀聽平聲）；現代廣州話口語只用「聽日」。而「明年」在 1877 年有「停年」的說法，但「停年」並沒有取代「明年」。又如：「明早」文獻中有「聽朝」和「聽早」，現代則增加了「聽朝早」。可見，在時間詞方面的競爭比較激烈，這類的常用詞的變化較快。

除此之外，「昨夜」、「昨日」二詞，有競爭，也有創新。首先是「昨夜」與「昨晚」的競爭，然後是「琴」代替「昨」的創新。現在「昨夜」、「昨晚」、「昨日」已給淘汰，由「琴晚」、「琴日」取代。

四部文獻中，與時間、節令有關的詞的存廢情況如下：

與現代廣州話比較				
文　獻	不再使用	仍然使用	詞義詞形有變化	總　數
1687《新語》	19　（67.9%）	9　（32.1%）	0　（0.0%）	28　（100%）
1841《讀本》	5　（38.5%）	8　（61.5%）	0　（0.0%）	13　（100%）
1877《四十章》	17　（27.9%）	43　（70.5%）	1　（1.6%）	61　（100%）
1933《俗語考》	11　（45.8%）	13　（54.2%）	0　（0.0%）	24　（100%）

從上表可見，變化的大小與時間的遠近大致成正比，年代越久遠的，丟失

越多，越近代丟失越少，故此十九世紀的文獻，超過一半的詞仍然使用。

與節令有關的詞，大多出自《新語》，共 28 條。內容多與生死、農耕以及宗教活動有關等。關於生死而仍然使用的詞彙有:「婦人生產未彌月」稱「坐月」。農耕生活的如:「春耕」指「四月而獲」,「秋耕」指「五月而秧，九月而獲」,「立春」指「有司逆勾芒土牛。勾芒名『拗春童』，著帽則春暖，否則春寒」。祭祀祖先的有「清明」，祭祀鬼神的有「盂蘭會」。1841 年的《讀本》則保留了「天冷（冬天）、天熱（夏天）」。1933 年的《俗語考》仍然使用的如「死日」稱「忌」，「生子一月」叫「滿月」,「生子百日」叫「百倮」或「百邏」,「生滿一年」叫「對歲」等。

至於不再使用的例子，臚列如下。《新語》中有:「受月」(「未彌月」);「大熟（「五月而秧，九月而獲」)、小熟（「四月而獲」)、晚禾（「夏至磔犬禦蠱毒，農再播種」)」等與農事有關的詞；「火清醮（「秋冬作火清醮，則千門萬戶皆掛素馨燈，結爲鸞龍諸形」)、七娘會（「七月初七夕爲七娘會，乞巧，沐浴天孫聖水，以素馨、茉莉結高尾艇」)、天妃會（「建醮扮撬飾童男女如元夕，寶馬彩棚亦百隊」)、浴佛（「採面莊榔，搗百花葉爲餅。是日江上陳龍舟，曰『出水龍』，潮田始作」)」等與宗教活動有關的詞;「拜清（「有事先塋」)、劃清（「先期一日」)、應清（「新塋必以清明日祭」)、掛冬（「墓祭」)」等與祭祖有關的詞；「亞歲（冬至）、送年（「歲除祭」)、賣冷（「以灰畫弓矢道射祟，以蘇木染雞子食之，以火照路」)」等與過年有關的詞彙。

現代雖有打醮、太平清醮、七姐誕、天后誕（天妃又稱天后）、佛誕等宗教節日，祭祀的對象相似，但節日的名稱、儀式都與《新語》的不太相同。祭祖方面，現在一概用清明代替，在前一天或是當天拜祭，已沒有仔細劃分。至於與過年有關的詞彙，「賣冷」現代廣州話口語雖有語音相近的有「賣懶」，老派指「賣懶」是邊走邊說「賣懶，賣懶，賣到年三十晚」，希望小孩新一年勤勤奮奮，不再懶惰；但現在小孩幾乎已沒有跟從這個習俗，表示了「賣冷」(或是「賣懶」）的風俗都已經消失。

此外，還有一些是現代人不好理解的詞彙，例如「鬼打節」,「凡歲有一『鬼打節』，則有一颶；有二『鬼打節』，則有二颶。鬼，鬼宿也。打節者，或立春、立夏等節，值鬼宿也」。當時一年有多個「鬼打節」，但現代廣州話已經沒有相對應的詞。

至於詞義轉移有「團年」。「團年」當時指「小除祀社，以花豆灑屋，次日爲酒以分歲」，現在「團年」是全家團聚過年的意思，大多在年三十晚，現在「團年」的時間與三四百年前的相近，但內容不大相同。

總的來說，不再使用的詞彙，主要與宗教迷信有關的；至於經常使用的時間詞，競爭比較激烈，但創新的情況也很突出。

2.1.3 植　物

常見的花草樹木、水果蔬菜沒有大的變化。共現於四部文獻的植物詞條的存廢情況如下：

與現代廣州話比較				
情況	不再使用	仍然使用	詞義詞形有變化	總　數
數量	19　（16.5%）	94　（81.7%）	2　（1.7%）	115　（100%）

整體來看，共現於文獻的植物，目前仍然使用的超過 80%，可見常見植物的表現相對穩定。

共現於文獻但不再使用的植物名稱有 19 組，部份是同一種植物，但有多個名稱。如「五斂（「羊桃」即楊桃）、木香（花黃色，香氣如蜜，原名蜜香，又稱青木香）、卍果（「果作『卍』字形，畫甚方正，蒂在字中不可見，生食香甘，一名『蓬鬆子』」）、風蘭（「花如水仙，黃色」）、烏木（木名）、荖（「siri leaf」、「與檳榔夾食」）、瓠瓜（「形長尺餘，兩頭如一，與葫蘆皆以臘月下種」）、紫梗（「gum lac」指樹上的一種膠質）、雁來紅（「秋深時莖葉俱紅……花比素馨差小，五瓣鮮紅」）、頻婆、瑞香（「乳源多白瑞香」）、鼓槌蕉（「大而味淡，鼓槌蕉有核如梧子大而三棱」，現稱皇帝蕉）、蓽拔（植物名，中醫用乾燥果穗入藥）、龍腦（白色晶體，有類似樟腦的香氣）、蘇木（「sapan wood」，即蘇枋，源自馬來語 supang，常綠小喬木）、鐵力木（「理甚堅致，質初黃，用之則黑。……廣人以作梁柱及屏障」）」等。

共現於文獻而保留至今的植物名稱有 95 組，大多是常見的花草樹木、水果蔬菜。水果有「蘋果、石榴、楊桃、西瓜、李、杏、波羅密、芭蕉、金橘、柚、桃、荔枝、馬蹄、梅、梨、雪梨、番石榴或雞屎果、楊梅、葫蘆、橙、橄欖、核桃、檳榔」等。瓜類如「水瓜（絲瓜）、冬瓜、佛手、南瓜、金瓜、苦瓜、香瓜、矮瓜（茄子）、節瓜（小而長的瓜，多有毛）」等等。菜類有「白菜（小白菜）、芥蘭、茼蒿、菠菜、蕹菜（空心菜）」等。豆類如「紅豆、穭豆」。其它可供食用的有「胡椒、蘿蔔、番薯（甘薯）、蔥、黏米（「似粳而尖小長身」）、草菇」等。花類有「九里香、丁香、玉蘭、百合、杜鵑花、牡丹、芙蓉、金鳳花、指甲花、茉莉、苦楝、素馨、馬蘭」等。香類有「沉香、乳香、檀香」等，木類有「木棉、杉、花梨木」等。其它植物如「佛肚竹、夾竹桃、阿魏（伊朗、阿富汗產的橡膠樹脂）、茯苓、棉花、楊柳、萬年松、藤黃、沒藥」。至於植物的各部份，如「勒或竻（刺）、芽、梗（讀 kwaŋ^2，枝身）、節（樹癭）、蕻（樹根）」等，大多數是自 1687 保留至今。

共現於文獻而詞義發生轉移的有 2 組：「蔥頭、蜀茶」。在《讀本》，「蔥頭」指洋蔥（「onion」），現指紅蔥頭；「蜀茶」當時指雜色的山茶花，現指四川的茶葉。

至於植物類詞條在四部文獻的存廢情況，概括如下表：

與現代廣州話比較				
文　獻	不再使用	仍然使用	詞義詞形有變化	總　數
1687《新語》	431　（70.9%）	175　（28.8%）	2　（0.3%）	608　（100%）
1841《讀本》	260　（43.7%）	324　（54.5%）	11　（1.8%）	595　（100%）
1877《四十章》	2　（18.2%）	8　（72.7%）	1　（9.1%）	11　（100%）
1933《俗語考》	16　（25.8%）	46　（74.2%）	0　（0.0%）	62　（100%）

整體的使用率，與年份的遠近大致相關，越近代的保留越多，越久遠的保留越少。《新語》與《讀本》兩本文獻都有植物的專篇，不常見的植物，其詞彙的流失率也比較高。四部文獻中只出現一次的植物詞彙，有 1039 條。不再使用的有 671 條，佔 64.6%。現以《新語》的「諸山果」、「竹子」、《讀本》的「花卉」爲例。

《新語》中的「諸山果」，現代不再使用的如：山棗子（「葉似梅，子如荔支」）、山葡萄（「一名『蘡薁』，其莖細裊，花紫白，實比葡萄而小」）、山韶子（「類荔支而鮮麗過之，微有小毫，一名『毛荔支』，亦曰『毛珧子』，肉薄而酸澀，著核不離，蓋荔支之變者」）、五子（「其狀如梨，有五核」）、不納子（「實如圓棗，十月黃熟，味甜酸，蓋蘋果之小者」）、羊齒子（「一曰『羊矢』，如石蓮而小，色青味甘」）、林檎（「蘋婆果」）、青竹子（「如桃而圓，味酸色黃」)；金紐子（「色紅黃，味甘，大如秋風子」)、胭脂子（「子赤如胭脂，味甜酸」)、鬼目子（「大如梅李，皮黃肉紅，味甚酸……以皮上有目名『鬼目』」)、桾櫏子（「樹似甘蕉，子如馬乳而小，俗稱牛奶柹，亦曰『牛乳子』」)、都拈子（「有紅白二種，子如軟柿，外紫內赤，亦小，有四葉承之，每食必倒拈其蒂，故一名『倒拈子』」）等等。按書中的描述，部份的山果可能類似現代常見的荔枝、蘋果、梅、李、梨、葡萄等。

表示竹類名稱的詞彙，許多已經失傳，如「大頭竹（「葉如蘆，徑五六寸，長者三四丈」)、白葉（「大者徑寸，削之利如劍戟」)、篛篣竹（「大如腳指，堅厚修直」)、扶竹（「枝幹相扶而生」)、竻竹或勒竹（「一名『澀勒』，勒，刺也，廣人以刺爲勒」)、青皮竹（「大寸許，高二丈餘，皮冬夏長青，如初筍時去青作篾，與白藤同功」)、長節竹（「節長至丈許」)、桃絲竹（「黃黑絲間之，如椶竹而紋微粗」)、馬蹄竹（「竹幹如馬蹄」)、馬鞭竹（「節逆生而無枝」)、單竹（「節長二尺」)、筀竹（「葉細節疏」)、筋竹（「莖直節平，不蛀，宜爲矛」)、象牙竹（「色如白象牙」)、黃皮竹（「凡竹非青則綠，此獨黃」)、過山苦（「有苦竹，類茅而節高莖曲」)、蒲竹（「性堅而直，亦可作屋材」)、鶴膝竹、籬竹（「大者徑寸，削之利如劍戟，小者鏃羽爲箭能及遠，其葉箬亦曰『白葉』」)」等。

至於《讀本》中的花卉，不再使用的詞彙如「什時花、丹桂花、水樨花、水蕉花、朱頂花、風車花、淩雪花、海童花（海桐花)、胭脂花、黃茄花、鬧陽花、榕篩花、碧桃花、蓮馨花、銷塞花、鴨腳花」等等。

四部文獻中只出現一次的植物詞彙，但仍然使用的植物名稱，有 358 條，佔 34.5%，再以《新語》及《讀本》爲例，選蘭、竹、草三類。

《新語》仍然使用的蘭類植物名稱如「文殊蘭（「葉長四五尺，大二三寸而厚，花如玉簪如百合而長大，色白甚香」)、竹葉蘭（「葉似竹似萱，花則蘭也，深紫，叢生，有微香」)、球蘭（「開至五十餘朵，團圓如球」)、黃蘭（「葉長而稍大，花淡黃有小紅紋」)、鶴頂蘭（「花大，面青綠，背白，蕊紅紫，卷成筒形，微似鶴頂，一莖直上，作二十餘花，葉甚大」)」。

而屬於竹類的詞彙如「人面竹（「節小而中大，小處如人面，大處如腹，亦曰『佛肚竹』」)、水竹（「水居者以爲障蔽，作撐篙非此莫勝」)、牛角竹（「本大末小」)、石竹（「大者徑三寸，質實微空最堅」)」。

還有歸屬草類的詞彙如「白木香（「悮食之殺人」)、斷腸草（「毒草」)、千步草、指甲草、涼粉草、留香草」等。

至於《讀本》中仍然使用的蘭類名詞有「五葉蘭、文樹蘭、弔蘭、劍蘭、雞爪蘭、蘭花」等。竹類如：「竹、竹樹、紫竹」等。草類有：「甘草、艾草、車前草、狗尾草、草、萱草、豬籠草、燈心草」等等。至於植物各個部份的名稱，主要見於《俗語考》，如：「ㄢ（讀 lɐm[1]，花蕾)、芛（菜芽)、莢（豆殼)、穅（米皮)、蔕（讀 teŋ[3]，果鼻)」等，這些都仍然活躍於口語中。

詞義擴大的有：「白荳」，過去指黃豆「soy bean」，現兼指豆莢爲白綠色的長豇豆。詞義縮小的有：「香葉、肥皂」。「香葉」曾指天竺葵（「geranium」)，現在已經沒有這個用法；「肥皂」曾兼指含羞草，現在只指清潔用的肥皂。此外，「牛乳蕉、番荔枝、粟、糯米柿荔枝」，三百年前的寫法雖是一看就懂，但現在的組字成詞的方式，稍有不同；現在是：「牛奶蕉、番鬼荔枝、粟米、糯米糍」。還有一例是詞序改變，《讀本》中的「花椰菜」，現在稱「椰菜花」。

總體來說，常見的植物，其保留率比較高，變化大致穩定；少見的植物，失傳情況則比較嚴重。至於一種植物有多種名稱的，多數是其中一種說法成了代表詞。

2.1.4 動　物

動物名稱方面，大致也是少見的多失傳，常見的相對穩定。共現於文獻的不再使用率是 23.4%，使用率是 70.0%，其存廢的具體情況如下：

與現代廣州話比較				
情況	不再使用	仍然使用	詞義詞形有變化	總　數
數量	25　（23.4%）	76　（70.0%）	6　（5.6%）	107　（100.0%）

共現於文獻而不再使用的動物名稱，有的是一種動物擁有多個名稱。例如：魚類的「石首（「春曰黃花，秋曰石首」)、青鱗及黃魚（「herring」今譯鯡魚)、烏魚（鱧)、鯿（魴)」等。其它水中生物如：「章舉（章魚)、雷公魚（蝌蚪)」。鳥類如：「八哥（鴝鵒)、巧婦鳥（鷦鷯)、金錢雞（「通身作金錢如孔雀尾，足四距」)、鶬雞（「大者如鶴，青蒼色，長頸高腳」)、鸏鸇（「一名越王鳥，大如孔雀……其名一曰象雕，亦曰越王雕」)、翡翠（鷸羽)、鷦鷯（「以茅葦羽毳爲

房，或一或二，若雞卵大」）」等等。其它昆蟲鳥獸如：「尺蠖（「蠖狗毛蟲」）、羆（狒狒牝或羆牝或熊牝」）」等。這些動物的名稱均曾見於《新語》及《讀本》，大部份是其中一個說法成了代表詞，少部份已經失傳。

仍活躍於現代廣州話口語的詞彙，共現於文獻而現在仍很常見的如魚類有「金魚、鯉魚、撻沙（比目）、鯇魚（草魚）、白飯魚（銀魚）、墨魚（烏賊）、黃花、塘虱（鯰魚）、鯽魚、鯧魚、鱒魚、鱘龍、嘉魚（產於西江流域的一種淡水魚）、鮎魚、鰱魚、鰽白（白鱗魚）、鱅魚」等等。其它水中動物有「水獺（一名猵獺，類青狐而小，喙尖足駢）、鱷魚、水母、水蛭、白鱔（鰻鱺）、泥鰍、玳瑁」。海鮮類如「龍蝦、明蝦（對蝦）、沙蝦、銀蝦（「最小者」）」；「蚌、蜆（貝類總稱）、蠔（牡蠣）、螺、響螺、蟹」等。鳥類有「火雞（「turkey」，今譯鴕鳥）、水鴨、了哥（八哥）、孔雀、白鴿（鴿子）、白鷴（「即白雉也」）、雞、鵪鶉、鶴、鷓鴣、鸚鵡」等等。昆蟲有「白蟻、百足或蜈蚣、狗毛蟲（蠖）、蚊、蟋蟀」等。其它動物如「狒狒、猩猩、穿山甲（鯪鯉）、飛鼠（蝙蝠）、箭豬（豪豬）、駱駝、象、田雞或蛤　或蝦蟆（大青蛙）」。家畜、家禽有「狗、馬、綿羊、鴨」。與動物相關的詞彙還有「象牙、春（卵）、竇（鳥巢）、魚花（魚種）」等等。

四部文獻中，動物名稱類詞彙的存廢情況，經統計如下表：

與現代廣州話比較				
文　獻	不再使用	仍然使用	詞義詞形有變化	總　數
1687《新語》	208　（64.6%）	107　（33.2%）	7　（2.2%）	322　（100%）
1841《讀本》	556　（67.0%）	256　（30.8%）	18　（2.2%）	830　（100%）
1877《四十章》	0　（0.0%）	4　（100.0%）	0　（0.0%）	4　（100%）
1933《俗語考》	41　（41.0%）	57　（57.0%）	2　（2.0%）	100　（100%）

比較少見的動物，約有一千多種，其中65%已經失傳。例如《新語》、《讀本》中有很多不同種類的雞的名稱，現在都已經失傳。

例如《新語》中的「白臉雞（「即春魂鳥也」）、石雞（「特小，亦曰潮雞」）、青雞（「秦吉了稍大，尾長，頭上一點如丹砂」）、名鳥雞（「似青雞而高大，頂有兩角」）、竹雞（「形如鷓鴣，褐色斑赤文」）、西洋雞（「短足昂首，毛片如鱗，與孔雀彷彿」）、長鳴雞（「晝夜長鳴，鳴聲甚長」）、客雞（「狀如雞而五采」）、英雞（「狀如雞而雉尾，體熱無毛，腹下毛多赤」）、綬雞（「眞珠雞」）、潮雞（「石雞特小，亦曰潮雞」）、駝雞（「高三尺許，花冠翠羽，背有雙峰，似駝……一名錦駝雞」）、錦雞（「鵔義鳥，山雞也。其冠甚小，背有黃赤文，綠頂紅腹」）、豁雞（「雞頭而烏喙，色黃，腹毛純黑，尾長下垂，鳴聲豁豁」）、翻毛雞（「翮翎皆翻生，彎彎向外，尤馴狎」）、鶡雞（「類雉而大，黃黑色，有毛角如冠」）、鸐雞（「似雉而尾長三四尺者）、鷮雞（「似鸐而尾長五六尺」）、鬱雞（「可療鬱病」）」等。

又如《讀本》中雞的「白面雞（「red headed rail」，所指不明）、白膀雞（「jacana」水雉）、吐綬雞（「medallion pheasant」直譯「大獎章」雉）、竹雞（「rail or wedge tailed partridge」，即某種鷓鴣）、伯雞（「shrike」伯勞鳥）、秧雞（「sandpiper」鷸）、絲毛雞（「silken cock」指「絲綢一樣的」公雞）、矮雞（「bantam cock」矮腳雞）、雉雞（「tartar pheasant」韃靼雉）」等；這些雞的名稱，在廣州話的口語中已經不再使用。

又《新語》中「蛇種類絕多，有一字名、二字名、三字名者」，現已失傳的有「九首蛇（又稱「王虺」、「山烏鴦」，「一名飛梢，頭如鳥，聲如馬嘶」）、土錦（「將生子，必當大道，俟人擊之，腹破子始出，否則子食其母而出」）、時辰蛇（「狀如蜥蜴，十二時轉十二色」）、烏梢（「野遇之，殺傷不死，能尾其人至家以報之」）、貓蛇（「其聲如貓」）、量人（「長五寸許，見人即標起，欲高過人」）、筲箕筴（又稱藤蛇，「善附物，嫋嫋如藤」）等等；獸類如：人熊、山笑、山都」（三者都類似狒狒）」。此外，《讀本》中有很多不同的「herring」（今譯鯡魚）也都已經失傳，如「水滑、布刀、坑鱒白、忌魚、長腰鱗、海河、黃魚海」等。

而與動物有關的詞彙中，詞義擴大、轉移的有「大頭蝦」。《讀本》中的「大頭蝦」原指「龍蝦」（「lobster」），現在指東南亞一帶的一種大頭蝦，而且多用在比喻義，指經常丟三落四，粗枝大葉的人。詞義縮小的有：「海馬」、「兩頭蛇」、「亞婆髻」。「海馬」以前曾兼指「蝦姑」（「broad sea shrimp」大蝦）；《新語》中「兩頭蛇」指有兩個頭的蛇，現在只有比喻義，指搬弄是非，挑撥離間，從中圖利得人。「亞婆髻」（「trochus niloticus」，所指不詳）原是一種蟹蚌類動物，現在指老婆婆頭上的髻。有的組字成詞的方式與現在的不同，如：「蟶、蛙（「大聲曰蛙」）、魦或鯊」，這三個詞現在都是雙音節詞，如「蟶子、青蛙、鯊魚」。又如「螢火、貓兒頭鷹」，前者現稱螢火蟲，後者現稱貓頭鷹。

這五個詞在現代廣州話的說法與書面語的相同。

簡而言之，動物的詞彙常見的保留 70%，少見的超過 65%失傳。一種動物，多個說法的，大多由其中一個說法成了代表詞。

2.1.5　礦物自然物

礦物自然物類的詞彙在四部文獻共 53 條，共現於文獻的有「硫磺」、「瑪瑙」2 組。這類詞彙的存廢情況詳見下表：

與現代廣州話比較				
情況	不再使用	仍然使用	詞義詞形有變化	總　數
數量	0　（0.0%）	2　（100.0%）	0　（0.0%）	2　（100.0%）

至於四部文獻的用詞存廢情況統計如下：

與現代廣州話比較				
文　獻	不再使用	仍然使用	詞義詞形有變化	總　數
1687《新語》	12　（60.0%）	7　（35.0%）	1　（5.0%）	20　（100%）
1841《讀本》	9　（40.9%）	12　（54.6%）	1　（4.5%）	22　（100%）
1877《四十章》	0　（0.0%）	4　（100.0%）	0　（0.0%）	4　（100%）
1933《俗語考》	3　（42.9%）	4　（57.1%）	0　（0.0%）	7　（100%）

仍然使用的有「火炧（讀 si^2，火燼）、沙塵（灰塵）」；與書面語相同的，如「石、坭、砂、煤、鉛、錫、水晶、水銀、珍珠、寶石、瑪瑙、砒霜、硫黃、琥珀、蜜蠟」等。

不再使用的詞彙中，大多是《新語》中的「諸番貢物」，如「番紅土、番銅、番錫、番鹽、西洋鐵」。有的現在已有其它替代品的，如「洗白布泥」、「炭墼」（用炭末和泥土搗緊所製成的塊狀燃料，可用來燃燒取暖），還有「窠鉛、蛇珠、碙石」等。

總的來說，礦物自然物的詞，外國朝貢的已經失傳，常見的、常用的則依然保留。

2.1.6　小　結

總括而言，反映自然世界的詞彙，其變化有以下的特點：

一、基本詞、常用詞的變化不大，變化的大概佔 20%，存留的超過 70%。

（見表 2-1）

二、不常用的、少見的詞變化很大，失傳率大概有 70%，在植物、動物類最爲明顯。

三、常用的時間詞，競爭的情況明顯，也有創新的例子。

四、一物多名的，主要出現在植物、動物類，現代多數保留其中一種說法爲代表詞，其餘退隱。

五、與節令有關的詞、與宗教迷信有關的詞變化較大。

表 2-1　共現於四部文獻「反映自然世界的詞」的存廢情況一覽表

與現代廣州話比較				
類別／項目	不再使用	仍然使用	詞義詞形有變化	總　數
方位	0　（0.0%）	3　（100.0%）	0　（0.0%）	3　（100%）
天象地理	2　（16.7%）	8　（66.7%）	2　（16.7%）	12　（100%）
動物	25　（23.4%）	76　（70.0%）	6　（5.6%）	107　（100%）
時間節令	2　（22.2%）	7　（77.8%）	0　（0.0%）	9　（100%）
植物	19　（16.5%）	94　（81.7%）	2　（1.7%）	115　（100%）
礦物自然物	0　（0.0%）	2　（100.0%）	0　（0.0%）	2　（100%）
總數	48　（19.8%）	190　（76.2%）	10　（4.0%）	248　（100%）

2.2　體現人及人際關係的詞

2.2.1　與人體器官有關的詞

人認識自己，以認識自己的身體爲第一步。與人體器官有關的詞彙，四書合共 420 條，較多是「有整體－部份關係詞」〔註 3〕。先看共現於四部文獻的詞的存廢情況：

與現代廣州話比較				
情況	不再使用	仍然使用	詞義詞形有變化	總　數
數量	8　（21.6%）	28　（75.7%）	1　（2.7%）	37　（100%）

常用的人體器官詞彙，丟失的只有 21.6%，保留的有 75.7%，可見人體器官類的詞語，還算穩定。丟失的主要是人體細部的詞，常用的、常見的詞的保

〔註 3〕見符淮青：《現代漢語詞彙》（增訂本），北京：北京大學出版社，2004 年，頁 128。

留情況大致良好。

共現於文獻的大多是基本詞，如「頭髮、頸、耳仔（耳朵）、鼻哥（鼻子）、口唇、大牙、脷（舌頭）、身、手掌」等等。

綜合四部文獻的資料，與人體器官有關的詞彙的存廢情況，經統計如下表：

與現代廣州話比較				
文　獻	不再使用	仍然使用	詞義詞形有變化	總　數
1687《新語》	0　（0.0%）	1　（100.0%）	0　（0.0%）	1　（100%）
1841《讀本》	190　（65.7%）	86　（29.8%）	13　（4.5%）	289　（100%）
1877《四十章》	28　（35.4%）	49　（62.0%）	2　（2.5%）	79　（100%）
1933《俗語考》	18　（35.3%）	21　（41.2%）	12　（23.5%）	51　（100%）

存留在各本文獻的，包括以下六類：頭頸、五官口腔咽喉、軀體、四肢、分泌、其它〔註4〕。

頭頸類有「人頭、頭骨、頭殼（頭、頭骨）、頭頂、額頭，腦、腦囟（囟門）、腦漿，頸、頸骨，髧（讀 jɐm¹，劉海）、頭髮」。

五官口腔咽喉類有「眼眉、眉毛、眼眉毛、眼蓋、眼白、眼核（眼珠）、眼珠、眼水、眼揖毛（睫毛）、眼頭（眼角）、眼尾、眼角、眼淚管，耳仔（耳朵）、耳吼（讀 loŋ¹，即耳孔）、耳珠（耳垂）、耳膜，口、嘴、口唇、嘴唇、脷、利根（舌根），鼻吼（鼻孔）、鼻哥（鼻子）、鼻梁，大牙、門牙、牙骨、牙腳、牙較（牙骨關節）、牙齦（讀 gɐn¹，牙床），面、面皮、面色、酒凹（酒窩）、下耙或下爬（下巴）、鬚、髫鬚，頸喉（喉嚨）、喉嚨、喉欖（喉結）」。

軀體類有身、身子（身體）、肚、肚腩（腹部、腹部的肥肉）、肚臍，膊頭（肩膀）、胳肋底（腋下），腰、腰骨（腰椎骨），背脊、尾龍骨（尾椎骨），胼骨（pʰɛŋ¹，肋骨），屁股，㞗（讀 kɐu¹，男生殖器）、峻（讀 tsʰɵn¹，赤子陰）、朘朘（tsœ¹，小孩生殖器）」。

四肢類有「手指公（大拇指）、尾指（小指）、手甲（指甲）、指甲、手指、指模、螺（讀 lɔ²，十指頭作箕斗文者）、手板（手掌）、手面（手掌）、手背、手眼（手腕骨頭突出的地方）、脈門（寸口，手腕脈搏搏動的地方）、手腕、

〔註 4〕此處的分類法根據：麥耘、譚步雲：《實用廣州話分類詞典》，香港：商務印書館，2011。

拳頭、手瓜（上臂）、手睜（讀 tsaŋ[1]，手肘）、手凹（讀 au[3]，肘窩）。腳趾公（腳拇指）、腳趾、腳指尾（小拇指）、腳甲（腳指甲）、腳板（腳、腳掌）、腳眼（腳踝）、腳踭（讀 tsaŋ[1]，腳後跟）、腳凹（讀 au[3]，膕窩）、腳瓜（腿肚子）、腳骨（小腿骨）、髀（pei[2]，大腿）、大肶（pei[2]，大腿）、波羅蓋（膝蓋）、膝頭（膝蓋）、膝頭哥（膝蓋）」。

分泌物及其它有「口水、耳屎（耳垢）、耳𦡆（耳垢）。毛、𦒜毛（讀 hɔn[6]，寒毛）、毛管（毛孔）、血色（氣色）、睜或爭（手腳曲處）、鉸（讀 kau[3]，「可曲可直處」，即骨關節）」。其它與書面語相同的有「心、肝、肺、胃、膽、筋、骨」。

詞形產生變化的詞彙，見於《讀本》的有「腳睜頭」（腳後跟），現用「腳踭」；「腳板堂或腳板膛」（腳掌），現用「腳板」；「腳囊（腿肚子）」，現用「腳瓜瓤」。《俗語考》中則有「手臂瓜」（上臂），現用「手臂」或「手瓜」；「腳臁肚」（腿肚子），現用「腳瓜瓤」；「峻睪」（讀 tsʰøn[1] ku[1]）現代廣州話口語只有「春袋（陰囊）、春子（睪丸）、咕咕（讀 ku[4]ku[1]，指小男孩生殖器）」，沒有「峻睪」這個組合，但此二字仍是男孩生殖器的意思。另外還有「膁」或「軟膁」（膁讀 jim[2]），現用「小厴」或「脸厴」（脸讀 nɐm[4]，軟的意思；厴讀 jim[2]，指肋下）。

總體來說，與人體器官有關的詞，常用的、基本的存留得多，少用的存留得少；「整體」的詞存留較多，分屬「部份」的詞消失比較嚴重。

2.2.2 與生理病理有關的詞〔註5〕

生理病理類的詞彙，比較常用的詞，保留了將近 90%，可見此類詞相當穩定。共現於文獻的詞的存廢情況，如下表：

與現代廣州話比較				
情況	不再使用	仍然使用	詞義詞形有變化	總　數
數量	1　（12.5%）	8　（87.5%）	0　（0.0%）	9　（100%）

共現於文獻而仍然使用的，主要是常見的疾病名稱。1687 至今仍然使用

〔註 5〕按《漢語方言詞彙》，生理病理只歸在動詞類，這種分類方法與實際情況有一定的差距，爲顯示整體的情況，此部份包括了生理病理的動詞 162 條。

的有「齙牙」（露大齒），1841 年至今仍然使用的有「生耳睜」（半聾）、「熱痱」（痱子），1933 年至今仍然使用的有「打咳噎」（打噴噎）、「打欠露」（欠讀 ham^{3}，打哈欠）、「發青光」（青盲）等。

按文獻個別的情況，整體的趨勢大致是越近代，差異越小，而現代醫學的取代情況舊有說法的較多，其存廢情況如下表：

與現代廣州話比較				
文　獻	不再使用	仍然使用	詞義詞形有變化	總　數
1687《新語》	7　（50.0%）	6　（42.9%）	1　（7.1%）	14　（100%）
1841《讀本》	117　（53.9%）	96　（44.2%）	4　（1.8%）	217　（100%）
1877《四十章》	0　（0.0%）	9　（90.0%）	1　（10.0%）	10　（100%）
1933《俗語考》	12　（25.0%）	36　（75.0%）	0　（0.0%）	48　（100%）

仍然使用的，《讀本》中「眼」類有「近視眼、遠視眼、斜視眼、凸眼珠（「staphyloma」腫）、盲眼（「blindness」失明）、眼膠（「purulent phthalmia」，大致是眼炎），還有使用比喻義的「雞眼」（肉刺）」。「耳」類有「耳病、乾耳（「cerumen defective」，大意是耳垢少）、耳痛、耳塞、耳鳴、耳聾」。「鼻」類有「流鼻血、流鼻涕、鼻通、鼻痛、鼻萌（鼻塞）、鼻塞」。「熱」類有「肝熱（「hepatitis」肝炎）、發冷發熱、熱氣（上火）」。「肉」類有「肉芽、肉瘤、息肉」。《俗語考》中有「打嘶餩（嘶餩讀 si^{1}ek^{7}，打嗝）、疤（讀 na^{1}，瘡痕）、疵（tsi^{1} 皮膚癢病）、鼓脹（蠱脹，血吸蟲病等使肚子腫脹的疾病）、生酒皻（皻讀 tsa^{1}，鼻發紅斑）」等。

不再使用的詞彙中，《新語》中有不同類型的「瘴」，如「香花瘴（「木樨開時，山嵐氣隨之而發，行者聞有異香出林，味如桂菊氤氳不散，則香花瘴之所爲也」）、回頭瘴（「不能其水土，冷熱相忤，陰陽相搏，遂成是疾」）、冷瘴（「寒熱往來」）、熱瘴（「蘊火沉沉，晝夜若在爐炭」）」；皮膚病如「生瘋（「瘋爲大癩，雖由濕熱所生，亦傳染之有自」）、過癩（「凡男瘋不能賣於女，女瘋則可賣於男，一賣而瘋蟲即去，女復無疾……俗所謂過癩者也」）」等。

《讀本》中與生理病理有關的詞彙，部份已經由現代醫學的說法取代，用比較科學性的字眼去說明某種疾病。例如「眼」類字相關的組合比較多，不再使用的有「畏日眼（「day blindness」，所指不明）、畏夜眼（「night blindness」夜盲症）、眼風病（「scrofulous」瘰癧）、眼瘼（「albugo」，所指不明）、眼症

（「ophthalmia」眼炎）、大眼珠（「staphyloma」腫）、乾眼或無淚眼（「xeroma」乾眼病）、赤眼（「inflamed eyes」眼睛發炎）、患眼（「acute ophthalmia」眼炎）、綠水灌瞳人（「cataract」白內障）」。其次如「耳」類「濕耳（「cerumen excessive」，大意是耳垢過多）、耳花（「polypus of the ear」，估計是耳朵的息肉）」。又有「鼻」類「鼻蛇（「polypus of the nose」，估計是鼻子的息肉）」等等。

從資料可見當時主要用「病」、「症」組合成詞，但由於醫學的進步，許多病、症已改由現代醫學的角度重新描寫，舊的說法已遭淘汰。例如「病」類的「皮病（「cutaneous diseases」皮膚病）、固病（「chronic diseases」慢性病）、燒病（「fever」發燒）、筋病（「neuralgia」神經痛）」。「症」類有：「尿急症（「incontinence of urine」大小便失禁）、狂犬傳染症（「hydrophobia」狂犬病）、症（「disease」）、痢症（「dysentery」痢疾）、痲症（「measles」痲疹）、癆症（「consumption」癆病）、顛狂症（「dementia」癡呆）、顛戇症（「madness」瘋狂）、癍症（「petechiae」瘀點）、牙症（「odontalgia」牙痛）、發黃症（「jaundice」黃疸病）」等等。

詞義轉移的，《新語》中有「熠（「瘡腫起」，「興去聲」）」，現在指熱，如「口熠、鼻熠、身熠」等等。而《讀本》的詞義轉移，主要受書面語的影響。如「水泡」當時指水痘（「chicken-pox」），現在指水泡兒、救生圈；「眼花」當時指「muscae volitantes」（飛蚊症），現在指視力模糊，看不清楚，詞義與書面語相同。「血山崩」現在則用「血崩」，詞形與現代的書面語完全相同，指月經過多（「menorrhagia」）。

總的來說，生理病理的詞，大致的趨勢是越近代差異越小，年代越久遠差異越大。改變的主要原因是現代醫學的影響，許多說法已經由現代西方醫學的專有名詞取代；但常見的疾病，保留的較多，變化的比較少。

2.2.3 親屬稱呼及人品〔註 6〕

親屬稱謂是與社會中其它人群相區別、用於親緣關係的稱呼。親屬稱謂的詞語相對穩定。然而競爭也不少，有近義詞的競爭、書面語口語的競爭。另外，祖輩的稱謂詞義轉移較爲突出。先看共現於文獻的詞，其存廢的比例

〔註 6〕《漢語方言詞彙》中的「人品」指職業稱謂、不同社會身份的人的稱謂等等。

如下：

與現代廣州話比較				
情況	不再使用	仍然使用	詞義詞形有變化	總　數
數量	8　（20.5%）	28　（71.8%）	3　（7.7%）	39　（100%）

常見的親屬稱呼，表現相對穩定，存留的佔 71.8%，共現於文獻的多為家庭核心成員及姻親關係，如「爸、媽、仔、大佬（大哥）、細佬（弟弟）、老公、老婆、叔公（叔祖）、叔婆（叔祖母）、舅公、妗母（舅母），親家、家公（公公）、家婆（婆婆）、心抱（兒媳婦）」等等。丟失的較多是由於競爭，有近義詞的競爭、書面語口語的競爭。如：

文獻／詞彙	舅姑	
《新語》	大人婆、家婆	大人公、家公
《讀本》	—	—
《四十章》	—	—
《俗語考》	家婆	家公
現代廣州話	家婆	家公

《新語》中「舅姑」的說法有兩套：「大人婆、大人公」與「家婆、家公」，現代廣州話只用後者。此外，又有書面語、口語的競爭。

文獻／詞彙	爸爸	媽媽
《新語》	阿爸、阿爹	阿媽、阿孄（阿奶）
《讀本》	阿爸、阿奢、阿爹、阿爺、老子、老頭，家父、家君、家嚴	母親、家母、家慈
《四十章》	父親	—
《俗語考》	爸、爹	媽、孄、娘、老媽子、毑
現代廣州話口語	阿爸、爸爸（面稱）， 老竇（背稱）； 爺（不單用）	阿媽、媽咪（面稱）， 老母（背稱）； 毑（不單用）； 老媽子（開玩笑）。

父親、母親最基本的說法是「阿爸、阿媽」，從 1687 年一直至今都沒有改變。「爺」、「毑」也表示爸媽，但一般不單用，譬如「仔爺（父子）、仔毑（母子）、有爺生冇毑教」之類。「阿奢、阿孄（阿奶）」已不再使用；「阿爹、娘」現代廣州話不用；「老子」一般不用；「老頭」與「老竇」在語音上有關

聯〔註7〕，或為同一個詞。其它的大抵是書面語的說法，如「父親、母親，家父、家君、家嚴，家母、家慈」。由於廣州話既可表達書面語，又可表達口語，加上書面語以方音讀出的情況很常見，這個語用上的習慣，更凸顯了口語與書面語的競爭。

至於四部文獻中，親屬稱謂的用詞存廢情況，經統計如下表：

與現代廣州話比較				
文　獻	不再使用	仍然使用	詞義詞形有變化	總　數
1687《新語》	6 （25.0%）	13 （54.2%）	5 （20.8%）	24 （100%）
1841《讀本》	101 （49.3%）	98 （47.8%）	6 （2.9%）	205 （100%）
1877《四十章》	20 （50.0%）	19 （47.5%）	1 （2.5%）	40 （100%）
1933《俗語考》	15 （28.3%）	35 （66.0%）	3 （5.7%）	53 （100%）

四部文獻中，其中兩本是存留與淘汰率大約各佔一半；《新語》的競爭稍多，《讀本》中較多書面的說法。

《新語》中，至今仍然使用的親屬稱謂有：「爸、媽、崽（讀 tsɐi²，子）、塞（「玄孫」）、契仔（「盟好之子」）、養仔（「螟蛉子」）、舅父（「母之兄弟」）、妗母（「母之兄弟妻」）、舅公妗婆（「孫謂祖母之兄弟及妻」）、叔公叔婆（「母之叔伯父母」）、家公家婆（「舅姑」）、心抱（「兒媳婦」）」。

不再使用的有：「爹（「父」）、奶（「母」），大人公、大人婆（「舅姑」）。在競爭之下，「爹、奶、大人公、大人婆」現在已被爸、媽、家公、家婆取代。此外還有：夫娘（「平人之妻」）、大孫頭（「子初生者」）」也不使用。

詞義轉移的有「亞公」和「亞婆」。「亞公」原指「子女謂其祖父」，「亞婆」原指「祖母」，現代廣州話口語「亞公」指外公，「亞婆」則指外婆。

《讀本》在第三篇「親誼」把親屬稱謂寫得非常詳細，大致列舉了大部份親屬關係。為了方便分析，下面把親屬關係分為父母輩、祖輩、同輩、後輩四類來討論〔註8〕。

仍然使用的稱謂，父母輩的有「阿爸（爸爸）、大伯（伯父）、伯公（伯祖）、

〔註7〕譚世寶：〈粵方言「老豆（竇）」及相關字詞考釋〉，《語叢》，1991～1992年，頁42～46。

〔註8〕此處的分類法根據：麥耘、譚步雲：《實用廣州話分類詞典》，香港：商務印書館，2011。

伯婆（伯祖母）、外父（公公）、外母（婆婆）、舅父（舅舅）、妗母（舅母）、姑姊（姑姑）、姑丈（姑父）等。祖輩有「公」、「婆「類，如「太公太婆（曾祖父母）、阿公阿婆（外祖父母）、叔公叔婆（叔祖父母）、姨公姨婆」等等。

同輩的有「大佬或大哥或阿哥（哥哥）、大嫂或阿嫂（嫂嫂）、細佬（弟弟）、弟婦（弟媳婦）、妹、妹夫、老公、老婆、妾侍、塡房、親家」等。

不再使用的親屬稱謂，主要是書面的說法。例如父母輩的「令」類：「令考、令妣、令尊大人」；「家」類：「家君、家慈、家嚴」；「老」類：「老太君、老安人」；「尊」類：「尊翁、尊大人」。另外有「父」類：「老父」；「母」類：「母親大人、大伯母、母舅、姑母、表伯母、表叔母、表姑母、姨母、家母、庶母」。又如祖輩，「外」類有：「外公、外太公、外太婆、外伯公、外祖、外祖母」；「祖」類有：「祖父、祖母、高祖、高祖母、曾祖、曾祖母」等。 這些大體屬於書面的尊稱，口語一般不用。

又如同輩，少用「兄」，多用「哥」，如不用表兄，用表哥；少用「丈」、「婿」，多用「夫」，如不用姊丈、姊婿、妹丈、妹婿，用「姐夫、妹夫」；不用媳婦，用「新抱」等等。

詞義縮小有「阿爺」。「阿爺」在《讀本》指祖父或父親，現在主要指祖父。詞義轉移的則有「姑娘」。「姑娘」從前指「lady」及「husband's sister」有一句諺語可以作爲證明：「外甥多似舅，侄女似姑娘。」此處的姑娘就是姑姑。不過，離開這句諺語，姑娘已經沒有姑姑的意思，而姑娘在香港的廣州話指護士。

《俗語考》也有兩條詞義轉移的例子：「花公、花婆」。「親戚送花於新郎房中者，男曰花公、女曰花婆」，現代廣州話指男女花農。

簡言之，親屬關係詞彙的使用比例，約 20%丟失，超過 70%保留，表現相對穩定。書面語口語的競爭、近義詞的競爭不少，祖輩稱呼的詞義轉移稍爲突出。

至於人品方面，整體的趨勢是越近代保留率越高，共現於文獻的詞的存廢情況如下表：

與現代廣州話比較				
情況	不再使用	仍然使用	詞義詞形有變化	總　數
數量	11　（39.7%）	22　（59.5%）	4　（10.8%）	37　（100%）

這類詞由於與社會生活密切相關，容易隨生活變化而改變，所以流失率相對較大，在共現於文獻的「體現人及人際關係的詞」之中，人品類也是流失率最大的一類。共現於文獻的大部份都是現代仍比較常見的職業或人品，如「人客、火頭、外江（外省人）、先生（老師）、光棍（騙子）、佬（男人）、妹仔（婢女）、唐人、師傅、鬥木（木器師傅）、艄工、細蚊仔（小孩）、蜑家、掌櫃、裁縫、賊、跟班、道士、農夫」等。

四部文獻用詞的存留情況情況，統計如下：

與現代廣州話比較				
文　獻	不再使用	仍然使用	詞義詞形有變化	總　數
1687《新語》	73　（79.3%）	10　（10.9%）	9　（9.8%）	92　（100%）
1841《讀本》	122　（63.9%）	60　（31.4%）	9　（4.7%）	191　（100%）
1877《四十章》	45　（43.3%）	55　（52.9%）	4　（3.8%）	104　（100%）
1933《俗語考》	13　（25.5%）	34　（66.7%）	4　（7.8%）	51　（100%）

《新語》距今有三百多年，與現代廣州話的差異比較大，存留的少，變化的多。從當時沿用至今的有「妹仔（「小婢媵」）、佬（「平人，亦曰『獠』，賤稱也」）、外江獠（「嶺北人」）、唐人、番鬼（「海外諸夷」）、小販、蜑家（「以艇爲家」）、馬（「黨徒」）、散仔（「遊手者」）、養仔（養子）」。

隨著社會的演進，很大一部份的人品、職業稱謂已經消失，例如與蜑家相關的詞彙。當時「諸蜑人以艇爲家，是曰蜑家。其女大者曰魚姊，小者曰蜆妹。蜑人善沒水，昔時稱爲龍戶」。當時蜑家至少分爲二十一戶「大罾、小罾、手罾、罾門、竹箔、簍箔、攤箔、大箔、小箔、大河箔、小河箔、背風箔、方網、輳網、旋網、竹笭、布笭、魚籃、蟹籃、大罟、竹筻等戶」。而蜑家又稱「獺家」，「女爲獺而男爲龍」，「男曰獺公」「婦曰獺婆」。隨著蜑民被同化，這些詞彙現代已經不再使用。

早年廣東、香港的航運業已很發達，現在的航運業有巨大的改變，因此當時使用的許多詞語，大多已經失傳。如當時「洋舶」（大洋船）設「舵師、歷師」負責司舵，一般的船舶設「柁公、梢公（「司柁者」）、艭長或艭夫（「哨長」）、駕長（「司篙者」）、頭公（「在船頭者」）、班首（「立桅斗者」）、火仔（「船中司爨者」）、牽夫（打牽，以體力拉動駁船爲生的人）」等，都已丟失。

此外，當時的盜賊十分猖獗，但現代的犯案方式與當時相比，有很大的改變，所以這些詞也已失傳，例如「東飄子（「在花山一帶者，皆亡命之雄也」）、西飄子（「在鐵山一帶者，皆亡命之雄也」）、花紅頭目（「驍勇者」）、飄子或飄馬（「長在巢中者」）、搭馬（「其在巢外，聞出馬而來者」）、牽白線（「於墟市間佯爲商旅牙儈，乘機竊發者」）、「亞妹」（「爲細作者」，現代廣州話指妹妹）、斯頭（「先登」者）、太公或老都（「其都或分子營，則其都子都孫」，「太公」現代廣州話口語指曾祖父）、開馬路（「諸村落爲所脅服者」）、生水（「未脅服者」）、沉香（「所捉男女，富者」）、柴（「所捉男女，貧者」）」等。

隨著蓄奴制度的消失，奴僕的名稱也失傳，如「大獠（「大奴」）、鬼奴或黑小廝（「諸巨室多買黑人以守戶，號曰鬼奴，一曰黑小廝」）、家生仔（「奴之子」）」；對外來人的稱呼，例如：「生蠻、蠻果（外省人）」；對外國人的稱呼「紅毛鬼（「長身赤髮，深目藍睛，勢尤猙獰可畏」）、佛郎機（法蘭克人）、番人（「眼皆碧綠，髮黃而面黧」）」等。

此外，由於現代嫁娶習俗的簡化，一些跟嫁娶有關的人品類名詞，如「親家郎」（婣婭之使役），也一併消失。

詞義轉移有「大妗、事頭、細仔、亞官仔、打仔、販仔」。「大妗」原指「從嫁老婦」，現指婚慶場合女家用以跟隨新婦的臨時女傭人。「事頭」原指「搖櫓者」，現在是店員對老闆的稱呼；「細仔」原指「小奴」，現在只有小兒子的意思；「亞官仔」原指「良家子」，現在只有「官仔骨骨」一詞，大致是一表人才的意思；「打仔」原指「無賴」，現在指受人雇用、幫人打架的打手。又「販仔」、「小販」當時並用，現在只用「小販」，不再用「販仔」。

值得一提的是，《讀本》中有明顯的近義詞的競爭。當時「匠」和「師傅」這組近義詞並用。但到了今天，「匠」已經完全退出廣州話口語的舞臺，而「師傅」的派生能力依然很強，只要工種存在，就可以跟「師傅」組合成詞。

	匠	師傅	佬	先生	人
《讀本》	+	+	+	+	+
現代廣州話	−	+	+／−	−*	−／+

*只有教師仍用先生，其它工種已不用先生。

「匠」和「師傅」，兩者相同的義項爲：稱有專門技藝的人。「匠」類總計29例，全都已經不再使用，如「匠、工匠、弓箭匠、木匠、刊刷匠、打銅匠、皮匠、石器匠、利器匠、車寶匠（「mother-of-pearl cutter」珍珠母切割工人）、打鐵匠、金匠、刻書板匠、法帖匠、金花匠、省鏡匠（「mirror grinder」磨鏡工人）、軍器匠、紙匠、釘裝匠、眼鏡匠、造窓木匠、棚匠、筆匠、補瓷缸匠、裝船匠、鞋匠、輿匠、槍銃火器匠、鐫圖章匠」。

「師傅」總計有30例，不再使用的有19例：「竹器師傅、作樂師傅、石扇布師傅（「calenderer」研光機師傅）、染房師傅、修標師傅（修表師傅）、紙蓪花師傅（「artificial flower men」人造花工人）、馬鞍師傅、絞纜師傅、裝帽師傅、榨油師傅、蒸酒師傅、蜜餞師傅、澆燭師傅（「chandler」蠟燭商）、整梳師傅（造梳師傅）、燒料師傅（以料燒作首飾的工人）、磚瓦師傅、織補師傅、織席師傅、　壽皮師傅（「coffin-maker」棺木工人）。仍然使用的有11個，如：師傅、剃頭師傅、吹玻璃師傅、鑲玻璃師傅、坭水師傅、油漆師傅、缸瓦師傅、裁縫或裁縫師傅、饅頭師傅、顧繡師傅」等。

而在《四十章》，「匠」有4例，「師傅」有5例。「匠」，例如「工匠、木匠、匠人、鐵匠，已經完全不用；「師傅」如「師傅、打鐵師傅、泥水師傅、鬥木師傅（木匠）、鐘鏢師傅」，則仍然使用。

除此以外，還有「佬」、「先生」、「人」。仍然使用的有「補鞋佬、泥水佬（泥瓦匠），惡人、擔保人」。不再使用的有「剃頭佬、洗衣服佬、補鑊佬（「tinker」，焊鍋匠）、箍桶佬（「cooper」修桶匠）、燒灰佬（「lime-burner」燒石灰工人）」；「採藥先生、寫像先生（「portrait-painter」肖像畫家）、擇日先生、占卜先生」；「紡紗人、屠人（屠夫）、採石人、採煤人、詭譎人（「cheats」騙子）、縫𢃇人（「sail-maker」造帆工人）、擺板人（「compositors」排字工人）、織麻人」等。

直到現在，「佬」的派生能力仍然比較強。至於「先生」，除了對老師的尊稱外，一般不再與其它工種組合成詞。至於當時與「人」組合成詞的，現代廣州話也大體上已經不再使用。

隨著社會制度的改變，有的工種，現代廣州話已另有新的說法，舊的說法都已消失。《讀本》中的例子如「蕃司（「commissioner of finance」財務官）、老太（「custom-house officer「海關關員）」。雇傭關係方面，如「東主娘（「mistress」女主人）、住年娣（「domestic」，舊時指非賣身的婢女，地位比傭人低，一般沒有工資）、丫頭（「slave」奴僕）」已經不再使用。而仍然繼續使用則有「大班（舊時對洋行、銀行經理的稱呼）、夥計、事仔（「servant」僕人）、跟班（「personal servant」隨從）」。

至於對外來人的稱呼，如「美士（「Mr」先生）、紅毛（「English」英國人）」，在現代廣州話口語都已消失；仍然使用的稱呼有「外江」（外省人）。一些比較有特色的人品稱謂，如「牙婆（「tattlers」說閒話的人）、蝦春鈒（「skinflint」吝嗇鬼）」已經不好理解。仍然使用的則有「光棍（「swindlers」騙子）、爛仔（「vagabond」懶漢）」。

詞義縮小的詞彙有「替身、童子、事頭工」。「替身」當時指（「agent」代理），現在主要指在影片中專門代替主腳演出的演員。「童子」，原指樂師（「musician」），現在廣州話口語已經不再單用，只有「童子口」（小孩在無意中說出預言之謂）、「童子雞」（筍雞）而沒有「童子」的說法。此外，「事頭公」（店員對老闆的稱呼）已不再使用，仍然使用的只有「事頭、事頭婆」。

概括地說，有關人品類的詞，越近代保留越多，年代越久遠的保留越少。消失與留存主要的原因是生活改變，譬如許多疍家人已經「上岸」，與疍家有關的詞彙也就逐漸消失。此外，制度的改革，帶來工種的消失或變化，這些都影響了詞義的存留。就詞彙系統本身來說，有近義詞的競爭，比較明顯的是「匠」和「師傅」。除此以外，對外國人、外省人帶有色彩的稱呼，也隨著社會的變化而改變，漸漸由比較中性的詞取代。

2.2.4　小　結

體現人及人際關係的詞彙，其變化總括起來有以下的幾點：

（1）常用詞的變化不大，流失的佔 20%左右，存留的大約佔 70%。（見表 2-2）

（2）屬於「整體－部份關係詞」，「整體」的大多保留，「部份」的、細部的流失較多；人體器官的詞較多屬這種情況。

（3）近義詞的競爭與口語書面語的競爭在親屬稱謂、人品類比較明顯。

（4）社會的轉變令部份的詞消失，在人品類名詞中較爲明顯；醫學的進步，也使部份詞彙被書面語詞彙取代，這一點在生理病理類的詞彙中最爲突出。

（5）從年代的遠近來看，越近代的保留率越高。（見表 2-3）

表 2-2　共現於四部文獻「體現人及人際關係的詞」的存廢情況一覽表

與現代廣州話比較				
類別／項目	不再使用	仍然使用	詞義詞形有變化	總　數
人體器官	8　（21.6%）	28　（75.7%）	1　（2.7%）	37　（100%）
親屬稱呼	8　（20.5%）	28　（71.8%）	3　（7.7%）	39　（100%）
人品	11　（39.7%）	22　（59.5%）	4　（10.8%）	37　（100%）
生理病理	1　（12.5%）	8　（87.5%）	0　（0.0%）	9　（100%）
總數	28　（22.9%）	86　（70.5%）	8　（6.6%）	122　（100%）

表 2-3　四部文獻「體現人與及人際關係的詞」的存廢情況一覽表

與現代廣州話比較				
文　獻	不再使用	仍然使用	詞義詞形有變化	總　數
1687《新語》	86　（65.6%）	30　（22.9%）	15　（11.5%）	131　（100%）
1841《讀本》	530　（58.8%）	340　（37.7%）	32　（3.5%）	902　（100%）
1877《四十章》	93　（39.9%）	132　（56.7%）	8　（3.4%）	233　（100%）
1933《俗語考》	58　（28.6%）	126　（62.1%）	19　（9.4%）	203　（100%）

2.3　展現社會生活的詞

2.3.1　衣食住行及其它用品名稱的變遷

（1）衣——與衣飾、布料有關的詞

與衣飾有關的詞彙，各本文獻的流失率都超過 40%，大體是越近代差異越小；常用的保留，少用的丟失。下位詞一般丟失得比較快，上位詞仍然使用的多。有「整體－部份關係詞」，「整體」的保留，「部份」的、細部的丟失。無論是共現於文獻的，還是只出現一次的詞，情況都差不多。先看共現於文獻的詞。

共現於文獻的大抵是比較常用衣飾。丟失的約佔三分之一，保留的約佔三分之二。其存廢情況如下表：

與現代廣州話比較				
情況	不再使用	仍然使用	詞義詞形有變化	總　數
數量	9　（32.1%）	18　（64.3%）	1　（3.6%）	28　（100%）

仍然使用的有「單衫（沒有裡的衣服）、夾衲（有面又有裡）、馬褂、背心、褲、牛頭褲（短褲）、百摺裙、靴、撻踭鞋（趿拉的鞋子）、屐」；配飾有「手巾、帽、耳環、荷包」；與衣物的組成部份有「衩、袖、線步（接縫）、針黹」。

不再使用的有「衣服、衣裳、汗衫（貼肉沒有裡的衣服或中衣）、涼帽（夏天用）、暖帽（冬天用）、暖肚（襪胸）、帶扣（「clasp」扣子）」等。

詞義轉移的有「套褲」，原爲「legging」（綁腿），現在指上衣褲子成套的衣服。

衣飾方面，大體是常用的保留，用途比較特殊的丟失。四部文獻的用詞存廢情況分列如下表：

與現代廣州話比較				
文　獻	不再使用	仍然使用	詞義詞形有變化	總　數
1687《新語》	7　（77.8%）	2　（22.2%）	0　（0.0%）	9　（100%）
1841《讀本》	56　（56.0%）	38　（38.0%）	6　（6.0%）	100　（100%）
1877《四十章》	10　（41.7%）	13　（54.2%）	1　（4.2%）	24　（100%）
1933《俗語考》	25　（49.0%）	24　（47.1%）	2　（3.9%）	51　（100%）

在文獻中只出現一次的詞條，《新語》中不再使用的包括「纏頭布、頭布、番花手巾帕、絨服、瑣袱（「鳥毳所作，紋如紈綺，其大紅者貴，然服之身重不便」）、鴨舌巾、金廂戒指」。仍然使用的有「手巾、金戒指」。

《讀本》的資料顯示當時對帽子的穿戴比較講究，表示帽子的細部有「帽搣（「bonnet-strings」帽繩）、帽圈（「bonnet ring」）、帽帶扣（「buckle of the hatband」）、帽盒（「bandbox」）、帽繸（「tassel」流蘇）、帽寵（「bonnet-cylinder」，所指不明）」，《俗語考》有「帽組（帽頂）」等，這些詞彙現在都已不再使用，仍然使用的只有「草帽」。

鞋子方面，用來指稱較爲特殊的鞋子的詞已不再使用，如「屐鞋（「clog」雨天穿的木屐）、絲靴（「天熱要著」）、韡（「有柄鞋也」）、纏腳鞋」。至於仍然使用的有「鞋、草鞋、皮靴」。

與衣飾相關的詞彙，如「帖盒（「card box」）、香包（「amulet」護身符）、胸針（「breast-pin」現用心口針）、朝珠（「court beads」）」已經不再使用。至於首飾，不用「釧」（「bracelet」手鐲），改用「鈪」或「鏈」，例如「鈪（「bracelet」手鐲）、腳鈪（「anklet」踝飾）、頸鏈（「necklace」項鏈）」。

從上面的例子可見，下位詞丟失比較快，上位詞仍然使用的較多，如「屐鞋」與「鞋」就是一個例子。另外，「整體－部份關係詞」，如「帽子」，是整體的保留，部份的丟失。飾物也是常用的保留，如「戒指、項鏈」；少用的丟失，如「帖盒、香包」之類。此外，與服飾有關的詞彙也有明顯的競爭，上衣類如：衫、褸、袍，具體情況如下表：

文獻／詞	衣服		衫		褸		袍	
	－	＋	－	＋	-	＋	-	＋
1841《讀本》	衣服（衫） 單衣服（單衫） 夾衣服 （有裏嘅衫）	/	頭髮衫（晨褸） 大衫（大褸） 中衫（中褸） 洗身衫（浴袍）	長衫	/	雪褸 大窶	/	睡袍
1877《四十章》	衣服	/	單衫、汗衫（底衫）	/	/		/	/
1933《俗語考》	/	/	襯衫、汗衫（底衫）	/	/	雪褸	/	/

（）是現代廣州話的說法，「／」代表文獻中沒有例子

現代廣州話的「衫」、「褸」、「袍」已根據現代的定義、現代人穿衣服的方式，做了一定的調整。現代的「衫」已代替「衣服」成爲統稱，「衣服」不再使用，與衣服組合成詞的「單衣服」、「夾衣服」也不再使用。又例如以前的內衣有兩層，現代一般只穿一層內衣，因此，襯衫、汗衫現統稱爲「底衫」。「褸」現代是禦寒、御風用的，文獻中的「頭髮衫（「dressing gown」）、大衫、中衫」等有禦寒作用的衣物，都改稱爲「褸」，如「晨褸、大褸、中褸」。此外，現代的「袍」是長衣，但「洗身衫」改稱「浴袍」是書面語的借用。

詞義擴大的有「和尚袍」，這個詞除了本義外，還指嬰兒穿的長袍。詞義轉移的有「貼身衫（「shirt」襯衫）」，「shirt」現在用音譯詞「恤衫」，「貼身衫」現指貼身衣服。

至於與服飾相關的布料類詞彙，共現於文獻的有 7 條，仍然使用的主要是統稱，例如「布、紗、絲」；丟失的大多是細類，如「土絲、絲經」。其存廢情況如下表：

與現代廣州話比較				
情況	不再使用	仍然使用	詞義詞形有變化	總　數
數量	2　（28.6%）	5　（71.4%）	0　（0.0%）	7　（100%）

常用的布料，保留率超過 70%，但在四部文獻中只出現一次的布料，丟

失率超過 80%。可見布料的詞彙變化很大。四部文獻的用詞存廢情況分列如下表：

與現代廣州話比較				
文　獻	不再使用	仍然使用	詞義詞形有變化	總　數
1687《新語》	29 （82.9%）	6 （17.1%）	0 （0.0%）	35 （100%）
1841《讀本》	64 （82.1%）	14 （17.9%）	0 （0.0%）	78 （100%）
1877《四十章》	1 （12.5%）	7 （87.5%）	0 （0.0%）	8 （100%）
1933《俗語考》	–	–	–	–

《新語》中，仍然使用的主要是統稱，如「布、棉布、花布、印花布、白絹」。不再使用有「毛布、竹布（「花穰柔而韌，篾與白藤同功，練以爲麻，織之，是曰竹布」）、西洋布（「殮死者以爲面衣」）、兼絲布、黃麻布、蕉布、雙紑布，黎單、黎幔、黎幕、黎錦（「棉布」），雲緞、光緞、八絲、五絲、錦緯絲、麻經、絲經、牛郎綢、線紗」。有一些是當時的貢物，如「細布（如「撒都細布」、「西洋細布」）、撒哈刺白苾布、紅撒哈刺布、薑黃布、打布（如「織人象花文打布」、「織花紅絲打布」、「織雜絲打布」）、番紗、花紅邊縵、絲縵、雜色縵」。

《讀本》中，仍然使用的紡織材料，大多是比較常見常用的，如「綾、絲、湖絲、生絲、斜紋布、麻布、蚊帳紗」。不再使用的大多是分類比較精細的布料，例如用來表示不同季節穿著的布、不同花紋的布：「椒卜綢（「織成花如椒點墳起」）、亮紗（「色有亮」）、機紗（「稀薄以爲結綵裱紙」）、寧紬（「厚結多爲冬天禮服」）、白懷紬（「原來色白加染各色」）、串綢（「湖絲所織比之尤佳」）、沈綢（「沈姓始製古人甚尚之」）」；又如羊毛類的布料「呢（「woolen」毛織品）、呢氈或氈毛（「blanket」或「felt」，毛氈）」。簡而言之，布料主要是統稱保留，精細的分類丢失。

總的來說，服飾、布料方面的詞彙，下位詞丢失的多，上位詞保留的多，例子有「屐鞋」與「鞋」；有「整體－部份關係詞」，「整體」的較多保留，「部份」較多丢失，文獻所見的有「帽」以及帽子的細部等。

（2）食——與食物有關的詞彙

與食物相關的詞彙，共現於文獻的詞，幾乎 90%依然保留，統計如下表：

與現代廣州話比較				
情況	不再使用	仍然使用	詞義詞形有變化	總　數
數量	3　（13.0%）	20　（87.0%）	0　（0.0%）	23　（100%）

共現於文獻的詞，有：「米、白糖、冰糖、生鹽、熟鹽、豉油（「soy」醬油）、酒、燒酒、送（肴）、菜、送菜（肴饌）、蛋、雞春（雞蛋）、鐓雞或刐雞（閹雞）、煎堆（油炸食物）、粽、麵粉、麵包、牛奶、點心」。前面的開門七件事，由 1687 年沿用至今，其中「麵包、麵粉、牛奶」大致是 1877 年沿用至今。共現但不再使用的有「菓子或果子（水果，現代廣州話稱生果）、油�或油鐓（油炸食物）、椒末（胡椒粉）」。

至於四部文獻的用詞存廢情況，分列如下：

與現代廣州話比較				
文　獻	不再使用	仍然使用	詞義詞形有變化	總　數
1687《新語》	43　（60.6%）	23　（32.4%）	5　（7.0%）	71　（100%）
1841《讀本》	52　（34.0%）	93　（60.8%）	8　（5.2%）	153　（100%）
1877《四十章》	3　（11.5%）	23　（88.5%）	0　（0.0%）	26　（100%）
1933《俗語考》	10　（23.8%）	30　（71.4%）	2　（4.8%）	42　（100%）

《新語》記載了 71 條與飲食有關的詞彙，大體上是三分之二失傳，三分之一保留。當中提到糖、麥、酒較多，還有茶素〔註 9〕的情況。

外省人多認爲廣東菜比較甜，這與廣東產糖與愛吃甜有一定的關係，《新語》與糖有關的詞就有 18 條。《新語》卷十四食語，「糖」一條，提到 11 種糖：「廣中市肆賣者有繭糖，窠絲糖也。其煉成條子而玲瓏者，曰糖通。吹之使空者，曰吹糖。實心者小曰糖粒，大曰糖瓜。鑄成番塔人物鳥獸形者，曰饗糖，吉凶之禮多用之。祀竈則以糖磚，燕客以糖果，其芝麻糖、牛皮糖、秀糖、蔥糖、烏糖等，以爲雜食」。現在只剩「芝麻糖」一條依然保留。

此外，在卷二十七草語，「蔗」一條中提到 8 種糖：「其濁而黑者曰黑片糖，清而黃者曰黃片糖。一清者曰赤沙糖，雙清者曰白沙糖，次清而近黑者曰瀵尾。最白者以日曝之，細若粉雪，售於東西二洋，曰洋糖。次白者售於天下，其凝結成大塊者，堅而瑩，黃白相間，曰冰糖，亦曰糖霜」。這裡所提的「黑片糖、黃片糖、赤沙糖、白沙糖」估計是現在的「紅片糖、片糖、紅

〔註 9〕茶素指廣東人大年夜守歲時，用些茶點瓜果，邊吃邊談。

糖、砂糖」，而現代的「冰糖」仍是塊狀的糖，但「糖霜」則是粉狀的糖。至於不再使用的有「瀼尾、洋糖」。簡言之，肯定保留的只有「冰糖」一條。

另外，麥製食品有「水麵、卷蒸、餅飥、乾餅、蓑衣油餅、水晶飽」。現在存留的只有「水晶飽」。而酒有 7 條，其中 6 條已經失傳，包括「水酒（「燒酒之尤烈者」）、百末酒或百花酒（「細餅而陳者，以諸鮮花投其中，封缸兩月，加沉香四両，以發群芳之氣」）、柏酒、氣酒（「燒酒之尤烈者」）、龍江燒（「水酒其佳者」）」。

《新語》卷十四的茶素一條提到 18 種食物：「廣州之俗，歲終以烈火爆開糯穀，名曰炮穀，以爲煎堆心餡。煎堆者，以糯粉爲大小圓，入油煎之，以祀先及饋親友者也。又以糯飯盤結諸花，入油煮之，名曰米花。以糯粉雜白糖沙，入豬脂煮之，名沙壅。以糯粳相雜炒成粉，置方圓印中敲擊之，使堅如鐵石，名爲白餅。殘臘時，家家打餅聲與擣衣相似。甚可聽。又有黃餅、雞春餅、酥蜜餅之屬。富者以餅多爲尙，至寒食清明，猶出以餉客。尋常婦女相饋問，則以油糊、膏環、薄脆。油糊、膏環以麵，薄脆以粉，皆所謂茶素也。端午爲粽，以柊葉裹者曰灰粽、肉粽，置蘇木條其中爲紅心。以竹葉裹者曰竹筒粽，三角者曰角子粽。水浸數月，剝而煎食，甚香。重陽爲糕。冬至爲米糍，曰冬丸。平常則作粉果，以白米浸至半月，入白粳飯其中，乃舂爲粉，以豬脂潤之，鮮明而薄以爲外。茶蘼露、竹胎、肉粒、鵝膏滿其中以爲內。則與茶素相雜而行者也，一名粉角」。18 種食物中，12 種已經失傳：「米花、白餅、黃餅、雞春餅、酥蜜餅、油糊、膏環、灰粽、竹筒粽、角子粽、冬丸、粉角」；只有 6 種依然保留：「炮穀、煎堆、沙壅、薄脆、肉粽、粉果」。

由上述詞條的資料可見，保留與消失，可能是一物多名的競爭，例如「粉角」與「粉果」，「粉果」勝出；又或者是相類似的食物名稱，如「油糊、膏環、薄脆」，「薄脆」突圍而出，繼續在生活中使用。

現代廣州話所謂的「打邊爐（「冬至圍爐而食」）」由 1687 使用至今，已有三百多年的歷史。但另一種與飲食有關的詞彙，「暖房飯（「新人入門……是夕夫婦同牢食是夕夫婦同牢食」）」則已經失傳。

《讀本》中收錄了 153 條與飲食有關的詞，保留的約 60%。其中比較特別的情況是而許多外國食品，已經進入了廣東地區，其中大部份詞彙繼續沿用，至今已有兩百年的歷史，可見當時中外的交流已十分頻繁。

例如使用音譯的飲食詞彙有「喋啡（「coffee」咖啡）、布顛（「pudding」布丁）、吉時（「custard」蛋奶凍）、吉烈（「cutlet」炸肉排）、多時（「toast」烤麵包）、西米（「sago」西米）、班戟（「pancake」煎餅）、噠（「tart」撻）」。譯音稍有不同的有「車厘（「jellies」啫喱）、揸古聿（「chocolate」巧克力）。音義結合的，以酒類爲例有：砵酒（「port」葡萄牙紅葡萄酒）、啞叻酒（「arrack」以椰子汁製成的酒）、啤酒、紅酒（「claret」）」；意譯的有「平菓酒（「cider」）」。

與西式的點心相關的詞彙也不少，如「白麵或麵粉（「flour」麵粉）、標麵（「best flour」上好的麵粉）、麵料（「batter」麵團）、麵食或麵薄（「pastry」糕點，廣州話現稱酥皮）、麵龜（「pie」派）、麵餅（「cake」蛋糕）、麵頭或麵包（「bread」麵包）」，還有「牛奶油或牛油（「butter」黄油）、牛乳或牛奶（「milk」牛奶）、牛奶餅（「cheese」乾酪）」。這類名詞的競爭情況，大致如下表：

文獻／詞	麵粉	麵包	牛奶	黃油	乾酪
《讀本》	白麵、麵粉	麵頭、麵包	牛乳、牛奶	牛油、牛奶油	牛奶餅
《四十章》	麵粉	麵包	牛奶	—	—
現代廣州話	麵粉	麵包	牛奶	牛油	芝士

由表可見，這些與食物有關的詞彙的譯名，當時仍未固定，有的是兩種說法並用，例如「白麵、麵粉，麵頭、麵包，牛乳、牛奶」，及後其優勝劣汰的過程逐步完成，至 1877 年逐漸固定，至今只用「麵粉、麵包、牛奶」。至於「牛油、牛奶油」，以雙音節的「牛油」勝出，「牛奶餅」現代直接用音譯詞「芝士」。由此可見，外來的飲食詞彙在十九世紀的競爭相當激烈。

與進餐有關的詞彙有「早餐或早茶（「breakfast」）、晏（「tiffin」指午餐）、晚茶（「supper」，「tea this evening」）或夜餐（「evening meal」）或大餐（「dinner」）」。這類詞彙主要的改變有二：現代廣州話的「早茶、晚茶」的茶，一般指飲茶，包括喝茶吃點心。以前的「早茶」大概是早餐，但現在的「晚茶」卻不等於晚餐。至於晚餐類的「夜餐」已經不再使用，「大餐」轉指豐富的餐宴，但不一定是晚餐；現代廣州話的晚餐一般只說「食飯」。情況如下表：

文獻／詞	早餐		午餐	晚餐		
《讀本》	早茶	早餐	晏	晚茶	夜餐	大餐
現代廣州話	早茶（中式）	早餐（西式）	晏	夜茶（≠晚餐）	飯	飯

總括來講，與飲食有關的詞，常見的保留率較高，少見的丟失較多。性質十分類似的食物，如「油糍、膏環、薄脆」，現在大體只保留其中一個作代表詞。令人意外的是十九世紀的外國食品，許多音譯詞如班戟（「pancake」），一直沿用至今。其它外來食品的意譯詞如「麵包、牛油」則經過一番競爭才融合成爲本地的說法。

（3）住——與房屋建築有關的詞

與房屋建築有關的詞，共現於文獻的不多，保留的主要是統稱，詳細的存廢情況見下表：

與現代廣州話比較				
情況	不再使用	仍然使用	詞義詞形有變化	總　數
數量	1　（12.5%）	4　（50.0%）	3　（37.5%）	8　（100%）

共現於文獻的共有 8 條，仍然使用的多爲統稱，有 4 條：「房、屋、牆、照壁」。不再使用的有「滲井」（「sink-drain」排水管）1 條；詞義轉移有「樓、花廳」。「樓」在 1687 年指「茅屋，平者」，現在指兩層以上的房屋。「花廳」在 1841 年曾指「flower hall」（院子），現在則是監獄的諱稱〔註 10〕。而「圍」在 1687 也指「茅屋，平者」，1841 年轉指「walled garden」（有圍牆的花園），現代廣州話則不再單獨成詞。

四部文獻分別來看，上位詞保留較多，下位詞保留較少；有「整體－部份關係詞」，「整體」的保留較多，「部份」的保留較少；而借用書面語的情況也相當常見。具體的存廢情況見下表：

與現代廣州話比較				
文　獻	不再使用	仍然使用	詞義詞形有變化	總　數
1687《新語》	1　（25.0%）	0　（32.4%）	3　（7.0%）	4　（100%）
1841《讀本》	76　（56.7%）	35　（60.8%）	23　（5.2%）	134　（100%）
1877《四十章》	3　（17.6%）	14　（88.5%）	0　（0.0%）	17　（100%）
1933《俗語考》	24　（58.5%）	13　（31.7%）	4　（9.8%）	41　（100%）

先看居室中的房、廳。相當於現代的房間的詞，文獻中共有 18 條。《讀本》

〔註 10〕「逮捕證英語爲 warrant，譯音爲『花令』，監獄稱花廳即由此而來」。見麥耘、譚步雲：《實用廣州話分類詞典》，香港：商務印書館，2011 年，頁 108。

有 13 條，大多不再使用；《四十章》有 3 條，全部保留；《俗語考》有 2 條，都已淘汰。其中「房」多借用書面語，「廳」則是上位詞保留，下位詞丟失。

《讀本》不再使用的有 9 條，佔 70%，仍然使用的有統稱「房」。至於其它與「房」有關的詞，競爭情況如下表：

文獻／詞	睡房「bedroom」	浴室「bathing room」	食品儲藏室「pantry」	更衣室「dressing room」
《讀本》	瞓房	洗身房	管事房	替身房仔
現代廣州話	睡房	沖涼房	茶水房、茶水間	更衣室

從上面的例子可見，「瞓房、管事房、替身房仔」都借用了書面語，變爲「睡房、茶水間、更衣室」。「洗身」現代廣州話叫「沖涼」，所以「洗身房」也隨之改變爲「沖涼房」。此外，還有「廊廡（「堂前東西兩側的廂房」）、禪房（「僧人寢室」）、土庫（「樓下房」）、暖閣（「命婦妝樓」）」，一般用在書面語，口語不用。

詞義擴大的有「房仔」，當時有「closet」（衣櫥）的意思，現在指沒有特定用途的小房間。詞義轉移有「樓梯房」（「stair-case」）現在只叫「樓梯」，現代的樓梯房指樓梯底下裝了門而成的小房間。此外，「館」（「待賓讀書所」）現在已不單獨成詞。

至於現代的「廳」有關的詞彙，文獻中共有 9 條，《讀本》中佔 7 條，仍然使用主要是統稱，如「廳、大廳」，不再使用的有「官廳（「送客出門」）、二廳（「second hall」）、橫廳（「side hall」）、大飧樓（「dining-room」）」。而《四十章》仍然使用的是「客廳」，也是居室中最基本的詞。

由此可見，現代只保留最基本的「大廳、客廳、廳」，其它用途的「廳」，已經消失。

至於門、窗，同樣有「整體－部份」關係的詞，屬於「整體」的保留，屬於「部份」的失傳。另外是上位詞保留，下位詞丟失。

以門或門的組成部件的詞爲例，《讀本》、《四十章》、《俗語考》三書合共 19 條，16 條不再使用，超過 80%。其中《讀本》只有「門鉸」（門合頁）、《四十章》中只有「城門」仍然使用。詞義擴大的有「閘」（「坊門，街坊設門於街頭巷尾，早啓夜閉」），現代一般在木門外的欄柵或門都稱「閘」，而不是特指坊門。

不再使用的《讀本》中有「頭門（「front door of the house」大門）、二門（「principle outer gate」大閘）、閭（「gate of a village」里巷的門）」；門的組成部份「門枋（「door post」門柱）、門鬼（「latch」閂）、門閂、門斗（「tenons of the door」門的樞紐）、門樞（「door-pivots」門戶的轉軸）、門環（「knocker」）、門限（「door sill」門檻）、門棖（「threshold」門檻）、閾（「door sill」門檻）、鋪窗板（「door-shutters」可能是百葉門）」。

《俗語考》中也是「整體」保留，屬於「部份」流失，例如：「門櫼（讀 san[1]，「關防之具，關門之木」）、櫝（「閂、門閂，凡橫木可以支欄者」），門㮰（「門限……出人必跨之」）」。與窗相關的共有 5 條，《讀本》佔 4 條，其中 3 條不再使用，如「蕩窗（「sash」窗框）、板簾（「blinds」百葉簾）、窗壓（「bars」窗欄）」；另有「牛百葉窗（「blinds」）」，現在叫「百葉窗」。

表示用來支撐建築物的梁柱類詞彙，共 23 條。仍然使用的是主要的梁柱，是基本詞作爲上位詞保留，下位詞則丟失。

23 條中，《讀本》佔了 20 條，不再使用的有 12 條。仍然使用的是主要的支撐，包括「梁（「屋之正梁」）、桁（「梁旁橫木」）」，以及現代維修工程仍然經常使用的「狗朏或狗朏架（「以爲承桁」）」。不再使用的，大多是次要的支撐，如支撐梁、桁或建築材料的柱子，也有的是柱身的裝飾如「斜角（「承桁以爲蓋瓦」）、水古（「牆頭上橫木用以承釘桷」）、釘桷（「rafters」架在桁上用以承接木條及屋頂的木材）、扯鎖（「前後牆上之橫木」）、樓鎖（「承樓板之橫木」）、掙角柱（「鑲橫木另加短木於柱斜掙之」）、門論子（「鋪門之企柱以住之」）、責泥（「門楣上承磚泥之木」）、矮仔（「豎於狗朏架中以助頂梁」）、柱棟（「柱身」）、柱碟（「柱頭刻花起托如碟」）、楹（「殿堂之柱」）」。

詞義擴大的有「腰線」，原本指柱碟上的起線，現在還指牆身中間起裝飾用的水平橫線。詞義轉移有「線盤、柱墪」。「線盤」原爲「entablature」（古典柱式的頂部），現在指電線盤。「柱墩」原指「jambs」（壁爐側牆），現指柱石。另外，「桷（「架桁上承瓦」）」，現在已不單用，改爲雙音節詞「桷仔」。

《俗語考》中同樣是主要的梁柱仍然使用，相對次要的梁柱則不再使用，情況跟《讀本》的類似。例如「企戙（「直柱」）」是主要梁柱，仍然使用；「桷桁（「方椽，屋上承瓦者」）、磌（「柱下石」）」屬於比較次要的梁柱，則不再使用。

有關房屋的頂部與底部，也有競爭的例子：

文獻／詞	天花	天花線	地板
《讀本》	花板	花板腳	樓、大樓、樓板
《俗語考》	天花板	—	—
現代廣州話	天花板	天花線	地板

天花板在 1841 年稱爲「花板」，後來 1933 年則變爲「天花板」，與現代廣州話相同。「花板」的裝飾是「花板腳」（「雕花邊釘牆接近花板」），現在廣州話叫「天花線」。地板在 1841 年有三種說法：「樓、大樓、樓板」，現在統一稱爲「地板」。「天花、地板」這個現代的說法，用「天」對「地」，較能突顯部件的位置是屋內的頂部與底部，位置明確，差異清楚。

至於屋外的頂部及牆身的詞，全都出自《讀本》。仍然使用的屋頂部份有「屋脊、飛簷、簷口線（「簷前蝦出線於牆」）」。不再使用的有「屋背」，是屋脊的近義詞；「鑊底頂（「屋背上造成形如覆鑊」）」，指的是一種特別的屋頂；不再單獨成詞的則有「簷」。至於牆身部份，保留的有「牆腳、牆腳線」，丟失的有「屋飛（「樓上旁牆」）」。此外，一些書面語的說法，如「垣、粉壁、雉堞」，也不再使用。

比較有特色的廣州話詞彙，「𠺢」（家，音 $k^{h}ei^{2}$）在 1841 年已經使用，至今已超過一百五十年。

總的來說，與建築有關的詞彙，少部份借用了書面語的說法，主要仍是上下位詞的競爭，「整體－部份」中整體保留、部份丟失。

（4）行——與交通運輸有關的詞

與商業郵電交通有關的詞彙，四部文獻共有 317 條，交通工具之中以船類佔最多，不同類型的船有 86 條（27.1%），這情況與粵方言區相對比較靠海有關。至於陸上的交通工具，只有「篼（「簥輿」）、轎（「肩輿」）」。下文將重點分析水上交通工具，先看共現於文獻與船有的情況，其存廢情況如下表：

與現代廣州話比較				
情況	不再使用	仍然使用	詞義詞形有變化	總　數
數量	1　（14.3%）	6　（85.7%）	0　（0.0%）	7　（100%）

現代廣州話仍然使用的多是統稱，如「船、艇、渡船」，或是常用的、輕便的船隻，如「舢板、橫水渡」；不再使用的是「番船」。至於四部文獻中與船有關的用詞的存廢情況，統計如下：

與現代廣州話比較				
文　獻	不再使用	仍然使用	詞義詞形有變化	總　數
1687《新語》	43　(91.5%)	4　(8.5%)	0　(0.0%)	47　(100%)
1841《讀本》	19　(63.6%)	9　(30.0%)	2　(6.7%)	30　(100%)
1877《四十章》	1　(20.0%)	3　(60.0%)	1　(20.0%)	4　(100%)
1933《俗語考》	2　(33.3%)	4　(66.7%)	0　(0.0%)	6　(100%)

在《新語》中，與商業郵電交通有關的詞彙，船佔了 90%，共 47 條，其中 43 條（91.5%）已經消失；仍然使用的只有「艔（「載人與貨物者」）、艔船、艇（「小舟」、「疍人所居」）、橫水艔（「小者」）」。

不再使用的，有不同大小的船，不同類型的戰船。例如從大至小的大洋船有「獨檣舶（「洋舶之大者，能載一千婆蘭」）、牛頭舶（「於獨檣得三之一」）、三木舶（「於牛頭得三之一」）、料河舶（「於三木得三之一」）」。此外，《新語》卷十八戰船，一共列出了二十二種船：「其巨者曰橫江大哨。自六櫓至十六櫓。……此戈船之最精者也。其小者曰飄風子，曰大小撥槳。大撥槳，每船一艘，槳百餘，小者亦五六十。人坐船內撥之，其行若飛。……其飄洋者曰白艚、烏艚，合鐵力大木爲之，形如槽然，故曰艚。……其載人與貨物者曰艔……小者曰橫水艔。捕魚者曰香舟了，亦曰鄉舟了，曰大罾、小罾。其四櫓六櫓者曰小舟了，八櫓者曰大舟了。曰縩罛船，曰沈罾。其曰朋罛者，……亦曰擺簾網船。其上灘瀨者，曰匾水船，即艑艖也，亦曰扒竿船。……疍人所居曰艇，……盜舟曰龍艇。長四五丈，裸無篷蓋，數十人以橈撥之，奮迅如龍，最利攻刦。……其曰大龍艇者，長九丈七尺，寬一丈一尺六寸，兩旁有槳四十四，櫓十二」。二十二種船之中，只有「艔」和「艇」這兩個統稱保留。

《讀本》中，與船有關的詞有 30 條，不再使用的有 19 條（65.5%）。不再使用的詞彙大多是有特定種類、特定用途的船。不再使用的詞按船的屬性，分爲「番船（「foreign ships」洋船）、番舶（「foreign ships，foreign vessel」洋船）、唐船、官艇（「boat belonging to government」官船）、站船（「官府所坐」）、師船（「cruisers」戰船）、兵船（「戰船」），剗船（「田家所用」）」；從用途分有「篙水船（「bar-boats」負責領航）、便單（「澳門載貨」）、西瓜扁（「以駁貨」）、紫洞艇（「供遊客」）、仙船（「比站船略匾而淺供遊客」）、罟船（「牽罟捕魚」）、八槳船（「可供哨探」）、巡船（「出海緝私」）」；若從製作物料、特點來分有「皮船（「以生牛皮製成箱形」）、熒船（「以草灼底」）、快蟹（「槳多極快」）、煙船（「有輪煙薰」）」等等。

至於仍然使用的，大多是現代常見的簡便水上交通工俱如「三板、快艇、細艇、竹排、竹筏、拖船」，以及有特定用途的「龍船、戰船、鹽船、花艇（「花酒宴樂」）」。

概括地說，現代的水上交通工具，保留的主要是統稱，其它各種用途、各種大小的船，都因爲社會生活的改變而消失。

（5）與日用品有關的詞

跟日常用品有關的詞彙，大致趨勢是越近代使用率越高，年代越久遠使用率越低。共現而仍然使用的主要是統稱，其存廢情況統計如下表：

與現代廣州話比較				
情況	不再使用	仍然使用	詞義詞形有變化	總　數
數量	6　（21.4%）	22　（78.6%）	1　（0.0%）	29　（100%）

共現於文獻的，有29組。仍然使用的，大多是統稱，有廚具、盥洗用品、傢具，以廚具較多，如「快子（筷子）、匙羹（湯匙）、盅（有蓋的杯）、碟（盤子）、盤（托盤）、蓋（蓋子）、罌（小瓦罐）、鑊（鐵鍋）、籮，茶壺、茶煲（燒開水的鍋）、酒樽（酒瓶）、風爐（小爐子，燒柴或燒碳用）、風箱（槖籥）、柴。盥洗用品有：利刮（「淨口之具」，即刮舌器）、番梘（肥皂）；傢具有：臺（桌子）、櫃桶（抽屜）；雜項則有擔杆（扁擔）、雞毛掃（雞毛撣子）、羅經（羅庚）」。

不再使用的日用品名稱，現代已由其它說法替代。例如：

文獻／詞	時辰表	鋪蓋	鍋	傢伙	椰衣掃
《讀本》	時辰表	—	—	傢伙	椰衣掃
《四十章》	時辰表	鋪蓋	鍋	傢伙	椰衣掃
《俗語表》	—	鋪蓋	鍋	—	—
現代廣州語	手錶	床鋪、床鋪被席	煲	家俬	—

上面的例子，有的可能是當時借用書面語的詞，如「鋪蓋、鍋、傢伙」，現代已改用廣州話口語，其中「椰衣掃（「去油氣用」）」則已失傳。

四部文獻中，一部份的詞是因爲社會生活改變而失傳，一部份是上位詞保留，下位詞丟失。具體的存廢數據如下表：

與現代廣州話比較				
文　獻	不再使用	仍然使用	詞義詞形有變化	總　數
1687《新語》	18　（90.0%）	2　（10.0%）	0　（0.0%）	20　（100%）
1841《讀本》	150　（57.3%）	99　（37.8%）	13　（5.0%）	262　（100%）
1877《四十章》	26　（34.2%）	49　（64.5%）	1　（1.3%）	76　（100%）
1933《俗語考》	29　（37.7%）	46　（59.7%）	2　（2.6%）	77　（100%）

《新語》中，至今仍然使用的有「紙扇、羅經」。不再使用的，多爲「諸番貢物」，例如「折鐵刀、番刀弓、金銀八寶器、金絲環、茭張席、兜羅綿被、剪絨絲雜色紅花被面、薔薇水、薔薇露」。還有一些棉織品，如「�被、毦罽、榜被」，三者都是「絮絁所織，其緯粗如小指，或方文、斜文」。詞形改變的有「窦門（「人臥處」）」，現代廣州話寫作「竇」（音 tɐu^3），是窩的意思，現代的詞形跟當時不同，但詞根相同。

《讀本》中，仍然使用的日常用品中，有常用的食具或烹煮食物的用具，如「筷子、匙羹（湯匙）、碟、蓋，烝籠、鑊（鐵鍋）、鑊鏟（鐵鍋鏟）、藥煲（煎藥用的鍋）」等。由於廣東人習慣在飯前喝湯，吃飯無湯不歡，這習慣也反映在仍然使用的廚具上，喝湯有專門的碗「湯兜（「soup tureen」湯碗）、湯碗」；盛湯也有專門的勺，叫「湯殼（「soup ladle」湯勺）」。許多品茗的用具，如「茶匙、茶船、茶壺、茶漏、茶碟、茶盤、茶箱、茶罐，茶煲（燒開水的鍋）、茶葉罇（茶罐）」，大部份與書面語相同。另外還有「嚛啡磨（咖啡磨）、多時架（烤麵包架）、餐刀（切肉用）、局爐（烤箱）」等吃西餐時使用的用具；「牙擦（牙刷）、面巾（洗臉用的毛巾）、梳、番梘（肥皂）、耳挖、利刮（刮舌器）、剃鬚刀（刮鬍刀）」等常用的盥洗用品，也都依然保留。

《讀本》中不再使用的廚房用具，包括許多不同用途的「盅」，如「汁盅、勘盅（「gallipot」藥罐）、蛋盅、鹽盅、冰糖盅、芥末盅、魚油盅、牛油盅」，可見當時「盅」應是一種比較常用的盛器。現在仍然使用的只有統稱「盅」以及「局盅」（沏茶用的碗，有蓋）。而多種不同類型的籃子，如「弓籃（「market basket」菜籃）、食格籃（「partition basket」分格的籃子）、窩籃（「tray-basket」，所指不明）、笠（「basket」籃子）、藤笠（「rattan basket」藤籃）、竹篸（「dust basket」

掃地用)」，現在廣州話主要用統稱「籃」代替。

此外，文獻中又有不同用途的「掃」現在已經不再使用，如：「禾稈掃(「掃樓「用，樓指地板)、灰掃(「整淨爐」用，掃爐灰用)、竹掃(「去泥積」用，去泥垢用)、椰衣掃(「去油氣」用)、麻藤掃(用途不明)」。還有一些比較專門的用具：「烝箸(「steaming-sticks」蒸煮用的筷子)、水罌(「ewer」大口水壺)、舂砍(「舂冰糖用」)」等。

另有估計是煮食方法的「鐵鈀(「gridiron」烤架)」，當時可能比較常用。例子如：「燒鐵鈀火要匀」(1841：5.3)(燒鐵鈀火要均匀)、「改轉鐵耙牛肉」(1841：5.7)(改成鐵鈀牛肉)、「鐵耙羊肉未整」(1841：5.7)(鐵鈀羊肉未煮)、「鐵耙紅薯切薄」(1841：5.7)(鐵鈀甘薯要切薄片)，大概類似現在的鐵板燒之類，現在已經丟失。

隨著生活的現代化，傢具方面也有不少變化，文獻中許多傢具的名稱都已經消失。例如《讀本》中的多種椅子：「斗方椅(「as square as a tool」，所指不明)、手椅(「armchair」扶手椅)、交椅(「elbow chair」肘椅)、睡椅(「a sofa of horse hair」大意是有馬毛的沙發)、學士椅(「easy chairs」安樂椅)」；不同類型的床，如「擻床(「cradle」搖籃)、交子床(「couch」睡椅)」。燈飾方面有「洋枝燈(「foreign chandeliers」外國的弔燈)、紗風燈(「safe」沙櫥)、盔頭燈(「helmet-shaped lamp」頭盔樣的燈)、暗燈(「chamber lamp」室燈)」；浴室用品「便壺(「chamber-pot」估計是尿壺)、剃鬚箱、洗手盅(「finger-bowls」洗手用的盅)、洗身盤(「bathing-tub」浴缸)、洗身水(「water in the bath」洗澡水)」等等，這些都是已經消失的詞彙。

詞義縮小的有「胭脂、墨水」。現代的胭脂指塗在臉頰用的化妝品，但當時的「胭脂」，「rouge」指胭脂口紅，塗用的部位除了臉頰還有嘴唇，例句有：「口唇搽的胭脂」(嘴唇塗點胭脂)(1841：5.5)。而墨水當時指鞋油(「blacking」)，現代廣州話的「墨水」與書面語的用法相同，不再指鞋油。

詞義轉移的有「文具、甲萬、泵、針筒、水泡」。「文具」當時指一種「漆箱(「lacquered partition boxes」)」，現代是讀書寫字的器具。「甲萬」當時是旅行箱(「trunks」)，現在則是保險箱，寫作「夾萬」。「泵」當時是大桶(「vat」)的意思，現代是英語「pump」(唧筒)的音譯，讀 pɐm[1]。「針筒」當時指「pincase」大概是放針的筒，現在則指注射器。而「水泡」當時有三種意思：海綿(日用品）、海綿（海中動物）、水痘（「chicken pox」），就現在只有救生圈的意思；詞義既縮小也轉移。

至於《四十章》、《俗語考》的情況跟《讀本》類似。存留的詞彙多是一些統稱，消失的大多是一些專門、有特殊用途的日常用品。

總的來看，日用品一類的詞，有一部份是因爲社會生活改變而失傳，一部份是上位詞保留，下位詞丟失，例如「籃、盅」。此外，在本節可看出另一個規律，例如服飾一節中「衣服」一詞已經不再使用，由衣服組成的一系列日用品名稱，包括「衣服掃、衣服擦（衣服刷）、衣服櫃」，也一併丟失。

2.3.2　社會經濟結構的變遷

（1）與商業有關的詞

自元朝開始，廣州一直爲中外貿易的貨物集散地；在十九世紀末，香港成爲歐洲各國與中國進行轉口貿易的樞紐。在廣州話裏頭，經濟貿易方面的詞彙，豐富多彩。共現於文獻的有 10 條，其存廢情況如下表：

與現代廣州話比較				
情況	不再使用	仍然使用	詞義詞形有變化	總　數
數量	1　（10.0%）	7　（70.0%）	2　（20.0%）	10　（100%）

仍然使用的佔 70%，主要跟金錢有關，如「錢、銀錢、銅錢、鋪、鋪頭、當票」，不再使用的是「盤費」，詞義詞形有變化的是「錢銀」。例子如下：

（1）荷包擠錢銀嘅（1841：5.4）（錢包是放錢的）

（2）騙嘵佢嘅錢銀（1877：39）（騙了他的錢）

上面例子中的錢銀，現代廣州話全都用錢。至於四部文獻用詞的存廢情況，見下表：

與現代廣州話比較				
文　獻	不再使用	仍然使用	詞義詞形有變化	總　數
1687《新語》	1　（25.0%）	3　（75.0%）	0　（0.0%）	4　（100%）
1841《讀本》	102　（68.9%）	38　（25.7%）	8　（5.4%）	148　（100%）
1877《四十章》	24　（42.9%）	30　（53.6%）	2　（3.6%）	56　（100%）
1933《俗語考》	4　（19.0%）	15　（71.4%）	2　（9.5%）	21　（100%）

文獻中以《讀本》貿易篇六寫得比較詳細，分爲：批貨鋪店、通商名字、

引水章程、買賣匹頭問答、國寶類等九章，本節以此篇爲例來說明具體情況。

先討論變化比較明顯的貨幣。當時使用的貨幣現在大多已經消失，其中本地的貨幣如：金；銀；銅錢（「常使之錢」）；白銀，又分紋銀（「土產」，「支官兵餉」）、洋錢（「市上都係使洋錢找換」）；元寶錠（「ingots」錠）；古錢有：天帝錢、咸陽雨錢、金五銖錢。至於外國貨幣，統稱「番錢、洋錢」，有「覓士哥」（墨西哥）的「貢鷹銀」，「咪唎加國」（美國）的「單鷹銀」，「大呂宋」（西班牙）的「四工銀、大裙腳、舊頭」，「佛囒西國」（法國）的「考貢銀、花邊、鬼頭」。貨幣單位，本地的有：文（「每錢一文重一錢故名之曰錢官價定以一厘銀作錢一文」）或旼」，外國的是「先士、絲」（「cents」一美分）等等。

現在仍然使用的「現銀（jin⁶ŋɐn⁴「cash」現金）、銀錢（ŋɐn⁴ tsʰin⁴「dollars」）、錢銀（tsʰin⁴ ŋɐn⁴）、文（mɐn⁴）」，但都有變調。前兩個詞的第二個音節變爲陰上，讀現「銀（jin⁶ŋɐn²）、銀錢（ŋɐn⁴ tsʰin²）」；而「錢銀（tsʰin² ŋɐn²）」則兩個音節都變爲陰上；「文」的陰陽調有變，讀 mɐn¹。其它如「金、銀、白銀」，仍然使用，但都不再作日常貨幣。

費用方面，種類繁多，有「定銀（「earnest money」定金）、押櫃（「deposit money」押金）、逾限銀（「過限另加之銀」）、扣頭銀（「discount」折扣）、火耗（「refining and stamping」折耗的費用），盤費（「charges」路費）、水腳銀（「用船載貨之使用也」）、鞋金（「送予收租之人買鞋以謝其往返之勞」）、信資（「以錢謝帶信之人」）、批頭和抽頭（「deduction made from the rent」類似地產代理的佣金），賞銀（「餉固不納尤賞之以銀」）、賞（「perquisite」臨時津貼）」，但已不再使用。稅收方面，有四種說法：「餉、稅餉、關津、關稅」，現在只用「關稅」；薪水的說法也有四種：「工銀、工錢、工價、人工」，現在只用「人工」。

銀行服務方面，「銀鋪（「money shop」錢莊）」有「生放（「將銀放出生息」）、傾銷（「mint」造幣廠）、便換（「houses of money-chargers」找換店），「俱稱銀鋪」。現代稱爲發鈔銀行的，當時叫：錢局（「mint」造幣廠）、傾銷銀店（「native bankers」本土銀行）」。此外，「銀店」（「banker」銀行家）也負責「代爲上庫」。這些銀行業的詞彙，已隨著銀行體制的變化而消失。

至於商業文書所用的詞，可分爲會計文書、票據牌照兩類。不再使用的會計文書詞彙有「數目簿（「管理其數目者」）、流水簿（「每日登記之草簿以其每日自上而下如流水」）、草簿（「blotter」記事本）、總簿（「收支截數埋總存貯過數之簿」)」。這些詞彙，已經由現代的會計專業術語取代。

票據牌照方面，官府發出的有「牌」和「照」:「回照（「銀店即代爲上庫取有蕃司（財務官）回照爲憑」)、執照（「納稅……將銀補回火耗納訖有執照二張領回」)、牌照（「官給以爲關隘驗貨放行」)、牌（「請驗放行之紙」)、紅牌（「有官印之牌照也」)；商人向官府登記的有：船丁冊（「出口船錄此呈驗以憑稽核」)、載位（「寫載位運貨物」)、報貨單（「入口船錄此呈閱以便知貨多少」)」；一般的收據有「單、貨單（「買賣所書之貨價單」)、開貨單（「invoice of the goods」貨物的發票）、行單（「bill from the hong merchants」「行」的票據）、收單（「收到銀両或貨物寫一紙交來人拿回以爲憑」)、會單（「應交銀人寫明一單到某處收回」)、賠補單（「失人財物不能以原物還人則立單言明」)」；租賃契約有「租簿（「議定租後以何爲憑……業主亦設租簿」)、批（「以文字批明於紙交鋪客收執爲據」業主給租客的契約）、領（「看批來意寫回一張領領到他鋪之意」租客給業主的契約）」。上述的票據牌照詞彙，仍然存留在現代廣州話的有統稱「單」或「貨單」。而詞義轉移的有「牌照」,「牌照」原指「官給以爲關隘驗貨放行」，現指各類的許可證。

由上面的分析可見，與商業貿易相關的詞彙，在這一百多年間的變化很大。由於現代的貿易流程越來越規範，各個項目的分工也越來越精細，《讀本》中的商業詞彙有 148 條，其中 102 條已不再使用，約佔 70%。表示大部份的舊詞因未能適應商業社會的迅速發展而被淘汰，取而代之的是更能配合新制度的商業詞彙。

（2）與船業有關的詞

與漁業、船業所使用的工具相關的詞彙，共現於文獻的有 10 組，存留的大多是表示基本結構與用具的詞，如「軭、桅、槳、櫓、篷、纜」。不再使用的是不同類的漁網，如「罛、罾」，以及一種引重工具「轆轤」。另外，「篙」現代廣州話已不單用。詳細的存廢比例見下表：

與現代廣州話比較				
情況	不再使用	仍然使用	詞義詞形有變化	總　數
數量	3　（10.0%）	6　（60.0%）	1　（20.0%）	10　（100%）

從上表可見，常用的漁船業工具詞彙，仍然使用率有 60%，比例不算低。

至於個別文獻的用詞存廢情況，見下表：

與現代廣州話比較				
文　獻	不再使用	仍然使用	詞義詞形有變化	總　數
1687《新語》	24　（82.8%）	5　（17.2%）	0　（0.0%）	29　（100%）
1841《讀本》	57　（58.2%）	39　（39.8%）	2　（2.0%）	98　（100%）
1877《四十章》	0　（0.0%）	2　（100.0%）	0　（0.0%）	2　（100%）
1933《俗語考》	7　（41.2%）	9　（52.9%）	1　（5.9%）	17　（100%）

按文獻中的情況來講，保留的是統稱，消失的是細部件。

《新語》中，與漁業、船業所使用的工具相關的詞彙有 29 條，仍然使用都是船上部件的統稱。包括「㔶（帆）、柁、篷、櫓、槳」，佔 17.2%。

不再使用的，一部份是不同類型的細部件，一部份的是當時船上的武器，共 24 條（82.8%）。船上的細部件例如「勾篷（「其有斜角如折疊扇形者，逆風可使」）、扣篷（「一横一直而馳」）、鴛鴦㔶（「勾篷必用雙㔶，前後相疊，一左一右，如鳥張翼，以受後八字之風」）、平頭㔶（「其方者」）、帆葉（「以木葉爲之」）、罛（一種漁網）、纜枝（「綄索曰纏，旁出者曰纜枝」）」等。還有船上的武器如「艦旁……左右架佛郎機炮、磁炮、九龍信炮、蒺藜錫炮、霹子炮、神炮數重，及火磚、灰礶、煙球之屬……又或周身皆炮，旋轉迴環，首尾相爲運用，其捷莫當。此戈船之最精者也」。

《讀本》中仍然使用的，主要是統稱，如「桅、槳、篷、櫓、纜」等，以及一些基本結構：「大桅（「main-mast」主桅杆）、頭桅（「fore-mast」前旗）、尾桅（「mizzen-mast」後桅），二層櫃（「gun-deck」艙甲板）、三層櫃（艙甲板）、水櫃（「tank」貯水池）、船尾房（「cabin」艙室）、船梯、船殼」等等。

不再使用的，大多是船的細部件，例如「頭枕（「apron」遮簷板）、頭梢（「bow scull」小划艇槳的一種）、頭嘛（「船頭之桅」）、頭嘛標（「乃第二節也」）、頭嘛横擔（「bowsprit bumpkin」船首斜桅的一種）、頭緝（「船頭外之小風帆也」）、頭篷（「bow mats」直譯是弓墊）、頭龍（「stem」直貫底骨的幹）、桅夾（「夾桅之木」）、桅夾艙（「近桅之艙爲裝載貨物」）、桅帽（「以木造穿二圈爲駁二喘」桅杆一種）、桅盤（「tops」桅杆頂部）；又如一些捕魚的器具：魚笈（「fish basket」魚籃）、魚標（「fish spear」魚叉）、魚梁（「salmon leap」所指不詳）」等等。

詞義或詞形有變動的有「篙」和「櫃面」。「篙」現已不單獨成詞，而「櫃面」原爲「船面之板」，現在同時擴大爲櫃檯的意思。值得一提的是，「罟」原爲網的總稱，當時有「罟、罟網、罟船」，現代的廣州話只用網，這是近義詞競爭的結果。

總的來說，與漁船業有關的詞，有「整體－部份」關係的詞比較多，而消失的大多是細部份，保留的是統稱較多。

（3）與農業有關的詞

與農業有關的詞彙，全出自《讀本》，共 112 條，其中 81 條不再使用（72.3%），仍然使用的有 28 條（25%），詞義詞形有改變的有 3（2.7%）條。

仍然使用的，以杷（聚攏或散開穀物的農具）類的詞彙比較多，如「大杷、小杷、方杷、竹杷、拖杷、穀杷」；另有一些比較常用的農具：杈、犂、磨、鏟、朳等。

不再使用的詞條，大多是古漢語的詞彙，例如不同類型的「杴（似鍬的農具）」：「木杴、竹揚杴、鐵刄杴」；「鐮（收割或割草用的工具，形狀彎曲如鈎）」：「刎鐮、推鐮、豎鐮」；「鑱（挖土鐵器）」：「長鑱、犁鑱、壓鑱」；「碓（舂米的用具）」：「水碓、堈碓、機碓」；「刀」：「刈刀、劙刀」；麥轉用的農具：「麥笐（「築木成架」）、麥釤（「芟麥之刃」）、麥綽（「reaping basket」收穫籃）、麥籠（「wheat-basket」小麥籃）」等等。

詞義轉移的有「刮板（「鏟土具也」）、輥軸（輥碾）、翻車（「paddle-trough」農用水車）」。現代的「刮板」是一種多用途的工具，可在裝修裱糊時使用，或印刷時用來刮平油墨。而「輥軸」現在指能滾動的圓柱形機件。「翻車」現代廣州話指車輛翻覆，不再作農具之用。

簡言之，常用的基本的農具仍然存留，有特定用途的農具大多消失。

（4）與文化有關的詞

四部文獻中的與文化娛樂有關的詞彙不多，只有 106 條，共現於這兩本文獻的有「毽」或「毽」（jin^2，毽子），踢毽子除了是廣東地區的娛樂外，相信也是全國流行的運動。四部文獻用詞的存廢情況見下表：

與現代廣州話比較				
文　獻	不再使用	仍然使用	詞義詞形有變化	總　數
1687《新語》	14　（77.8%）	3　（16.7%）	1　　（5.6%）	18　（100%）

1841《讀本》	10 （47.6%）	9 （42.9%）	2 （9.5%）	21 （100%）
1877《四十章》	9 （27.3%）	23 （69.7%）	1 （3.0%）	33 （100%）
1933《俗語考》	19 （57.6%）	14 （42.4%）	0 （0.0%）	33 （100%）

與文化有關的詞彙，比較有代表性的載於《新語》及《俗語考》。根據這兩本文獻的記載，當時人們主要以運動、音樂、賭博來自娛，與現代人的娛樂喜好相近。

《新語》仍然使用的有「潮州戲（「土音唱南北曲者」）、銅鼓、⿰金匽」。不再使用的有當時的民間曲藝：「浪花歌（「其三月之歌」）、摸魚歌（「唐人竹枝調」）」；娛樂如「則劇（「遊戲……雜劇也」）、鬥柑（「柑以核多爲勝」）、燈信（「其燈師又爲謎語，懸賞中衢）、煙火、花筒（「元夕張燈燒起火，十家則放煙火，五家則放花筒」）、爆竹」；祭祀活動如「坐歌堂（「男女家行醮，親友與席者或皆唱歌」）」。

《俗語考》中，仍然使用的有「毽（「運動之具」）、紙鷂（「紙鳶」），木魚（「龍舟歌」）、南音（「粵謳」）、鈸（「大鐃」）、骨牌、塞（骰）（「賭博之具」）、籌馬（「以籌記數」）」。

不再使用的有「八音（「吹打」）、梆（「以竹簡作鼓」）、測板（「拍板」）、打球（「運動之具」）、燈籠⿱雨軍（「燈籠」）、骰六和骰缽（「賭博之具」）」。

民間信仰方面，凡是人們遇到無法解釋的事情，便以鬼神之說附會，又或向鬼神求助。《新語》卷六神語，記載了 22 條鬼神的名稱，可見當時廣東地區的人民十分迷信。22 個詞彙中，專寫廣州地區的有 4 個：「西王母、金華夫人、綠郎、紅娘」，四個詞彙都與傳宗接代有關，然這些詞彙在現代廣州話都已經消失。

例如現代的「西王母」，是神話傳說中的女神。原是掌管災疫和刑罰的怪神，後於流傳過程中逐漸女性化與溫和化，而成爲年老慈祥的女神。然而在廣東地區，當時的「西王母」共有六個，兩兩一對，各司其職：「兩送子者，兩催生者，兩治痘診者，凡六位」。

此外，「廣州多有金華夫人祠，夫人字金華，少爲女巫不嫁，善能調媚鬼神，其後溺死湖中，數日不壞。有異香，即有一黃沉女像容貌絕類夫人者浮出，人以爲水仙，取祠之，因名其地曰仙湖，祈子往往有驗」。

又「廣州女子年及笄，多有犯綠郎以死者，以師巫茅山法治之，多不效。

蓋由嫁失其時，情慾所感，致爲鬼神侵侮……廣州男子未娶，亦多有犯紅娘以死。諺曰：『女忌綠郎，男忌紅娘。』皆謂命帶綠郎紅娘者可治，出門而與綠郎、紅娘遇者不可治，此甚妄也。……皆婚姻不及其時所致」。

從這些資料可見，當時傳宗接代的大事，須請西王母送子或催生，又或者是向金華夫人祈子。適婚年齡而未婚，大概是冒犯了綠郎、紅娘，要「以師巫茅山法治之」。「紅娘」在當時冒犯不得，但現在廣州話則稱撮合男女的媒人爲「紅娘」，這個詞在現代的意義跟四百年前完全不同。

這些與民間信仰相關的詞現已失傳，但不代表人們不再迷信。事實上，現代廣州話也有一批具有同樣職能的新詞，如「送子觀音、姻緣石、黃大仙」等，已取代了舊有的詞彙。

至於《俗語考》中，與鬼神之說有關的有一段，佔該卷的六分之一，共 13 條，仍然使用的有「鬼、聻（「鬼死爲聻」，讀若積）、地主（「土神」）、門神」，可見鬼神之說在現代仍有其市場。至於不再使用的有「人死爲鬼……鬼曰魕（讀若基）。曰虪魖（讀若烏上聲）……床神曰床婆……路邊小鬼曰甶（音佛）。紫姑曰屎坑姑。以石爲神曰石敢當」。另外還有「床頭公、床頭婆」兩位床神。此外，「煞」（「凶神」）只餘「兇神惡煞」一說。

然而此類與民間詞彙有關的詞，現代廣州話有：人死爲神的如「關公、黃大仙」。此外，現代婦女懷孕的禁忌，仍有許多跟睡床有關，大抵與以前的床神相類。而「石敢當」現在已用「喃嘸阿彌陀佛」石碑代替。

總括而言，與文化娛樂的關詞，無論在運動、音樂、賭博、民間信仰等方面，大多已經失傳。

2.3.3　其它情況

其它情況，主要是指在《漢語方言詞彙》放在「其它」一類的詞彙，例如東西、垃圾、窟窿等等。這類詞彙在四部文獻中的存廢情況如下：

與現代廣州話比較				
情況	不再使用	仍然使用	詞義詞形有變化	總　數
數量	2　（14.3%）	11　（78.6%）	1　（7.1%）	14　（100.0%）

共現於文獻的而仍然使用的佔 76.9%，例如「攋搓（垃圾）、野或嘢（jɛ^{5} 東西或事情）、事幹（事兒）、吼或銎（讀 loŋ^{1}，孔）、鏬或罅（「seam」小隙，

讀 la[3])、色水(「color」顏色)」。其中「攋搑」在《新語》、《讀本》、《四十章》三本文獻的寫法、用法相同，把「攋搑」寫成「垃圾」應是後來受到書面語影響。除此以外，跟書面語相同的還有脾氣、年紀、法子、名目。至於不再使用的是：墪或墩(「地高者，地之高堆」)。

簡而言之，屬於「其它」類別的詞彙，仍然使用的佔多數，不再使用的佔少數，表現相對穩定。

2.3.4 小　結

展現社會生活的詞，其變化總括起來有以下幾點：

(1) 共現於文獻，比較常用的詞，變化不大，流失的約佔 20%，存留的超過 70%。(見表 2-4)

(2) 上位詞多保留，下位詞多丟失，在服飾布料、交通運輸、房屋、傢具中最爲突出。

(3) 屬於整體－部份關係詞，整體的多保存，部份的多失傳，這一點在建築、船業、農業的詞彙中，表現最爲明顯。

(4) 飲食方面的詞，外國傳入的食品，音譯詞較多保留，意譯詞的競爭較爲激烈。

(5) 部份詞彙有系列性的改變，如「洗身、衣服」已經不再使用，與其組合成詞的也一併丟失，如「洗身房、洗身盤、洗身水、洗身衫；衣服掃、衣服擦、衣服櫃」等等。

(6) 經濟結構的改變對商業類詞的影響較大，部份的詞未能適應社會的發展步伐被淘汰。

表 2-4 共現於四部文獻「展現社會生活的詞」的存廢情況一覽表

與現代廣州話比較				
類別／項目	不再使用	仍然使用	詞義詞形有變化	總　數
服飾	9　(32.1%)	18　(64.3%)	1　(3.6%)	28　(100%)
飲食	3　(13.0%)	20　(87.0%)	0　(0.0%)	23　(100%)
房屋	1　(12.5%)	4　(50.0%)	3　(37.5%)	8　(100%)
工具材料	6　(20.7%)	22　(75.9%)	1　(3.4%)	29　(100%)
商業郵電交通	2　(11.8%)	13　(76.5%)	2　(11.8%)	17　(100%)

器具日常用具	6　（20.7%）	22　（75.9%）	1　（3.4%）	29　（100%）
文化娛樂	1　（33.3%）	2　（66.7%）	0　（0.0%）	3　（100%）
國家地區	0　（0.0%）	2　（100%）	0　（50.0%）	2　（100%）
其它	2　（14.3%）	11　（78.6%）	1　（7.1%）	14　（100%）
總數：	30　（19.6%）	114　（74.5%）	9　（5.9%）	153　（100%）

2.4　三百年以來廣州方言詞彙的變化

詞彙系統和語音、語法系統一樣，有自身的生命周期，詞的出生、成長、死亡，都有一定的規律。這個規律隨著政治、經濟、社會的發展而變化。爲了交際順利進行，有新詞的產生；隨著某些社會生活現象的消失，也有一部份的舊詞退出歷史舞臺，這就是詞彙系統自我調節以保存生命力的新陳代謝。整體來講，共現於四部文獻的詞約保留率超過 70%，淘汰率是 20%左右。

2.4.1　常用度與存留情況的關係

整體來說，常用的詞彙的保留率比較高，變動比較小。這些詞彙的特點是：與日常生活、生產勞動的關係較爲密切，在區內流行且具有地域特色。至於一般詞彙，其變化在 30%至 70%之間，丟失率比較高，由於經常變動，所以穩定性較低。這類詞隨著社會發展而大量產生，但當中有一部份的生命周期很短。

（1）共現於文獻的詞條的存留情況

共現於文獻的詞條共有 523 個詞。各類別詞彙的使用情況，經統計如下表：

表 2-5 共現於四部文獻的詞彙的存廢情況一覽表

與現代廣州話比較				
文　獻	不再使用	仍然使用	詞義詞形有變化	總　數
人品	11　（39.7%）	22　（59.5%）	4　（10.8%）	37　（100%）
文化娛樂	1　（33.3%）	2　（66.7%）	0　（0.0%）	3　（100%）
服飾	9　（32.1%）	18　（64.3%）	1　（3.6%）	28　（100%）
動物	25　（23.4%）	76　（70.0%）	6　（5.6%）	107　（100%）
時間節令	2　（22.2%）	7　（77.8%）	0　（0.0%）	9　（100%）
人體	8　（21.6%）	28　（75.7%）	1　（2.7%）	37　（100%）
工具材料	6　（20.7%）	22　（75.9%）	1　（3.4%）	29　（100%）
器具日常用具	6　（20.7%）	22　（75.9%）	1　（3.4%）	29　（100%）

親屬稱呼	8 （20.5%）	28 （71.8%）	3 （7.7%）	39 （100%）
天象地理	2 （16.7%）	8 （66.7%）	2 （16.7%）	12 （100%）
植物	19 （16.5%）	94 （81.7%）	2 （1.7%）	115 （100%）
其它	2 （14.3%）	11 （78.6%）	1 （7.1%）	14 （100%）
飲食	3 （13.0%）	20 （87.0%）	0 （0.0%）	23 （100%）
生理病理	1 （12.5%）	8 （87.5%）	0 （0.0%）	9 （100%）
房屋	1 （12.5%）	4 （50.0%）	3 （37.5%）	8 （100%）
商業郵電交通	2 （11.8%）	13 （76.5%）	2 （11.8%）	17 （100%）
方位	0 （0.0%）	3 （100.0%）	0 （0.0%）	3 （100%）
礦物自然物	0 （0.0%）	2 （100.0%）	0 （0.0%）	2 （100%）
國家地區	0 （0.0%）	2 （100.0%）	0 （50.0%）	2 （100%）
總數	106 （20.3%）	390 （74.6%）	27 （5.2%）	523 （100%）

根據上列表格的數字統計，仍然使用的佔 74.6%，可見超過 70%的常用詞，在口語長期沿用，承傳及保留至今，只有 20%左右的詞語發生了變化。反映了廣州方言詞彙從清代至今三百年間，口語有一定的穩定性，系統也有一定的延續性。由於日常生活交際所需，大部份口語詞彙經歷數百年仍然歷久不衰，詞彙發生變化的不多，廢棄不用的也只佔小部份。本文的調查結果與同類型方言調查十分接近〔註 11〕。

（2）四部文獻的個別情況

綜合四部文獻的情況，詞彙發展的大體趨勢是：年代越久遠，淘汰率越高；年代越接近，淘汰率越低。（見表 2-6）

表 2-6 四部文獻所見詞彙存廢情況一覽表

與現代廣州話比較				
文　獻	不再使用	仍然使用	詞義詞形有變化	總　數
1687《新語》	1006 （70.1%）	385 （26.8%）	45 （3.1%）	1436 （100%）
1841《讀本》	2124 （58.2%）	1381 （37.9%）	142 （3.9%）	3647 （100%）
1877《四十章》	260 （32.8%）	509 （64.3%）	23 （2.9%）	792 （100%）
1933《俗語考》	274 （36.5%）	434 （57.9%）	42 （5.6%）	750 （100%）

上面的數據顯示，四部文獻的丟失率在 30%至 70%之間，顯示廣州方言

〔註 11〕林寒生：〈福州方言詞彙二三百年來的歷史演變〉，第七屆閩方言國際研討會論文，2001 年，頁 48～56。

不常用詞彙的丟失率並不一致。如果按類別來劃分，在前文 2.1 節的分析反映丟失的主要在動物、植物兩類。按文獻來分，1933 的《俗語考》最靠近現代，但丟失率較 1877 的《四十章》爲高。由此可見，不常用詞彙不一定爲全部廣州方言使用者普遍掌握。

2.4.2　三大類詞的存留情況

按照詞的義類來劃分，在「反映自然世界的詞」、「體現人及人際關係的詞」、「展現社會生活的詞」之中，以「展現社會生活的詞」的流失情況較嚴重，「體現人及人際關係的詞」次之，「反映自然世界的詞」流失最少；這種情況也見於其它方言的同類調查〔註 12〕。下表把四部文獻個別的流失率列出，流失率超過 50%的，以「+」表示，以顯示各類別的丟失情況。

表 2-7 四部文獻流失類別比較

與現代廣州話比較				
類別／文獻	1687《新語》	1841《讀本》	1877《四十章》	1933《俗語考》
3 器具日常用具	＋　（90.0%）	＋　（57.3%）	（34.2%）	（37.7%）
3 商業郵電交通	＋　（86.3%）	＋　（68.0%）	（41.0%）	（22.2%）
3 工具材料	＋　（81.2%）	＋　（68.4%）	（20.0%）	（33.9%）
2 人品	＋　（80.2%）	＋　（63.9%）	（43.3%）	（25.5%）
3 服飾	＋　（77.8%）	＋　（56.0%）	（41.7%）	（49.0%）
1 動物	＋　（64.8%）	＋　（67.0%）	（0.0%）	（41.0%）
3 國家地區	＋　（66.7%）	＋　（50.0%）	（0.0%）	（0.0%）
2 生理病理	＋　（50.0%）	＋　（53.9%）	（0.0%）	（25.0%）
3 文化娛樂	＋　（77.8%）	（47.6%）	（27.3%）	＋　（57.6%）
1 天象地理	＋　（75.4%）	（20.0%）	（32.4%）	（36.0%）
1 植物	＋　（70.9%）	（43.7%）	（18.2%）	（25.8%）
1 時間節令	＋　（67.9%）	（35.7%）	（27.9%）	（45.8%）
3 飲食	＋　（60.6%）	（34.0%）	（11.5%）	（23.8%）
1 礦物自然物	＋　（60.0%）	（40.9%）	（0.0%）	（42.9%）
3 其它	＋　（50.0%）	（37.3%）	（36.6%）	（33.3%）

〔註 12〕徐睿淵：〈廈門方言一百多年來語音系統和詞彙系統的演變——對三本教會語料的考察〉，廈門大學博士論文，2008 年。

3 房屋	（25.0%）	＋ （56.7%）	（17.6%）	（58.5%）
2 親屬稱呼	（25.0%）	（49.3%）	＋ （50.0%）	（28.3%）
2 人體	（0.0%）	＋ （66.1%）	（35.4%）	（35.3%）
1 方位	（0.0%）	（0.0%）	（2.9%）	（0.0%）

（1：反映自然世界的詞，2：體現人及人際關係的詞，3：展現社會生活的詞，＋：表示百分比＞50%）

從上表可見，兩本文獻的丟失率都超過 50%的，共有九類，依次爲：3 器具日常用具、3 商業郵電交通、3 工具材料、2 人品、3 服飾、1 動物、3 國家地區、2 生理病理、3 文化娛樂。九類中，「展現社會生活的詞」佔了六類，丟失率最高的前三位，都屬這一類別，可見其流失情況比較嚴重。而體現人及人際關係的詞的丟失率次之，反映自然世界的詞流失最少。

若以保留率來分析，保留率超過 50%的，以「＋」，各類別的保留統計如下表：

表 2-8 四部文獻留存類別比較

與現代廣州話比較				
類別／文獻	1687《新語》	1841《讀本》	1877《四十章》	1933《俗語考》
1 方位	（0.0%）	＋ （100.0%）	＋ （97.1%）	＋ （100.0%）
1 時間節令	（32.1%）	＋ （64.3%）	＋ （70.5%）	＋ （54.2%）
3 飲食	（32.4%）	＋ （60.8%）	＋ （88.5%）	＋ （71.4%）
1 植物	（28.8%）	＋ （54.5%）	＋ （81.8%）	＋ （74.2%）
1 礦物自然物	（35.0%）	＋ （54.5%）	＋ （100.0%）	＋ （57.1%）
1 動物	（33.0%）	（31.0%）	＋ （100.0%）	＋ （57.0%）
2 生理病理	（42.9%）	（44.2%）	＋ （90.0%）	＋ （75.0%）
3 工具材料	（18.8%）	（29.5%）	＋ （80.0%）	＋ （61.3%）
3 器具日常用具	（10.0%）	（37.8%）	＋ （64.5%）	＋ （59.7%）
2 人體	＋ （100.0%）	（29.8%）	＋ （62.0%）	（39.2%）
1 天象地理	（12.3%）	＋ （80.0%）	＋ （58.8%）	（44.0%）
3 其它	（25.0%）	（47.1%）	＋ （59.5%）	＋ （66.7%）
3 商業郵電交通	（13.7%）	（26.4%）	＋ （54.1%）	＋ （70.4%）
2 人品	（9.9%）	（31.4%）	＋ （52.9%）	＋ （66.7%）
3 國家地區	（20.8%）	（10.0%）	＋ （100.0%）	（0.0%）
3 房屋	（0.0%）	（26.1%）	＋ （82.4%）	（31.7%）
3 文化娛樂	（16.7%）	（42.9%）	＋ （69.7%）	（42.4%）

3 服飾	（22.2%）	（38.0%）	＋　（54.2%）	（47.1%）
2 親屬稱呼	（54.2%）	（47.8%）	（47.5%）	＋　（66.0%）

（1：反映自然世界的詞，2：體現人及人際關係的詞，3：展現社會生活的詞，＋：表示百分比＞50%）

從上表可見，三本文獻的保留率都超過 50%共五類，依次是：1 方位、1 時間節令、3 飲食、1 植物、1 礦物自然物。「反映自然世界的詞」佔了四類，反映這類詞的保留情況最佳。比較令人意外的是飲食類的詞彙在其中三本文獻的保留率都超過 50%，與亙古不變的日月星辰風霜雨雪等天文現象類詞彙並列。而飲食類詞彙在保留率上的靠前情況，同時見於其它同類型的方言調查〔註 13〕。

2.4.3　總結：文獻所見的廣州話口語詞的演變規律

（1）常用的詞彙變化小，不常用的詞彙變化大

根據上文的分析，常用的詞的保留率超過 70%，只有約 20%的詞發生了變化。此處所說的常用、少用，是指出現的頻率與使用的範圍。這些人們日常生活經常用到、跟人類活動關係密切的詞，出現頻率高、使用範圍廣，其核心就是基本詞、常用詞。

常用詞是詞彙系統的核心部份，有保證語言的連續性、穩定性的作用，能確保語言達到交際功能。本章的三大類詞中，無論是反映自然世界的詞、體現人及人際關係的詞，還是展現社會生活的詞，當中的常用詞都相對穩定，其延續性、穩定性，有助於人們進行溝通。文獻中的基本詞有：天象的「天、風、日頭」，人體的「手、心、頸」等等，例子很多。至於少用的詞，丟失率很高（30%至 70%不等），以動物、植物中少見的物種最爲明顯，如「蓬鬆子、青雞、鱟鱣」等等，因爲少用少見，現代已經失傳。

本章的研究結果與學者對基本詞、常用詞的理論基本一致：「漢語的基本詞彙，它們一直從先秦使用到現在。常用詞語具有較大的穩固性，產生以後被人們普遍使用，其中有不少一直延續到現代漢語中，成了現代漢語的基本詞彙。非常用詞語變化較快，有些用了一個時期以後就不再使用或意義完全

〔註 13〕陳澤平：《19 世紀以來的福州方言——傳教士福州土白文獻之語言學研究》，福州：福建人民出版社，2010 年，頁 545。

改變了」〔註 14〕。文中的廣州話口語材料，也證明了基本的常用詞比較穩定。

（2）概括化、一般化的詞的保留

前文的分析多利用上下位詞、「整體－部份關係詞」來說明問題。上下位詞代表著表述的精密，「整體－部份關係詞」表示分類的精細。文獻中保留的是概括的上位詞、「整體」，丟失的是精細的下位詞、「部份」。表示現代廣州話所保留的是概括化、一般化的說法。

符淮青指「上下位詞是構成表一種表達認識的重要方式」，兩級上下位詞多出現在日常運用當中，本質是一般和個別的關係〔註 15〕。上位詞因爲常用，進入核心詞的也多，在斯瓦迪士 100 核心詞表，已充分反映這種情況。下位詞由於生活的需要、表達的需要而不斷創造、創新，因此變化也大。具體的例子如《新語》中的「綀罛船、擺簾網船、匾水船、扒竿船」，便是典型的上位詞「船」保留，下位詞丟失的例子。又如門的組成部份有「門枋、門鬼、門閂、門樞、門限、門根」，則屬於「整體」的「門」保留，屬於「部份」的組成部件丟失。這情況在衣飾布料類、房屋建築類、與船業有關的詞彙中，還有相當多的例子。而這種概括化、一般化的詞的保留的這種情況也見於其它的方言。

（3）詞彙系統的競爭

李如龍在《詞彙系統在競爭中發展》一文指出「詞彙作爲語言三要素中最活躍的部份，是一個複雜的、多面的系統。它總是處在不斷變動之中。推動詞彙系統發展的動力是什麼？是競爭」〔註 16〕。本章所見的近義詞的更替、口語借用書面語、常用詞的創新，歸根究底，就是詞彙的競爭，是近義詞的競爭、口語書面語的競爭、舊詞與新詞的競爭。

近義詞的競爭，在本章的例子大多是「單一的線性替換」〔註 17〕，通常是兩個意思相近的詞，先共存，後替換，例如「大人公－家公」，「匠－師傅」。在

〔註 14〕蔣紹愚：《近代漢語研究概要》，北京：北京大學出版社，2005 年，頁 273。

〔註 15〕符淮青：《現代漢語詞匯》（增訂本），北京：北京大學出版社，2004 年，頁 122～126。

〔註 16〕見李如龍：〈詞彙系統在競爭中發展〉，《漢語應用研究》，北京市：中國傳媒大學出版社，2004 年，頁 185。

〔註 17〕此處參考了汪維輝：《東漢——隋常用詞演變研究》，南京：南京大學出版社，2004 年，頁 396「單一的線性替換」的概念。

更替的過程中，兩詞並存、互相競爭、此消彼長，最後由新詞代替舊詞。這也符合漢語歷時演變的基本情況。此類情況，在親屬關係、人品、動植物名稱有不少例子。

口語和書面語的競爭情況，在廣州話十分常見。一方面是新概念需要新詞去表達，另一方面是因爲語用上的需要。加上廣州話用方音既可表達口語，也可朗讀書面語，借用書面語十分方便，全不拗口。因此，口語借用書面語的情況，在文獻中幾乎各個方面都有例子，例如與生理病理有關的詞，一部份是書面的醫學名詞的直接借用，如「近視眼、遠視眼、流鼻血、流鼻涕」等；房屋建築方面的如「睡房」取代「瞓房」、「更衣室」取代「替身房仔」等；這些例子都是直接把書面語的形式搬到廣州話口語。另一種情況是爲了語用上的需要，有意識地借用書面語。例如《讀本》中一系列的書面語親屬稱呼：「令考、令妣，家父、家母、家君、家慈、家嚴」等，使用的目的，是爲了表示莊重、尊敬。在現代的生活中，也是這樣的情況。例如新聞廣播、會議討論、教師上課等，多借用比較嚴謹的書面語詞彙，以表達嚴肅的內容。由此可見，廣州話口語與書面語既互相依賴，又同時在競爭中互相滲透、互相轉化。加上現代社會人們交往頻繁、信息爆炸、出版物泛濫，書面語借助媒體的力量影響口語，更令兩者有逐步靠攏的趨勢〔註 18〕。

除此以外，舊詞與新詞的競爭引致詞彙變化，令舊詞逐步走向衰亡，而文獻中在時間詞方面有明顯的例子。舊詞與新詞產生的時間，有先後之分。文獻中的舊詞是「明天、明早、昨晚、昨日」，新詞是「𠵱日、聽朝、琴晚、琴日」。李如龍認爲「聽日、聽朝」的「聽」是一種「合音」的詞內音變〔註 19〕，是語音變化帶來的創新，同時引致舊詞死亡。另外，字源不明、語音特殊的「嘢」，又是另一種創新，其來源至今仍有待考究。

（4）社會發展引起的舊詞衰亡、新詞的興起

從 1840 年第一次鴉片戰爭開始，中國由封建王朝逐步淪爲半殖民地半封

〔註 18〕見李如龍：〈詞彙系統在競爭中發展〉，《漢語應用研究》，北京市：中國傳媒大學出版社，2004 年，頁 194。

〔註 19〕李如龍：〈廣州話常用詞裏的幾種字音變讀〉，《漢語方言的比較研究》，北京：商務印書館，2001 年，頁 295。

建社會，自此至新中國成立的一百多年間，社會起了翻天覆地的變化，文獻中的詞彙使用也反映了這個情況。1841 的《讀本》與 1877 的《四十章》，兩本同屬十九世紀的文獻，《讀本》的淘汰率接近 60%，而《四十章》的丟失率卻只有 30%左右（見前表 2-6）。《讀本》與《四十章》相差只有三十五年，丟失率卻有 25.4%的差距；反觀《四十章》與 1933 的《俗語考》，相差約六十年，但丟失率只有 3.7%的差距。這段期間發生的重大的歷史事件，就是鴉片戰爭。「在巨大的社會震蕩和變革的時代，新詞的湧現也較爲迅猛」〔註 20〕。從語言的外部因素來看，鴉片戰爭就是近代廣州方言詞彙變化的分水嶺。

鴉片戰爭爆發，廣州、深受波及，同樣發生了翻天覆地的變化。1842 年廣州成爲「五口通商」的口岸之一，同年香港成爲英國殖民地，也變爲自由港。百年之間，香港由小漁村變成國際大都會，社會生活的巨大變化可想而知。隨著資本主義的萌芽，封建制度的消亡，舊詞逐步退出舞臺，隨之而起的是資本主義的新概念，這些新的概念需要新詞來表達。例如現代的銀行，當時除了原有的「銀店」外，還有「銀鋪」。「銀店」是國家機關，負責鑄幣、代爲上庫等；「銀鋪」，類似現代的商業銀行，是「西洋借詞」，是外國文化帶到中國而產生的新詞〔註 21〕。又以生活飲食爲例，與西方飲食有關，當時的音譯詞有「喋啡（咖啡）、布顛（布丁）、吉時（蛋奶凍）」；音譯結合詞如「砵酒（葡萄牙紅葡萄酒）、啞叻酒（以椰子汁製成的酒）、啤酒」；這些詞大多保留；意譯詞如「白麵、麵粉」，「麵頭、麵包」，「牛乳、牛奶」。經過競爭，「麵粉」、「麵包」、「牛奶」存留了下來。這些新詞，都是爲新概念服務的。

王力在《鴉片戰爭以後的新詞》一文指出「佛教詞彙的輸入中國，在歷史上算是一件大事，但是，比起西洋詞彙的輸入，那就要差千倍」〔註 22〕。從本章的資料來看，廣州話口語詞彙的發展，也是這樣的情況。

〔註 20〕張永言：《詞彙學簡論》，武昌：華中工學院出版社 1982 年，頁 90。

〔註 21〕王力：《漢語史稿》（下冊），北京：中華書局，1980 年，頁 523～524。

〔註 22〕王力：《漢語史稿》（下冊），北京：中華書局，1980 年，頁 525。

第三章　從語義場的角度看廣州方言詞彙的傳承與變異

本章從語義學的角度，觀察文獻中語義的改變〔註 1〕。語義學最早是在 19 世紀由德國學者萊西希（K. Reisig）提出。20 世紀二三十年代的現代語義學把詞彙和詞義作爲一個系統來研究，詞義的研究是其中一個重要部份。

傳統的詞彙研究集中在單個詞的發展變化。從索緒爾開始，學者提出了語言的聚合和組合關係，德國和瑞士的語言學家根據這些關係提出了「語義場」的理論。特里爾（J. Trier）提出的語義場主要著眼於詞的聚合關係，認爲在同一個概念場（conceptual field）上，覆蓋著一個詞彙場（lexical field）。詞彙場隨著時代而變化，不僅是因爲舊詞的消亡和新詞的產生，而是因爲一個詞的意義變化會影響到同一個概念場的其它詞，使詞與詞之間的關係發生變化。

波爾席齊（W. Porzig）根據語言的組合關係提出了另一種語義場理論。他注意到詞與詞之間的搭配關係（collocation），特別是名詞和動詞、名詞和形容詞之間的搭配；這種詞語之間的搭配關係也影響到詞的發展變化。

本章將利用上述語義場的理論，就《廣東新語》（《新語》）、《中文讀本》（《讀本》）、《散語四十章》（《四十章》）、《廣東俗語考》（《俗語考》）四部文獻中的若干重點的核心詞的語義場演變作抽樣的調查分析。我們同時選取具

〔註 1〕引言部份主要參考蔣紹愚：《古漢語詞彙綱要》，北京：商務印書館，2005 年；賈彥德：《漢語語義學》，北京：北京大學出版社，1992 年。

有代表性的，在三百年間發生明顯變化的非核心詞進行分析，從而瞭解廣州方言語義系統的演變以及核心詞的傳承與變異的情況。這裡考察的核心詞以語言年代學創始人斯瓦迪士的一百詞表（《百詞表》）爲參考，分動詞、形容詞、顏色詞三類。分析主要分爲兩個部份，一、各本文獻的共時情況；二、語義場的歷時變化；必要時會與普通話做對比。

3.1 動 詞

《百詞表》中，動詞有 19 個，包括「喝」、「吃」、「咬」、「看」、「聽」、「知」、「睡」、「死」、「殺」、「遊」、「飛」、「走」、「來」、「躺」、「坐」、「立」、「給」、「說」、「燒」。汪維輝指「實詞中要數動詞的詞義和用法最複雜，動詞的新舊更替大多是某一個或幾個義位的替換，屬於完全性替換的比較少見」〔註 2〕。廣州話口語的演變情況也相近。三百年間核心動詞基本義的變化不大，義位的替換在引申義較多，少部份動詞的搭配關係有所改變，完全替換的比較少見。但非核心詞彙在文獻中有兩組例子有明顯的替換，包括「在」、「喺」，「洗身」、「沖涼」，這兩組動詞都在短時間內完成替換過程，也讓我們看到核心與非核心動詞之間的一些差異。

3.1.1 喝

「喝」位於《百詞表》第 54 位，現代廣州話的代表詞是「飲」。有關「喝」的研究，已有一些重要的成果〔註 3〕。而四部文獻中與「喝」有關的詞及使用情況如下：

文獻／次數／詞	喫	飲	呷
1687《新語》	1		
1841《讀本》		3	
1877《四十章》		3	
1933《俗語考》			3
現代廣州話	－	＋	＋

〔註 2〕汪維輝：《東漢——隋常用詞演變研究》，南京：南京大學出版社，2000 年，頁 105。

〔註 3〕例如呂傳峰：〈常用詞「喝、飲」歷時替換考〉、〈現代方言中「喝類詞」的演變層次〉。

從文獻所見，跟「喝」有關的詞彙有：「喫」、「飲」、「呷」。現代廣州話仍然使用的是「飲」、「呷」，丟失的是「喫」。現代廣州話「喝」用「飲」、「呷」，以「飲」爲代表詞，基本上沿襲中古格局〔註4〕。

從語義場的角度來看，文獻中「喝」的語義場有3個詞：「喫」、「飲」、「呷」，情況如下：

	食物			
	液態		固態	分量
詞	稀	稠		
喫	＋	＋	＋（－）	不定
飲	＋	－	－	不定
呷	＋	－	－	多（少）

（）是現代廣州話的情況

綜合來看，我們有以下的發現：

（1）「喫」：就文獻的例子來說，《新語》中的「喫」「飲食曰喫」（1687：11.380）。古漢語的「喫」是飲和食的意思〔註5〕，與《新語》的相同。然而現代廣州話的「喫」（今讀 jak[8]），現在一般只有「吃」的意義，而且多用於老派，又或是開玩笑的場合〔註6〕。表示「喫」 的詞義縮小，並逐漸退出「喝」的語義場。

（2）「飲」：文獻中的代表詞「飲」與現代廣州話的用法一致。

若把「飲」與普通話的「喝」比較，普通話的「喝」不完全等於廣州話的「飲」。

饒秉才、歐陽覺亞、周無忌編著的《廣州話方言詞典》（修訂版）（《方言詞典》）以及麥耘、譚步雲的《實用廣州話分類詞典》（《分類詞典》）的「飲」都是「喝」的意思。

〔註4〕參李如龍：〈詞彙系統在競爭中發展〉，《漢語應用研究》，北京：中國傳媒大學出版社，2004年，頁186。

〔註5〕此處的古漢語以王力：《王力古漢語詞典》，北京：中華書局，2002年爲參考。

〔註6〕參饒秉才、歐陽覺亞、周無忌：《廣州話方言詞典》（修訂版），香港：商務印書館，2009年，頁249；麥耘、譚步雲：《實用廣州話分類詞典》，香港：商務印書館，2011年，頁155。

根據在線新華字典〔註 7〕，「喝」的例子有：喝水、喝酒、喝茶、喝粥。但廣州話「飲」的對象是比較稀的飲料或食物，不搭配「粥」，只能搭配「粥水」，即很稀的粥。

換句話說，廣州話與普通話動詞「喝」與名詞的搭配關係不完全相同，「喝」所搭配的對象，普通話與廣州話不完全一致。

（3）「呷」：廣州話與普通話的「呷」在分量上有差異。「呷」《分類詞典》是「大口喝」，在線新華字典是「小口兒地喝」。現代廣州話受書面語影響，也開始傾向「小口地喝」的意思。

（4）「喝」：現代廣州話雖然也有「喝」一詞，但跟普通話的用法不同。廣州話「喝」只有 hɔt[8]（hè）音，是「訶責」、「喝斥」之義，基本是沿用古漢語的用法，而「把液體飲料或流質食物咽下去」（hē）的義項，是廣州話口語所沒有的。

簡言之，廣州話口語「喝」仍沿襲中古的格局，代表詞是「飲」。「飲」的基本義沒有改變，但「飲」的搭配關係與普通話的「喝」不完全相同。而「喫」已逐漸離開「喝」的廣州話口語的語義場，「呷」則受書面語影響，從「大口喝」變成「小口喝」。

3.1.2 吃

「吃」位於《百詞表》第 55 位。有關「吃」的研究，已有許多重要的成果〔註 8〕。大體上，現代廣州話「吃」的語義基本仍保留上古、中古的格局〔註 9〕，以「食」作代表詞。與「吃」有關的詞，四部文獻的資料都比較多樣。

文獻／次數／詞	喫	食	嚼（噍）	齩	啖	齰
1687《新語》	1					
1841《讀本》		4				
1877《四十章》		4				

〔註 7〕在線新華字典網址：http://xh.5156edu.com/。

〔註 8〕如解海江、李如龍：〈漢語義位「吃」普方古比較研究〉；王青、薛遴：〈論「吃」對「食」的歷時替換〉；謝曉明、左雙菊：〈飲食義動詞「吃」帶賓情況的歷史考察〉。

〔註 9〕參李如龍：〈詞彙系統在競爭中發展〉，《漢語應用研究》，北京：中國傳媒大學出版社，2004 年，頁 186。

1933《俗語考》			1	1	1	1
現代廣州話	＋	＋	＋	＋	－	－

從上表的資料可見，與「吃」有關的有「喫」、「食」、「嚼（噍）」（音 siu⁶）〔註 10〕、「齩」、「啖」、「齰」（音 kɔk⁸）〔註 11〕6 個詞。除「啖」、「齰」之外，其它 4 個詞彙，現代廣州話都仍然使用。

文獻所見「吃」的語義場如下：

詞	食物		非食物	動作	
	液態	固態		咀嚼	咽下去
喫	＋	＋	－	＋	＋
食#	＋	＋	＋	＋	＋
嚼（噍）	－	＋	－	＋	＋（－）
齩	－	＋	－	＋	＋（－）
啖				＋（－）	＋（－）
齰	＋	＋		＋	＋（－）

表示引申義有增減（）是現代廣州話的情況

從文獻的資料，可以看到：

（1）「食」：爲「吃」類的代表詞，文獻中的例子與現代的廣州話用法基本一致。文獻中所「食」的東西可以是食物性的，如「食飯」（1877：14）；也可以是非食物性的，如「小女食人茶禮」（1841：3.3）。就現代廣州話來說，「食」的對象可以是固態（飯）、半固態（粥）、液態（藥）及其它（煙），就是說「食」有「吃」、「喝」、「吸」三個義項。

現代廣州話「食」除了「咀嚼」、「咽下去」的動作外，還利用咀嚼時，「上下牙齒用力對著來咬」的動作引申爲「卡緊」，如「螺絲食死咗」（螺絲卡死了）、「堵住」如「你食住個位」（你堵著位置）〔註 12〕。

「嚼（噍）」、「齩」：此二詞現代廣州話口語一般是「咀嚼」的意思，但口

〔註 10〕「噍」《俗語考》讀「兆」（siu⁶），《實用廣州話分類詞典》讀 tsiu⁶。

〔註 11〕「齰」《俗語考》讀「角」（kɔk⁸），根據粵語審音配詞字庫（《字庫》）（http://humanum.arts.cuhk.edu.hk/Lexis/lexi-can/）讀 tsak⁹ 或 tsak⁸ 或 tsa³。後文僻字的注音也以此網站爲依據。

〔註 12〕參《廣州話方言詞典》，頁 242。

語有時也會增加「咽下去」的義素，表達「比較隨便地吃」之意。如「冇時間喇，噍（或咬）個包就行啦」（沒有時間了，吃個麵包就走吧）

（3）「啖」：現代的基本用法是物量詞，例如：食啖飯（1933：15）。這個「啖」大致是「一口」或「一點」的意思。因爲文獻中沒有例句，有可能是書面語的借用。

總的來說，現代廣州話「吃」的語義基本仍保留上古、中古的格局，代表詞是「食」。「食」的基本義沒有特別的變化，但由「上下牙齒用力對著來咬」的動作引申了「卡緊」、「堵住」兩個義項。

3.1.3 咬

「咬」位於《百詞表》第56位。四部文獻中，只有《讀本》及《俗語考》有與「咬」字有關的記錄。

文獻／次數／詞	齧	嚼	噆	嚼（噍）	齩
1687《新語》					
1841《讀本》	1	1			
1877《四十章》					
1933《俗語考》			1	1	1
現代廣州話	－	－	＋	＋	＋

文獻所見與「咬」有關的包括「齧」、「嚼」、「噆」（音 tsɐm[1]）、「嚼（噍）」、「齩」5個。《讀本》中的「齧」、「嚼」已經不再使用，仍然使用的是「噆」、「嚼（噍）」、「齩」，三者的對象、用途均不相同，暫時是勢均力敵。

「咬」的語義場如下表：

詞	動作主體		
	人	禽獸	昆蟲
齧	－	＋	－
嚼	＋	＋	－
噆	－	±	＋
嚼（噍）	＋	＋	－
齩#	＋	＋	±

表示引申義有增減

（1）「嚙」、「嚼」（「chew」）：「嚙」按《說文》「鳥曰啄，獸曰嚙」，《讀本》中「嚙」（「gnaw」）也是動物咬的意思。「嚼」現代用「噍」。此二詞都已退出現代廣州話口語。

（2）「嚌」：只用於有「針」的昆蟲，如蚊子、蜜蜂。

（3）「齩」：人或動物同用「咬」，大口咬則用「噬」。

現代廣州話的「咬」新增加了「奈何」的義項，一般用於否定句或問句，如「咬佢唔入」（奈何不了他）、「我就中意噉做，你咬我吖」（我就喜歡這樣做，你怎麼著？）。

簡言之，「咬」在現代廣州話仍沿用古漢語的「嚌」、「嚼（噍）」、「咬」，但「咬」增加了「奈何」的義項。

3.1.4　看

「看」位於《百詞表》第 57 位。有關「看」的研究，已有一定的成果〔註 13〕。現代廣州話以「睇」爲代表詞，文獻中廣州話的情況也是紛繁多樣，情況如下表：

文獻／次數／詞	睙或詈	噭或瞍、覩	見	睇或題	望	瞧	瞍焼	睺	睁	䁪	瞶	瞠	瞪
1687《新語》	1												
1841《讀本》		1	1	8									
1877《四十章》			2	13	1								
1933《俗語考》	2	2		1		2	1	4	1	3	2	1	1
現代廣州話	＋	＋	＋	＋	＋	－	－	＋	－	＋	＋	＋	＋

跟「看」有關的詞有 13 個，包括「睙」（音 $lɐi^{6}$）〔註 14〕（《新語》）或「詈」（音 $lɐi^{6}$）（《俗語考》）、「噭」（《讀本》）或「瞍」、「覩」（《俗語考》）（均讀 $tsɔŋ^{1}$）〔註 15〕、「見」、「睇」（《讀本》）或「題」（《俗語考》）（均讀 $t^{h}ɐi^{2}$）〔註 16〕、「望」、

〔註 13〕例如汪維輝：《東漢——隋常用詞演變研究》、尹戴忠：〈上古看視類動詞的演變規律〉。

〔註 14〕按廣東人民出版社的《廣東新語注》1991 年版，第 300 頁，「怒目視人曰目隸，音利（應音麗）」，此處的 $lɐi^{6}$ 以書中的注釋「麗」爲根據。《實用廣州話分類詞典》寫作覼。

〔註 15〕「噭」《讀本》標作ᶜchóng，「瞍」、「覩見」《俗語考》讀「莊」（$tsɔŋ^{1}$）。

「瞧」、「瞜𥇈」（音 tsɔŋ[1] au[1]）〔註 17〕、「睺」（音 hɐu[1]）〔註 18〕、「睜」（音 tseŋ[1]）〔註 19〕、「眏」（音 sap[8]）〔註 20〕、「瞶」（讀 mei[1]）〔註 21〕、「瞠」（音 tsʰaŋ[3]）〔註 22〕、「瞪」。不再使用是《俗語考》的「瞜𥇈」、「睜」、「瞧」，三者都是特稱。

我們把文獻中所列與「看」有關的詞，與現代廣州話，在看的方式上進行比較，如下表：

詞	方　　式	
	文獻所列	現代廣州話〔註 23〕
見	看	看
睇#	看	看
望	看	看
瞧	看	（書面語）
睜	怒視	（書面語）
㗾或瞜覰	窺視	窺視
瞜𥇈	窺視	/
睺	窺視	注意地看
睩或嘼	怒視、恨視	嚴厲地看
眏	一瞥	眼睛閉上立刻又睜開
瞶	合眼	閉眼
瞠	睜大眼	張開眼睛
瞪	眸不轉	用力睜大眼

表示義項有增減

〔註 16〕「睇」《讀本》標作ᶜt'ai，「題」《俗語考》「音睇」（tʰɐi[2]）。

〔註 17〕「𥇈」《俗語考》「坳平聲」音 au[1]，《字庫》音 hau[1]。

〔註 18〕「睺」《俗語考》「口平聲」音 hɐu[1]，字音、字形均與《實用廣州話分類詞典》相同。

〔註 19〕「睜」《俗語考》音「靜」（tseŋ[6]），《字庫》讀 tsaŋ[1]。

〔註 20〕「眏」《俗語考》音「颯」（sap[8]），《實用廣州話分類詞典》、《廣州話方言詞典》寫作「霎」。

〔註 21〕「瞶」《俗語考》音「微」（mei[4]），莫佳切。現代廣州話陰陽調有變，讀 mei[1]。《實用廣州話分類詞典》、《廣州話方言詞典》寫作「瞇」。

〔註 22〕「瞠」《俗語考》「撐去聲」音 tsʰaŋ[3]，《實用廣州話分類詞典》、《廣州話方言詞典》寫作「瞕」。

〔註 23〕此處的現代廣州話引自《廣州話方言詞典》或《實用廣州話分類詞典》上的解釋。

按照文獻中的詞義，一般的看用「見」、「睇」或「題」、「望」、「瞧」，窺視用「䁖」或「瞜」、「覰」、「瞜𥊁」、「睺」，怒視、恨視用「睩」或「䀹」、「睁」，一瞥用「睞」，合眼用「瞶」，睁大眼用「瞠」，「眸不轉」用「瞪」。

（1）「睇」:「看」的代表詞。「睇」，根據《方言・二》「陳楚之閒，南楚之外曰睇」可見廣州話一直使用的「睇」，是古代南楚方言的傳承詞，現代潮州話也說「睇」。然而，並非 「睇」 的所有搭配都是一成不變的，例如：

a. 睇銀（1841：7.2）

b. 睇字典（1877：5）

「睇銀」是鑒定貨幣（「shroffing」），睇字典是查閱字典的意思。現代廣州話「睇」的搭配關係跟十九世紀的文獻不同，作「鑒定」的義項不再與「銀」或貨幣搭配；而「睇」作「查閱」的義項已經消失。可以說，「睇」大致是更傾向於一般化和概括化。

（2）「瞧」、「睁」:現代認爲是書面語，「瞧」《俗語考》音「潮」（ts^hiu^4），例子有「眼尾都唔瞧」（1933：6），現代廣州話此例用「睄」（音 sau^4）。

（3）「睺」、「睩或䀹」、「睞」、「瞶」、「瞠」、「瞪」:這六組詞在文獻與詞典的解釋雖然不完全相同，但基本用法與現代廣州話大體一致。

簡言之，「看」的代表詞「睇」，沿用南楚方言，基本意義沒有改變，但「查閱」義已消失，引申義「鑒定」的搭配關係有所改變。

3.1.5　聽

「聽」位於《百詞表》的第 58 位。文獻資料中，有「聽」、「聞」、「聽聞」，全都出自《讀本》及《四十章》。

文獻／次數／詞	聽	聞	聽聞
1687《新語》			
1841《讀本》	13	1	
1877《四十章》	7	1	1
1933《俗語考》			
現代廣州話	+	−	+

「聽」《說文》「聆也」，是用耳朵接受聲音；「聞」《說文》「知聲也」，是聽

見。「聽」、「聞」這個格局在先秦時期已經確立〔註 24〕，從上述的資料仍可以看到這個痕跡。到了明清時期，「聞」取代了「嗅」轉指用鼻子辨別氣味〔註 25〕。現代廣州話的情況也類似，「聞」主要表示用鼻子嗅氣味。

仍然使用的有代表詞「聽」以及「聽聞」。其中「聽聞」是新舊詞的連用，是兩個單音詞組合成同義並列結構，也是現代漢語詞彙衍生的一種常見方式，例子很多，如濕潤、站立、燃燒等等，都屬於新舊詞連用。

總的說，廣州話的「聽」與現代漢語的歷時演變情況相似，現在以「聽」爲代表詞。

3.1.6 知 道

「知道」位於《百詞表》第 59 位。與「知道」有關的例子，只見於《讀本》及《四十章》。

文獻／次數／詞	知	曉	知得	知到	明白	曉得	噲	會	識	識得
1687《新語》										
1841《讀本》	4	1				4	2	2	1	
1877《四十章》	6		2	1	2	4	5	1	2	2
1933《俗語考》										
現代廣州話	＋	＋	－	＋	＋	－	－	－	＋	＋

文獻所見，跟「知」有關的詞彙有：「知」、「曉」、「知得」、「知到」、「明白」，「曉得」、「噲」、「會」、「識」、「識得」10 個。10 個詞分爲兩類：前五個屬於「知道」類，後五個屬於「熟知」類，大多需要學習，其中「曉得」大致是兩類皆可。

現代廣州話仍然使用的有「知」、「曉」、「知到」、「明白」、「識」、「識得」。可以看到，與「知」有關的詞，兩類均有其代表，「知道」類是「知」，「熟知」類是「識」，其中「知」沿襲了上古的說法〔註 26〕。

〔註 24〕焦毓梅：〈「聽」、「聞」、「嗅」語義歷史變化情況考察〉，《國際中國學研究》，2009 年第 12 期，頁 75～84。

〔註 25〕戚年升、查中林：〈「聞」對「嗅」的歷時替換〉，《宜賓學院學報》，2010 年第 2 期，頁 103～106。

〔註 26〕見李如龍：〈詞彙系統在競爭中發展〉，《漢語應用研究》，北京：中國傳媒大學出數量上來說，兩本文獻都以「知」、「曉得」、「噲」佔優，而「識」在《讀本》已經出現，在《四十章》中開始看到頻率的逐步增加，在現代則佔領了「熟知」類的主導地位。

至於文獻中「知道」的語義場，如下表：

詞	知道	
	一般	熟知
知	+	−
曉	+	−
知得	+	−
知到	+	−
明白	+	−
曉得	+	+
噲#	−	+
會#	−	+
識	−	+
識得	−	+

表示引申義有增減

（1）「曉」：據《方言》「黨曉哲知也。楚謂之黨。或曰曉。齊宋之間謂之哲」可見廣州話使用的「曉」，大概是古代楚方言的傳承詞，現代廣州話是老派的說法。

（2）「曉得」、「知得」是通語的轉借，轉借自宋元時期的通語。例如：宋代孫光憲《北夢瑣言》卷六：「舊說浙東理難，十分公事，紳相曉得五六，唯劉漢弘曉得七分，其它廉使及三四而已。」這個「曉得」就是明白、知道的意思。宋代張元幹《柳梢青》詞：「入戶飛花，隔簾雙燕，有誰知得。」「知得」就是曉得的意思。由此可見粵語借用通語，早有習慣。

（3）「噲」、「會」：二字字形不同，但文獻中沒有明顯的分工，應是異體字。文獻例子如：

a. 噲釀燒鵝唔噲（1841：5.7）（會不會釀燒鵝）

b. 幾耐至學得會呢（1841：1.2）（多久才學會呢）

版社，2004年，頁186。

c. 你噲做針黹唔呢（1877：12）（你會不會做針黹呢）

d. 可惜佢嘅兄弟好會呃騙人（1877：6）（可惜他的兄弟很會騙人）

此外，「噲」也可兼做副詞，如：推石磨手噲倦（1841：5.3）（推石磨手會累）。然而「噲」、「會」中，「知道」的義項現在都已被「識」取代。「會」無論在古漢語、現代漢語最基本的義項是「聚合」，「會」的「知道」義，本來就是引申義，現代的廣州話不再使用這個義項，是義項的減少。

簡言之，廣州話「知道」的語義場，現存「知」、「曉」、「知到」、「明白」、「識」、「識得」6 個，以「知」、「識」爲知道類及熟知類的代表詞，基本是沿襲古漢語的用法。有變化的詞，主要是書面語的借詞，回歸書面語，如「知得」、「曉得」。而本義爲「聚合」的「會」或「噲」則減少了「知道」的義項，並且退出了廣州話口語的「知道」語義場。

3.1.7 **睡**

「睡」位於《百詞表》第 60 位，除《新語》外，《讀本》、《四十章》及《俗語考》都曾出現與「睡」有關的詞彙，最基本的是「瞓」。

文獻中，共有 4 條跟「睡」有關的詞彙：「𠸊」（《讀本》）或「瞓」（均讀 fɐn³）〔註 27〕、「瞓覺」、「瞌」（音 hɐp⁷）〔註 28〕、「眼困」（困音 fɐn³），4 條都仍然使用，最基本的是「瞓」。

文獻／次數／詞	𠸊、	覺	瞌	眼困
1687《新語》				
1841《讀本》	1、1			
1877《四十章》	4	1		
1933《俗語考》			2	1
現代廣州話	+	+	+	+

陳伯煇認爲「瞓」的本字爲「困」〔註 29〕。「困」《後漢・耿純傳》「世祖至營，勞純曰：昨夜困乎。」解釋作倦極力乏，可見「困」大概是中古時期

〔註 27〕「𠸊」、「瞓」《讀本》標作 fan⊃。

〔註 28〕「瞌」《俗語考》音「恰」（hɐp⁷）。

〔註 29〕陳伯煇：《論粵方言詞本字考釋》，香港：中華書局，1998 年，頁 131。

沿用至今。現在寫「瞓」，是廣東的自創字。其它周邊方言，如閩南「睡」說「睏」、吳語說「睏覺」，「睏」也就是「困」，用「睏」是閩語、吳語的方言字。而「瞌」是眼瞌欲睡的樣子，從古到今都沒有很大的變化。

簡言之，「睡」語義場中的詞，沒有大變化，代表詞爲「困」。

3.1.8　死

「死」位於《百詞表》第 61 位。四部文獻只有兩本出現與「死」有關的詞，而且多用委婉語，少用直接的說法。

文獻／次數／詞	過身	仙遊	臨終	臨死
1687《新語》				
1841《讀本》	1	1		
1877《四十章》			1	1
1933《俗語考》				
現代廣州話	+	+	+	+

文獻中與「死」有關上表的詞共 4 條，現代廣州話都仍然使用。「過身」、「臨終」是「平民一般的死的委婉語」，「仙遊」則是「對道士去世的婉稱」〔註 30〕。文獻中以《四十章》比較直接，用「臨死」。

根據《分類詞典》，現代廣州話「死」的說法有：「嗰頭近」、「過身」、「過世」、「瓜」、「瓜老親」、「瓜直」、「死直」、「拉柴」、「釘」等等，也以暗示爲主；日常生活還有「賣鹹鴨蛋」一說。由此可見，語言與文化之間的關係，在「死」這個詞上較爲突出。

簡言之，「死」基本上古今沒有很大的變化，但使用時，多用委婉語代替「死」字。

3.1.9　殺

「殺」位於《百詞表》第 62 位。四部文獻中，除《新語》外，其它三本文獻都有相關的例子。「殺」組詞一直都是比較穩定，從上古至今都用「殺」

〔註 30〕龐兆勳：〈古漢語中關於「死」的委婉語的類型及文化意蘊〉，《韶關學院學報》，2008 年第二期，頁 92～95。

〔註 31〕。劏（音 $t^h ɔŋ^1$）則是廣東的自創字，本字未明。

文獻／次數／詞	殺	或湯
1687《新語》		
1841《讀本》	1	2
1877《四十章》	1	
1933《俗語考》		1
現代廣州話	+	+

「殺」、「劏」（《讀本》）或「湯」（《俗語考》）現代廣州話都仍然使用。就文獻中的語義場來看，基本義沒有很大的變化：

詞	對象	
	人	動物
殺#	+	+
劏	+	+

表示引申義有增減

（1）總的看來，在這一百多年間「殺」和「劏」的基本義大體上沒有變化。

（2）廣州話的「殺」在基本義外，還引申「幹（活）」義，例如：「連呢啲都殺埋」（把這些也幹了）。

簡言之，廣州話的「殺」的語義場的變化不大，但「殺」增加了引申義「幹（活）」。

3.1.10 游

「游」位於《百詞表》第 63 位，與「游」義有關的詞只有「游」。由於粵方言區的地理位置相對比較靠海，「游」出現在三本文獻《新語》、《讀本》、《俗語考》，資料算是較爲齊全。

文獻／次數／詞	游
1687《新語》	1
1841《讀本》	1

〔註 31〕見李如龍：〈詞彙系統在競爭中發展〉，《漢語應用研究》，北京：中國傳媒大學出版社，2004 年，頁 186。

1877《四十章》	
1933《俗語考》	1
現代廣州話	＋

「游」從 1687 年的用法至今沒有改變，均是「泅水」之意上。但「游泳」現代廣州話用「游水」，吳語也說「游水」，其它漢語各方言多未見此說法。

3.1.11　飛

「飛」位於《百詞表》第 64 位，四部文獻都沒有出現「飛」字，只有與動物「飛」有關的「趯」：「咪俾蚊趯入去呀」（1841：5.6）（別給蚊子跑進去啊），此處的「趯」是「跑」的意思，沒有「飛」義。《俗語考》謂「鳥飛曰不」，「不」讀「部」，現代廣州話沒有這個說法。然一般的「飛」，現代廣州話同用「飛」。

現代廣州話的「飛」基本義不變。但引申義有「甩站」的「甩」，現代廣州話叫 「飛站」（公車過站不停）、「飛髮」指剪髮。

3.1.12　走

「走」位於《百詞表》第 65 位，除《讀本》外，其它三本文獻都有與「走」有關的詞。有關「走」的研究，已有一些重要的成果〔註 32〕。

文獻／次數／詞	趯	行	走	逛	趌	匝	赴
1687《新語》	1						
1841《讀本》							
1877《四十章》		2	1				
1933《俗語考》	1			1	1	1	1
現代廣州話	＋	＋	＋	＋	＋	＋	－

文獻中與「走」有關的詞有 7 個。泛指的有「走」有「趯」（t^hek^7）〔註 33〕、「行」，特指的有走的不同方式：疾走爲「走」，「遊行」是「逛」，「怒走」是

〔註 32〕例如：杜翔：〈「走」對「行」的替換與「跑」的產生〉、白雲：〈「走」詞義系統的歷時與共時比較研究〉。

〔註 33〕「趯」《俗語考》「疔入聲」音 t^hek^7，《字庫》音同 t^hek^7，《實用廣州話分類詞典》音 tEk^8。

「趌」（音 $k\text{ɐ}t^{9}$）〔註 34〕，「逃人」是「迺」（音 liu^{1}）〔註 35〕，「疾往」是「赴」（音 $p^{h}ou^{3}$）〔註 36〕。「赴」《說文》「趨也」。文獻中的例子「赴倒去」（1933：9）、「成個身赴落去」（1933：9），現代廣州話均用「仆」（讀 $p^{h}ok^{7}$），表示「赴」已經退出廣州話口語的語義場。至於其它 6 個，現在仍然使用。

仍然使用的詞的語義場如下表：

詞	腳動	速度：急速
趯	＋	－（＋）
行#	＋	－
走	＋	＋
逛	＋（±）	－
趌	＋	＋
迺（溜）	＋	＋

表示引申義有增減（ ）是現代廣州話的情況

（1）「趯」：《新語》的「趯」是「走」，即走路，《方言詞典》的解釋是「跑」、「逃跑」，「趯」的速度由一般變為急速，現代是多是老派使用。

（2）「行」、「走」〔註 37〕：二詞分別表示「走路」、「奔跑」。然而，按語感來說，「跑」也開始向普通話借用，例如「跑」表示奔跑，「個細路響度跑嚟跑去。」（那個小孩兒跑來跑去。）但詳細的情況有待進一步調查。「行」在現代廣州話引申了「談戀愛」及「進行街頭盜竊活動」〔註 38〕的義項。「談戀愛」用「行」大概是因為戀人走在一起，有接觸、交往義，但新派比較少見。而黑社會的「出嚟行」，是黑社會的術語，不完全指「進行街頭盜竊活動」，應是泛指以非法手段謀求生活，大概是「遊蕩」的再引申。在普通話有「走得很近」，「走江湖」的「走」，與廣州話的「行」也是類似的。

〔註 34〕「趌」《俗語考》「近入聲」音 $k\text{ɐ}t^{9}$

〔註 35〕「迺」《俗語考》「僚上平聲」音 liu^{1}。

〔註 36〕「赴」《俗語考》音「鋪」，《字庫》音 fu^{6}。「鋪」在《字庫》有 $p^{h}ou^{1}$、$p^{h}ou^{3}$ 兩讀。按《俗語考》的標音方式，「鋪平聲」讀作 $p^{h}ou^{1}$，「鋪」則讀作 $p^{h}ou^{3}$。

〔註 37〕據《廣州話方言詞典》，頁 280：「廣州話『走』基本上相當於普通話的『跑』，但是表示『離去』這個意思時，廣州話和普通話都用『走』，如『佢走咗』（他走了）」。古漢語的「走」也有離開的意思，因此此處沒有把「走」當作普通話的借用。

〔註 38〕見《分類字典》，頁 199、242。

（3）「逛」：在文獻中的解釋是「遊行」，除此義外，現代廣州話、普通話都減少了限定義素「腳動」，詞義擴大爲遊覽的意思。

（4）「趌」：《俗語考》「忿而使之走曰趌，……今人驅逐人曰趌。」與《俗語考》不同，《方言詞典》「趌」的義項「滾」（逃人）列在最後，「一拐一拐地走路」則列在最前，《方言詞典》與現代廣州話的情況比較相近。

總的來講，現代廣州話的「走」以「行」、「走」爲代表，分別表示「走路」、「奔跑」，基本義大致不變，是存古的用法。但「行」引申有「接觸、交往」、「到處遊蕩（進行非法活動）」的義項，與普通話的「走」類似。

3.1.13　來

「來」位於《百詞表》第 66 位，除《俗語考》外，其它三本文獻都有與「來」有關的詞。關於「來」的研究，已有一些重要的成果〔註 39〕。

文獻／次數／詞	厘		來
1687《新語》	1		
1841《讀本》		3	
1877《四十章》		4	17
1933《俗語考》			
現代廣州話	＋	＋	＋

文獻中與「來」相關的有「厘」、「嚟」、「來」，這三個詞只是異形詞。「來」（lɔi⁴）是文讀音，「厘」、「嚟」是白讀音。根據陳伯煇的研究「『來』之上古音應近於『厘』」〔註 40〕，《方言詞典》指「嚟 lei⁴（黎。又音 léi⁴）〔註 41〕」按國際音標來注音，即 lei⁴（厘）。又《分類詞典》指「『嚟』其實就是『來』的口語音（書面語音 lɔi⁴），這是專爲口語音而造的方言字」〔註 42〕。由此可見，文獻中的「厘」、「嚟」、「來」只是異形詞，反映出廣州話按音寫字的習慣。

〔註 39〕例如：張正石：〈淺析動詞「來」的方向在話語中的變化〉、左雙菊：〈位移動詞「來/去」帶賓能力的歷時、共時考察〉、陳賢：〈現代漢語「來」、「去」的語義研究〉。

〔註 40〕陳伯煇：《論粵方言詞本字考釋》，香港：中華書局，1998 年，頁 35。

〔註 41〕見《廣州話方言詞典》頁 127。

〔註 42〕見《實用廣州話分類詞典》頁 145。

其中《四十章》有「嚟」、「來」兩詞同用，如：

a. 擰個衣擦嚟擦吓佢呢（1877：11）（拿衣服刷來擦一下）

b. 擰個毛掃嚟摵衣服嘅沙塵掃乾淨佢（1877：12）（拿雞毛撣子來把衣服的灰塵掃乾淨）

c. 有個人客嚟拜見佢（1877：27）（有客人來拜見他）

d. 你摵嗰空嘅嚟裝滿佢（1877：27）（你拿個空的來把它裝滿裝）

e. 擰盞燈來（1877：7）（拿燈來）

f. 擰個盤來（1877：8）（拿盤子來）

g. 擰一碟雞來（1877：8）（拿一碟雞來）

從上面的例子可見，「嚟」可帶賓語，「來」不帶賓語。而現代廣州話無論是否帶賓語，一般用「嚟」。

總的來說，廣州話「來」的基本義從古到今都沒有很大的變化，文讀是「來」，白讀是「嚟」。

3.1.14 躺

「躺」位於《百詞表》第 67 位，四部文獻都沒有出現與「躺」有關的詞；「躺」古漢語一般用「臥」，現代廣州話一般用「攤」（四肢自然地伸著仰臥〔註 43〕）或「瞓」。「攤」《說文》「開也」，是鋪開、展開。現代廣州話用「攤」，應該是一般對象平鋪開來引申至人的平躺，是詞義擴大的結果。而「瞓」是一個詞表示「睡」和「躺」兩個動作，用法與古漢語的「臥」接近，其它方言如閩語的「睡」和「躺」則用「睏」和「倒」兩個詞來表示。

3.1.15 坐

「坐」位於《百詞表》第 68 位，四部文獻出現與「坐」有關的詞比較少。

文獻／次數／詞	坐
1687《新語》	
1841《讀本》	1
1877《四十章》	2

〔註 43〕見《廣州話方言詞典》頁 220。

1933《俗語考》	
現代廣州話	+

文獻中只有《讀本》及《四十章》有與「坐」相關的詞。「古人席地而坐，即兩膝著地，兩腳腳背朝下，臀部落在右踵上」〔註44〕。隨著生活方式的改變、坐具的改變，古今坐姿也隨之改變，然而「『坐』的能指，古今一致」〔註45〕。

3.1.16　立

「立」位於《百詞表》第69位，現代廣州話以「企」爲代表詞。文獻中只有兩個與「立」有關的詞，《讀本》的是「兀」(音 ŋɐt[9])〔註46〕指「stands a tiptoe」是「踮」的意思，《四十章》的則是「企」，具體分佈如下表：

文獻／次數／詞	兀	企
1687《新語》		
1841《讀本》	1	
1877《四十章》		6
1933《俗語考》		
現代廣州話	+	+

上面兩詞，現代廣州話都仍然使用。至於文獻所見「立」的語義場如下表：

詞	腿部動作
企（徛）	+
兀（趷）	+（±）

（）是現代廣州話的情況

(1)「企」：現代廣州話「企」是「站」的意思，是泛稱。《說文》「企，舉踵也」，又《文選・何晏〈景福殿賦〉》「鳥企山峙」表示一般的站立，現代廣州話用的是後者的意義。

根據李如龍的研究，「企」應寫作「徛」。「閩方言『站立』曰徛，有人認

〔註44〕見劉開琨：〈說「坐」〉，《語文教學與研究》，1992年第1期，頁42。

〔註45〕見施眞珍：〈《後漢書》核心詞研究〉，華中科技大學博士學位論文，2009年。

〔註46〕《讀本》標作 ngat₂。

爲是『企』。《廣韻》企有兩讀，去智切；『望也』；丘弭切：『企望也』。和閩方言的說法意思不同，聲母也不合。福州音 k’iɛ⊇，泉州音⊆k’a，廈門音 k’ia⊇均屬陽調類，應來自古全濁聲母。古群母讀 k’在閩方言是常例，從泉州音可斷定是古上聲字。企、徛都是紙韻字，讀 iɛ，a，ia 是白讀變例。《廣韻》紙韻渠綺切：『徛，立也』。各地閩方言的說法與此音義相合。閩西客家話『立』也說『徛』，如長汀話꜀tɕ’i，只有古濁上字才能讀陰平調」〔註 47〕。可見，現代廣州話的「企」應寫作「徛」，其理與閩語相同；「徛」是傳承上古的詞。

（2）「兀」：《方言詞典》、《分類詞典》都寫作「趷」（讀 $kɐt^9$），是「踮」的意思，而《讀本》的 ŋ 今讀 k，有合理充分的音變條件，可以說「兀」、「趷」應是同一個字。

現代廣州話「趷」的義項有所增加，由原本特指提起腳跟，泛指一般的「翹起」。如：「隻狗趷起條尾。」（狗翹起尾巴。）〔註 48〕

總的來說，現代廣州話「立」的語義場仍保留「徛」、「趷」，基本義不變。代表詞「徛」是傳承上古的詞。「趷」則減少了限定義素，由特指踮腳，泛指一般東西的翹起，是詞義的擴大。

3.1.17 給

「給」位於《百詞表》第 70 位。除《新語》外，其它三本文獻都曾出現與「給」有關的詞，可分爲付與、贈送兩類。

文獻／次數／詞	捭	俾	畀	送
1687《新語》				
1841《讀本》	7	4		1
1877《四十章》		3		
1933《俗語考》			2	
現代廣州話	−	＋	＋	＋

「付與」類的有「捭」、「俾」、「畀」、「送」四個詞。「捭」、「俾」同出現在《讀本》，而《四十章》只出現「俾」，「畀」只出現在《俗語考》。《讀本》

〔註 47〕李如龍：〈考求方言詞本字的音韻論證〉，《語言研究》，1988 年第 1 期，頁 110～122。

〔註 48〕見《廣州話方言詞典》頁 69。

中「捭」的例子稍多於「俾」。按《讀本》中的編排來看，除第六章用「俾」外，其它都用「捭」；按《讀本》中的讀音，「捭」、「俾」均爲□pi；按書中例子來看，兩者的用法沒有差別，例如：

a. 捭牙擦我擦牙（1841：5.5）（給我牙刷刷牙）

b. 揩疋成疋嘅俾我睇（1841：6.6）（取整匹的給我看）

相信《讀本》中的「捭」、「俾」所指相同，應是異形詞，現代一般用後者的寫法。「俾」《說文》「益也」，是增加的意思，今音 pei2；「畀」《說文》「相付與之」，是給予的意思，今音 pei3。根據陳伯煇的研究「以音言則『俾』合，聲韻調皆宜；以義言則『畀』合，同爲『給、付』之意。〔註 49〕覃遠雄曾考察平話、粵語與壯語「給」義的詞，他認爲常見的當『給予』講的古音韻地位與粵語「給」的讀音不對應，從縱向的方言規律來看，不能找出粵語「給」的來源。並認爲粵語的「給予」很可能從橫向的語言接觸而來，由壯語滲入〔註 50〕。然而陳伯煇指「粵方言確有陰去調字變讀陰上的，如『藹』、『靄』、……『館』……『竟』……應得陰去，今作陰上。何況在粵方言中，口語變上調甚屬常見」〔註 51〕。由此可見，「畀」應是本字，廣州話因爲常用而變爲上調，讀作 pei2，其它方言如吳語的「給予」也用「畀」。

至於「贈送」類的有「送」，如「買辦使送禮孝敬人唔使呢」（1841：5.8）（採購人員要不要送禮孝敬人）。此處的「送」除了跟現代漢語相同以外，也是存古的說法，見《說文》段注：「今人以物贈人曰送。送亦古語也」。

簡言之，「給」廣州話的代表詞爲「畀」（給予）及「送」（贈送），兩者都是沿用上古用法，基本義沒有變化。

3.1.18　說

「說」位於《百詞表》第 71 位，現代廣州話以「講」爲代表詞。除《新語》外，其它三本文獻都曾使用與「說」有關的詞，情況如下：

〔註 49〕陳伯煇：《論粵方言詞本字考釋》，香港：中華書局，1998 年，頁 20。

〔註 50〕覃遠雄：〈平話、粵語與壯語「給」義的詞〉，《民族語文》，2007 年第 5 期，頁 57～62。

〔註 51〕陳伯煇：《論粵方言詞本字考釋》，香港：中華書局，1998 年，頁 20。

文獻／次數／詞	話	講	講話	嗑
1687《新語》				
1841《讀本》	13	7		
1877《四十章》	14	12	6	
1933《俗語考》				2
現代廣州話	＋	＋	＋	＋

文獻中出現與說有關的詞有 4 個，「話」、「講」、「講話」、「嗑」（音 ŋɐp7）〔註 52〕，4 個詞現代廣州話都仍然使用。在唐宋時期，「話」等於動詞「說」，如唐孟浩然《過故人莊》「把酒話桑麻」的「話」就是動詞「說」的用法，之後的宋元話本，至近代漢語、現代漢語方言（如客贛方言）的「話」都等於動詞「說」。

文獻中「話」和「講」都是說的意思，數量上「話」稍多於「講」。《方言詞典》「話」佔 21 條，「講」佔 20 條，數量差不多。根據《分類詞典》「普通話『說』在廣州話用『講』和『話』。大致上說，普通話能用『講』的廣州話一般用『講』，普通話不能用『講』的廣州話一般用『話』」；而「話」「一般用於所引出的內容」。但文獻中的用法與《分類詞典》的稍有不同：

a. 好，你話過就好咯（1841：6.5）（好，你說過就好了）

b. 即如星士所話：凡事未來之先……（1877：24）（就如星士所說：凡事未來之前……）

c. 某人係唔話出佢嘅姓名（1877：27）（某人就是不說出他的姓名）

上述例子都是直接敘述，不是引用，現代廣州話在這三種情況都用「講」。

我們認為「講」、「話」都可以單獨成詞，但根據《分類詞典》、《方言詞典》的例子，「講」所組成的例子較多是詞；「話」所組成的則較多是詞組。

至於「講話」，此處的意思與「話」相同，屬於新舊詞的連用，是兩個單音詞組合成同義並列結構，是現代漢語詞彙衍生的一種常見方式，前文的「聽聞」也屬於這種結構。

「嗑」《說文》「嗑，多言也，從口盍聲，讀若甲」，《俗語考》指「口動」，現代廣州話是稍帶貶義的「說」。《方言詞典》、《分類詞典》寫作「噏」。李敬

〔註 52〕「嗑」《俗語考》「揜入聲」，「揜」《字庫》有 jim2、ŋɐm2、ɐm2 三種讀音。《實用廣州話分類詞典》「嗑」讀 ŋɐp7，此處字音以《實用廣州話分類詞典》爲據。

忠認爲 ŋɐp7 與現代壯語、古百越的「底層」有關〔註 53〕。

簡言之，廣州話的「說」的代表詞是「講」，引用一般用「話」，兩者都不是傳承詞，而「說」用「講」、「話」也見於吳方言。

3.1.19　燒

「燒」位於《百詞表》第 84 位。關於「燒」已經有一定的成果〔註 54〕，四部文獻的詳細情況如下表：

文獻／次數／詞	燒
1687《新語》	
1841《讀本》	1
1877《四十章》	1
1933《俗語考》	1
現代廣州話	＋

「燒」上古更多用「燃」，寫作「然」。如《孟子・公孫丑》「若火之始然，泉之始達」；後寫作「燃」，如曹植《七步詩》「煮豆燃豆萁，豆在釜中泣」。「燃」相當於現代的「點上」、「著火」〔註 55〕。「燒」自戰國中晚出現以後，不斷增強，東漢以後在表示「焚燒」之義時，「燒」已經代替了「焚」〔註 56〕；現代漢語全部用「燒」。從上面的資料可見，廣州話口語「燒」的演變與漢語的演變情況相似，同用「燒」。

3.1.20　非核心動詞的考察

在核心詞以外，我們從文獻中選取了三組具有代表性的動詞，它們在三百年間有明顯變化，包括「洗身」、「沖涼」，「在」、「喺」，以及與「拿」有關的詞，從語義場的角度進行分析和描寫，以考察具體的演變情況。

〔註 53〕見李敬忠：《語言演變論》，廣州：廣州出版社，1994 年，頁 100。

〔註 54〕如王彤偉：〈常用詞焚、燒的歷時替代〉、史光輝：〈常用詞「焚、燒、燔」歷時替換考〉等。

〔註 55〕王鳳陽：《古辭辨》，長春：吉林文史出版社，1994 年，頁 516。

〔註 56〕王彤偉：〈常用詞焚、燒的歷時替代〉，《重慶師範大學學報》，2005 年第 5 期，頁 109～113。

（1）「洗身」。「洗身」是動詞，指用水洗身。在《讀本》、《四十章》都用「洗身」，我們同時翻查了 1907 年聖書公會的《新舊約全書（廣東話）》（《聖經》）仍是使用「洗身」〔註 57〕。1934 年的《學生粵英詞典》（《粵英詞典》）已收錄「沖涼」，但 1936 年的《通行粵語彙編》（《粵語彙編》）卻又收錄「洗身」〔註 58〕，可見當時應是「沖涼」與「洗身」共存的情況。現代廣州話的「洗身」已完全被「沖涼」代替，「沖涼」替代「洗身」大概用只了四五十年的時間。「洗身」更替的階段如下表所示：

<table>
<tr><th>年　份</th><th colspan="2">洗身</th></tr>
<tr><td>1841《讀本》</td><td colspan="2">洗身</td></tr>
<tr><td>1877《四十章》</td><td colspan="2">洗身</td></tr>
<tr><td>1907《聖經》</td><td colspan="2">洗身</td></tr>
<tr><td>1934《粵英詞典》、1936《粵語彙編》</td><td>沖涼</td><td>洗身</td></tr>
<tr><td>2012 現代廣州話</td><td colspan="2">沖涼</td></tr>
</table>

現代粵北縣市「洗身」的說法，與文獻的情況也有相類之處。根據《粵北十縣市粵方言調查報告》〔註 59〕，所調查的十一個縣市中，四個單用「洗身」，兩個單用「沖涼」（包括廣州），五個兼用「沖涼」與「洗身」。可見粵方言地區，一部份已經完成「沖涼」替換「洗身」的過程，有一部份是處於競爭當中，但仍然有一些持守舊有的說法。就是說，從歷時與共時的情況來看，「洗身」、「沖涼」都經歷了共存、替換的競爭過程。。

廣州話口語的「沖涼」，也見於客家話，應該屬於方言區自創的情況，大抵是因為自然環境的特點，自創了「洗澡」的表達方式。海南話叫做「沖熱」，目的一致，但出發點不同，因此有不同的說法〔註 60〕。而「沖涼」這個創新

〔註 57〕見撒母耳書下十一章二節：「（大衛）在王宮瓦面上閒遊，由瓦面睇見一個婦人洗身」（和合本聖經譯作（大衛）在王宮的平頂上游行，看見一個婦人沐浴）

〔註 58〕《學生粵英詞典》指 Bernard F. Meyer and Theodore F. Wempe （1934）：The student's Cantonese-English dictionary，資料引自黃小婭：〈近兩百年來廣州方言詞彙和方言用字的演變〉，暨南大學博士學位論文，2000 年，頁 33。

〔註 59〕詹伯慧、張日升：《粵北十縣市粵方言調查報告》，廣州：暨南大學出版社，1994 年，頁 601。

〔註 60〕張雙慶：〈從儋州話的「洗皮」說起（3/12/2003）〉，《每周話題》，香港中文大學博

的說法，現在是粵語一級特徵詞，「區內相當一致，區外未見或極少見的詞」〔註61〕，並且已擴散到其它方言〔註62〕。

（2）「在」。「在」《說文》「存也」，廣州話在一百多年前仍沿用古漢語的「在」，「喺」（音 hɐi^2）取代「在」應是廣東方言的創新。按照詞類來劃分，「在」屬於動詞和介詞，這兩種詞性的「在」，現代廣州話都已被「喺」取代。竹越美奈子、橫田文彥曾經詳細分析 32 部十九世紀的粵語文獻（本文使用的《讀本》也包括在內），他們認爲動詞「在」先被「喺」取代，然後是介詞「在」被「喺」取代，這個替換過程從 1828 至 1947 分階段完成〔註63〕。

「喺」從文獻中出現到取代「在」大約用了一百年左右的時間，而「在」已成了書面語詞。如下表所示：

年　份	在	
1841 以前	在	
1841《讀本》	在	喺
1877《四十章》	在	喺
2012 現代廣州話	喺	

從上表可見，在「在」被「喺」取代的過程中，二詞共存的時間只有幾十年，「喺」便完全取代「在」。可見一般詞彙的演變相當迅速。

（3）「拿」。「拿」，在二百詞表中的第 74 位，《百詞表》則沒有收錄。現代廣州話的代表詞是「攞」；文獻所見與「拿」有關的情況如下表：

文獻／次數／詞	邏或攞	擰或拎、搦	揸	摵	拈
1687《新語》	1				
1841《讀本》	4	8	1	2	7
1877《四十章》	1	11	5	10	1
1933《俗語考》	4	2、1	2	1	1
現代廣州話	＋	＋	＋	－	－

文網站。

〔註61〕見李如龍：《漢語方言特徵詞研究》，廈門：廈門大學出版社 2001 年，頁 3。

〔註62〕張雙慶：〈粵語的特徵詞〉，《漢語方言特徵詞研究》，廈門：廈門大學出版社，頁 390～414。後文的特徵詞都以此爲據。

〔註63〕竹越美奈子、橫田文彥：〈「喺」的歷史演〉，《第十屆國際粵方言研討會文集》，北京：中國社會科學出版社，2007 年，頁 299～305。

與「拿」有關的詞共有 5 條，包括「邏」(《新語》) 或「攞」(音 lɔ[2])〔註 64〕，「擰」或「拎」(音 neŋ[1])、「搦」(音 nek[7]) (《俗語考》)〔註 65〕，「揸」(音 tsa[1])〔註 66〕，「搣」(kai[5])〔註 67〕，「拈」。現代仍然使用的是前 3 條在「攞」、「拎」或「搦」、「揸」，不再使用的是最後 2 條「搣」、「拈」。

(1)「攞」《集韻》「裂也」、「揀也」，現代廣州話寫作「攞」應是訓讀字。「攞」是「拿」語義場的代表詞，也是現代粵語的一級特徵詞〔註 68〕。現代廣州話「攞」引申了「伸出」(手) 的義項，如「攞隻手出嚟」(伸出手來)。

(2)「擰」或「拎」。現代廣州話寫作「拎」，「拎」《玉篇》「手懸撚物也」，又《六書故》「縣持也」。「搦」《說文》「按也」，表示「拿」是手部動作的引申。

(3)「揸」是廣東自創字，有「拿」和「抓」的意思，是現代粵語的一級特徵詞。現代廣州話的「揸」，從「抓住」(方向盤) 的用法引申爲「駕駛」，如「揸車」、「揸船」等。

(4)「搣」應是廣東自創字，而「拈」《說文》「掫也」，《廣韻》「指取物也」。文獻所見，十九世紀「搣」和「拈」的使用頻率較高，二十世紀回落，現代廣州話則已經消失。片岡新曾用語法的角度去分析「搣」字句，指出「搣」是動詞的用法先變，然後是工具語，最後被處置功能「將」取代。作者指「拈」用法與「搣」相似，相信也經歷了相似的過程〔註 69〕。

無論如何，「搣」與「拈」最後未被社會認可，在語言實踐中被淘汰，是傳承和變異競爭中的優勝劣汰，並退出了「拿」的語義場。

總的來說，「拿」的語義場在十九世紀有激烈的競爭，文獻所見的六個子

〔註 64〕「攞」《俗語考》讀「籮上聲」音 lɔ[5]，現代廣州話讀陰上，音 lɔ[2]。

〔註 65〕拎、搦是陽入對轉派生詞，分析時只算爲 1 條。見張雙慶：〈粵語的特徵詞〉，《漢語方言特徵詞研究》，廈門：廈門大學出版社，2001 年，頁 390～414。「拎」《俗語考》「音匿平」音 neŋ[1]，「搦」《俗語考》「音匿」nek[7]。

〔註 66〕「揸」《讀本》標作 ꜀cha，《實用廣州話分類詞典》讀 tsa[1]。

〔註 67〕「搣」《讀本》標作 ꜂kái，《俗語考》「楷上聲」；此處擬作 kai[5]。

〔註 68〕見張雙慶：〈粵語的特徵詞〉，《漢語方言特徵詞研究》，廈門：廈門大學出版社，2001 年，頁 390～414。

〔註 69〕片岡新：〈19 世紀的粵語處置句：「搣」字句〉，《第十屆國際粵方言研討會文集》，北京：中國社會科學出版社，2007 年，頁 191～200。

場，兩個方言自創字「揸」、「搣」，一勝一負，勝出的「揸」增加了引申義「駕駛」。就使用頻率來講，「搣」、「拈」都曾廣泛使用，但最終給淘汰，退出了語義場。代表詞「攞」則依然屹立不倒。

3.1.21 小　結

本節考察的 19 組核心動詞，傳承及語義改變的情況如下表：

本章章節	《百詞表》		現代廣州話	傳承情況	基本義不變	引申義增減
3.1. 1	54 drink	喝	飲	＋	＋	
3.1. 2	55 eat	吃	食	＋	＋	＋卡緊、堵住
3.1. 3	56 bite	咬	咬	＋	＋	＋奈何
3.1. 4	57 see	看	睇	＋（古方言）	＋	－查閱
3.1. 5	58 hear	聽	聽	＋	＋	
3.1. 6	59 know	知道	知	＋	＋	
3.1. 7	60 sleep	睡	困	＋	＋	
3.1. 8	61 die	死	死	＋	＋	
3.1. 9	62 kill	殺	殺	＋	＋	＋幹（活）
3.1.10	63 swim	游	游	＋	＋	
3.1.11	64 fly	飛	*飛	＋	＋	＋甩、剪
3.1.12	65 walk	走	行	＋	＋	＋談戀愛、黑社會謀生活
3.1.13	66 come	來	來	＋	＋	
3.1.14	67 lie	躺	*攤、困	－	－	
3.1.15	68 sit	坐	坐	＋	＋	
3.1.16	69 stand	站	企	＋	＋	
3.1.17	70 give	給	畀	＋	＋	
3.1.18	71 say	說	話、講	－	－	
3.1.19	84 burn	燒	燒	＋	＋	

*文獻中沒有例子

從上表可見，19 個核心動詞， 17 個爲傳承詞，佔 89.5%（16 個傳承古漢語，1 個傳承古方言），只有 2 個不屬於傳承詞，佔 10.5%。「傳承詞是歷代相承、現在仍然使用的詞語。前代未有、後來創新或前代雖有、後來有了較大的變化的則是變異詞」〔註 70〕。廣州話的核心動詞在這三百年間沒有很大的改變，幾乎 90%爲傳承詞，基本義與最常用的意義一致。古漢語文獻記載的最初意義至今仍然使用，而這個意義在現代仍是最常用、最重要的一個。

從語義場的角度來看，代表詞有很強的穩定性，但也不是一成不變的。代表詞不變的是本義，改變的一般是引申義。例如「食」的「上下牙齒用力對著來咬」的動作引申爲「卡緊」的義項，又如「飛」引申爲「甩站」的「甩」，「行」因戀人經常走在一起引申爲「談戀愛」，這些都是引申義的增加。至於義項減少的情況也出現在引申義，如「睇」的引申義「查閱」（睇字典），現代由「查」（查字典）取代。

又從搭配關係來看，核心動詞看似沒有改變，事實上是在引申義或搭配關係中改變。一般都認爲廣州話的「飲」就是普通話的「喝」，但這兩個詞的搭配對象並不完全相同，例如「喝」可搭配粥而「飲」不可以，這與北方粥稀，南方粥稠有關。又如「睇」的「鑒定」義，現代仍然使用，但又不再與「銀」搭配。簡而言之，是不變中有變。

就常用詞演變的角度，「動詞的新舊更替大多是某一個或幾個義位的替換，屬於完全性替換的比較少見」〔註 71〕。如上面提過的「食」、「睇」、「飛」就屬於這種情況。事實上，動詞比較複雜，因爲同義的兩個或幾個動詞之間存著語法上的差別，動詞之間的替換不像名詞那樣簡單，而是相對複雜，經歷的時間也相對較長〔註 72〕。例如「喫」、「趯」二詞，經過三百年，仍未完全爲「食」、「走」所取代，新舊說法仍然處於競爭的過程之中。

與核心詞相比，非核心詞的競爭激烈，但替換的過程相對比較短。文獻中的「沖涼」用了五十年左右完成替換過程，並擴大至其它方言區；「嗾」大約用了一百年。而「拿」的語義場的「搣」、「拈」的創新、競爭，共存、退出，也大約是一百年的時間，但代表詞「攞」在三百年都沒有很大的變化。

由此可見，核心詞的穩定性比較強，變化的方式較爲非核心詞複雜，是不變中有變，變中有不變，過程也較非核心詞漫長。

〔註 70〕參李如龍：〈詞彙系統在競爭中發展〉，《漢語應用研究》，北京：中國傳媒大學出版社，2004 年，頁 189。

〔註 71〕汪維輝：《東漢——隋常用詞演變研究》，南京：南京大學出版社，2000 年，頁 105。

〔註 72〕參考于飛：〈兩漢常用詞研究〉，吉林大學博士學位論文，2008 年，頁 72。

3.2　形容詞

《百詞表》中，形容詞有 11 個，包括「多」、「大」、「長」、「小」、「熱」、「冷」、「滿」、「新」、「好」、「圓」、「乾」。

整體來講，形容詞的傳承多於變異，而變異多受特徵詞的影響，如「長」用「耐」、「冷」用「凍」。又由於形容詞本身用於對人、事、物的評價，較能直接反映方言地區的特點，如沒錢用「乾塘」就是一例。

3.2.1　多

「多」位於《百詞表》第 10 位。《說文》「多，重也。從重夕，會意。重夕爲多，重日爲疊」就是數量大，與「少」相對。現代廣州話表示「多」也用「多」，此外還有「大把」、「多羅羅」（貶義）、「多多聲」（誇張的口吻），均表示「很多」，又或使用數詞泛指「多」，如幾十百、無千無萬。但這些詞中只有「多」可以用「好」（很）來修飾。

文獻中《讀本》、《四十章》曾出現與「多」有關的詞。《新語》雖有「謂多曰夠，少曰不夠」（1687：11.380），這個「夠」是副詞的用法，這裡不作討論。

文獻 / 次數 / 詞	多
1687《新語》	
1841《讀本》	16
1877《四十章》	37
1933《俗語考》	
現代廣州話	+

《讀本》及《四十章》都用「多」，現代廣州話也用「多」來表示。但廣州話中也用「多」來表示「少」，例如「啲多」或「啲咁多」、「鼻屎咁多」、「雞噉咁多」來形容極少，這些詞組中的「多」tɔ[1] 可變讀爲 tœ[1]。

簡而言之，「多」的古今用法沒有很大的差異。

3.2.2　大

「大」位於《百詞表》第 13 位。《說文》「大，天大，地大，人亦大。故大象人形。凡大之屬皆從大」。大指面積、體積、容量、數量、強度、力量超過一般或超過所比較的對象，與「小」相對。文獻中，「大」的使用情況如下表：

文獻／次數／詞	大
1687《新語》	
1841《讀本》	1
1877《四十章》	7
1933《俗語考》	4
現代廣州話	+

《讀本》、《四十章》、《俗語考》都用「大」，現代廣州話也相同，用「大」。「巨」，《方言》「大也，齊宋方言曰巨、曰碩」，在文獻中沒有例子，但現代廣州話有「巨掹」（掹音 fɐŋ^{4}）（巨大）。

我們從現代廣州話的情況中，看看「大」和「巨」的使用情況。從能產性來講，「大」的組合能力極強，與「大」組合成詞的《分類詞典》有 159 個，「巨」只有「巨掹」1 個。就表示「大」意義的，《分類詞典》有「大掹」（巨大），以及「大」與量詞搭配的「大嚿」（嚿音 kɐu^{6}）（大塊）、「大粒」（大顆）、「大隻」、「大轆」（轆音 lok^{7}）（大根），而「巨」則只能搭配「巨掹」。現代廣州話無論從頻率還是能產性來看，「大」都勝過「巨」，廣州話的「大」與現代漢語的情況相當一致，有很強的生命力，而齊宋方言的「巨」對廣州話的影響很小。

「大」除了讀本調以外，變調可表示「小」、「僅僅這麼大」，然後再引申指「將死」的意思。「大」讀本調（陽去）指體積大，如：「大嚿」；讀陰平指「小」，如「啲咁大」、「鼻屎咁大」來形容非常小；讀陰上是「僅僅這麼大」的意思，如：「呢個蛋糕就係咁大㗎喇」（這個蛋糕就是這麼大的了）（新派不用）；又或表示「將死」的意思，如「投資銀行係咁大」指投資銀行瀕臨破產邊緣的意思。

總而言之，「大」組合能力強，使用頻率高，從古至今一直十分活躍。

3.2.3 長

「長」位於《百詞表》第 14 位。「長」《說文》「久遠也」。段注：「久者，不暫也。遠者，不近也」。古漢語的「長」分別表示空間、時間有相當大的距離，與「短」相反。現代廣州話表示空間的距離一般用「長」；表示時間上的長久，一般用「耐」。先秦時期用「長」表示時間久遠的情況十分常見，但現代廣州話則表示空間的距離大。

先看表示空間、距離的「長」。文獻中與「長」有關的詞，包括「長」、「長隊隑」（音 $lai^5 kwai^5$）〔註 73〕、「長蹽蹻」（音 $liu^5\ k^hiu^5$）〔註 74〕、「長倰儯」（音 $lɐŋ^6\ kwɐŋ^6$）〔註 75〕、「長㪡㪡」（音 niu^1）〔註 76〕、「長悠悠」。仍然使用的是「長」和「長隊隑」，《方言詞典》中還有「長□□」（□讀 lai^4），有後加成分的詞，大多有貶義；代表詞是「長」。文獻中的情況如下表：

文獻／次數／詞	長	長隊隑	長蹽蹻	長倰儯	長㪡㪡	長悠悠
1687《新語》						
1841《讀本》	6					
1877《四十章》	10					
1933《俗語考》	1	1	1	1	1	1
現代廣州話	＋	＋	－	－	－	－

雖然現代廣州話一般用「長」來表示空間長，但文獻中《四十章》有一例用「長」指時間的長，如：

a. 日長有好多時候做事。（1877：10）

而廣州話口語也有一些例子，用「長」表示時間的久遠，如「要等廿年長流流」（要等二十年時間太長了），表示時間太長；又有「長氣」指囉嗦，引申指說話、哭泣持續的時間很長，這些例子都存留了古漢語的用法。

另外，「長」可用變調來表示「短」。「長」本調（陽平）指「長」，變調讀陰平是「短」的意思。例如：「咁長長，點夠呀？」（那麼短，怎麼夠？）

現代廣州話表示時間的長，大多用「耐」。「耐」《說文》「耏，或從寸」。「耐」是會意字。「而」指面頰，「寸」指法度、刑法。在面頰上施刑罰，指剃鬚。「耐」就是古時一種剃掉鬍鬚兩年的刑罰。可見，廣州話時間久遠的

〔註 73〕《俗語考》「隊」「賴上聲」音 lai^5，「隑」「拐下上聲」音 $kwai^5$。《分類字典》二字都讀陽平，音 $lai^4\ kw^hai^4$。

〔註 74〕《俗語考》「蹽」音「了」（liu^5），「蹻」「橋上聲」音 k^hiu^5。

〔註 75〕《俗語考》「倰」「勒去聲」音 $lɐŋ^6$，「儯」「薨下去聲」音 $kwɐŋ^6$。

〔註 76〕《俗語考》「㪡」，「鳥平聲」音 niu^1。

「耐」不是傳承詞，可能是從「禁得起」的義項引申至時間的久遠；而「耐」是粵方言一級特徵詞。

文獻中的使用情況如下表：

文獻／次數／詞	耐	長
1687《新語》		
1841《讀本》	7	
1877《四十章》	9	1
1933《俗語考》	1	
現代廣州話	+	±

現代廣州話的「耐」，主要用於表示時間長，也可當副詞，表示「偶而」。《方言詞典》中有「耐不耐」、「耐唔中」、「耐耐」，如「耐不耐睇次戲」（偶而看看戲）。文獻中，《讀本》、《四十章》的「耐」都表示長時間，副詞的「耐」在《俗語考》有「耐耐」的例子。

簡言之，「長」的情況如下面的語義場顯示圖：

空間	時間
長	耐

總的來說，廣州話用「長」來表示空間的長，用「耐」表示時間的長，但也有個別的例子，可以用「長」來表示時間長。

3.2.4 小

「小」位於《百詞表》第 15 位。《說文》「小，物之微也」。現代漢語指面積、體積、容量、數量、強度、力量不及一般或不及所比較的對象，與「大」相對。現代廣州話基本用「細」，《說文》「細，微也」；廣州話由「小」組成的詞是書面語詞。至於文獻的情況，如下表：

文獻／次數／詞	細	小
1687《新語》	4	
1841《讀本》	13	1
1877《四十章》	8	
1933《俗語考》	3	
現代廣州話	+	±

王鳳陽認爲「細」可能和「小」在詞源上有關係，「細」由方言變爲通語，在中古以前「細」和「小」交搭，「細」的反義詞是「巨」、「大」而不是「粗」〔註 77〕。從這角度來看，廣州話口語的「細」是古方言的傳承，福州方言也用「細」，而與「細」相對的是「大」。

現代廣州話「細」可以單用，但「小」必須與其它語素配搭成詞。「細」單用如「間屋咁細」（房子那麼小），「細」與量詞搭配，表示各種物體的小，如「細嚿」（小塊）、「細粒」（小顆）、「細隻」（小隻）、「細轆」（小根）等等。而「小」在廣州話不可單用，口語中與「小」搭配的大概都是書面語詞，如小氣（小心眼兒）、小腸氣（疝氣）等。

文獻中的例子也大致是「細」是口語（見例子 a～d），「小」主要是書面語詞（見例子 e～g），如：

a. 和酒貧者之飲，市上所酤，以細餅爲良，大餅次之，號曰細餅燒、大餅燒。（1687：14.433）

b. 細頭（1841：2.2）

c. 細鼻（1841：2.3）

d. 你住嘅屋係大口知係細呢？（1877：3）（你住的房子是大的還是小的呢？）

e. 使自八月至十月，月月有收，其以八九月熟者曰小禾，秋分、白露、霜降等種是也。（1687：2.57）

f. 小艇（tanka boats）要蓋頭篷。（1841：8.3）

g. 北京嘅生意大半係喺大街開鋪頭，小巷都係做住家嘅多。（1877：30）（北京的生意大半是在大街開鋪子，小巷是住家的多）

但文獻中，也有例外。《讀本》有用「小」而不用「細」的例子，如：

h. 你有辦俾我睇吓呵？呢處有小辦。（1841：6.6）（你有樣本給我看吧。這裡有小的樣本。）

簡言之，現代廣州話的「小」，以「細」爲代表詞，用「小」主要是書面語的詞彙。

〔註 77〕王鳳陽：《古辭辨》，長春：吉林文史出版社，1994 年，頁 947。

3.2.5 熱

「熱」位於《百詞表》第 93 位，《說文》「熱，溫也」。文獻所見的有 7 條，代表詞爲「熱」，具體情況詳列如下：

文獻／次數／詞	𤏲	熱	滾	緊	熱辣辣	蒸	酷
1687《新語》	1						
1841《讀本》		2	3				
1877《四十章》		4	4	1			
1933《俗語考》	1				1	1	1
現代廣州話	＋	＋	＋	＋	＋	＋	剔除

文獻所見的是「𤏲」（音 $heŋ^3$）〔註 78〕、「熱」、「滾」、「緊」（今音 $ŋɐi^3$）、「熱辣辣」、「蒸」、「酷」。仍然使用的是前 6 條，「酷」在《俗語考》的解說不可靠〔註 79〕，因此剔除。

「熱」在四部文獻的語義場如下表：

詞	人體	天氣	物質	
			固體	液體
𤏲	＋	（＋）	＋	（－）
熱	＋	＋	＋	＋
滾	＋	－	－	＋
緊	－	＋	－	－
熱辣辣	＋	＋	＋	＋
蒸	－	＋	－	－

（ ）是現代廣州話的情況

（1）「𤏲」，《廣韻》「腫起」。《讀本》的解釋同樣是「瘡腫起」，《俗語考》指「身熱」，如「口𤏲、鼻𤏲」（1933：7）。大概是瘡腫起時，感覺微熱而引申爲熱。

現代廣州話口語「𤏲」一般寫作「熋」，除指人體的熱，還可以指天氣熱，如「天口熋」。

〔註 78〕「𤏲」《俗語考》音「慶」（音 $heŋ^3$）。

〔註 79〕《俗語考》原文：「酷音斛。熱甚也。『說文』一。酒厚味也。『白虎通』極也。『集韻』一熱者極甚也。古人有大暑去酷吏。粵語曰本此。」

（2）「熱」指溫度高，感覺溫度高，廣州話與「凍」相對。「熱」可形容的對象最爲廣泛，人體、天氣及固態、液態的物質，都可以用熱。

（3）「滾」，現代廣州話形容熱度極高或向上湧動的，可以用在人體、液體，但不可用於天氣及固體物質。其中《讀本》中的「滾水」主要指可飲用的熱開水，「熱水」則不一定，如：

a. 呢盅茶濃到劫　沖滾水和淡吓（1841：5.7）（這盅茶濃到苦，灌開水攪拌一下）

b. 洗身水凍侵的熱水和吓添（1841：5.5）（洗澡水冷，加一點熱水攪拌一下）

（4）「緊」是文言助詞，應是訓讀字，現在一般寫作「翳」，指天氣悶熱。

（5）「熱辣辣」與「熱」的用法相當。

（6）「蒸」是細小的柴火，《詩經・小雅・無羊》「爾牧來思，以薪以蒸」。鄭箋：「粗曰薪，細曰蒸」。現代一般寫作「正」，指猛烈的陽光或陽光反射造成的高溫。

此外，現代廣州話還有「熒焓焓」（焓音 hɐp[9]）、「焗」（音 kok[9]）、「焫」（音 nat[8]）、「淥」（音 lok[9]）。「熒焓焓」是熱烘烘的意思，「焓」《說文》「火貌」，「用法與「熒」（「礐」）相近。「焗」原是一種煮食法，現引申爲悶熱，是方言自創字。「焫」《玉篇》「本作爇。燒也」，「淥」原是「水清」的意思，指熱也是訓讀。雖然「焫」、「淥」二詞都指燙，但「淥」皆與熱水有關，「焫」則不一定，而且通常指被乾的東西燙到。

總的來說，廣州話與「熱」有關的詞十分豐富，對人、天氣、物體都有不同的說法，代表詞爲「熱」，古今相同。

3.2.6　冷

「冷」位於《百詞表》的 94 位，「冷」《說文》「寒也」。現代廣州話一般用「凍」，《說文》「凍，仌（冰）也」。段注：「初凝曰仌。仌壯曰凍。又於水曰冰。於他物曰凍。……水始冰。地始凍」。文獻中有「冷」、「凍」2 條，表列如下：

文獻／次數／詞	冷	凍
1687《新語》		

1841《讀本》	1	5
1877《四十章》	9	4
1933《俗語考》	1	2
現代廣州話	－	＋

根據文獻的情況，天氣一般用「冷」（例 a、b），生病時身體感到寒冷也用「冷」（例 c），至於「凍」的用法，現代廣州話與段玉裁注的用法剛好相反，「凍」一般與「水」搭配（例 d、e），而不用來形容「他物」。1933 年的《俗語考》中，則開始用「凍」來形容天氣（例 f）：

a. 天時冷就落雪（1877：9）（天氣冷就下雪）

b. 昨夜翻風到天光嘅時好冷（1877：9）（昨晚颳風，天亮的時候很冷）

c. 發冷發熱（1841：16.2）

d. 拼凍水濕水泡掂嚟我抹額頭（1841：5.5）（用冷水弄濕海綿給我抹額頭）

e. 你係愛凍水定係愛滾水呢（1877：11）（你要冷水還是熱水）

f. 天冷……又曰凍冰冰。（1933：1）

因爲《俗語考》使用「凍」來形容天氣，表示文獻所見的「冷」的語義場產生了變化。如下表：

詞	天氣	物質（水）	病理（發冷）
凍	—＞＋	＋	－
冷	＋（－）	－	＋

（）是現代廣州話的用法

文獻所見的「凍」原本只搭配「水」，二十世紀《俗語考》中開始搭配「天氣」，並逐漸取代原來形同天氣的「冷」。 我們同時參考了 1907 年的《聖經》，當時仍用「冷」〔註 80〕。有關變化如下圖：

年　份	天氣冷
1877《四十章》	冷
1907《聖經》	冷

〔註 80〕見約翰福音十八章十八節：「眾僕共差役，因爲寒冷，燒起炭火」（和合本聖經譯作：僕人和差役因爲天冷，就生了炭火）。

1933《俗語考》	*（冷？）	凍
2012 現代廣州話	凍	

* 文獻中沒有例子

從上表可見，形容天氣的「冷」可能是單一的替換，從「冷」換成「凍」，也可能是先共存，後替換，即便如此，共存的時間也只有幾十年。

現代廣州話，「冷」一般不單用，「凍」則可以單用，如：

a　*今日好冷。

b　今日好凍。

雖然如此，《方言字典》、《分類字典》中，「冷」的構詞能力仍較「凍」強，如「冷飯」、「天冷」，這些詞都不可以用「凍」替代。但「水」又必須搭配「凍」而不可搭配「冷」。「凍」可以有後加或前加成分，如「凍冰冰」、「陰陰凍」，而「冷」則不可。「凍」跟「冷」可以互換的只有「凍親」（著涼）、「凍天」（天氣冷的時節）。

用「冷」、「凍」來形容「冷」也見於福州方言。此外，現代廣州話形容「陰冷」用「寒」，另外又有「天寒地凍」的說法。

總的來說，形容「冷」的語義場，在這一百多年間有明顯變化，形容天氣的「冷」改爲「凍」是一種變異。「凍」是現代粵方言的二級特徵詞〔註 81〕，也見於其它方言。

3.2.7　滿

「滿」位於《百詞表》第 95 位。「滿」《說文》「盈溢也」。戰國早期以前的典籍，一般都用「盈」而不用「滿」，「滿」在戰國後期逐漸應用開來〔註 82〕。「滿」大約到中古時期的唐代，牢牢佔據基本詞的地位〔註 83〕。現代廣州話「滿」同樣以「滿」爲代表詞。

文獻所見的情況如下：

〔註 81〕「本方言內部不夠一致，或區外有較多交叉的，可以作爲二級特徵詞。」李如龍《漢語方言特徵詞研究》，廈門：廈門大學出版社 2001 年，頁 3。

〔註 82〕王鳳陽：《古辭辨》，長春：吉林文史出版社，1994 年，頁 510～511。

〔註 83〕王彤偉：〈《三國志》同義詞研究〉，復旦大學博士論文，2007 年，頁 249。

文獻／次數／詞	滿	飽庚庚
1687《新語》		
1841《讀本》	1	
1877《四十章》	1	
1933《俗語考》		1
現代廣州話	＋	－

文獻中有「滿」和「飽庚庚」2 條。「飽庚庚」出自《俗語考》，指「凡物滿載充實」，現代廣州話已經不再使用，仍然使用的是「滿」。「滿」在文獻中的詞義沒有變化，人、事、物都可以用「滿」。除「滿」以外，現代廣州話還有「密屖屖」（屖音 tsɐt[7]）（密密麻麻）、「頂籠」（完全滿）、「爆棚」（比喻人滿）等來形容「滿」的情況，詳見下表。

詞	人	事	物	
			固體	液體
滿	＋	＋	＋	＋
密屖屖	＋	＋	＋	－
頂籠	＋	＋	＋	－
爆棚	＋	－	－	－

我們觀察現代廣州話的情況，以「滿」的概念最寬，限制最少，其它形容「滿」的詞都有限定義素，使用範圍比「滿」窄。

簡言之，「滿」從中古至今一直保持核心詞中代表詞的地位。

3.2.8　新

「新」位於《百詞表》第 96 位。「新」《說文》「取木也」，《博雅》「初也」。「新」的語義場中有「新」、「新鮮」、「新簇簇」。文獻中的情況如下表：

文獻／次數／詞	新	新鮮	新簇簇
1687《新語》	2		
1841《讀本》	10	1	
1877《四十章》	4	1	
1933《俗語考》			1
現代廣州話	＋	－	＋

文獻中，「新」的語義場如下：

詞	對象	
	一般	衣服
新	＋	＋
新鮮	－（＋）	＋（－）
新簇簇	－（＋）	＋

（）是現代廣州話的用法

（1）文獻中「新」的語義場可以是一般的對象，也可以是衣服。現代廣州話，人、事、物都可以用「新」，「新」的使用範圍、搭配對象最廣，用法從古到今都沒有很大的改變。

（2）「新鮮」在文獻中指布料的「新」，如「得搵過一匹新鮮嘅囉」（1841：6.6）（得找一匹新的）、「啯啲紗原來係好嘅又新鮮」（1877：28）（那些紗原來又好又新）。就是說，現代廣州話「新鮮」的限定義素有所改變，由布轉爲其它的事物，而布料則改用限定義素最少的「新」。

現代廣州話的「新鮮」用法與普通話相近，指剛生產的，未變質的，如食物：條魚好新鮮（魚很新鮮）、啲菜唔新鮮（菜不新鮮）。又或是剛出現的事物，如「新鮮事」。但廣州話「新鮮」的搭配關係又與普通話不完全相同，廣州話的搭配對象多是「食物」，普通話的「山裏空氣很新鮮」，廣州話則沒有這個用法。

（3）「新簇簇」當時一般指衣服的「新」，現代廣州話也可以指其它對象的新，如「對鞋新簇簇」（鞋子簇新），也是減少了限定義素。

現代廣州話還有「新淨」、「新㗾㗾」（㗾音 kw^hak^7）、「新鮮滾熱辣」。前兩個主要指對象的新，「新鮮滾熱辣」本來形容剛炒上的菜，熱騰騰的樣子，現在除了用在食物外，還比喻一般的「新」。

簡言之，現代廣州話「新」的語義場以「新」爲代表詞，語用範圍較廣。改變的主要是「新鮮」、「新簇簇」減少了的限定義素。換言之，「新」的語義場趨向概括化和一般化。

3.2.9　好

「好」位於《百詞表》第 97 位，上古用於形容人的漂亮。《說文》「好，美也。從女子」。段注：「媄也。好本謂女子，引申爲凡美之稱」。《方言·二》「自關而西，秦晉之間，凡美色，或謂之好」。王鳳陽認爲「『好』最初可能是方言，但從古籍看，它已經變爲通語。而且隨著詞義的發展，『好』還不斷泛化，成爲一切的美……的形容詞了」〔註84〕。

文獻所見的「好」有4條，包括「靚」、「好」、「
𡃁」（音 $tsan^2$）、「頭號」，情況如下表：

文獻／次數／詞	靚	好	𡃁	頭號
1687《新語》	1			
1841《讀本》		5		1
1877《四十章》		9		
1933《俗語考》	1		1	
現代廣州話	＋	＋	＋	－

與「好」有關的詞，前3條現代廣州話都仍然使用，「頭號」可能是書面語的借用，在現代廣州話已經退出「好」的語義場。仍然使用的詞，在文獻中的語義場如下表：

詞	人	事	物	外在
靚	＋	－	＋	＋
好	＋	＋	＋	±
𡃁	－	＋	－	（－）

（）是現代廣州話的用法

（1）「靚」《說文》「召也」，「靚」指「美」是粵客方言的用法，是粵方言的二級特徵詞。《新語》、《俗語考》的「靚」指美、精美，現代廣州話指「漂亮」、「好」，如「呢隻杯幾靚」（這個杯子挺漂亮）、「好靚嘅生油」（很好的花生油）。「靚」一般用於形容外在的、看得見的「好」。與「靚」組合成詞的，主要是「靚仔」、「靚女」。

（2）「好」，文獻中的用法與現代漢語相近。與古漢語用法相似的，有「落地喊三聲，好醜命生成」，這個「好」就是專指容貌好，依然保留在諺語當中。現代廣州話的「好」應是語用範圍最廣的說法，可以用在人、事、物；而外

〔註84〕王鳳陽：《古辭辨》，長春：吉林文史出版社，1993年，頁856。

在美、內在美，也可用「好」。根據《方言詞典》，用「好」來組合成詞的超過 20 個，如「好仔」（品質好的男青年）、「好嘢」（好東西）、「好眼」（眼力好）等等。

（3）「孻」指「好」（讀「盞」），現代大體上是老派的說法。如「呢件事做得唔「孻」（這件事做得不好）。「孻」只形容事情的好，不用於人和物，在「好」的語義場中，是限定義素最多的一個。

除此以外，現代廣州話「正」（讀 tsɛŋ^{3}）、「正斗」（正讀 tsɛŋ^{3}），二詞都可形容女子長得端正標致，指人的表現出色，或是東西的優良。至於形容非常美麗，又有「靚爆鏡」。

簡言之，「好」的語義場在這三百年沒有很大的變化，代表詞「好」是使用範圍最廣、構詞能力最強的詞。方言特徵詞「靚」在口語中也很常用，但搭配對象的限制較多。

3.2.10 圓

「圓」位於《百詞表》第 98 位，《說文》「圜全也」。「圓」的古今變化不大，現代廣州話以「圓」爲代表詞。文獻中的情況見下表：

文獻／次數／詞	圓	圓轆轆	圓陏陏	圓陀陀
1687《新語》				
1841《讀本》	4			
1877《四十章》	3			
1933《俗語考》		1	1	1
現代廣州話	＋	＋	－	－

文獻中有「圓」、「圓轆轆」（轆音 lok^{7}）、「圓陏陏」（陏音 tɔ^{6}）〔註 85〕、「圓陀陀」（陀音 thɔ1）〔註 86〕，仍然使用的是前 2 條。比較正式的場合一般用「圓」，有後加成分的「圓轆轆」，用在相對比較隨便的場合。現代廣州話還有「圓揼揼」（揼音 tɐm4）、「圓揼哚」（哚音 tœ^{4}）、「圓軲轆」（軲轆音 ku^{1} lok^{7}）的說法。

總的來說，「圓」從古到今的變化不大，代表詞是「圓」。

〔註 85〕「陏」《俗語考》「陀讀若拖。形圓者曰圓陀陀。……通作陏。『釋文』陏，徒禾反」，擬作 tɔ^{6}。

〔註 86〕「陀」《俗語考》讀「拖」（t^{h}ɔ^{1}）。

3.2.11 乾

「乾」位於《百詞表》第 99 位。指沒有水分或水分很少，現代廣州話仍用「乾」，文獻中有共有 2 條，如下表：

文獻／次數／詞	乾	嚛	涸	乾涸涸
1687《新語》				
1841《讀本》	3			
1877《四十章》				
1933《俗語考》		1	1	1
現代廣州話	+	+	−	−

與「乾」有關的詞，有「乾」、「嚛」（音 $k^hɔk^8$）〔註 87〕、「涸」（音 $k^hɔk^8$）〔註 88〕、「乾涸涸」（音 k^hek^7）〔註 89〕。其中「乾涸涸」的「涸」讀 k^hek^7 乃訓讀字。

先討論字音同爲 $k^hɔk^8$ 的「嚛」、「涸」。「嚛」、「涸」二詞均表示「乾」，《俗語考》中前者表示「喉乾」，後者表示「水乾」，兩者的差異在於搭配對象的不同。古漢語也有類似的情況，用「暵、旱、涸」三個詞，以區別氣候乾、土壤乾和水乾〔註 90〕。然而在《俗語考》以「嚛」代表「乾」，於義不合；把「涸」（$k^hɔk^8$）由一個詞分爲兩個詞，也屬不必。我們認爲「嚛」、「涸」應同爲「涸」。

「嚛」《說文》「食辛」，《集韻》「黑各切，音壑，亦食辛也」。《俗語考》謂：「凡食辛燥之物，入喉不順皆曰嚛喉」。《俗語考》以「食辛燥」直接引申爲「喉乾」，音雖合但義不合，解說十分牽強。

至於「涸」，在古漢語指水、土或空氣的乾〔註 91〕。《說文》「涸，渴也」，段注：「俗本作竭」。《爾雅・釋詁》「涸，竭也」，「下各切」；現代廣州話引申指喉的乾涸，音義俱合。

因此，無論從字音、字義來看，「嚛」都應寫作「涸」。《俗語考》把一個詞

〔註 87〕「嚛」《俗語考》讀「確」（$k^hɔk^8$）。

〔註 88〕「涸」《俗語考》讀「確」（$k^hɔk^8$）。

〔註 89〕「涸」《俗語考》讀「傾入聲」音 k^hek^7。

〔註 90〕王鳳陽：《古辭辨》，長春：吉林文史出版社，1994 年，頁 505。

〔註 91〕同〔註 90〕。

分化爲兩個詞，是沒有必要的，而《方言詞典》「喉乾」也只用「涸」表示。

現代廣州話仍然使用的「乾」、「涸」，語義場的情況如下表：

詞	人		水	土	天氣
	皮膚	鼻、喉			
乾	＋	＋	＋	＋	＋
涸	－	＋	－	－	－

（1）「乾」是代表詞，用途最廣，人、物、天氣都可以用乾。

（2）「涸」是水乾的意思。現代廣州話特指鼻、喉的體液乾涸。

此外，廣州話的「水」也指「金錢」，因此錢花光，與水竭一樣，同用「乾」，例如「乾塘」就是錢花光的意思。

簡言之，現代廣州話的「乾」古今的用法沒有大改變。現代廣州話還有「乾爭爭」（爭音 tsɐŋ^{1}）、「乾骾骾」（骾讀 k^{h}ɐŋ^{2}）的說法。而「乾」的搭配對象在廣州話存在特殊情況，例如「錢花光」也用「乾」。

3.2.12　非核心形容詞的考察

核心詞外，我們從文獻中選取了當時比較常用、在三百年間有明顯的變化的一組形容詞來分析。

（1）「合式」。指合乎一定的規格、程序，合適。《讀本》有「柳條又闊過頭　都唔合式（your stripes are much too board; they are all unsuitable.）」（1841：6.6）、《四十章》的「你做嗰頂轎都好合式咯」（1877：40）（你做的那頂轎子也挺合式的）。兩本文獻的合式，可指合乎規格或合式，文獻中的情況如下表：

文獻／次數／詞	合式	
1687《新語》		
1841《讀本》	1	2
1877《四十章》	1	5〔註92〕
1933《俗語考》		
現代廣州話	－	＋

〔註92〕由於「啱」現代廣州話有「合適」、「對」、「湊巧」、「剛才」、「合得來」的義項，《四十章》中缺少例句，無法確切瞭解詞義，因此這裏的例子是「可能指合適」。

「啱」（音 ŋam[1]）在《讀本》中的例子，指茶的「agreeable」（合適的），如「問吓個位客人，睇吓佢嫌茶濃唔嫌……佢話啱咯」（1841：5.9）（問一下那位客人，看看他會不會嫌茶濃，……他說合適）。又「你的茶啱唔呀」（1841：5.11）（你的茶合適不合適呀）。《四十章》沒有例句，只有例詞，如「啱得嚌」、「啱到極」等等。

「啱」現在是粵方言二級方言詞，也見於客語。根據《方言詞典》「啱」基本義是「合適」，袁家驊等以為出於壯語〔註 93〕。現代廣州話口語「啱」取代「合式」應該是近一百年的事情，相信是一次性的替換。

3.2.13 小　結

本章章節	《百詞表》		現代廣州話	傳承情況	基本義不變	引申義增減
3.2. 1	10 many	多	多	＋	＋	
3.2. 2	13 big	大	大	＋	＋	
3.2. 3	14 long	長	長	＋	＋	
			耐	－	－	＋時間長
3.2. 4	15 small	小	細	＋（古方言）	＋	
3.2. 5	93 hot	熱	熱	＋	＋	
3.2. 6	94 cold	冷	凍	＋	＋	＋天氣冷
			冷	－	＋	－天氣冷
3.2. 7	95 full	滿	滿	＋	＋	
3.2. 8	96 new	新	新	＋	＋	
3.2. 9	97 good	好	好	－	＋	
3.2.10	98 round	圓	圓	＋	＋	
3.2.11	99 dry	乾	乾	＋	＋	

從上表可見，11 個核心形容詞，9 個為傳承詞（8 個傳承古漢語，1 個傳承古方言），佔 81.8%，只有 2 個不屬於傳承詞。基本上，廣州話核心形容詞的基本義與最常用的意義一致，變異的只佔少數。「傳承是為了維持語言的時代延續、保持語言的穩定性；變異是為了適應社會生活的變化和交際使用的需求」〔註 94〕。

〔註 93〕見袁家驊：《漢語方言概要》（第二版），北京：語文出版社，2001 年，頁 179。

〔註 94〕參李如龍：〈詞彙系統在競爭中發展〉，《漢語應用研究》，北京：中國傳媒大學出形容詞中語義場有變異的，主要是方言區爲生活和交際需要，由特徵詞取代了原有的說法。「特徵詞是具有特徵意義的方言詞，在方言區內普遍應用、大體一致，在區外方言又是比較少見的」〔註 95〕。例如「長」、「耐」，形容空間仍沿用古漢語的「長」，但形容時間則用「耐」，「耐」就是粵方言一級特徵詞，是區內普遍應用、大體一致，在外區方言比較少見，這是廣州話的創新。因此，「長」的語義場便分割成「長」、「耐」兩個子場。

另有「冷」。形容天氣由「冷」改用「凍」，「凍」的搭配對象由水擴大至天氣，「冷」的搭配對象因而減少，「凍」就是粵方言二級特徵詞。用「凍」是一種變異，是前代雖有，後來有了較大的變化的詞。「冷」的語義場也因此重新調整，「凍」擴大使用範圍而「冷」縮小使用範圍。

非核心詞「合式」由二級特徵詞「啱」取代，同樣是特徵詞取代原有的說法，也是一種創新。

就形容詞本質來說，由於形容詞用於評價人、事、物，所以更容易反映方言區的特點。例如廣東話的「水」也指金錢，沒錢就用「乾」來表示。廣東地區夏天又濕又熱，在「熱」語義場用「緊」、「蒸」形容這種悶熱，直接反映了廣東地區的天氣特點以及人們對這種天氣的評價。

除此以外，形容詞「大」、「長」可用變調來表示「小」、「短」。至於有後加成分 ABB 式的形容詞，主要出自二十世紀的《俗語考》，但多有貶義。

3.3　顏色詞

《百詞表》中，顏色詞有 5 個，分別是：「紅」、「綠」、「黃」、「白」、「黑」。總的來說，「紅」跟從現代漢語的歷時演變而變化，而「綠」、「黃」、「白」、「黑」是傳承古代漢語的顏色詞。語義場中，仍然使用的顏色詞，大多屬於純色子場，而混色子場的多丟失。

就構詞來說，可分五種情況，我們以「紅」爲例〔註 96〕：

版社，2004 年，頁 189。

〔註 95〕李如龍：《漢語方言特徵詞研究》，廈門：廈門大學出版社，2001 年，頁 3。

〔註 96〕分類參符淮青：〈漢語表「紅」的顏色詞群分析（下）〉，《語文研究》，1989 年，第 1 期，頁 39～46。

（1）一部份詞由表紅顏色的不成詞語素加上「紅」構成，如「赤紅」；
（2）一部份詞由表示帶紅色的事物的語素加上「紅」構成，如「棗紅」；
（3）一部份詞由表示程度或性狀的語素加上「紅」構成，如「大紅」；
（4）一部份詞由「紅」加後加成分構成，如「紅豔豔」；
（5）一部份詞由表「紅」和表其它顏色的語素，或錶帶有紅顏色的事物的語素加上「色」構成，如「紅色」；

必要時也可用其它表示帶有紅顏色的事物的語素加「色「組成新的語言單位，如「炭紅色」。

上述五類的例子，在四部文獻都可找到例子，但第（4）類，只出現在二十世紀的文獻《俗語考》。文獻中還有一部份的顏色詞（主要是紅色）與上面所列的情況有不一致的地方，就是只用事物的名稱來代表某種顏色，如「紫丹（「orange red」）、青蓮（「brick red」）、宮粉（「light red」）」等等。

本節顏色詞的語義場主要以濃度、亮度、輔色、色調、適用對象等方面來考察。一般用「＋」表示有無，需要時會利用文字說明〔註 97〕。由於《讀本》中有專門一節討論顏色，顏色詞特別多樣，本節所討論的例子也多出自此書。

「紅」位於《百詞表》第 87 位。「紅」，《說文》「帛赤白色」，古代特指粉紅色，現代泛指紅色。「紅」這個概念，在先秦以前，以「赤」用得最廣泛。至於現代漢語的顏色詞「紅」，已有一定的研究成果〔註 98〕。文獻中的具體情況，羅列如下：

3.3.1 紅

文獻／次數／詞	油紅	紅（色）	桃紅	梅紅	銀紅	金飛紅	金魚紅	水紅	花紅	粉紅	番紅	洋紅	赤色
1687《新語》	1	1											
1841《讀本》		1	1	1	1	1	1	1	2	1	1	1	1

〔註 97〕方法主要參考符淮青：〈漢語表「紅」的顏色詞群分析（下）〉，《語文研究》，1989 年，第 1 期，頁 39～46；解海江：〈漢語編碼度研究〉，廈門大學博士學位論文，2004 年。

〔註 98〕符淮青：〈漢語表「紅」的顏色詞群分析（上）〉、〈漢語表「紅」的顏色詞群分析（下）〉等等。

1877《四十章》		1											
1933《俗語考》		1											
現代廣州話	－	＋	＋	－	－	－	－	－	－	＋	－	＋	－

文獻／次數／詞	紫丹	青蓮	宮粉	胭脂	硍朱	朱砂	赭石	古銅色	呀囒（色）	赬赬	赩赩	雪緋	紫糖
1687《新語》													
1841《讀本》	1	1	1	1	1	1	1	1	1				
1877《四十章》													
1933《俗語考》										1	1	1	1
現代廣州話	－	－	－	－	－	－	－	＋	－	－	－	－	－

四部文獻中，與「紅」有關的詞有 26 種，包括「油紅、紅（色）（「red」）、桃紅（「peach red」）、梅紅（「rose red」）、銀紅（「rose red」）、金飛紅（「hyacinth red」）、金魚紅（「carmine」）、水紅（「water red」）、花紅（「scarlet」）、粉紅（「lightish red」）、番紅（「lake red」）、洋紅（「turkey red」）、赤色（「carnation」）、紫丹（「orange red」）、青蓮（「brick red」）、宮粉（「light red」）、胭脂（「crimson」）、硍朱（「vermilion red」）、朱砂（「cinnabar」）、赭石（「brownish red」）、古銅色（「copper red」）、呀囒（色）（「crimson」或「cochineal」）、赬赬、赩赩、雪緋、紫糖」。

現代廣州話仍然使用的有「紅（色）」、「桃紅」、「粉紅」、「古銅色」；以「紅」爲代表詞。

不再使用的例子中，有一部份語素在古漢語中表示不同深淺的紅色，如「赬」、「赩」、「糖」，有一部份是用含有紅色或本身是紅色的事物來代表紅色，如「青蓮」、「胭脂」、「朱砂」、「硍朱」、「赭石」等。另有一部份是書面語的借用，如：「銀紅」、「水紅」、「洋紅」、「赤色」。至於「呀囒」估計是英國地名的音譯詞。

從語義場的角度來看，文獻中的紅色的語義場有 26 個義位，按濃度、亮度、輔色、色調、適用對象方面互相區分，如下表：

	顏　色	濃　度			亮　度			輔　色	色　調	適用對象
		濃	中	淡	明	中	暗			
純色子場	*　紅（色）		＋			＋				
	*　桃紅		＋			＋			像桃花	

	梅紅		+			+			像梅花	布
	金飛紅		+			+			像風信子	
	赤色		+			+				
	胭脂		+			+			像胭脂	
	朱砂		+			+				
	赬赬		+			+				
	* 粉紅			+		+				
	青蓮			+		+			像青蓮	
	番紅	+				+				
	呀囒（色）	+				+				
	艴艴	+				+				
	油紅		+		+					布
	洋紅		+		+					
	金魚紅		+		鮮豔				像金魚	
	水紅		+		鮮豔					
	花紅		+		鮮豔					布
	銀紅		+		鮮明					布
	硍朱		+		鮮明					
	宮粉			+	+					
混色子場	紫糖		+			+		帶紫		人臉
	紫丹		+			+		帶橘黃		
	* 古銅色		+			+		帶褐	像古代銅器	
	赭石		+				+	帶棕		
	雪緋			+		+		帶白		

* 現代廣州話仍然使用

從上表可見，濃度、亮度屬於「中」等，純色的顏色詞佔大多數，有 11 個，純色子場中有 8 個，混色子場中有 3 個。仍然使用的主要在純色子場，如「紅」、「桃紅」、「粉紅」，這三個詞都是利用不同濃度、亮度、色調來表示「紅」。而帶有輔色的「紅」色顏色詞，現代廣州話大部份都不再使用。濃度、亮度均偏中等的「古銅色」在現代一般屬於褐色語義場，不屬於紅色的語義場。就適用對象來講，《讀本》中的「紅」多用於形容布料的顏色，只在《俗語考》有一例是用於形容人臉。

總的來說，現代廣州話的情況與現代漢語的歷時演變相近，用「紅」。現代廣州話口語，「紅」主要用不同濃度、亮度、色調來表示。各種含有不同程度的紅色的物品名稱，都不再用作顏色詞。現代廣州話還有「紅當蕩」（當蕩音 tɔŋ^{1} tɔŋ^{6}）（有貶義）、「紅轟轟」（轟音 kwɐŋ^{4}）（有貶義）、「紅撲撲」（撲音 pɔk^{7}）（形容人臉）等，都是在「紅」加上後加成分，顏色比較濃，一般用在不太嚴肅的場合。

3.3.2 綠

「綠」位於《百詞表》第 88 位。「綠」，《說文》「帛，青黃色也」，是青中帶黃的顏色。「青」在古代漢語可以代表「藍」、「深綠色」和「黑色」。例如《荀子·勸學》「青取之於藍，而青於藍」，此處的「青」代表「藍」。唐·李白《望天門山詩》「兩岸青山相對出」的「青」是「深綠色」。「青衣」的「青」，可以代表「黑色」。至於文獻中與「綠」有關的詞，主要出自《讀本》，情況如下：

文獻／次數／詞	綠色	青色	墨綠	青綠	二綠	虎綠	蔥綠	銅綠	檬綠	欖青	豆青
1687《新語》											
1841《讀本》	1	1	1		1	1	1	1	1	1	1
1877《四十章》				1							
1933《俗語考》	1										
現代廣州話	＋	＋	＋	＋	－	－	－	－	－	－	－

三本文獻中，與「綠」有關的詞共有 11 條，包括綠色（「green」）、青色（「plant green」）、墨綠（「sap green」）、「青綠」、二綠（「emerald green」）、虎綠（「green bice」）、蔥綠（「leek green」）、銅綠（「verdigris green」）、檬綠（「blackish green」）、欖青（「olive green」）、豆青（「pea green」）。可見現代廣州話與「綠」有關的詞，全由「綠」、「青」所組合。

根據徐朝華的研究，「青」「表示綠色常與自然物搭配，表示藍色常與染織物等搭配，表示黑色常與頭髮、眼睛等搭配」〔註 99〕。文獻中「青」的使用情況，與徐的觀點吻合，在表示綠色時，與自然物欖和豆搭配變成「欖青」、「豆青」；其它方言如福州土白也說「綠」或「青」〔註 100〕。

〔註 99〕徐朝華：〈析「青」作爲顏色詞的內涵及其演變〉，轉引自施眞珍：〈《後漢書》核心詞研究〉，華中科技大學博士學位論文，2009 年，頁 176。

〔註 100〕陳澤平：《19 世紀以來的福州方言——傳教士福州土白文獻之語言學研究》，福州：

仍然使用的是前 4 條：「綠色」、「青色」、「墨綠」、「青綠」。不再使用的，有一部份是書面語詞，如「蔥綠」、「銅綠」、「豆青」。

從語義場的角度來看，文獻中的綠色的語義場有 11 個義位，按濃度、亮度、輔色、色調互相區分，情況如下表：

	顏色	濃度			亮度			輔色	色調
		濃	中	淡	明	中	暗		
純色子場	* 綠色		+			+			
	* 青色		+			+			
	* 青綠		+			+			
	虎綠		+			+			
	銅綠		+			+			像銅表面所生的銅銹
	豆青		+			+			像青豆
	欖青	+							像橄欖
	二綠		+		+				
	* 墨綠		+				+		
混色子場	蔥綠		+			+		帶黃	
	檬綠		+			+		帶黑	

* 現代廣州話仍然使用

從上表可見，濃度、亮度屬於「中」等，純色的顏色詞佔大多數。這些依然保留在現代廣州話的「綠」色詞，都屬於純色子場。就是說，現代廣州話的「綠」，也主要用不同濃度、亮度、色調來表示，屬於混色子場的，都退出現代廣州話「綠」色的語義場。

總的來說，現代漢語中的「綠」雖已經取代「青」，但現代廣州話口語「青」、「綠」暫時仍是勢均力敵。廣州話口語的「綠」主要用濃度、亮度、色調來分辨。但構詞形式上，只有「青」可加上後加成分，例如「青□□」（□讀 pi[1]）「綠」則不能。「綠油油」之類是書面語的說法，廣州話口語不用。

3.3.3 黃

「黃」位於《百詞表》第 89 位。「黃」，《說文》「地之色也」。與「黃」有關的詞主要出自《讀本》，具體情況如下：

福建人民出版社，2010 年，頁 551。

文獻／次數／詞	黃色	坭黃	粉黃	蛋黃	石黃	杏黃	雄黃	藤黃	辰時雀黃	乳金	青金	碧色	（黃）緗緗
1687《新語》													
1841《讀本》	1	1	1	1	1	1	1	1	1	1	1	1	
1877《四十章》													
1933《俗語考》													1
現代廣州話	+	+	+	+	－	－	－	－	－	－	－	－	－

三本文獻中，與「黃」有關的共有 13 條，包括黃色（「yellow」）、坭黃（「oker yellow」）、粉黃（「lemon yellow」）、蛋黃（「yolk yellow」）、石黃（「sulphur yellow」）、杏黃（「almond yellow」）、雄黃（「honey yellow」）、藤黃（「gamboge yellow」）、辰時雀黃（「canary yellow」）、乳金（「brass yellow」）、青金（「brown brass yellow」）、碧色（「amber yellow」）、（黃）緗緗。

現代廣州話仍然使用的是前 4 條：「黃色」、「坭黃」、「粉黃」、「蛋黃」。不再使用的，有一部份是書面語，如「石黃」、「杏黃」、「雄黃」、「藤黃」；一部份是含有黃色的物品名稱，如「辰時雀」現代的翻譯是「金絲雀」，書面語統稱「黃鳥」；「碧色」〔註 101〕amber yellow 是琥珀黃；「乳金」、「青金」則含黃銅；這些書面語詞以及含有黃色的物品名稱，現代廣州話都不再用作顏色詞。另外，古漢語專指淺黃色絲織品的「緗」，《說文》「帛，淺黃色也」，也不再使用。

從語義場的角度來看，文獻中的黃色的語義場有 13 個義位，按濃度、亮度、輔色、色調互相區分，情況如下表：

	顏　色	濃　度			亮　度			輔　色	色　調
		濃	中	淡	明	中	暗		
純色子場	＊　坭黃		+			+			像泥
	＊　蛋黃		+			+			像雞蛋黃
	＊　黃色		+			+			
	藤黃		+			+			像藤黃的樹脂
	辰時雀黃		+			+			像辰時雀
	碧色		+			+			
	＊　粉黃			+		+			

〔註 101〕《讀本》中的顏色詞，以英語的分類來排序。書中的「amber yellow 碧色」屬於黃的語義場，不屬於「綠」的語義場。本節仍按《讀本》的分類，把「碧色」放在「黃」一節來分析。

	（黃）緗緗			+		+			
	乳金			+	+				像黃銅
混色子場	石黃		+			+		帶紅	
	杏黃		+			+		帶紅	
	雄黃		+			+		帶紅	
	青金		+		+			帶褐	像黃銅

* 現代廣州話仍然使用

從上表可見，濃度、亮度屬於「中」等，純色的顏色詞佔大多數。這些詞依然保留在現代廣州話的「黃」色詞，都屬於純色子場。就是說，現代廣州話的「黃」，也主要用不同濃度、亮度、色調來表示，屬於混色子場的詞，都退出現代廣州話「黃」的語義場。

簡言之，「黃」色作爲基本詞，其本義從古到今都沒有改變，廣州話口語至今仍在廣泛使用。「黃」主要用濃度、亮度、色調來分辨。含有黃色的物品（如石黃），或只表示某一類對象的黃（如緗緗），現代廣州話都不再用來表示「黃」。而現代廣州話帶有「黃」的詞則有「金魚黃」、「屎黃」（含貶義）、「黃黚黚」（黚音 $kɐm^4$）（含貶義）等。

3.3.4 白

「白」位於《百詞表》第 90 位。「白」，《說文》「西方色也。陰用事，物色白。從入合二。二，陰數。凡白之屬皆從白」。許愼對紅、黃、綠、黑的解釋，都使用了具體的事物，「白」的解釋，則附會陰陽五行，令「白」的含義不好理解。「白」，「象形。甲骨文字形，象日光上下射之形，太陽之明爲白，從『白』的字多與光亮、白色有關。本義：白顏色」〔註 102〕。這個說法指「白」與光亮、白色有關，比較合理。

文獻中與「白」有關的詞主要出自《讀本》及《俗語考》，分佈情況如下：

文獻／次數／詞	白	雪白	珠色	（白）醶醶	（白）䕯䕯
1687《新語》	1				
1841《讀本》	1	1	1		
1877《四十章》					

〔註 102〕引自《漢典》http://www.zdic.net/。

1933《俗語考》				1	1
現代廣州話	＋	－	－	－	＋

與「白」有關的詞，文獻中共出現 4 條，包括白（「white」）、雪白（「snow white」）、珠色（「pearl white」）、（白）醪醪（音 liu⁶）〔註 103〕（面白）、（白）醿醿（音 moŋ1）〔註 104〕（白之形狀）。仍然使用的是「白」、「雪白」、「（白）醿醿」。

從語義場的角度來看，文獻中的白色的語義場有 5 個義位，按濃度、亮度、輔色、色調、適用對象區分，情況如下表：

	顏　色	濃　度			亮　度			輔色	色調	適用對象
		濃	中	淡	明	中	暗			
純色子場	＊　白		＋			＋				
	雪白	＋			＋				像雪	
	（白）醪醪		＋			＋				人臉
	＊（白）醿醿		＋			＋				
混色子場	珠色		＋		＋			微黃	像珍珠	

＊ 現代廣州話仍然使用

從上表可見，濃度、亮度屬於「中」等，純色的顏色詞佔大多數。這些依然保留在現代廣州話的「白」色詞，都屬於純色子場。就是說，現代廣州話的「白」色，也主要用不同濃度、亮度、色調來表示；屬於混色子場的詞，都退出了現代廣州話「白」色的語義場。

簡言之，「白」的基本用法，古今沒有很大的差異，「白」主要以濃度、亮度、色調來分辨。現代廣州話還有「白淨」（褒義）、「白雪雪」、「白賴嘥」（賴嘥音 lai⁴ sai⁴）或「白嘥嘥」（含貶義）。

3.3.5　黑

「黑」位於《百詞表》第 91 位。「黑」，《說文》「火所薰之色也」，是薰黑的顏色。文獻中除《四十章》外，都曾出現與「黑」有關的詞，具體情況如下：

〔註 103〕「醪」《俗語考》「讀若料」（liu⁶）。

〔註 104〕「醿」《俗語考》「懵平聲」音 mo.·¹。

文獻／次數／詞	烏	烏窣窣	烏黵黵	黑	黑麻麻	黑號	玄皂	京墨	油煙	髮色	老藍
1687《新語》	1										
1841《讀本》	1					1	1	1	1	1	1
1877《四十章》											
1933《俗語考》		1	1	1	1						
現代廣州話	－	＋	－	＋	＋	－	－	－	－	－	－

與「黑」有關的詞，三本文獻共出現 11 條，包括 烏、烏窣窣（窣音 tsɵt^7）〔註 105〕、烏黵黵（黵 tam^2）〔註 106〕、黑、黑麻麻、黑號（「black」）、玄皂（「dark and raven」）、京墨（「ink black」）、油煙（「soot black」）、髮色（「hair-black color」）、老藍（「blue black」）。仍然使用的是「黑」、「黑麻麻」、「烏窣窣」，以「黑」爲代表詞。

先分析「烏」。「烏」，《說文》「孝鳥也」，「烏」就是「烏鴉」，因爲渾身黑色，所以借用來指黑色。《三國志・鄧艾傳》「身披烏衣，手執耒耜，以率將士」，這裡的「烏」指淺黑色。然而，現代漢語「烏」已經不能單獨成詞，只有部份方言如福州話仍用「烏」來代表「黑」。現代廣州話的「烏」可加上後加成分來使用，如「烏窣窣」，又或加上其它語素來組成詞，如「烏雞」、「烏燈黑火」（黑燈瞎火）。但表中的「烏黵黵」（「黵」，《說文》「大污也」），現代廣州話已不再使用。

上表的「黑號」、「玄皂」、「京墨」、「油煙」、「髮色」、「老藍」 可能是不同程度的書面語借用。其中「玄皂」，「玄」，《說文》「黑而有赤色者爲玄」；「皂」「皂斗的略稱，其殼斗煮汁，可以染黑，本作『皁』，後作『皂』」，是「黑色」的意思〔註 107〕。「玄」、「皂」兩個語素在古漢語分別表示「黑」，現代廣州話都不再使用。至於「京墨」、「油煙」、「老藍」本身都含有不同程度的「黑」。「京墨」，「墨」，《說文》「書墨也」；「油煙」指油類未完全燃燒所產生的黑色物質，可以用來製墨，現代廣州話單指烹調所產生的煙氣；「老藍」的「藍」

〔註 105〕「窣」《俗語考》音「卒」（ts t^7）。

〔註 106〕「黵」《俗語考》有當敢切、林去聲、笠上聲三個讀音，《字庫》讀 tam^2、tsam^2、tsin^2，此處用當敢切 tam^2。

〔註 107〕引自《漢典》http://www.zdic.net/

《說文》「染青艸也」。這些本身含有不同程度的「黑」的物品，現代廣州話都不再用作顏色詞。

從語義場的角度來看，文獻中的黑色的語義場有 11 個義位，按濃度、亮度、輔色、色調、適用對象區分，情況如下表：

	顏　色	濃 度			亮 度			輔色	色調	適用對象
		濃	中	淡	明	中	暗			
純色子場	* 黑		+			+				
	* 黑麻麻		+			+				
	黑號		+			+				
	烏		+			+				布
	烏黸黸	+				+				
	京墨		+			+			像墨汁	
	油煙		+			+			像煤灰	
	* 烏琗琗		+		+					
	髮色		+		+					
混色子場	玄皀		+			+		帶紅		
	老藍		+			+		帶藍		

* 現代廣州話仍然使用

從上表可見，濃度、亮度屬於「中」等，純色的顏色詞佔大多數。這些依然保留在現代廣州話的「黑」色詞，都屬於純色子場。就是說，現代廣州話的「黑」，也主要用不同濃度、亮度、色調來表示，而屬於混色子場的詞，都退出現代廣州話「黑」色的語義場。

簡而言之，「黑」在先秦已經爲「黑」的代表詞，現代廣州話也以「黑」爲代表詞，但「烏」仍可結合其它語素來組詞。「黑」主要以濃度、亮度、色調來分辨。至於含有不同深淺程度的黑色的物品，則不再用來代表黑色。而現代廣州話與「黑」組成「黑色」義的還有「黑古勒特」（音 $hɐk^7$ ku^2 $lɐk^9$ $tɐk^9$）（黑不溜秋）、「黑眯搵」（音 $hɐk^7$ mi^1 $mɐŋ^1$）（黑糊糊）等，一般用在不太嚴肅的場合。

3.3.6 小 結

《百詞表》		現代廣州話	傳承情況
87 red	紅	紅	−
88 green	綠	綠、青	+
89 yellow	黃	黃	+
90 white	白	白	+
91 black	黑	黑	+

從上表可見，5 個核心顏色詞中，4 個屬傳承詞，佔 80.0%，只有「紅」1 個不屬於傳承詞，佔 20.0%。雖然「紅」不是傳承詞，但其歷時演變情況與現代漢語相似，這情況同時見於其它方言。換句話說，現代廣州話的顏色詞，主要是傳承古代漢語的顏色詞，其次是跟從現代漢語的歷時演變的變化。

數量上來說，「紅」的詞條最多，研究成果也較多，紅色應是應用範圍最廣的顏色。然而在古漢語「赤」用得最廣泛，「紅」原本特指帛的粉紅色，後來變爲一般的紅色，這種情況也見於其它方言。

「綠」，在上古、中古可用「綠」和「青」來代表「綠」〔註 108〕，現代廣州話，以及部份方言也仍然是這種情況，但現代漢語「青」則已被「綠」取代。

「黃」、「白」從古到今沒有很大的變化，仍然以「黃」、「白」爲代表詞。

「黑」在方言和通語有至少有三種情況。現代漢語以「黑」爲代表詞，有的方言如福州話用「烏」，廣州話則用「黑」以及「烏」與其它語素結合成詞。

從語義場的角度來看，文獻中所見的顏色詞，現代廣州話依然保留的主要是純色子場，混色子場的顏色詞絕大多數已經丟失。至於物品本身含有某種顏色（如青蓮），或物品本身屬於某種顏色（如京墨），或特指於某種物料的某種顏色（如緗緗）等，現代廣州話都不再以這種方式表示顏色。現代廣州話對顏色的區分，主要利用代表詞，配合不同的濃度、亮度、色調來顯示，使得區分更爲具體細緻。除此以外，從二十世紀開始，文獻中增加了一批 ABB 式的顏色詞，其中大部份是貶義詞。

〔註 108〕龍丹：〈漢語「顏色類」核心詞研究〉，華中科技大學碩士學位論文，2005 年。

3.4 總　結

本章從詞彙內部的競爭、語義場的變化看方言詞彙的演變，考察了動詞、形容詞及顏色詞三類詞彙，演變情況如下：

（1）傳承詞佔主流地位——基本義的保留與引申義的增加

所考察的三類詞彙中，動詞的傳承比率是 89.5%，形容詞是 81.8%，顏色詞 80%。由此可見，現代廣州話的口語中，傳承詞仍佔著主流的地位。它們有極大的穩固性，保證了新老派之間的溝通。分析結果再一次證明，這些傳承詞經過大量的語言實踐後，在傳承與變異的競爭之中，並沒有被淘汰，反而得到了良性的發展，繼續使用。

這種良性的發展體現在基本義的保存與引申義的增加。所考察的 19 個核心動詞當中，傳承詞的基本義幾乎沒有改變，改變的是傳承詞的引申義。核心詞中，「吃」、「咬」、「殺」、「飛」、「走」的引申義都有所增加：「吃」由「上下牙齒用力對著咬」的動作，引申了「卡緊」、「堵住」的義項，如：「螺絲食死咗」（螺絲卡死了）、「你食住個位」（你堵著位置）。「咬」則增加了「奈何」的義項，如「咬佢唔入」（奈何不了他）。「殺」增加了「幹（活）」的義項，如「連呢啲都殺埋」（把這些也幹了）。「飛」增加了「甩（站）」、「剪（髮）」的義項。「走」引申了「談戀愛」及「進行街頭盜竊活動」的義項。引申義的增加並未使一個詞分化爲兩個詞，但使固有的詞增加了新的意義，大大拓展了語用的空間〔註 109〕。

（2）語義場的變化——語義場的簡化、概括化，搭配關係的變與不變

從語義場的角度來看，三百年間的語義場有一定的簡化，有的詞在表達上趨向概括化。例如在「喝」、「吃」、「咬」、「看」、「聽」、「知道」、「圓」、「滿」、「乾」、「紅」、「綠」、「黃」、「白」、「黑」的語義場中，有部份詞已經退出語義場，令語義場中的成員有所減少，其中以顏色詞中最爲明顯，這可說是語義場的簡化。

至於概括化的情況，在顏色詞中的表現也比較突出。仍然使用的顏色詞，主要利用代表詞，配以不同的濃度、亮度、色調來顯示，令顏色詞的區分反而

〔註 109〕參李如龍：〈詞彙系統在競爭中發展〉，《漢語應用研究》，北京：中國傳媒大學出版社，2004 年，頁 186。

更爲細緻。其中依然保留的大多在純色子場，如「紅」、「粉黃」、「青綠」等。而屬於混色的子場，如「紫糖」（紅帶紫）、「石黃」（黃帶紅）、「玄皂」（黑帶紅）等，絕大部份都不再使用，並退出了語義場。

從搭配關係來看，屬於變中有不變，不變中有變的一種狀況。核心詞的基本義一般沒有大的改變，有改變的大多出現在搭配關係上。例如「睇」、「冷」、「新」的語義場中，「睇」不再搭配「銀」，「冷」不再搭配天氣，「新鮮」不搭配布料。其中「冷」不再搭配「天氣」之後，令語義場產生了結構性的改變，「冷」搭配對象縮小，「凍」的搭配對象擴大，令原本「冷」大「凍」小的格局，變爲二分天下的局面。

（3）核心詞與非核心詞的比較——核心詞彙的語義變動小而慢，一般詞彙的變動大而快

核心詞的替換一般比較複雜，過程漫長。例如「食」與「喫」，「走」與「趯」經過三百年，「凍」與「冷」經過一百多年，新舊的說法仍然處於競爭的過程之中。但一般詞彙的變化十分迅速，如動詞「沖涼」用了五十年左右完成替換過程，並擴大至其它方言區；「喺」大約用了一百年。形容詞「啱」取代「合式」也是近一百年的事情。由此可見，核心詞彙的變動小而緩慢，一般詞彙的變動大且迅速。

（4）方言特徵詞的崛起

本章所考察的形容詞，傳承的佔多數，變異的只佔少數，而有變異的多是由特徵詞取代了原有的說法。核心詞如「長」、「耐」，形容空間仍沿用古漢語的「長」，但形容時間則用「耐」，「耐」就是粵方言一級特徵詞。形容天氣的「冷」改爲「凍」，「凍」是現代粵方言的二級特徵詞。「形容詞所反映的是語言使用者對客觀事物的一種主觀評價」〔註 110〕，這種評價對現代廣州話來說，以特徵詞的方式顯示出來。

有些特徵詞的語義場中，還凸顯了一些反映方言地區自然或社會特徵的特殊語義。廣東話的「水」指金錢，沒錢就用「乾」來表示，這是廣東地區長期商品經濟繁榮的記錄。廣東地區夏天的天氣又濕又熱，「熱」語義場中，

〔註 110〕汪維輝：《東漢——隋常用詞演變研究》，南京：南京大學出版社，2000 年，頁 324。

用「緊」、「蒸」形容這種悶熱。又如用「沖涼」取代「洗澡」，用「凍」取代「冷」，用「雪」代替「冰」，這些詞則表現了方言地區的自然環境的特點。

第四章　從老中青的差異看廣州方言詞類的演變情況

詞彙是語言三要素中最活躍的部份，它總處在不斷的變動之中。這個複雜又多面的系統，對社會生活有著最敏銳的反映。半個多世紀以來，社會經濟、文化社會快速發展，廣播、影視等媒體的影響力急劇增強，使方言變化的速度明顯加快。當中的變化可以通過比較歷史文獻之間的差異、比較語言使用者之間的差異等方法呈現出來。

從歷史文獻的角度出發的，閩方言的有李如龍、徐睿淵的〈廈門方言詞彙一百多年來的變化〉、林寒生的〈福州方言詞彙二三百年來的歷史演變〉等。李如龍、徐睿淵調查了《翻譯英華廈腔語彙》、《廈英大詞典》、《英華口才集》三本教會廈門話語料，結果顯示廈門方言常用基本詞的變化不大，一般詞彙則有半數發生了變化〔註1〕。林寒生以三本福州話地方歷史文獻《閩都別記》、《閩小記》、《閩雜記》爲調查對象，結果反映「絕大部份口語詞具有相對的穩定性及長期的延續性」，其中「核心詞彙的變動小，一般詞彙的變動大」〔註2〕。關於

〔註1〕李如龍、徐睿淵：〈廈門方言詞彙一百多年來的變化——對三本教會廈門話語料的考察〉，《廈門大學學報》，2007年第1期，頁84～91。

〔註2〕林寒生：〈福州方言詞彙二三百年來的歷史演變〉，第七屆閩方言國際研討會論文，2001年，頁48～57。

廣州方言的研究有黃小婭的〈近兩百年來廣州方言詞彙和方言用字的演變〉〔註3〕、趙恩挺的〈廣州話百年來的詞彙變遷——以 J. Dyer Ball 的廣州話教科書爲線索〉〔註4〕；至於上海方言則有胡明揚早年所寫的〈上海話一百年來的若干變化〉〔註5〕等。

以語言使用者爲調查對象的研究，主要是考察老中青三派之間的詞彙變化情況。如蘇曉青、佟秋妹、王海燕的〈徐州方言詞彙 60 年來的變化〉、鄭見見〈流失中的廈門方言詞彙〉、陳章太〈四代同堂的語言生活〉等。蘇曉青、佟秋妹、王海燕從《徐州方言詞典》、《江蘇省和上海市方言概況》中篩選出 282 個詞，調查老中青三派的差異，結果顯示新老派之間的詞彙使用情況有很大的差別〔註6〕。鄭見見從《廈門方言研究》、《閩南方言大詞典》選出 1469 個詞，調查祖孫三代的使用情況，結果顯示「大約有一半的廈門方言詞彙已經或正在流失」〔註7〕。

本章綜合了上述的調查方法，以歷史文獻裨治文的《中文讀本》（以下簡稱《讀本》）〔E.C. Bridgeman（1841）：Chinese Chrestomathy in the Canton Dialect. Macao：S. Wells Williams〕爲根據，從一般詞彙與常用基本詞彙的角度出發，以老中青三派爲調查對象，調查了分屬三個年代於香港土生土長的男性，嘗試將歷史文獻以及語言使用者的情況作一個縱向的比較，特寫幾十年來廣州話詞彙的演變情況與特點。本章所使用的《讀本》是本文所使用的四部地方歷史文獻中，資料最多、類別最全的一本，書中保留了豐富而大量的清代（1841 年）廣州話方言詞彙資料，有助於瞭解廣州話詞彙演變的全貌。考察範圍包括名詞、動詞、形容詞、量詞、代詞五類，合共 4477 個詞。

〔註3〕黃小婭：〈近兩百年來廣州方言詞彙和方言用字的演變〉，暨南大學博士論文，2000 年。

〔註4〕趙恩挺：〈廣州話百年來的詞彙變遷——以 J. Dyer Ball 的廣州話教科書爲線索〉，國立臺灣師範大學博士論文，2003 年。

〔註5〕胡明揚：〈上海話一百年來的若干變化〉，《中國語文》，1978 年第 3 期，頁 199～205。

〔註6〕蘇曉青、佟秋妹、王海燕：〈徐州方言詞彙 60 年來的變化——徐州方言向普通話靠攏的趨勢考察之二〉，《徐州師範大學學報》，2004 年 5 月，頁 61～64。

〔註7〕鄭見見：〈流失中的廈門方言詞彙——以一家祖孫三代方言詞彙的使用情況爲例〉，廈門大學本科論文，2007 年。

一般認爲「基本詞彙是在歷史變遷中比較穩定的，在各種地域和社會集團中普遍使用的並具有派生能力的詞。……有些基本詞彙是共同語和方言共有的，例如天、地、山、水……粵語區：嘢（東西）、遮（傘）、脷（舌頭）、樽（瓶）、送（菜肴）……」〔註 8〕而本文的「常用基本詞彙」，指的是在《讀本》出現並重現於下面三本文獻的詞彙：屈大均（1687）《廣東新語》、包爾滕（1877）《散語四十章》、孔仲南（1933）《廣東俗語考》；不屬於本文所定義的「常用基本詞彙」，均視作「一般詞彙」。簡言之，在這四本粵語文獻中重複出現的詞彙爲「常用基本詞彙」；這些詞彙的變化比較穩定，並且普遍使用。

本文的調查對象有三位，分別出生在 1940、1956、1970 年，三人之間相差約十五年，調查對象本身及其配偶的籍貫均屬粵海片（廣府片）的南海、番禺、順德。三人的教育程度都在中五以上。三位調查對象的資料如下：

出生地（籍貫）	姓　名	性 別	出生年份	文化程度
香港（番禺）	何多梁	男	1940	大專
香港（順德）	胡澤榮	男	1956	中五
香港（番禺）	張志勤	男	1970	博士

本文所使用的《讀本》是當時最早出版的外國人學中文課本〔註 9〕，由「在華實用知識傳播會」資助。書中保留了大量豐富的清代廣州話方言詞彙資料，裨治文在引言指出：除了馬禮遜博士的《字彙》以外，暫時沒有這種方言的著作供學生使用〔註 10〕。換言之，《讀本》應是當時廣州地區第一本供外國人學習中文的書籍。《讀本》全書分爲十七章，內容包羅萬有，涵蓋天文地理、商業貿易、生活日用、人體醫學、朝廷制度等等。與同期的教科書比較，此書提供了比較豐富的社會文化知識，在內容、取材上略超過一般的純教科書。書中的對話部份以粵語口語編寫，其它的說明文字，除粵語外，夾雜白話文

〔註 8〕李如龍：《漢語方言學》，北京：高等教育出版社，2001 年，頁 103。

〔註 9〕游汝傑：《漢語方言學教程》，上海：上海教育出版社，2004 年，頁 232。

〔註 10〕此句的原文爲：「But, except a small Vocabulary published by Dr. Morrison in 1829, no work of any note has yet been provided for the student in this dialect」見《讀本》引言，頁 i。

及文言文。內容每頁分三欄，第一欄是英文句子，第二欄是中文句子，第三欄是羅馬字母拼音。有需要時，編者還會在頁底加上解釋。裨治文采用這種編排模式，反映了他的編寫目的：一、協助外國人學習中文，二、協助中國人學習英語，三、透過羅馬字母來表達中文。《讀本》原稿由馬禮遜（Robert Morrison）審定，商業貿易（第五、第六）兩章由羅伯聃（Robert Thom）編纂，自然歷史及索引部份的由衛三畏（Samuel Wells Williams）編纂〔註 11〕。

調查結果顯示：一、現代廣州話常用基本詞彙的變動小，一般詞彙的變化大。二、各類詞彙以名詞的變化最快、最大，代詞的變化最慢、最小。三、老中青之間的詞彙使用情況有一定的差距，但即使是變化最大的名詞，老青之間的差距也少於 25%。而廣州方言詞彙發生變化原因，主要由於社會文化生活的改變、詞彙系統的競爭發展以及語言接觸引起。

4.1 《讀本》中詞彙使用的整體情況

根據本文的研究結果，《讀本》中的整體情況是：一般詞彙變化大而迅速，常用基本詞彙的變化小而緩慢。老中青之間的差異，無論是一般詞彙還是常用基本詞彙，總體趨勢是保留率與年齡成正比，年紀越大，保留率越高；丟失率與年齡成反比，年紀越小，丟失率越高。各詞類以名詞變化最快，代詞最慢，這情況在一般詞彙與常用基本詞彙的變化情況都十分接近。下文我們將《讀本》的一般詞彙與常用基本詞彙的使用情況進行列表比較，然後逐一探討。

4.1.1 老中青的整體情況

《讀本》中詞彙分佈的總體情況是：一般詞彙的丟失速度、變化速度快，保留率低；常用基本詞彙的保存率高，丟失速度慢、變化速度慢。

《讀本》中的一般詞彙共有 4477 個，其中常用基本詞彙有 701 個〔註 12〕，佔總詞量的 15.7%。我們在考察老中青三派詞彙使用的整體情況時，把情況劃分為：「老中青相同」和「老中青不同」兩大類。具體情況如下表所示：

〔註 11〕詳見《讀本・前言》。

〔註 12〕《讀本》中的 701 個常用基本詞彙，見附錄二。

A 老中青相同	A1	不再使用	→ 已經死亡
	A2	仍然使用	→ 生命力強
	A3	詞義詞形有變化	→ 變化中
B 老中青不同	B1	老中派使用（老／老中／中）	→ 變化中　（失去活力）
	B2	青派使用（老青／中青／青）	→ 變化中　（仍有存活力）
	B3	詞義詞形有變化	→ 變化中

老中青相同的詞彙分為三類：「A1 不再使用」，是已經死亡的詞；「A2 仍然使用」，是生命力較強的詞；「A3 詞義詞形有變化」，是處於變化階段的詞。老中青不同的，全都是處於變化階段的詞，也分三類：一是只有「B1 老中派（老／老中／中）使用」的詞，是已經失去活力的詞；二是「B2 青派（老青／中青／青）使用」的詞，仍有一定的存活力；三是「B3 詞義詞形有變化的詞」。

《讀本》中的詞彙根據上述的方法劃分後，情況如下表：

			一般詞彙		（小結）	常用基本詞彙		（小結）
A 老中青相同	A1	不再使用	1533	（34.2%）	1533（34.2%）	61	（8.7%）	61（8.7%）
	A2	仍然使用	1649	（36.8%）	1649（36.8%）	511	（72.9%）	511（72.9%）
	A3	詞義詞形有變化	61	（1.4%）		14	（2.1%）	
B 老中青不同	B1	老中派使用	1071	（23.9%）		91	（13.0%）	
	B2	青派使用	128	（2.9%）		17	（2.4%）	
	B3	詞義詞形有變化	35	（0.8%）	1295（28.9%）	7	（1.0%）	129（18.4%）
		總數	4477	（100%）		701	（100.0%）	

先談一般詞彙。從上面的資料可見，《讀本》的一般詞彙中，「A1 不再使用」的有 1533 條，佔 34.2%；「A2 仍然使用」的有 1649 條，佔 36.8%；A3 與 B 類「變化中」的有 1295 條，佔 28.9%。大體上，「不再使用」、「仍然使用」、「變化中」各佔三分之一。其中已經失去活力的，（即「B1 老中派使用」的），有 1071 條，佔 23.9%。如果我們把已經死亡以及瀕臨死亡的詞相加，即「A1 不再使用」的詞加上「B1 老中派使用」的詞，從《讀本》至今的一百七十年間，佔總數超過五成，合共 58.1%。

然而，常用基本詞彙的情況與一般詞彙的並不相同。《讀本》中的常用基本詞彙，不再使用的只有 61 條，佔 8.7%；仍然使用的佔大多數，有 511

條，佔 72.9%；變化中的詞有 129 條，只佔 18.4%，如果我們把常用基本詞彙的「A1 不再使用」的詞與只有「B1 老中派使用」的詞相加，已經死亡以及瀕臨死亡的詞只有 21.7%。表示常用基本詞彙的使用率、穩定性都比一般詞彙要高。

從丟失的速度和存留的情況來看，一般詞彙的丟失速度較快，數量多；常用基本詞彙的丟失速度較慢，數量少。在丟失比率上，一般詞彙幾乎是常用基本詞彙的四倍。至於存留的情況，常用基本詞彙的保留率是一般詞彙的一倍。除此以外，一般詞彙失去活力的速度也較常用基本詞彙迅速，所有變化中的詞彙，一般詞彙的變化比例是常用基本詞彙的一倍半以上，情況簡列如下表：

類別 / 比例 / 使用情況	不再使用	仍然使用	變化中
一般詞彙：常用基本詞彙	3.9：1	0.5：1	1.6：1

4.1.2　老中青的差異

一般詞彙與常用基本詞彙在老中青三派的使用情況，總體的趨勢相同：丟失率與年齡成反比，保留率與年齡成正比。就是年紀越大，丟失越少，保留越多；年紀越小，丟失越多，保留越少。主要的差異在於老中之間、中青之間的差距，一般詞彙比常用基本詞彙大一倍。

一般詞彙在老中青三派語言使用者的存留情況，如下表：

派別 / 數量 / 使用情況	不再使用	仍然使用	詞義詞形有變化	總　數
老派	1626　（36.3%）	2783　（62.2%）	68　（1.5%）	4477　（100%）
中派	2385　（53.3%）	2010　（44.9%）	82　（1.8%）	4477　（100%）
青派	2614　（58.4%）	1779　（39.7%）	84　（1.9%）	4477　（100%）

從上表可見，在一般詞彙中，年紀越大，保留得越好，年紀越小，保留得越差，而詞義詞形有變化的三派都少於 2%。三派中以青派的丟失率最高，佔 58.4%；中派次之，佔 53.3%；老派丟失的最少，佔 36.3%。保留率則相反，老派保留得最好，佔 62.2%；中派次之，佔 44.9%；青派保留得較差，只有 39.7%。整體上，中派與青派的情況較爲接近。

至於常用基本詞彙在老中青三派的存留情況，統計如下：

派別／數量／使用情況	不再使用	仍然使用	詞義詞形有變化	總　數
老派	68　（9.7%）	617　（88.0%）	16　（2.3%）	701　（100%）
中派	129　（18.4%）	554　（79.0%）	18　（2.6%）	701　（100%）
青派	152　（21.7%）	529　（75.5%）	20　（2.9%）	701　（100%）

常用基本詞彙中，老中青三派保留率同樣是年紀大的保留得多，年紀小的丟失得多，詞義詞形有變化的，則三派都少於 3%。三派的丟失率都不算高：老派的丟失率低於 10%，中派的低於 20%，青派則剛超過 20%。就保存率來說，三派的保存率都比較高，老派的保存率幾乎是 90%，中派的接近 80%，青派也超過 75%。由此可見，在常用基本詞彙中，也是中派與青派的存留情況較爲接近。〔註 13〕

一般詞彙與常用基本詞彙在三派的使用比例，簡列如下：

類別／比例／使用情況	不再使用	仍然使用	詞義詞形有變化
老派	3.7：1	0.7：1	0.7：1
中派	2.9：1	0.6：1	0.7：1
青派	2.7：1	0.5：1	0.7：1

從上表的資料可以看到，老中青三派的丟失率，大致是一般詞彙丟失約 3 個，常用基本詞彙丟失 1 個。保存率大體是一般詞彙保留 2 個，常用基本詞彙保存 3 個。詞義詞形有變化的也算接近，大約是一般詞彙 2 個詞有變化，常用基本詞彙則有 3 個詞有變化。

整體上，一般詞彙和常用基本詞彙的使用與丟失趨勢相近；唯老派與中青兩派的差距離較大，中派與青派則較爲接近。詳細情況如下表所示：

派別／數量／使用情況	一般詞彙		常用基本詞彙	
	不再使用	仍然使用	不再使用	仍然使用
老派	1626　（36.3%）	2783　（62.2%）	68　（9.7%）	617　（88.0%）
青派	2614　（58.4%）	1779　（39.7%）	152　（21.7%）	529　（75.5%）
差距	988　（22.1%）	1004　（22.5%）	84　（12.0%）	88　（12.5%）
老派	1626　（36.3%）	2783　（62.2%）	68　（9.7%）	617　（88.0%）
中派	2385　（53.3%）	2010　（44.9%）	129　（18.4%）	554　（79.0%）
差距	758　（17.0%）	773　（17.3%）	61　（8.7%）	63　（9.0%）

〔註 13〕《中文讀本》所見廣州方言瀕臨死亡的常用基本詞彙，見附錄三。

中派	2385	（53.3%）	2010	（44.9%）	129	（18.4%）	554	（79.0%）
青派	2614	（58.4%）	1779	（39.7%）	152	（21.7%）	529	（75.5%）
差距	228	（5.1%）	231	（5.2%）	22	（3.3%）	25	（3.5%）

先看「不再使用」的情況。在一般詞彙中，在老青的差距是 22.1%，老中的差距大約 17.0%，中青的差異大約是 5.1%；而常用基本詞彙中，老青的差異為 12.0%，老中的差異是 8.7%，中青的差異是 3.3%。由此可見，一般詞彙的丟失率，大概是常用基本詞彙的一倍：老青之間的差距，在一般詞彙是 22.1%，在常用基本詞彙中是 12.0%，兩者的差距接近一倍；老中之間的差距，在一般詞彙是 17.0%，在常用基本詞彙在是 8.7%，差距也大約是一倍；中青之間的差距，在一般詞彙是 5.1%，在常用基本詞彙是 3.3%，差異接近一倍。這種情況，也出現在「仍然使用」的詞彙中。簡言之，一般詞彙與常用基本詞彙相比，老中或中青差距比例都大概是 2：1。

除此以外，老派與中青兩派的差距明顯較大，中派與青派則比較接近。老中之間的差異若是 3 個，中青之間的差異只是 1 個，比例大約是 3：1。不論一般詞彙、常用基本詞彙、不再使用的詞和仍然使用的詞，大致都是這種情況。由此可見，雖然三派之間都相差十五年，但老中之間的十五年所發生的變化，大於中青之間的十五年。

這裡有歷史的原因。1941～1945 年，日軍佔領香港，香港人稱之為「三年零八個月」。當時的香港，「人口從 160 萬降至 60 萬……大約有 17 萬人無家可歸……市場百物奇缺，價格昂貴」〔註 14〕。老派調查對象當時也被迫離開香港，回鄉避難。到現在，老派仍對當時的生活有一定的印象。1945 年底，華人陸續返港，香港人口驟增至百萬，房屋、糧食、各類物資的嚴重短缺。而老派也隨家人返港，與農民、漁民為鄰，生活艱苦。因這段歷史的緣故，老派的生活經驗比中青兩派豐富。中青兩派在香港戰後至 1991 年五十年間，人口增長最快的兩個階段出生，青派大約在 1971～1981 的階段出生，是人口增長最快的時期；中派在 1951～1961 的階段出生，人口增長速度次之。中派出生之時，正值香港工業化的高潮時期；青派出生後，香港金融業的規模不斷擴大，香港迅速崛起成為國際大城市〔註 15〕。雖然發展速度快，但生活經驗

〔註 14〕黃鴻釗：《香港近代史》，香港：學津書店，2004 年，頁 207。

〔註 15〕同〔註 14〕，頁 287、299。

比較相近，加上生活比較安定，因此差異比較小。

4.1.3　整體情況：小結

總的來說，《讀本》的老中青三派調查再一次證明，一般詞彙經常變動，常用基本詞彙則比較穩固。一般詞彙丟失、變化的速度較為迅速，保存的比例較低；常用基本詞彙的丟失、變化速度較為緩慢，保存比例較高。

結合老中青三派的整體情況與個別差異，我們可以把這種變動與保留速度，用比較具體的數字來呈現：一般詞彙與常用基本詞彙在丟失率上，保守的說，至少是接近 3：1；在存留率上，比較接近 1：2。

至於老中青的差異方面，主要由於時局變化引起了社會的動蕩，令老與中青的差距較大；經濟起飛帶來了生活的穩定，令中與青之間的差距較小。

4.2　《讀本》中各詞類的情況

《讀本》中名詞、動詞、形容詞、量詞、代詞五類的總體情況是：名詞詞量大，但常用基本詞少；量詞、代詞的詞量小，但常用基本詞彙多。各詞類按一般詞彙、常用基本詞彙來劃分，兩大類別的丟失率、保存率的異動情況相近。丟失的情況從大至小是名詞、動詞、形容詞、量詞、代詞。

4.2.1　各詞類的整體情況

整體來說，名詞的詞量大，但常用基本詞彙所佔的比例少。量詞、代詞的詞量小，但常用基本詞彙所佔的比例大。其中量詞、代詞超過六成是常用基本詞彙，保存的機會相對較高。

各詞類在一般詞彙與常用基本詞彙中的分佈情況如下表所示：

詞類／數量／類別	一般詞彙	常用基本詞彙
名　詞	3647　（100.0%）	452　（12.4%）
動　詞	560　（100.0%）	151　（27.0%）
形容詞	194　（100.0%）	49　（25.3%）
量　詞	42　（100.0%）	28　（66.7%）
代　詞	34　（100.0%）	21　（61.8%）
總　數	4477　（100.0%）	701　（15.7%）

按詞量由大至小排列分別是：名詞（3647）、動詞（560）、形容詞（194）、量詞（42）、代詞（34）。按常用基本詞彙所佔比例從大至小排列是：量詞（66.7%）、代詞（61.8%）、動詞（27.0%）、形容詞（25.3%）、名詞（12.4%）。然而《讀本》中各詞類的變化並不同步，但各詞類在一般詞彙和常用基本詞彙的變動情況大致相同。其中「不再使用」的詞，按變化從大到小的情況是：名詞、動詞、形容詞、量詞、代詞。

不再使用的詞中的具體情況見下面的簡表：

類別／百分比／詞類	名　詞	動　詞	形容詞	量　詞	代　詞
一般詞彙	1402（38.4%）	110（19.6%）	20（10.3%）	1（2.4%）	0（0.0%）
常用基本詞彙	51（11.3%）	8（5.3%）	2（4.1%）	0（0.0%）	0（0.0%）

「不再使用」的一般詞彙中，各詞類的異動情況順序爲名詞（38.4%）、動詞（19.6%）、形容詞（10.3%）、量詞（2.4%）、代詞（0.0%）。常用基本詞彙的情況則爲名詞（11.3%）、動詞（5.3%）、形容詞（4.1%）、量詞（0.0%）、代詞（0.0%）。當中以名詞的變化最大，反映了在各個詞類中，名詞是最爲活躍的詞類，它的變化最爲迅速，反應最爲敏感，這一點與林寒生的研究相同〔註 16〕。而動詞、形容詞與名詞的關係相對比較密切，所以其變化速度也緊隨其後。在名詞、動詞、形容詞這三類詞中，一般詞彙的丟失速度較快，丟失數量多；常用基本詞彙的丟失速度較慢，丟失數量少。

至於「仍然使用」的詞，一般詞彙按保存比例從大到小爲：代詞、量詞、形容詞、動詞、名詞。常用基本詞彙按保存比例從大到小爲：代詞、量詞、動詞、形容詞、名詞。簡列如下表：

類別／詞類／保存情況	大 ──────────→ 小				
一般詞彙	代詞 88.2%	量詞 69.0%	形容詞 61.9%	動詞 54.8%	名詞 31.9%
常用基本詞彙	代詞 85.7%	量詞 82.1%	動詞 82.1%	形容詞 81.6%	名詞 67.5%

〔註 16〕林寒生〈福州方言詞彙二三百年來的歷史演變〉，第七屆閩方言國際研討會論文，2001 年，頁 51。

從上表可見，一般詞彙和常用基本詞彙只在「形容詞」、「動詞」的比例稍有不同。由於常用基本詞彙中的「形容詞」和「動詞」的差距只有 0.5%。因此，我們可以概括地說：一般詞彙和常用基本詞彙中，各詞類的「仍然使用」的情況接近，變動從大至小排列是：代詞、量詞、動詞、形容詞、名詞；其中代詞與量詞是最爲穩定的詞類。

代詞、量詞的詞量雖然少，但大多是常用基本詞彙，這先天的條件讓這兩種詞的保存率比較高。上面的數據同時表明，固有的代詞、量詞在大多數情況下都能夠發揮它的語法功能：代詞一般都能代替新產生的名詞、動詞、形容詞，使語言簡潔、經濟；而固有的量詞絕大部份都能用作新產生的人、事物、動作的單位。因此，代詞、量詞的變化最小，變化速度也相對緩慢。

簡言之，名詞的變化最迅速，它對時代的變化與發展，新舊事物的出現與消亡最爲敏感，使用情況也較爲波動。動詞和形容詞與名詞的關係相對比較密切，所以其變化速度也得居其後。量詞、代詞則是變化最緩慢，是穩定程度較高的一類。

4.2.2　各詞類的個別情況——名詞

一般詞彙中有 3647 個名詞，常用基本詞彙只有 452 個，佔 12.4%。五類詞彙中，名詞是變化最迅速的一類。在變化最迅速的名詞中，老派與青派之間的差異在 25%以內，表示從縱向的角度來看，廣州話保存情況大致良好。

（1）名詞的整體情況

從一般詞彙的情況，可以看到老青之間的差距，即使在變化最快的名詞中，無論是不再使用還是仍然使用的詞，兩派的差異都只有 23%左右。表示從縱向來看，廣州話的保存情況相對良好。具體情況如下表：

派別	不再使用	仍然使用	詞義詞形有變化	總　數
老	1478　（40.5%）	2118　（58.1%）	51　（1.4%）	3647　（100.0%）
中	2121　（58.2%）	1460　（40.0%）	66　（1.8%）	3647　（100.0%）
青	2315　（63.5%）	1265　（34.7%）	67　（1.8%）	3647　（100.0%）
老青之間的差距	837　（23.0%）	853　（23.4%）	16　（0.4%）	

從上表可見，老中青的使用率上，年紀越大，保留越多。老派是 58.1%、中派是 40.0%、青派是 34.7%，表示《讀本》中的詞彙，老派約有六成仍然使用，中青兩派約四成仍然使用。不再使用率是年紀越小，丟失率越高。丟失率在青派是 63.5%、中派是 58.2%、老派是 40.5%。表示一百七十年前《讀本》中的名詞，中青兩派丟失約六成，老派大約四成。而老派與青派的差異，在不再使用以及仍然使用的情況相約，大致都是 23%。

至於常用基本詞彙的情況與一般詞彙相約，年紀越小，丟失率越高，但整體幅度比較一般詞彙小：青派是 27.9%、中派是 24.3%、老派是 12.4%。具體情況如下表：

派別	不再使用	仍然使用	詞義詞形有變化	總　數
老	56　（12.4%）	390　（86.3%）	6　（1.3%）	452　（100.0%）
中	110　（24.3%）	334　（73.9%）	8　（1.8%）	452　（100.0%）
青	126　（27.9%）	318　（70.4%）	8　（1.8%）	452　（100.0%）
老青之間的差距	70　（15.5%）	72　（15.9%）	2　（0.5%）	

《讀本》中的常用基本詞彙，老派只丟失約一成，中青兩派大概是兩成多。仍然使用率則老中青三派都超過 70%，其中老派更是接近九成。可見常用基本詞彙，老中青的使用情況相當接近。而老青之間的差距只在 15%左右，同樣表示廣州話的保存情況良好。

（2）名詞的丟失情況

一般詞彙中「不再使用」的詞，以「3 展現社會生活的詞」的變化最為迅速，其次是「2 體現人及人際關係的詞」，流失情況最少的是「1 反映自然世界的詞」。丟失率超過 50%的類別，年紀越大的，類別越少；年紀越輕的，類別越多。

一般詞彙的丟失情況，具體如下表：

類別／派別	老　派		中　派		青　派	
1　動物	+59.6%	495	+67.3%	559	+70.2%	583
2　生理病理	+55.1%	54	+67.3%	66	+73.5%	72
2　人體	+53.3%	154	+59.5%	172	+63.7%	184
3　商業郵電交通	+51.1%	91	+65.2%	116	+70.2%	125

3 國家地區	+50.0%	5	+60.0%	6	+90.0%	9
1 植物	41.5%	247	+53.3%	317	+58.0%	345
3 工具材料	37.2%	176	+66.8%	316	+77.4%	366
2 人品	33.0%	63	+58.6%	112	+67.0%	128
3 房屋	23.9%	32	+62.7%	84	+63.4%	85
3 器具日常用具	14.1%	37	+51.1%	134	+58.0%	152
3 文化娛樂	31.8%	7	40.9%	9	+59.1%	13
1 礦物自然物	22.7%	5	45.5%	10	+59.1%	13
3 服飾	14.0%	14	48.0%	48	+56.0%	56
3 飲食	32.7%	50	43.8%	67	45.1%	69
1 天象地理	30.0%	3	30.0%	3	40.0%	4
3 其它	23.5%	12	39.2%	20	39.2%	20
1 方位	20.0%	2	20.0%	2	10.0%	1
1 時間節令	14.3%	2	14.3%	2	35.7%	5
2 親屬稱呼	14.1%	29	38.0%	78	41.5%	85
總數	40.5%	1478	58.2%	2121	63.5%	2315

（1：反映自然世界的詞，2：體現人及人際關係的詞，3：展現社會生活的詞，＋表示百分比＞50%）

從上表可見，三個調查對象不再使用率都超過 50%的詞，依次爲：1 動物、2 生理病理、2 人體、3 商業電郵交通、3 國家地區。除了這五類以外，中青兩派的不再使用率都超過 50%的詞，也有五類，依次爲：1 植物、3 工具材料、2 人品、3 房屋、3 器具日常用具。上述各類詞彙的例子有「水奴（動物）、奔屎蟲（動物），水泡（水痘）、色眼（淋病），口水核（唾液腺），番舶（洋船）、仙船（「供遊客」用），覔士哥國（墨西哥），灰菰（植物）、肥皀（植物），布嘿（拖把）」等等。這十類丟失率超過 50%的詞，整體呈現這樣的一個情況：「3 展現社會生活的詞」的變化最爲迅速（佔 5 類），其次是「2 體現人及人際關係的詞」（佔 3 類），流失情況最少的是「1 反映自然世界的詞」（佔 2 類）。

從類別的數量來看，老派不再使用率超過 50%的有 5 類、中派有 10 類、青派有 13 類。可見，丟失率超過 50%的類別，年紀越大，丟失的類別越少，年紀越輕，丟失的類別越多。至於三派的不再使用率都超過 50%，只有 5 類。

常用基本詞彙，沒有一個類別的詞是三派的丟失率都超過 50%的。兩派的不再使用率超過50%有「方位」一類。

常用基本詞彙的丟失統計如下表：

類別／派別	老 派		中 派		青 派	
1 方位	+66.7%	2	+66.7%	2	33.3%	1
1 天象地理	25.0%	1	25.0%	1	25.0%	1
1 動物	20.4%	20	26.5%	26	31.6%	31
1 植物	18.8%	21	33.0%	37	32.1%	36
2 人體	14.3%	5	14.3%	5	20.0%	7
3 工具材料	12.0%	3	28.0%	7	44.0%	11
3 商業郵電交通	7.7%	1	23.1%	3	30.8%	4
3 飲食	6.3%	1	12.5%	2	12.5%	2
3 器具日常用具	3.7%	1	18.5%	5	22.2%	6
2 人品	3.0%	1	36.4%	12	39.4%	13
3 房屋	0.0%	0	25.0%	2	25.0%	2
3 服飾	0.0%	0	20.8%	5	29.2%	7
3 其它	0.0%	0	16.7%	2	8.3%	1
2 親屬稱呼	0.0%	0	3.6%	1	3.6%	1
3 文化娛樂	0.0%	0	0.0%	0	50.0%	1
1 時間節令	0.0%	0	0.0%	0	25.0%	2
3 國家地區	0.0%	0	0.0%	0	0.0%	0
1 礦物自然物	0.0%	0	0.0%	0	0.0%	0
2 生理病理	0.0%	0	0.0%	0	0.0%	0
總數	12.4%	56	24.3%	110	27.9%	126

（1：反映自然世界的詞，2：體現人與人關係的詞，3：展現社會生活的詞，+表示百分比>50%）

從上表可見，常用基本詞彙中，老中兩派的不再使用率超過50%有「方位」一類，是一組方位詞：「上頭」、「下頭」，例句如下：

a. 我上頭共有四輩。（1841：3.3）（我上面共有四輩）

b. 下頭三個又點呢？（1841：1.4）（下面三個（字）又怎樣）

「上頭」青派仍然使用，但「下頭」三派都已經不再使用。按上面的例子，指排行的「上頭」現代廣州話用「對上」；而指下面的「下頭」現代廣州話一般用「下便」。可見「上頭」、「下頭」一組方位詞，在指排行的時候，已被「對上」、「對落」取代；指方位的上邊、下邊則被「上便」、「下便」一組比較概括化的說法取代。

（3）名詞的保留情況

一般詞彙中，三個調查對象的使用率都超過 50%有六類，分別為：2 親屬稱呼、1 時間節令、1 方位、3 其它、1 天象地理、3 飲食。除此以外，老中兩派的使用率都超過 50%還有三類，依次為 3 服飾、1 礦物自然物、3 文化娛樂。上述的九類詞中，保留情況最佳的是「1 反映自然世界的詞」（佔 4 類），此外，飲食類也超過 50%。飲食類在保留率上的靠前位置，也見於其它的方言調查〔註 17〕。各類詞彙的例子有「阿公、阿婆（外公、外婆），天熱（熱的時候），右手便（右手邊），水漬（水鹼、水銹），薯仔（土豆）、豉油（醬油），大褸（大衣），水銀，粗口（下流話）」等等。

老中青三派「仍然使用」的詞的比例，表列如下：

類別／派別	老派			中派			青派		
2　親屬稱呼	+	85.9%	29	+	62.0%	78	+	58.5%	85
1　時間節令	+	85.7%	2	+	85.7%	2	+	64.3%	5
1　方位	+	80.0%	2	+	80.0%	2	+	90.0%	1
3　其它	+	72.5%	12	+	54.9%	20	+	54.9%	20
1　天象地理	+	70.0%	3	+	70.0%	3	+	60.0%	4
3　飲食	+	64.7%	50	+	53.6%	67	+	52.3%	69
3　服飾	+	85.0%	14	+	51.0%	48		43.0%	56
1　礦物自然物	+	77.3%	5	+	54.5%	10		40.9%	13
3　文化娛樂	+	68.2%	7	+	59.1%	9		40.9%	13
3　器具日常用具	+	85.5%	37		47.7%	134		40.8%	152
3　房屋	+	74.6%	32		29.9%	84		29.1%	85
2　人品	+	67.0%	63		41.4%	112		33.0%	128
3　工具材料	+	61.7%	176		31.7%	316		21.1%	366
1　植物	+	55.5%	247		43.4%	317		38.5%	345
3　國家地區	+	50.0%	5		40.0%	6		10.0%	9
3　商業郵電交通		47.2%	91		33.1%	116		28.1%	125
2　人體		46.0%	154		39.8%	172		35.6%	184

〔註 17〕陳澤平：《19 世紀以來的福州方言——傳教士福州土白之語言學研究》，福州：福建人民出版社，2010 年，頁 545。

2 生理病理	42.9%	54	30.6%	66	24.5%	72
1 動物	39.0%	495	31.3%	559	28.4%	583
總數	58.1%	2118	40.0%	1460	34.7%	1265

（1：反映自然世界的詞，2：體現人及人際關係的詞，3：展現社會生活的詞，＋表示百分比＞50%）

從類別來看，老派仍然使用率超過 50%的有 15 類、中派有 9 類、青派只有 6 類。三派仍然使用率超過 50%，共有六類。情況是年紀越大，保留率超過 50%的類別越多，年紀越輕，保留率超過 50%的類別越少。

至於常用基本詞彙，幾乎各類詞的使用率都超過 50%。三派都「仍然使用」的類別共十八類，表示絕大部份的詞彙的使用率比較高。其中老派、中派均有十八類，青派則全部十九類的使用率都超過 50%。例如「田雞（大青蛙）、白飯魚（鮮銀魚）、牛頭褲（穿在外面的短褲）、鉸剪（剪刀）、色水（顏色）、利刮（刮舌子）、大佬（大哥）、外江（外省人）、耳仔（耳朵）、轎（轎子）、熱痱（痱子）、聽日（明天）、天時（天氣）、麵包、九里香（一種植物）」等等。

常用基本詞彙的保留統計如下表：

類別／派別	老派			中派			青派		
1 礦物自然物	＋	100.0%	2	＋	100.0%	2	＋	100.0%	2
3 國家地區	＋	100.0%	1	＋	100.0%	1	＋	100.0%	1
2 生理病理	＋	100.0%	1	＋	100.0%	1	＋	100.0%	1
1 時間節令	＋	100.0%	8	＋	100.0%	8	＋	75.0%	6
3 文化娛樂	＋	100.0%	2	＋	100.0%	2	＋	50.0%	1
2 親屬稱呼	＋	100.0%	28	＋	96.4%	27	＋	96.4%	27
3 其它	＋	100.0%	12	＋	83.3%	10	＋	91.7%	11
3 服飾	＋	100.0%	24	＋	79.2%	19	＋	70.8%	17
3 房屋	＋	100.0%	8	＋	50.0%	4	＋	50.0%	4
2 人品	＋	97.0%	32	＋	63.6%	21	＋	60.6%	20
3 器具日常用具	＋	96.3%	26	＋	81.5%	22	＋	77.8%	21
3 飲食	＋	93.8%	15	＋	87.5%	14	＋	87.5%	14
3 工具材料	＋	88.0%	22	＋	72.0%	18	＋	56.0%	14
2 商業郵電交通	＋	84.6%	11	＋	69.2%	9	＋	61.5%	8
2 人體	＋	82.9%	29	＋	82.9%	29	＋	77.1%	27
1 植物	＋	79.5%	89	＋	65.2%	73	＋	66.1%	74

1　動物	+	77.6%	76	+	71.4%	70	+	66.3%	65
1　天象地理	+	75.0%	3	+	75.0%	3	+	75.0%	3
1　方位		33.3%	1		33.3%	1	+	66.7%	2
總數		86.3%	390		73.9%	334		70.4%	318

（1：反映自然世界的詞，2：體現人及人際關係的詞，3：展現社會生活的詞，＋表示百分比＞50%）

綜合以上的資料，一般詞彙與常用基本詞彙的保留與丟失類別的比例如下表：

類別	類別總數	不再使用			仍然使用		
		老派	中派	青派	老派	中派	青派
一般詞彙	19	5（26.3%）	10（52.6%）	13（68.4%）	15（78.9%）	9（47.4%）	6（31.6%）
常用基本詞彙	19	1（5.3%）	1（5.3%）	0（0.0%）	18（94.7%）	18（94.7%）	19（100%）

一般詞彙中，老中青派不再使用率超過 50%的類別分別有 5 類、10 類、13 類，在常用基本詞彙中則爲 1 類、1 類、0 類。仍然使用率超過 50%的，老中青派仍然使用的類別分別爲 15 類、9 類、6 類，常用基本詞彙的則爲 18 類、18 類、19 類。這些數據除了再次說明：一般詞彙變化大、常用基本詞彙量變化小以外，還說明了一般詞彙與常用基本詞彙在類別的差異：一般詞彙丟失超過 50%的類別多，常用基本詞彙的類別少；一般詞彙保存超過 50%的類別少，常用基本詞彙保存的類別多。這同時也證明了常用基本詞彙的穩定性，這穩定性確保了老中青之間在日常生活中的溝通，無論在量和類都有保證，讓溝通能順利進行。

（4）名詞的變化情況

老中青三派之間使用情況不相同的詞〔註 18〕，應是最能反映時代的變化以及派與派之間的差異的詞。這種變化與差異，可以從老中青使用情況不相同的詞來顯示。老中青之間不同的詞中，變化最大的是「3 展現社會生活的詞」。具體統計如下表：

〔註 18〕老中青不同有三類，分別是：老中派使用、青派使用、詞義詞形有變化；老中青相同也有三類，包括：不再使用、仍在使用、詞義詞形有變化。見本章 4.1.1。

	一般詞彙						常用基本詞彙					
類別／比例	老中青相同		老中青不同		總　數		老中青相同		老中青不同		總　數	
3 房屋	47.8%	64	+52.2%	70	100%	134	50.0%	4	+50.0%	4	100%	8
3 文化娛樂	50.0%	11	+50.0%	11	100%	22	50.0%	1	+50.0%	1	100%	2
3 國家地區	50.0%	5	+50.0%	5	100%	10	100.0%	1	0.0%	0	100%	1
3 器具日常用具	50.4%	132	49.6%	130	100%	262	77.8%	21	22.2%	6	100%	27
3 工具材料	52.9%	250	47.1%	223	100%	473	64.0%	16	36.0%	9	100%	25
3 服飾	55.0%	55	45.0%	45	100%	100	66.7%	16	33.3%	8	100%	24
1 礦物自然物	63.6%	14	36.4%	8	100%	22	100.0%	2	0.0%	0	100%	2
2 人品	63.9%	122	36.1%	69	100%	191	60.6%	20	39.4%	13	100%	33
2 親屬稱呼	63.9%	131	36.1%	74	100%	205	92.9%	26	7.1%	2	100%	28
3 其它	66.7%	34	33.3%	17	100%	51	83.3%	10	16.7%	2	100%	12
1 時間節令	71.4%	10	28.6%	4	100%	14	75.0%	6	25.0%	2	100%	8
3 商業郵電交通	75.3%	134	24.7%	44	100%	178	76.9%	10	23.1%	3	100%	13
2 生理病理	79.6%	78	20.4%	20	100%	98	100.0%	1	0.0%	0	100%	1
1 植物	80.3%	478	19.7%	117	100%	595	83.9%	94	16.1%	18	100%	112
3 飲食	83.7%	128	16.3%	25	100%	153	93.7%	15	6.3%	1	100%	16
1 動物	84.8%	701	15.2%	126	100%	830	83.7%	82	16.3%	16	100%	98
2 人體	85.5%	247	14.5%	42	100%	289	88.6%	31	11.4%	4	100%	35
1 方位	90.0%	9	10.0%	1	100%	10	66.7%	2	33.3%	1	100%	3
1 天象地理	90.0%	9	10.0%	1	100%	10	100.0%	4	0.0%	0	100%	4
總數	71.7%	2615	28.3%	1032	100%	3647	80.1%	362	19.9%	90	100%	452

（1：反映自然世界的詞，2：體現人及人際關係的詞，3：展現社會生活的詞，+表示老中青不同的百分比＞50%）

從上表可見，名詞中變化最大的是「3 展現社會生活的詞」。一般詞彙中以「房屋」、「文化娛樂」、「國家地區」三類在老中青之間差別最大。常用基本詞彙則以「房屋」、「文化娛樂」兩類的差異最大。其中「房屋」、「文化娛樂」重見於一般詞彙與常用基本詞彙，反映了在幾十年之間，變化最大的就是「房屋」與「文化娛樂」兩類。

以房屋爲例，老派曾住老式宅院，認識許多與舊式建築有關的詞彙，如「頭門（「principal outer gate」）、二門（「front gate」）、大樓（「floors」）、小樓（「祀神或旁奉祖先於其上」）、土庫（「樓下房」）、洗身房（「bathroom」）、板簾（「blinds」）、窗壓（「bars in the windows」）、竈窟（「ash-hole of the furnace」）」

等等，但中派、青派都已不認識這些詞彙。

除了個人的原因以外，主要是居住環境的改變令老中青對房屋的詞彙有不同的認識。戰後香港人口急劇增長，市區的人口密度大，木屋區（木屋指用鐵皮、木板搭建而成的屋子）越來越多，在五十年代初有三十萬人居於木屋區，六十年代增加至八十萬人。由於五十年代幾次木屋區大火，數萬居民無家可歸，迫使政府注意木屋區的情況，興建「徙置屋」安置受災居民。及後政府開始營建公共房屋（廉租房）來解決木屋區居民住房的問題，例如七十年代的「十年建屋計劃」、「新市鎮發展計劃」，目的是解決 180 萬缺房人口的住房問題〔註 19〕。這是政府政策使社會生活發生了巨大的變化，使市民的居住環境改變，從而令老派與中青在房屋的詞彙出現顯著的差異。在戰後出生的中派、青派，年青時只住過木屋區、徙置區、公共房屋，這是房屋政策造成的生活改變，這些改變導致老派與中青兩派在有關詞彙的使用上產生差異。

其次是文化方面，例如「番字」(「foreign letters」)，現代稱之為「字母」，只有老派認識。事實上《讀本》中還有許多與「番」有關的詞，例如：番斜紋布(「foreign dimity」)、番人(「foreigners」)、番桅(「masts in foreign vessel」)、番國（「foreign countries」）、番船（「foreign ships」）、番舶（「foreign ships」）、番銅(「foreign copper」)、番錢(「foreign coins」)、番碱(「soaps come from foreign countries」)、番茄（「tomatoes」）等等。現在老中青都仍然使用的是番碱（肥皂，現代一般寫作「番梘」)、番茄（西紅柿），其它大多數都已經丢失，或個別為老派認識。由「番」字組成的詞逐漸丢失，主要因為人們的知識面的擴闊，與外國的交流增加，對外國事物的認識逐漸加深，使語言使用者的態度逐漸改變，不再使用稍帶貶義的「番」來指稱外國的事物。

（5）名詞：小結

以上的分析可見，名詞中，一般詞彙與常用基本詞彙的差別十分明顯，一般詞彙的變化大而且迅速，常用基本詞彙的變化小而緩慢。然而名詞的變化雖然迅速，但在變化最大的一般詞彙中，老中青在名詞的差距也在 25%之內，反映廣州話的保存情況大致良好，暫時並未出現廈門方言詞彙「呈現出

〔註 19〕黃釗鴻：《香港近代史》，香港：學津書店，2004 年，頁 303～305。

較大幅度的下降趨勢」〔註 20〕。我們認爲保存情況良好的主要原因是「在香港，廣州話代替了普通話，除了用作來自五湖四海的人們的溝通與以外，更是一個教學語言、法律語言和廣播語言」〔註 21〕，這仍是目前的情況。但由於「今天普通話已經開始進入學校和社會，香港人對普通話的態度也慢慢改變。政府的長遠目標是以普通話來作爲中小學教育媒介……普通話作爲政府、學校、法律的語言，而粵語成爲市場、電視劇和家庭的方言」〔註 22〕，這種「保存良好」的情況可能會逐漸改變。

而從名詞的類別變化數量來看，在「老中青相同」的情況中，一般詞彙變化的類別多，丟失率超過 50%的類別有 5 類，常用基本詞彙則是 0 類，表示所有的常用基本詞彙的使用率都超過 50%。常用基本詞彙與一般詞彙相比，變化的類別少，保留的類別多：一般詞彙中保留類別共有 6 類，常用基本詞彙則有 18 類。由此可見，常用基本詞彙在保留的數量和保留的類別兩方面都能讓老中青三派順利達成交際目的。

從變化的大小來看，丟失的詞多爲「展現社會生活的詞」，其次是「體現人及人際關係的詞」，流失率最低的是「反映自然世界的詞」；保留率則剛好相反。這個結果與第二章 2.4.2「三大類詞的存留情況」互相配合，表明了不論是第二章所分析的三四百年之間的情況，還是本章的老中青三代幾十年之間的情況，所呈現的名詞變化的具體規律是：展現社會生活的詞，丟失最快；反映自然世界的詞，保留最多。換言之，新詞的產生與消亡，主要在展現社會生活一類的詞。

在老中青之間差異的統計中，也體現出詞彙的差異主要出現在「展現社會生活的詞」，其中「房屋」和「文化娛樂」兩類的差異都較爲突出，主要的原因是政府房屋政策的改變以及與外國交流的頻繁，並以日據時期爲分水嶺。

〔註 20〕鄭見見：〈流失中的廈門方言詞彙——以一家祖孫三代方言詞彙的使用爲例〉，廈門大學本科論文，2007 年。文中指「廈門方言的詞彙量在祖孫三代中呈現下降趨勢，且這種趨勢越來越普遍」其中祖父與孫子「聽過會說」的比例相差 54.93%。

〔註 21〕劉鎮發：〈香港兩百年來語言生活的改變〉，《臺灣及東南亞華文華語研究》，香港：靄明出版社，2004 年，頁 128。

〔註 22〕同〔註 21〕，頁 142。

4.2.3　各詞類的個別情況——動詞

動詞的變化速度次於名詞。就動詞本身的情況來說，老中青三派的使用情況，變化較大的是生理病理、文化娛樂，其次是日常操作、交際事務等，變化最小的是自然變化、願望判斷。

（1）動詞的整體情況

整體來說，在一般詞彙中，老中青的仍然使用率，年紀越大，保存越多；不再使用率是年紀越小，丟失越多。

一般詞彙的整體情況如下表所示：

派別	不再使用	仍然使用	詞義詞形有變化	總　數
老	121　（21.6%）	433　（77.3%）	6　（1.1%）	560　（100.0%）
中	202　（36.1%）	351　（62.7%）	7　（1.3%）	560　（100.0%）
青	226　（40.4%）	327　（58.4%）	7　（1.3%）	560　（100.0%）
老青之間的差距	105　（18.8%）	106　（18.9%）	1　（0.2%）	

從上表可見，老派的不再使用率是 21.6%、中派是 36.1%、青派是 40.4%。而老派的仍然使用率是 77.3%、中派是 62.7%、青派是 58.4%。可見《讀本》至今的一百七十年間，動詞的變化相對比較小，青派在一般詞彙的仍然使用率也幾乎達六成。而老中兩派在不再使用率和仍然使用率的差距，大概都是 19%。表示老中青之間差距，在動詞中開始減少，且較名詞小 4%。

至於常用基本詞彙的情況，與一般詞彙的趨勢相近。主要的差異是不再使用率大幅降低，仍然使用率大幅提高。

常用基本詞彙的整體情況，列於下表：

派別	不再使用	仍然使用	詞義詞形有變化	總　數
老	10　（6.6%）	139　（92.1%）	2　（1.3%）	151　（100.0%）
中	14　（9.3%）	134　（88.7%）	3　（2.0%）	151　（100.0%）
青	21　（13.9%）	127　（84.1%）	3　（2.0%）	151　（100.0%）
老青之間的差距	11　（7.3%）	12　（8.0%）	1　（0.7%）	

常用基本詞彙中，老派的丟失率只有 6.6%，中派是 9.3%，在丟失率最高的青派也只有 13.9%。而仍然使用率，三派都超過 80%。而老青之間的差距也

比一般詞彙少一半，只有 8.0%。數據顯示在一百七十年間的常用基本動詞的變化不太大，保留情況大致良好。

（2）動詞的丟失情況

一般詞彙中，動詞的丟失率明顯比名詞低。名詞的不再使用率大部份都大於 50%，然而在動詞中，沒有一個類別在老中青三派中的丟失率都在 50% 以上。如果丟失率以 30%爲基準，在一般詞彙中，三派的丟失率都超過 30% 的只有生理病理、文化娛樂兩類。在常用基本詞彙中，則只有文化娛樂一類。

整體上，與身體狀況、文化交際變化有關的動詞，例如生理病理、文化娛樂的變化比較迅速，例如：節戒（「regimen」飲食療法）、發尿淋（「diabetes」糖尿病）、打噓（「calculate」計算）、鬬鼻氣（「a snort of defiance」大意是哼了一聲）等等。與心理活動、自然變化有關的動詞，如感受思維、願望判斷、自然變化的變化則比較緩慢。

一般詞彙與常用基本詞彙的丟失統計如下表：

	一般詞彙			常用基本詞彙		
類別／派別	老派	中派	青派	老派	中派	青派
文化娛樂	*33.3% 1	*33.3% 1	*33.3% 1	*100.0% 1	*100.0% 1	0.0% 0
生理病理	*32.8% 39	*49.6% 59	*56.3% 67	16.7% 1	16.7% 1	*33.3% 2
五官動作	26.1% 6	*39.1% 9	*39.1% 9	0.0% 0	0.0% 0	0.0% 0
日常操作	20.2% 44	*38.1% 83	*43.1% 94	4.5% 3	9.0% 6	16.4% 11
交際事務人事	16.1% 14	27.6% 24	*35.6% 31	8.3% 2	0.0% 3	16.7% 4
其它	19.0% 4	23.8% 5	*33.3% 7	0.0% 0	0.0% 0	*50.0% 1
肢體動作	16.9% 11	*30.8% 20	24.6% 16	10.3% 3	10.3% 3	10.3% 3
感受思維	5.9% 1	5.9% 1	5.9% 1	0.0% 0	0.0% 0	0.0% 0
願望判斷	16.7% 1	0.0% 0	0.0% 0	0.0% 0	0.0% 0	0.0% 0
自然變化	0.0% 0	0.0% 0	0.0% 0	0.0% 0	0.0% 0	0.0% 0
總數	21.6% 121	36.1% 202	40.4% 226	6.6% 10	9.3% 14	13.9% 21

（*表示百分比>30%）

（3）動詞的保留情況

動詞整體保留情況比較良好，無論在一般詞彙還是常用基本詞彙中，與自然變化、心理活動相關的動詞，保留率比較高。統計如下表：

類別／派別	一般詞彙						常用基本詞彙					
	老派		中派		青派		老派		中派		青派	
自然變化	+100.0%	1	+100.0%	1	+100.0%	1	+100.0%	1	+100.0%	1	+100.0%	1
感受思維	+ 88.2%	15	+ 88.2%	15	+ 88.2%	15	+ 91.7%	11	+ 91.7%	11	+ 91.7%	11
願望判斷	+ 83.3%	5	+100.0%	6	+100.0%	6	+100.0%	3	+100.0%	3	+100.0%	3
交際事務人事	+ 81.6%	71	+ 70.1%	61	63.2%	55	+ 91.7%	22	+100.0%	21	+ 83.3%	20
其它	+ 81.0%	17	+ 71.4%	15	61.9%	13	+100.0%	2	+100.0%	2	50.0%	1
肢體動作	+ 80.0%	52	67.7%	44	+ 73.8%	48	+ 86.2%	25	+ 86.2%	25	+ 86.2%	25
日常操作	+ 79.4%	173	61.0%	133	55.5%	121	+ 95.5%	64	+ 89.6%	60	+ 82.1%	55
五官動作	+ 73.9%	17	60.9%	14	60.9%	14	+100.0%	6	+100.0%	6	+100.0%	6
生理病理	67.2%	80	50.4%	60	43.7%	52	+ 83.3%	5	+ 83.3%	5	66.7%	4
文化娛樂	66.7%	2	66.7%	2	66.7%	2	0.0%	0	0.0%	0	+100.0%	1
總數	77.3%	433	62.7%	351	58.4%	327	92.1%	139	88.7%	134	84.1%	127

（+表示百分比＞70%）

從上表可見，以保留率為 70%為標準，無論是一般詞彙還是常用基本詞彙，老中青三派在自然變化、感受思維、願望判斷三類的保留率都在 70%以上，反映這三類詞的保存情況最為良好。其中自然變化的保留率是 100%，例子有：「翻風」（起風）；感受思維的保留率次之，例子如「中意」（喜歡）、思疑（懷疑）、嬲（生氣、憎恨）；願望判斷的例子如「冇」（沒有）、「係」（是）等等。

由此可見，自然變化、心理活動等動詞的特點是穩定，因此發生變化的情況較少。

至於在保留類別方面，保留率超過 70%的，在一般詞彙中，老派保留了 8 類、中派 5 類。青派 4 類。常用基本詞彙中，老派、中派都保留了 9 類，青派保留了 8 類。簡言之，常用基本詞彙在類別變化較一般詞彙少。與名詞相比，動詞在類的變化也較名詞少。

（4）動詞的變化情況

動詞中，老中青之間使用情況不同的，最能反映派與派之間的差異的詞。在動詞的一般詞彙中，老中青最大的差異在文化娛樂、生理病理兩類；在常用基本詞彙中，文化娛樂的差異也是最大，統計如下表：

類別／比例	一般詞彙			常用基本詞彙		
	老中青相同	老中青不同	總數	老中青相同	老中青不同	總數
文化娛樂	33.3% 1	*66.7% 2	100.0% 3	0.0% 0	*100.0% 1	100.0% 1
生理病理	68.1% 81	*31.9% 38	100.0% 119	83.3% 5	16.7% 1	100.0% 6
日常操作	71.6% 156	28.4% 62	100.0% 218	82.1% 55	17.9% 12	100.0% 67
其它	76.2% 16	23.8% 5	100.0% 21	50.0% 1	* 50.0% 1	100.0% 2
交際事務人事	79.3% 69	20.7% 18	100.0% 87	91.7% 22	8.3% 2	100.0% 24
願望判斷	83.3% 5	16.7% 1	100.0% 6	100.0% 3	0.0% 0	100.0% 3
肢體動作	84.6% 55	15.4% 10	100.0% 65	100.0% 29	0.0% 0	100.0% 29
五官動作	87.0% 20	13.0% 3	100.0% 23	100.0% 6	0.0% 0	100.0% 6
感受思維	100.0% 17	0.0% 0	100.0% 17	100.0% 12	0.0% 0	100.0% 12
自然變化	100.0% 1	0.0% 0	100.0% 1	100.0% 1	0.0% 0	100.0% 1
總數	75.0% 420	25.0% 140	100.0% 560	88.7% 134	11.3% 17	100.0% 151

（*表示老中青不同的百分比＞30%）

不論在名詞還是動詞中，老中青的差異最大的都是文化娛樂一類。可見在一百七十年間的文化娛樂有相當大的變化。例子如：

a. 你念得過個簿書唔念得呢？（1841：1.2）（你能不能讀那本書？「Are you able to rehearse those volumes?」）

b. 東家你要我念過你聽呀？（1841：5.8）（老闆，你要我念給你聽嗎？「Do you sir, wish me to read it to you?」）

上面兩個例子，現代廣州話一般用「讀」，可見「念」受書面語影響而發生改變。

然而現代廣州話仍有用「念」（一般寫作「唸」）組成的詞，如「唸經」、「唸南無」（念經）、「唸口簧」（讀順口溜）等說法。「唸經」、「唸南無」除本義以外，已由「念經」的低沉聲音引申爲說話嘮叨，聲音低微難辨；而「唸口簧」本指讀順口溜，現在比喻死板地背誦，流利而沒有感情地唸。如「你讀書系唸口簧嘅，知唔知講啲乜啫？」（你唸書就像是唸順口溜，知道不知道說的是啥？）〔註 23〕。《實用廣州話分類詞典》（修訂版）（《分類詞典》）、《廣州話方言詞典》（《方言詞典》）〔註 24〕均指「唸口簧」用法同「讀口簧」。可見，

〔註 23〕麥耘、譚步雲：《實用廣州話分類詞典》，香港：商務印書館，2011 年，頁 220。

〔註 24〕饒秉才、歐陽覺亞、周無忌：《廣州話方言詞典》（修訂版），香港：商務印書館，

「念」曾在廣州話口語使用，有「朗誦」（rehearse）、「讀」（read）的意思，但這兩個義項現在已經被書面語「讀」所取代，而由「念」組成的詞，其本義仍可使用，但較多用引申義。可見，動詞「念」的完全更替仍未完成，「念」與「讀」仍然處於競爭的狀態。

（5）動詞：小結

從上面的分析，可以看到動詞中的一般詞彙與常用基本詞彙仍有相當的差異，一般詞彙的變化仍較常用基本詞彙迅速。然而在使用率方面，動詞的使用率較名詞大幅提高，可見動詞的保存情況同樣十分良好。

就老中青三派的使用情況，丟失較快的動詞，多與身體狀況、文化交際有關；丟失較慢的，則與心理活動、自然變化有關。類似的情況也出現在名詞之中，與社會生活密切相關的較為波動，與自然變化有關的則較為穩定。此外，在生理病理方面，許多醫學的詞彙，已改由現代醫學，主要是西方醫學詞彙所取代。

根據何小蓮的研究，西醫的活動在 1842 年後隨著傳教士的足跡，經由通商口岸進入中國內地。事實上，近代西醫東傳在明末清初已經開始。在十九世紀初，傳教士再一次將現代醫學帶入廣東沿海，十九世紀四十年代以前，廣東一直是西方醫學的中心。《南京條約》簽訂以後，香港割讓，五口通商，基督教傳教士的醫學活動北移，從南方擴展到東南沿海。由於西方醫學在臨床醫學方面的進步，例如無菌手術、乙醚麻醉、抗感染的石炭酸消毒法等等，成為西方醫學超過中醫學的基本標誌，這些知識積蓄著瓦解中國傳統醫學知識的力量〔註 25〕。因此，生理病理詞彙的明顯變化，主要原因就是西醫東漸的巨大影響。

從詞彙競爭的角度來看，有書面語、口語的競爭，其中「讀」與「念」仍未分出勝負。汪維輝指出「實詞中要數動詞的詞義和用法最複雜……屬於完全性替換的比較少見。這是動詞與名詞的一個顯著區別」〔註 26〕。老中青的差異最大的詞中，「念」與「讀」也是類似的情況，書面語詞彙與口語詞彙仍然處在競爭的狀態。

2009 年，頁 179。

〔註 25〕何小蓮：《西醫東漸與文化調適》，上海：上海古籍出版社，2006 年，頁 27、53～56。

〔註 26〕汪維輝：《東漢——隋常用詞演變研究》，南京：南京大學出版社，2000 年，頁 105。

4.2.4 各詞類的個別情況——形容詞

形容詞的變化速度，在五類詞彙中排行第三，較名詞、動詞的變化慢，表示形容詞相對穩定。整體上，「形狀情況」一類變化比較迅速，「心理感受」的變化比較緩慢。

（1）形容詞的整體情況

在一般詞彙中，老派與青派在不再使用和仍然使用之間的差距都在 19%左右，這和動詞的老青差距情況十分接近。一般詞彙的整體情況如下表：

派別	不再使用	仍然使用	詞義詞形有變化	總　數
老	26　（13.4%）	163　（84.0%）	5　（2.6%）	194　（100.0%）
中	52　（26.8%）	139　（71.6%）	3　（1.5%）	194　（100.0%）
青	63　（32.5%）	127　（65.5%）	4　（2.1%）	194　（100.0%）
老青之間的差距	37　（19.1%）	36　（18.6%）	1　（0.5%）	

老中青三派的仍然使用情況按年齡遞增，年紀越大，保留越多：老派是 84.0%、中派是 71.6%、青派是 65.5%。不再使用情況，按年齡遞減，年紀越大，丟失越小：老派是 13.4%、中派是 26.8%、青派的不再使用率是 32.5%；老派、青派之間的差距與動詞相似，但整體的不再使用率較動詞低 10%左右，仍然使用率較動詞高 10%左右。

至於常用基本詞彙的情況，與一般詞彙仍有明顯的差異。與一般詞彙比較，常用基本詞彙的不再使用率大幅降低至 4%～6%，仍然使用率則老中青三派都在 86%～92%，老派與青派之間只約 2%的差距，差異極小。就老派本身，常用基本詞彙的仍然使用率與一般詞彙相比，只差 3.8%，幾乎是無甚差異。顯示形容詞的保留情況，比名詞、動詞佳。

常用基本詞彙的具體情況如下表：

派別	不再使用	仍然使用	詞義詞形有變化	總　數
老	2　（4.1%）	43　（87.8%）	4　（8.2%）	49　（100.0%）
中	2　（4.1%）	45　（91.8%）	2　（4.1%）	49　（100.0%）
青	3　（6.1%）	42　（85.7%）	4　（8.2%）	49　（100.0%）
老青之間的差距	1　（2.0%）	1　（2.1%）	0　（0.0%）	

在仍然使用的詞彙中，中派較老派、青派爲高，主要因中派的工作性質的關係。中派的職業是警察，在警隊的刑事情報科工作，負責搜集有關刑事活動、社團、有組織及嚴重罪行的情報，經常要爲案件作具體的描述，例如涉案人士的外貌，事物的性質、情況等，因此仍然使用的形容詞相對較多。

至於詞義詞形有變化的情況在形容詞稍微增加，老中青之間詞義詞形有變化的比例稍微高於名詞、動詞，三派中有兩派的變化都在 8%左右，在五類詞中相對較多，在此稍作分析。

老中青三派都有同樣變化的形容詞有「新鮮」、「嫩」兩個，兩者都屬於形狀情況一類。「新鮮」已在第三章 3.2.8 的核心詞討論，此處集中分析「嫩」的情況。《讀本》中的例子有三：

a. 飯班戟要煎嫩（1841：5.7）（飯煎餅要煎到金黃。「Rice pancakes should be fried till they are brown.」）

b. 剦雞弔鬆重要燒得嫩（1841：5.7）（閹雞除了要弔鬆以外，還要燒得可口。「A capon should be hung up to make it tender, and also more delicate when roasted.」）

c. 食牛肉你愛燒得嫩嘅　還是中意老嘅嚽（1841：5.10）（吃牛肉你要烤半熟的還是喜歡全熟的呢？「Do you prefer beef which is roasted rare, or that which is thoroughly done?」）

從上面的例子，可以看到「嫩」指是煎或烤以後的情況，估計是表面稍微香脆的狀態。例 a 的「嫩」，現代廣州話可以用「金黃」、「脆脆地」、「香口」等來代替。例 b 也可用「脆脆地」、「香口」來表示。而例 c 是老和嫩的比較，現代廣州話的「老」、「嫩」已不用來說明燒烤的程度，一般用「生」、「熟」，「半生熟」、「全熟」。

在現代廣州話，「嫩」的義項與書面語相類，此外還有指年紀小的「嫩口」（年紀小）、「嫩雀」（新手或容易上當的人）的說法。然而，文獻中的「嫩」引申來形容輕微燒煎烤後的情況，只使用了一段短時間，便在語言實踐中給淘汰。

（2）形容詞的丟失情況

總的來說，形容詞丟失的情況並不嚴重，丟失率最高的青派，在一般詞彙比例大約是 30%，常用基本詞彙則只有 6.1%。以丟失率 30%爲基準，沒有一個類別的形容詞在三派的丟失率都超過 30%。兩派的丟失率超過 30%只有「形狀情況」一類。例如「主固（「strong」牢靠的）、幼湅（「smooth」平滑的）、嘢（「bad」不好的）」。

形容詞丟失的具體情況如下表：

類別／派別	一般詞彙						常用基本詞彙					
	老派		中派		青派		老派		中派		青派	
形狀情況	15.4%	19	*33.3%	41	*39.0%	48	5.7%	2	5.7%	2	8.6%	3
品性行爲	27.3%	3	27.3%	3	27.3%	3	0.0%	0	0.0%	0	0.0%	0
性質	12.5%	1	12.5%	1	25.0%	2	0.0%	0	0.0%	0	0.0%	0
形貌體態	9.1%	3	18.2%	6	21.2%	7	0.0%	0	0.0%	0	0.0%	0
生理感覺	0.0%	0	5.6%	1	16.7%	3	0.0%	0	0.0%	0	0.0%	0
心理感受	0.0%	0	0.0%	0	0.0%	0	0.0%	0	0.0%	0	0.0%	0
總數	13.4%	26	26.8%	52	32.5%	63	4.1%	2	4.1%	2	6.1%	3

（*表示百分比>30%）

從上表可見，形容詞的丟失率不太高，丟失率在 30%的類別也只佔少數。各類別以形狀情況的變化相對較大。其次是品行行爲、性質、形貌體態，變化最小的是生理感覺、心理感受。形容詞本身用於對人、事、物的評價，比較顯然易見的外在評價，例如「形狀情況」丟失得比較多，比較內在如心理感受，丟失的比較少。

「形狀情況」在三派都已丟失的例子有「便」。「便」在《讀本》中除了形容詞的用法外，還有動詞、副詞、名詞的用法，唯一保留的是名詞的用法。例子如下：

a. 皮槓輕出門便（1841：5.3）（皮箱輕，出門方便。「A leathern trunk is light and easily carried.」）

b. 洗身房水便嚹（1841：5.2）（浴室的水準備好了。「The water in the bathing-room is ready.」）

c. 早茶便未曾呀　齊備嘥咯（1841：5.9）（早餐準備好沒有，全部準備好了。「Is breakfast ready?　It is all ready, sir.」）

d. 大餐便唔曾呀（1841：5.10）（晚餐準備好沒有？「Is the dinner ready?」）

e. 晚茶便唔曾呀（1841：5.11）（晚茶準備好了沒有？「Is the tea ready?」）

f. 打便個茶漏（1841：5.3）（預先打好個茶漏。「Engaged to have a tea-strainer made ready.」）

g. 八點鐘就好整便嚹係咯（1841：5.8）（八點鐘煮好就是了。「The breakfast is prepared at eight o'clock.」）

h. 擠呢個托茶嘅盤喺檯上我右手便嚓。（1841：5.11）（放這個托茶的盤在桌上，我的右手邊。「Place the tea-tray on the table at my right hand.」）

i. 使火鏟去爐灰 鑊鏟致轉得便（1841：5.3）（用鏟子去爐灰，鍋鏟才能兩邊用。「This rice shovel to take away the ashes. The rice shovel can be used on either side.」）

例 a 的「便」是形容詞，現代已用「方便」代替，用法與書面語相同。例 b-e 的「便」是動詞，現代廣州話可用「得」取代，意思是「行」、「可以」。例 f、g 的「便」是副詞，現在可用「定」替代，是「預先」的意思。例 h、i 的是名詞，是唯一保留的用法。這個名詞的「便」是「邊兒」的意思，現代廣州話還有「左便」、「右便」、「側便」（旁邊）等用法。

總的來說，《讀本》中形容詞、動詞、副詞「便」的用法，在語言實踐以後，全部都給淘汰，只有名詞的「便」仍然使用。

（3）形容詞的保留情況

形容詞的保留情況，無論在一般詞彙還是常用基本詞彙，保留率都比較高。三派的保留率在 70%以上的，一般詞彙與常用基本詞彙各有五類，一般詞彙與常用基本詞彙在保留類別的數量上，已沒有分別。

形容詞的保留情況如下表

類別／比例	一般詞彙						常用基本詞彙					
	老中青相同		老中青不同		總數		老中青相同		老中青不同		總數	
心理感受	+100.0%	1	+100.0%	1	+100.0%	1	0.0%	0	0.0%	0	0.0%	0
生理感覺	+ 94.4%	17	+ 94.4%	17	+ 77.8%	14	+ 85.7%	6	+100.0%	7	+ 85.7%	6
形貌體態	+ 87.9%	29	+ 78.8%	26	+ 75.8%	25	+100.0%	3	+100.0%	3	+100.0%	3

性質	+ 87.5% 7	+ 87.5% 7	+ 75.0% 6	+100.0% 2	+100.0% 2	+100.0% 2
形狀情況	+ 82.1% 101	65.0% 80	59.3% 73	+ 85.7% 30	+ 88.6% 31	+ 82.9% 29
品性行爲	+ 72.7% 8	+ 72.7% 8	+ 72.7% 8	+100.0% 2	+100.0% 2	+100.0% 2
總數	83.5% 163	71.6% 139	65.5% 127	87.8% 43	91.8% 45	85.7% 42

（+表示百分比＞70%）

保留率比較高在一般詞彙是心理感受、生理感覺兩類，心理感受如：「慌」（怕）；生理感覺如「劫」（澀）、「臊」（膻）等等。在常用基本詞彙則是形貌體態、性質、品性行爲三類，例如「平」（便宜）、「抵」（值得）、「古怪」、「伶俐」等等。大體上各類的保存情況都十分良好。

（4）形容詞的變化情況

形容詞中，老中青最大的差異在形狀情況與生理感覺兩類，但其中只有一般詞彙的形狀情況一類大於 30%。具體差異如下表：

類別／比例	一般詞彙			常用基本詞彙		
	老中青相同	老中青不同	總數	老中青相同	老中青不同	總數
形狀情況	68.3% 84	*31.7% 39	100.0% 123	91.4% 32	8.6% 3	100.0% 35
生理感覺	77.8% 14	22.2% 4	100.0% 18	85.7% 6	14.3% 1	100.0% 7
形貌體態	81.8% 27	18.2% 6	100.0% 33	100.0% 3	0.0% 0	100.0% 3
性質	87.5% 7	12.5% 1	100.0% 8	100.0% 2	0.0% 0	100.0% 2
心理感受	100.0% 1	0.0% 0	100.0% 2	0.0% 0	0.0% 0	100.0% 0
品性行爲	100.0% 11	0.0% 0	100.0% 11	100.0% 2	0.0% 0	100.0% 2
總數	74.2% 144	25.8% 50	100.0% 194	91.8% 45	8.2% 4	100.0% 49

（*表示老中青不同的百分比＞30%）

根據上表的資料，一般詞彙和常用基本詞彙中，老中青之間的差異最大的是「形狀情況」，這類詞也是丟失率較高的一類，其次是「生理感覺」。一般詞彙中「形狀情況」的例子如下：

a. 眼水淋淋漓（1841：2.8）（淚水淋漓。「The tears flow down in streams.」）

現代廣州話已沒有「淋淋漓」的說法，近似的說法是「喊到乜嘢噉」。至於「生理感覺」的例子如下：

a. 先日我都食夜餐，整得我成夜都瞓唔著，俺俺沾沾咁。（1841：5.10）

（前一陣子，我很晚用餐，害我整晚都睡不著，心神不安。「Formerly, I was accustomed to eat an evening meal, and then was unable to sleep, and was restless and disturbed all night long.」）

b. 近日都係帶睜咯（1841：3.1）（近日身體很衰弱。「Of late he has been rather _eehle〔註 27〕 and infirm」）

例 a 的「惓惓惉惉」，只有中派聽過，大意是身體不舒服。這個詞現代廣州話也已經不再使用，但現代有同音字「惓憸（醃尖）」（jim[1]tsim[1]），是挑剔的意思，這個「惓憸」可能是由於身體不舒服而令人覺得事事挑剔。

例 b 的「帶睜」（tai[3]tsaŋ[1]），只有老派聽過，意思也是身體不舒服。這詞在現代廣州話已經不再使用，是瀕臨死亡的詞。

（5）形容詞：小結

總的來說，形容詞較名詞、動詞的變化慢。「從數量上，形容詞在歷史上發生過新舊更替的可能要略少於名詞」〔註 28〕。本部份的研究證實了汪維輝的說法。

形容詞中，一般詞彙和常用基本詞彙中的丟失率以「形狀情況」一類的最高。保留情況則是心理感受、形貌體態、性質等類的詞比較良好。外在顯然易見的「形狀情況」丟失、變化都較爲迅速，內在的「心理感受」的變化則比較緩慢。

此外，老中青的差異在常用基本詞彙中，無論是不再使用率還是仍然使用率，老中青的差異已縮小至 2%，差異很小。

4.2.5　各詞類的個別情況——量詞

量詞是表示事物或動作的單位。整體來說，量詞較形容詞更爲穩定，在一般詞彙及常用基本詞彙中，老派的使用率都超過九成。丟失的情況以物量詞、動量詞最爲迅速，保留的以時量詞最爲穩定。老中青的主要差異在物量詞，這種變化主要受到書面語的影響。

〔註 27〕《讀本》原文是微型膠捲，膠捲上的英文翻譯部份較爲模糊，未能顯示該字。

〔註 28〕汪維輝：《東漢——隋常用詞演變研究》，南京：南京大學出版社，2000 年，頁 324。

（1）量詞的整體情況

在一般詞彙中，老中青的差異大約是 19%，與形容詞接近。但老派的使用率已超過九成，中青兩派都超過七成，中青兩派的年齡差異已經沒有很大的區別，顯示量詞比形容詞更爲穩定。

一般詞彙的情況如下表：

派別	不再使用	仍然使用	詞義詞形有變化	總　數
老	1　（2.4%）	39　（92.9%）	2　（4.8%）	42　（100.0%）
中	10　（23.8%）	30　（71.4%）	2　（4.8%）	42　（100.0%）
青	9　（21.4%）	31　（73.8%）	2　（4.8%）	42　（100.0%）
老青之間的差距	8　（19.0%）	8　（19.1%）	0　（0.0%）	

老中青三派中，以老派的保留率最高，有 92.9%，青中兩派大概是 75%。不再使用率，老派只有 2.4%，中青派兩派都在 20%左右。換句話說，《讀本》的四十二個量詞中，老派只有一個不再使用，表示量詞在老派的保留率極高。

在一般詞彙中，老中青三派都同有一個物量詞的搭配情況有所改變，例子如下：

a. 切一塊三捻噠（1841：5.7）（切一塊楊桃撻「Cut a piece of the carambola tart.」）

現代廣州話「撻」的量詞是「個」，如果是西式蛋糕，用「一件」，而「塊」用來表示塊狀或片狀的東西。「撻」的量詞從「塊」改爲「個」，其中一個原因是語言使用者對「撻」的認知的改變。「人感知世界、認識世界，首先要對事物進行認識……可以從形狀、功能上對事物做出詳細的分類」〔註 29〕。十九世紀的「撻」這一種外國進口食品，是新事物，漢語本來沒有一個量詞給「撻」使用，加上這些外來飲食詞彙的名稱，當時的說法仍未固定，有一部份的食品詞彙是兩種說法並用，詞彙競爭相當激烈〔註 30〕。這種情況，可能影響到名詞與量詞之間的搭配情況。及至人們對這個外來食品的認識比較全面的時候，瞭解到「撻」不一定是呈塊狀或片狀的食品，便改用通用量詞「個」。

《讀本》中「塊」與「撻」的搭配改變，是在人們對「撻」有了更多的瞭

〔註29〕曹芳宇：〈唐代量詞研究〉，南開大學博士學位論文，2010 年，頁 244。

〔註30〕參第二章 2.3.1（2）食——與食物有關的詞彙

解之後，經過在語言實踐而發生改變。就量詞「塊」本身來看，它不曾退出歷史的舞臺，只是搭配對象經歷了不變中有變，變中有不變的情況。

至於《讀本》中其它用「塊」作量詞的，現代廣州話仍然使用，例如石板、綢簾（絲綢窗簾）、玻璃片、枱面（桌面）、鹿脯、牛肉。

常用基本詞彙與一般詞彙相比，常用基本詞彙在老派幾乎是沒有差異（老派本身的差異只有 3.3%）。表示在量詞中，一般詞彙與常用基本詞彙差距再進一步縮小。

常用基本詞彙的情況如下表：

派別	不再使用	仍然使用	詞義詞形有變化	總　數
老	0　（0.0%）	27　（96.4%）	1　（3.6%）	31　（100.0%）
中	3　（10.7%）	23　（82.1%）	2　（7.1%）	31　（100.0%）
青	1　（3.6%）	25　（89.3%）	2　（7.1%）	31　（100.0%）
老青之間的差距	1　（3.6%）	2　（7.1%）	1　（3.5%）	

常用基本詞彙中，老派的仍然使用率已超過九成，青派的也接近九成。從大至小排列：老派是 96.4%，青派是 89.3%，中派是 82.1%。從前面分析，我們看到名詞、動詞、形容詞都是年齡越大，保留越多，這個情況在量詞中有所改變，在量詞中，無論是一般詞彙和常用基本詞彙中，青派都較中派保留得稍微多一點。從另一個角度說，年齡因素的影響已逐減降低。

（2）量詞的丟失情況

關於量詞的丟失情況，一般詞彙和常用基本詞彙中，中派丟失的量詞稍多於青派。但由於在實際的數量上兩派只是一兩個詞的差距，因此可說兩派的總體差異並不大。至於丟失的類別，主要是物量詞、其次是動量詞，而時量詞則完全沒有丟失。具體情況如下表：

類別／派別	一般詞彙			常用基本詞彙		
	老派	中派	青派	老派	中派	青派
物量詞	2.6%　1	23.1%　9	20.5%　8	0.0%　0	11.5%　3	3.8%　1
動量詞	0.0%　0	50.0%　1	50.0%　1	0.0%　0	0.0%　0	0.0%　0
時量詞	0.0%　0	0.0%　0	0.0%　0	0.0%　0	0.0%　0	0.0%　0
總數	2.4%　1	23.8%　10	21.4%　9	0.0%　0	10.7%　3	3.6%　1

四類量詞中，只有物量詞一類在一般詞彙和常用基本詞彙中，都有丟失的情況，如一盒羅的「盒」。這表示物量詞是量詞中，丟失速度最快的一類。物量詞是表示人和事物的單位，多數的物量詞主要爲名詞服務，這是物量詞一個重要語法功能。但由於名詞在五類詞中的變化速度最快，因此對物量詞的使用情況也有一定的影響。

（3）量詞的保留情況

以保留率來講，三派的保留趨勢相近，保留率最高的是時量詞，保留率是 100%。物量詞的保留率較低，動量詞最低。具體情況如下表：

類別／派別	一般詞彙						常用基本詞彙					
	老派		中派		青派		老派		中派		青派	
時量詞	100.0%	1	100.0%	1	100.0%	1	100.0%	1	100.0%	1	100.0%	1
物量詞	94.9%	37	71.8%	28	74.4%	29	96.2%	25	80.8%	21	88.5%	23
動量詞	50.0%	1	50.0%	1	50.0%	1	100.0%	1	100.0%	1	100.0%	1
總數	92.9%	39	71.4%	30	73.8%	31	96.4%	27	82.1%	23	89.3%	25

從上表可見，一般詞彙和常用基本詞彙中，時量詞的保留率是 100%，表示這類詞在量詞中最爲穩定，舉例如下：

a. 紅蘿蔔要焓得一點鐘正食得（1841：5.7）（紅蘿蔔要煮一個小時才能吃。「Carrots require boiling a full hour before they become fit to be eaten.」）

根據《廣州方言詞典》「廣州話的『點鐘』既指時點，也指時量；普通話的『點』、『點鐘』只指時點，指時量要用『鐘頭』、『小時』（廣州話也有『鐘頭』這個詞）」〔註 31〕。《讀本》中的廣州話也是這種用法，「點鐘」既指時點，也指時量。按語感來說，現代廣州話指時量多用「鐘頭」，指時點多用「點鐘」，有向普通話靠攏的趨勢。

（4）量詞的變化情況

就老中青三派之間的使用情況來看，量詞在使用上的差異大部份是由於書面造成的。先看具體的數據：

〔註 31〕饒秉才、歐陽覺亞、周無忌：《廣州話方言詞典》（修訂版），香港：商務印書館 2009 年，頁 45。

類別／派別	一般詞彙			常用基本詞彙		
	老中青相同	老中青不同	總數	老中青相同	老中青不同	總數
物量詞	74.4% 29	25.6% 10	100.0% 39	84.6% 22	15.4% 4	100.0% 26
動量詞	50.0% 1	50.0% 1	100.0% 2	100.0% 1	0.0% 0	100.0% 1
時量詞	100.0% 1	0.0% 0	100.0% 1	100.0% 1	0.0% 0	100.0% 1
總數	73.8% 31	26.2% 11	100.0% 42	85.7% 24	14.3% 4	100.0% 28

老中青不同的情況以物量詞爲最，一般詞彙是 25.6%，常用基本詞彙是 15.4%；其次是動量詞。一般詞彙中，三派中使用有差異的例子如「堂」、「簿」、「打臣」、「煙治」，具體情況如下：

【堂】

a. 一堂漆圈手椅（1841：5.3）（一套上漆圈手椅「A set of lacquered arm-chairs」.）

老派指「一堂」就是「一套」，中青兩派都沒有聽過這種說法。根據《讀本》中的英文解說，「一堂」也就是「一套」（「a set」），與老派的認知相同。現代廣州話的「堂」用於眉毛、鼻涕、梯子、蚊帳等。如一堂眉（一對眉）、嗰堂鼻涕（那兩行鼻涕）、一堂梯（一把梯子）、一堂蚊帳（一頂蚊帳）等，但「一堂」已經沒有「一套」的意思。而用「一套」取代「一堂」應是受了書面語的影響。

【簿】

b. 三簿大字書起咯（1841：1.2）（從三部大字書開始「With the three volumes in the large character.」）

老派、中派指「書」的量詞就是「簿」，讀 pou^6；青派則認爲「書」應用「部」（也讀 pou^6），兩者是詞形的差異，青派改用「部」代替「簿」應是受了書面語的影響。此外，《方言詞典》、《分類詞典》已沒有收「簿」作量詞；《方言詞典》指「簿」是「本子」，讀 pou^2。可見量詞「pou^6」寫作「簿」這個量詞已經瀕臨死亡，取而代之是詞形與書面語相同的「部」。

至於「打臣」、「煙治」是英國度量衡的單位，「打臣」是 dozen（打）、「煙治」是 inch（英寸）的音譯，例子如下：

【打臣】

c. 每打臣一個八承本（1841：6.6）（每打一塊八成本「Each dozen stood

me in $1.80 prime cost.」)

【煙治】

a. 我的貨都夠三十三個煙治(1841:6.6)(我的貨也夠三十三英寸「My goods are all full thirty three inches wide.」)

「打臣」、「煙治」兩個音譯詞,只有老派聽過,中青兩派不認識。「打臣」現代廣州話用「打」(ta^1),用法與書面語相同。「煙治」《讀本》讀作 jin^1tsi^6,《分類詞典》寫作「煙子」讀作 jin^1tsi^2〔註 32〕,治讀 tsi^2 應是變調。現代廣州話已用「寸」來代替「煙治」。簡而言之,這兩個音譯詞最後由書面語的說法勝出。

一般詞彙中,動量詞「回」的使用,在老派以及中青派也有差異,例如:

【回】

e. 勤力學多幾回囉(1841:1.1)(用功多學幾次。「Then study assiduously, often repeating what you learn.」)

f. 一日飲幾回(1841:5.11)(一天喝幾次「Several times a day」)

g. 呢回唔怕(1841:6.5)(這次不怕「On this occasion you have no cause to fear.」)

「回」老派指以前有「呢一回」(這一次)的說法,但只限於這種搭配。可見例子 e、f、g 中的「回」,是廣州話中瀕臨死亡的量詞,在《方言詞典》、《分類詞典》已不收「回」作量詞。現代廣州話已改用與書面語相同的「次」,又或是用「匀」、「輪」來表示「次」;按語感以「次」的使用頻率較高。

至於常用基本詞彙中,物量詞有變異的例子有「件」、「乘」、「管」,例句如下:

【件】

h. 戴件雨帽遮雨(1841:5.4)(戴頂雨帽遮雨「Put on a rain-hat to shelter from the rain.)

i. 你試吓個件帽(1841:5.5 09)(你試一下那頂帽子「Just try on this bonnet and see if it will suit you.」)

〔註 32〕麥耘、譚步雲:《實用廣州話分類詞典》,香港:商務印書館,2011 年,頁 339。

j. 要幾件乾平果（1841：5.7）（要幾塊乾蘋果「We want some dried apples.」）

k. 多食幾件肥膩（1841：5.12）（多吃幾件油膩的「I eat a few bit of fat or oily food.」）

例 h、i 以「件」搭配名詞「帽」，現在已經不再使用，現代廣州話「帽」的量詞是「頂」，與書面語相同。可見，「頂」的搭配對象在一百七十年間有的不變，有的改變；是不變中有變，變中有不變的情況。例 j、k 的「件」用於食物（一般是小塊的）〔註 33〕，現代廣州話仍然使用這種搭配。至於廣州話量詞「件」的其它用法，與書面語相同，如：一件事、兩件衫、三件行李。

【乘】

l. 抬乘轎去拜會（1841：5.3）（抬一頂轎子去拜會「He has gone in a sedan to repay visits.」）

例 l 的「乘」只有老派聽過，但現代廣州話不再使用，方言詞典《方言詞典》、《分類詞典》也都沒收作量詞，顯示「乘」是瀕臨死亡的量詞。至於「轎」現代廣州話用的量詞是「頂」，與書面語相同。

【管】

m. 穿管針聯衣服（1841：5.5）（穿一根針來縫衣服「Thread a needle and sew this garment.」）

例 m 的「管」，老派指「管」是以前的說法。現代廣州話「針」的量詞是「眼」或「枝」，在《方言詞典》、《分類詞典》已沒有收「管」作量詞。換句話說，「管」也是瀕臨死亡的量詞。

總的來說，量詞在三派的變化明顯受著書面語的影響，上面所舉的八個量詞，七個都受書面語影響，改用了書面語的說法。「一堂（椅）」改用「一套（椅）」、「一簿（書）」改用「一部（書）」、「一打臣」改用「一打」、「一煙治」改用「一寸」、「一回」改用「一次」、「一件（帽）」改用「一頂（帽）」、「一乘（轎）」改用「一頂（轎）」，剩下的「一管（針）」的「管」則已退出了量詞的舞臺。當中「堂」、「簿」、「打臣」、「煙治」、「回」已是瀕臨死亡的

〔註 33〕麥耘、譚步雲：《實用廣州話分類詞典》，香港：商務印書館，2011 年，頁 336。

量詞，只有老派聽過，但也不再使用。

結果顯示書面語與口語的競爭在量詞中尤爲明顯。這表明了一個具體的事實：《讀本》至今一百七十年間，書面語不斷衝擊廣州話口語，並以各種方式傳播四方，繼而影響口頭語，使廣州話口語與書面語呈現逐漸靠攏的趨勢。

（5）量詞：小結

整體來說，量詞的演變較形容詞更爲穩定，老派在一般詞彙及常用基本詞彙的使用率已超過 90%。然而，量詞在穩定中也有變異，這種變異由物量詞把時代變化以及派與派之間的差異反映出來，整體呈現出書面語影響口語的一個大趨勢。除此之外，保留中率最高時量詞「點鐘」，也向書面語靠攏。由此可見，在一百七十年間廣州話的量詞受到書面語的巨大的衝擊，並在老中青的差異中凸顯出來。

4.2.6 各詞類的個別情況——代詞

代詞是五類詞之中變化最小的一類，老中兩派在一般詞彙、常用基本詞彙的仍然使用率都超過 90%，青派則超過 85%，顯示代詞是五類詞當中最爲穩定的一類。

（1）代詞的整體情況

在代詞中，一般詞彙有六成屬於常用基本詞彙，保留機會相對較高，具體的數據也呈現使用率較高的情況：老中兩派在一般詞彙與常用基本詞彙的使用率都在 90%以上。在名詞、動詞、形容詞的分析中，我們清楚看到年紀越大，保留越多的情況，然而在代詞中，這種差異已經不明顯，老中的使用情況幾乎完全相同。這一方面說明代詞的使用率高、穩定性強，同時也顯示年齡因素對代詞的影響較小。

一般詞彙的整體情況如下表：

派別	不再使用	仍然使用	詞義詞形有變化	總　數
老	0　（0.0%）	31　（91.2%）	3　（8.8%）	34　（100.0%）
中	0　（0.0%）	31　（91.2%）	3　（8.8%）	34　（100.0%）
青	1　（2.9%）	30　（88.2%）	3　（8.8%）	34　（100.0%）
老青之間的差距	1　（2.9%）	1　（3.0%）	0　（0.0%）	

常用基本詞彙的整體情況如下表：

派別	不再使用	仍然使用	詞義詞形有變化	總　數
老	0　（0.0%）	19　（90.5%）	2　（9.5%）	21　（100.0%）
中	0　（0.0%）	19　（90.5%）	2　（9.5%）	21　（100.0%）
青	1　（4.8%）	18　（85.7%）	2　（9.5%）	21　（100.0%）
老青之間的差距	1　（4.8%）	1　（4.8%）	0　（0.0%）	

從上面兩個表可以看到，無論是一般詞彙還是常用基本詞彙，老中兩派的保留情況完全相同，只有青派的有丟失。至於詞義詞形有變化的，三派有相同的例子，就是「點」（怎麼、怎麼樣）。

「點」現代廣州話的意思是「怎麼」、「怎麼樣」，《讀本》中共有十二例，其中九例的用法與現代廣州話相同，另有三例的用法不同。下面把相同與不相同的例子各舉三例：

a. 花果點駁枝呢（1841：9.2）（花和果怎麼接枝呢？「How are flowers and fruit-trees grafted?）

b. 孟夫子點答呢（1841：1.4）（孟夫子怎麼回答呢？「What was the answer of Mencius?」）

c. 呢個花紅點呢（1841：6.6）（這個花紅的怎麼樣？「This scarlet then, what do you think of it?」）

d. 我唔知你點心事（1841：6.5）（我不知道你的想法是怎麼樣。「I do not know what you intentions are.）

e. 愛點價錢（1841：6.6）（你要的價錢是多少？「How much do you want for it?」）

f. 插秧耨草割禾點工價呢（1841：9.2）（插秧、耨草、割禾的工錢是多少？「For those who transplant, and weed, and cut the grain, what is the amount of wages?」）

「點」在例 a、b、c 的用法，與現代廣州話相同，用來「問方式或性狀」〔註 34〕。現代廣州話的「點」不放在名詞之前，因此，例 d、e、f 是現代廣州話所沒有的用法。現代廣州話在例 d、e 現在可用問事物的「乜嘢」（什麼），

〔註 34〕張雙慶：〈香港粵語的代詞〉，《代詞》，廣州：暨南大學出版社 2009 年，頁 358。

例 e、f 可改用問數量的「幾多」（多少）。由此可見，現代廣州話代詞「點」的用法更趨集中，主要用來問方式或性狀，不兼問事物與數量，反映出現代廣州話指示代詞的分工更為清晰。

（2）代詞的丟失情況

在一般詞彙以及常用基本詞彙中，老中青三派只有青派有丟失。數據如下：

類別／派別	一般詞彙			常用基本詞彙		
	老派	中派	青派	老派	中派	青派
人稱代詞	0 （0.0%）	0 （0.0%）	1 （14.3%）	0 （0.0%）	0 （0.0%）	1 （16.7%）
指示代詞	0 （0.0%）	0 （0.0%）	0 （0.0%）	0 （0.0%）	0 （0.0%）	0 （0.0%）
疑問代詞	0 （0.0%）	0 （0.0%）	0 （0.0%）	0 （0.0%）	0 （0.0%）	0 （0.0%）
總數	0 （0.0%）	0 （0.0%）	1 （14.3%）	0 （0.0%）	0 （0.0%）	1 （16.7%）

從上表可見，三派中只有青派在一般詞彙及常用基本詞彙中均有丟失，例子是人稱代詞「自家」：

a. 你打算自家屋三位　另外請三位添（1841：5.8）（你打算自己家裏的三位外，再請三位「Besides the three members of the family, which you count, I have invited three other gentlemen.」）

（3）代詞的保留情況

廣州話代詞的保留情況十分良好，在一般詞彙和常用基本詞彙中，老派中派的保存率都超過 90%，青派則超過 85%。統計如下表：

類別／派別	一般詞彙			常用基本詞彙		
	老派	中派	青派	老派	中派	青派
人稱代詞	100.0% 7	100.0% 7	85.7% 6	100% 6	100% 6	83.3% 5
疑問代詞	91.7% 11	91.7% 11	91.7% 11	90% 9	90% 9	90.0% 9
指示代詞	86.7% 13	86.7% 13	86.7% 13	80% 4	80% 4	80.0% 4
總數	91.2% 31	91.2% 31	88.2% 30	90.5% 19	90.5% 19	85.7% 18

《讀本》中的代詞按保留率的大小來排列，順序是人稱代詞、疑問代詞、指示代詞。人稱代詞如我哋（我們）、你哋（你們）、佢哋（他們），疑問代詞如乜（什麼）、乜嘢（什麼），指示代詞如呢個（這個）、嗰個（那個）等等。整體上以保留的佔多數。

（4）代詞的變化情況

代詞的老中青差異並不明顯，三派之間只有指示代詞的用法有差異，具體情況如下表所示：

類別／比例	一般詞彙			常用基本詞彙		
	老中青相同	老中青不同	總數	老中青相同	老中青不同	總數
人稱代詞	100.0% 7	0.0% 0	100.0% 7	100.0% 6	0.0% 0	100.0% 6
疑問代詞	100.0% 12	0.0% 0	100.0% 12	100.0% 10	0.0% 0	100.0% 10
指示代詞	93.3% 14	6.7% 1	100.0% 15	80.0% 4	20.0% 1	100.0% 5
總數	97.1% 33	2.9% 1	100.0% 34	85.7% 18	4.8% 1	100.0% 21

從上表可見，三派之間的差異在指示代詞中，具體的例子是處所指示代詞「處」。根據《廣州方言研究》「處所指示代詞除了近指和遠指外，還有一種部份遠近的中性指，表示毋須分別或分不出遠近的處所（不是指不遠不近）」，「這種中性指只用於照應」〔註 35〕。「中性指並沒有出現新的指示代詞，而『中性指』的意思，是說該詞組（如「佢度」）所指示的處所，不是指距離的遠近，而是由『佢』的位置決定的，所以可遠可近，是爲中性指」〔註 36〕。

現代廣州話遠指一般用「嗰度」、「嗰處」（那兒），近指用「呢度」、「呢處」（這兒），中性指用「度」、「處」（這兒），「度」、「處」前面可加上名詞或代名詞如「佢度」、「佢處」（他那兒）。無論遠指、近指、中性指，「度」都較爲常用。《讀本》的情況與現代廣州話不同，《讀本》只用「處」，不用「度」，近指用「呢處」，遠指在《讀本》中沒有例子，中性指用「處」。用「處」不用「度」這種情況也見於同類型的調查〔註 37〕。

《讀本》中的例子如：

a. 用各樣顏色都齊呢處（1841：6.6）（各種顏色都在這兒「All sorts of colors are here mixed together.」）

b. 已經擰定喺呢處嚟嘞（1841：5.8）（我已經預先拿好放在這兒了「I have already brought it, and here it is.」）

c. 春季折枝駁口處包坭（1841：9.2）（在春季折枝的駁口那兒包泥

〔註 35〕李新魁等：《廣州方言研究》，廣州：廣東人民出版社 1995 年，頁 469。

〔註 36〕張雙慶：〈香港粵語的代詞〉，《代詞》，廣州：暨南大學出版社 2009 年，頁 349。

〔註 37〕黃小婭：〈近兩百年來廣州方言詞彙和方言用字的演變〉，暨南大學博士論文，2000 年，頁 26。

「The scions are cut out in spring, and earth is bound about the place where they are inserted.」)

d. 有的新過喺處（1841：5.6）（有些新的在這兒「There are some new ones.」）

例 a、b 是近指，例 c、d 是中性指。這兩種用法現在廣州話仍然使用，然《讀本》中有中性指的用法，現代廣州話已經不再使用，例如：

a. 擠番枝鹽羹處（1841：5.3）（把鹽匙放回去「Put the salt spoon back in its place.」）

例 e 在現代廣州話不這樣說。上文提過「『中性指』……該詞組所指示的處所……由『佢』的位置決定」，這裡要放的東西是「鹽羹」，但放的位置又由「鹽羹」決定，便造成指代不明的情況。因此，現代廣州話在例 e 的情況，所放的東西不可以是「鹽羹」，必須是其它的物品。

（5）代詞：小結

在五類詞中，代詞是保留率最高，丟失率最少的一類，但代詞在一百七十年之間，也在穩定之中發生變化，當中以指示代詞的變異較大。

4.3 總結：《讀本》中的詞彙演變的情況及其原因

根據上文的分析，《讀本》中的老中青使用情況有以下的特點：一、現代廣州方言常用基本詞彙的變動小，一般詞彙的變化大。二、變化情況從大至小的排列是：名詞、動詞、形容詞、量詞、代詞。三、老中青之間的差距，即使是變化最大的名詞，老青之間的差距也少於 25%，顯示廣州話的保留情況良好。廣州方言詞彙發生變化原因，主要是社會文化生活的改變、詞彙系統的競爭發展以及語言接觸。

4.3.1 《讀本》中的詞彙演變情況

（1）常用基本詞彙變化小，一般詞彙變化大

「漢語的基本詞彙，它們一直從先秦使用到現在。常用詞語具有較大的穩固性，產生以後被人們普遍使用，其中有不少一直延續到現代漢語中，成了現代漢語的基本詞彙。非常用詞語變化較快，有些用了一個時期以後就不再使用

或意義完全改變了」〔註38〕。《讀本》的老中青使用情況，再一次證明了這種情況：常用基本詞比較穩定，一般詞彙比較變動，調查的結果與第二章結論的相同。本章的結果經量化後，比例如下：

類別／比例／使用情況	不再使用	仍然使用
一般詞彙：常用基本詞彙	3.9：1	0.5：1

在丟失率上，一般詞彙與常用基本詞彙相比，至少是 3：1。在存留率上，比較接近 1：2。影響詞彙的因素很多，雖然不一定可以絕對地用數學的概念來表述詞彙的變化，但至少可用比較具體的方式說明，一般詞彙變化大的「大」以及常用基本詞彙變化小的「小」指的是什麼。

上面的數據表示一百七十年之間，一般詞彙與常用基本詞彙的不再使用率的比例，保守地說是 3：1，即一般詞彙丟失 3 個，常用基本詞彙丟失 1 個；仍然使用的比例是 1：2，一般詞彙保留 1 個，常用基本詞彙保留 2 個。

然而，這個一般詞彙與常用基本詞彙的變化趨勢，在各詞類之間仍有一些差異。按一般詞彙與常用基本詞彙的差距大小來排列是名詞、動詞、形容詞、量詞、代詞，而在代詞中，一般詞彙與常用基本詞彙幾乎已沒有差異。

此外，在各詞類之下的小分類之中，一般詞彙丟失的小類多，常用基本詞彙丟失的小類少。由此可見，常用基本詞彙確保了老中青之間，在日常溝通無論在量和類都比較穩定，有利溝通順利進行。

（2）名詞丟失最迅速，代詞丟失最緩慢

「名詞是變化最快的一類，因爲它跟社會的發展、物質文明和精神文明的進步關係最爲直接。」「從數量上看，形容詞在歷史上發生過新舊更替的可能要略少於名詞」〔註 39〕。本文的基本情況也是如此。如前所說，在《讀本》中詞彙丟失的情況從大至小的排列是名詞、動詞、形容詞、量詞、代詞，無論在一般詞彙或是常用基本詞彙中，都是類似的情況。各詞類中，名詞最爲活躍，它的變化最爲迅速，反應最爲敏感，而動詞和形容詞與名詞的關係相對比較密切，所以其變化速度也緊隨其後。量詞、代詞則丟失得最緩慢，這表示固有的量詞、

〔註38〕蔣紹愚：《近代漢語研究概要》，北京：北京大學出版社，2005 年，頁 273。

〔註39〕汪維輝：《東漢——隋常用詞演變研究》，南京：南京大學出版社 2000 年，頁 23、324。

代詞一般已能服務新出現的詞，較不容易丟失。

除此之外，各詞類的整體情況大致是年齡越大，保留越多；年齡越小，保留越少。但年齡因素在名詞、動詞較爲明顯，在量詞、代詞中比較小。換句話說，年齡因素也同樣說明了名詞、動詞較爲變動，量詞、代詞較爲穩定。

（3）廣州方言老青的存留與丟失的差距在 25%之內

老中青三派在《讀本》中的使用差距上，與廈門方言的情況不相同。鄭見見調查祖孫三代的使用情況，結果顯示「大約有一半的廈門方言詞彙已經或正在流失〔註 40〕。然而，廣州方言老青的差距，無論在整體情況還是五類詞彙的情況中，差距都在 25%以下，具體情況如下表：

詞類／老青差距	一般詞彙		常用基本詞彙	
	不再使用	仍然使用	不再使用	仍然使用
整　體	988　（22.1%）	1004　（22.5%）	84　（12.0%）	88　（12.5%）
名　詞	837　（23.0%）	853　（23.4%）	70　（15.5%）	72　（15.9%）
動　詞	105　（18.8%）	106　（18.9%）	11　（7.3%）	12　（8.0%）
形容詞	37　（19.1%）	36　（18.6%）	1　（2.0%）	1　（2.1%）
量　詞	8　（19.0%）	8　（19.1%）	1　（3.6%）	2　（7.1%）
代　詞	1　（2.9%）	1　（3.0%）	1　（4.8%）	1　（4.8%）

綜合上表的資料可見，廣州方言即使在變化最快的名詞中，在一般詞彙中，老青的整體差距約爲 22%（不再使用是 22.1%，仍然使用是 22.5%），而差距在 20%左右的佔多數（不再使用：名詞 23.0%、動詞 18.8%、形容詞 19.1%、量詞 19.0%；仍然使用：名詞 23.4%、動詞 18.9%、形容詞 18.6%、量詞 19.1%）。在常用基本詞彙中，除名詞外，老青的差距主要在 10%以下（不再使用：動詞 7.3%、形容詞 2.0%、量詞 3.6%、代詞 4.8%；仍然使用：動詞 8.0%、形容詞 2.1%、量詞 7.1%、代詞 4.8%）。由此可見，廣州話的保留情況仍然十分良好。我們認爲其中一個主要原因是，在香港，廣州話代替了普通話，在口語、書面語、文藝語中全面覆蓋，可演說、授課。換方音可表達白話文、文言文〔註 41〕；然而自回歸以後，普通話開始進入香港社會，這種「保存良好」的情況可能會

〔註 40〕鄭見見：〈流失中的廈門方言詞彙——以一家祖孫三代方言詞彙的使用情況爲例〉，廈門大學本科論文，2007 年。

〔註 41〕李如龍：《試論粵語的特徵》（未發表論文），2012 年。

逐漸改變。

（4）展現社會生活的詞變化迅速，反映自然世界的詞變化緩慢

老中青之間使用情況不同的詞彙中，在名詞及動詞中反映出，變化最大的是「展現社會生活的詞」，變化最緩慢的是「反映自然世界的詞」。

其中變化最迅速的「展現社會生活的詞」，在名詞的類別是房屋、文化娛樂；在動詞是文化娛樂。變化最緩慢的「反映自然世界的詞」，在名詞是天象地理、方位，在動詞是自然變化、感受思維。可見「展現社會生活的詞」跟社會發展、精神及物質文明的關係最爲直接，變化最快；「反映自然世界」反映恒久不變的星月星辰的情況，變化最慢。

至於生理病理的詞彙，多由現代醫學取代，這情況除了在名詞中出現之外〔註 42〕，在動詞也同樣出現。此外，量詞（尤其是物量詞）與名詞的關係特別密切，變化較爲明顯。

4.3.2　影響詞彙演變的因素

（1）語言的外部因素：社會文化生活的改變

總體來說，《讀本》中老派與中青兩派的距離明顯較遠，中派與青派則比較接近。由此可見，雖然三派之間的差距都是十五年，但老中之間所發生的變化，大於中青之間所發生的變化。

老派與中青之間所發生的重要歷史事件是日軍佔領香港，當時許多香港市民被迫離開香港避難。及後華人陸續返港，香港人口驟增至百萬，房屋、糧食、各類物資的嚴重短缺。這段歷史使香港的生活發生了極大的變化，當時的香港百廢待舉，人民生活、經濟結構都經歷重大的改變。然中，由於中青兩派在香港戰後出生，但生活比較安定，生活經驗也比較相近，因此差距較小。

除此以外，舊事物消亡也令相關的詞語退出歷史舞臺。戰後香港人口急劇增長，木屋區越來越多。政府也興建了「徙置屋」，同時開始營建公共房屋（廉租房）來解決住房問題。是政府政策使社會生活發生了巨大的變化，使市民的居住環境發生了改變，也因此令老派與中青在房屋的詞彙上有顯著的差異。

至於在文化方面，《讀本》中還有許多與「番」有關的詞，例如「番字「（英

〔註 42〕參本書第二章 2.2.2 與生理病理有關的詞。

文字母）、「番斜紋布」（西洋麻紗）、「番人」（外國人）等等，大多數都已經丟失。一方面是因爲人們的知識面的擴闊，另一方面是英國統治香港其中一個目的是加強歐亞的貿易聯繫，香港與外國的交流增加，對外國事物也因而逐步認識，繼而使語言使用者的態度發生改變。到現在，雖然已經較少使用帶有貶義的「番」來指稱外國的事物，但仍然保留了一些與「番」字組合成詞的詞彙。如「番瓜」（南瓜）、「番鬼荔枝」（番荔枝）、「番鬼佬」（老外）、「番薯」等〔註 43〕。

除此以外，西醫的活動在 1842 年後隨著傳教士的足跡，經由通商口岸再次進入中國內地。西方醫學的臨床醫學的進步，是西方醫學超過中醫學的基本標誌。而生理病理詞彙的明顯變化，也就是由於西醫東漸的影響。

（2）語言的外部因素：語言接觸引起的詞彙變化

一般來說，方言與通語、與周邊方言、外語都有所接觸。其中與通語的接觸，在第二章有比較詳細的論述。在本章的調查所見，廣州方言因外語接觸也起了不少變化。例如英國的度量衡「打臣」（打）與「煙治」（寸），在詞義系統裏起了補缺的作用。此外，房屋類詞彙中的「土庫」，只有老派聽過，也可能是受印尼語、馬來西亞語的影響。

（3）語言的內部因素：詞彙系統的競爭與發展

在語言演變的過程中，除了外部因素以外，內部因素才是語言發展與演變的最基本動因〔註 44〕。其中近義詞的競、口語與書面語的競爭在《讀本》中有相當多的例子。

近義詞是任何一個語言詞彙中，意義上相同或基本相同而材料構造上卻不相同的詞〔註 45〕。本章所舉的例子「上頭」、「下頭」在指排行的時候，已被「對上」、「對落」取代；指方位的上邊、下邊則被比較概括化的「上便」、「下便」取代。

〔註 43〕饒秉才、歐陽覺亞、周無忌，2009，《廣州話方言詞典》（修訂版），香港：商務印書館，頁 56。

〔註 44〕徐睿淵：〈廈門方言一百多年來語音系統和詞彙系統的演變——對三本教會語料的考察〉，廈門大學博士論文，2008 年，頁 78。

〔註 45〕劉叔新：《現代漢語同義詞詞典》，天津：天津人民出版社 1987 年，導論。

詞彙的系統中，不同的層次地位對詞彙的作用力很大。越是核心層次的基本詞彙（最早產生的上位詞），因爲常用，構詞能力強，世代相傳不易流失，處於外層的一般詞彙（後起的下位詞），容易被新詞語所替換。

書面語與口語的競爭，使得老中青之間的差異非常明顯。「口語總是『短兵相接』，一發即逝，難以慢條斯理地推敲；書面語則可以精雕細刻，進行科學和藝術的加工……特別是在現代社會裏，人們交往頻繁，信息爆炸，出版物泛濫，書面語的普及以及傳輸到口語比以往任何時代都迅速」〔註 46〕。從老中青的使用差異中，可見保存率最高的量詞，也明顯受到書面語的影響，例如「一堂（椅）」改用「一套（椅）」、「一簿（書）」改用「一部（書）」、「一回」改用「一次」等等。時量詞同樣受著書面語的影響，如「點鐘」已有向普通話靠攏的趨勢。而動詞「念」和「讀」兩個動詞則仍未分出勝負。

由此可見，香港在口語的語用方面雖然全面由廣州方言覆蓋，但從《讀本》至今的一百七十年間，書面語仍保留期巨大的撞擊力，不斷衝擊廣州話口語，使得書面語和口語逐漸靠攏。

4.4　結　語

本文旨在探討十七世紀至今約三百年的廣州方言的演變規律與特點，現在先扼要回顧各章節的內容：

第一章爲緒論，簡介了廣州地理歷史和方言概貌，介紹了廣州方言以及傳教士文獻的研究概況，交代了本文的研究對象、方法、意義、體例。

第二章，就四部文獻所見的廣州方言詞彙中的名詞，進行全面的、系統的研究。本章從義類的角度出發，並把詞彙分成常用、一般兩類。分析的結果是常用基本詞彙的變化小，不常用的變化大。從義類系統來講，反映自然世界的詞保留的情況最好，體現人及人際關係的詞次之，展現社會生活的詞的丟失最嚴重。此外，上位詞、顯示整體關係的詞多有保留，下位詞、顯示個別關係的詞多有丟失。從詞彙系統的角度，廣州方言的近義詞競爭、口語書面語競爭、新舊詞競爭，形成了詞彙發展的動力，讓詞彙在競爭中得以繼續發展。

〔註 46〕李如龍：〈詞彙系統在競爭中發展〉，《漢語應用研究》，北京市：中國傳媒大學出版社，2004 年，頁 194。

第三章著重研究廣州方言的核心詞。這一章對核心動詞、形容詞、顏色詞進行共時、歷時的描寫。三類詞彙中，傳承詞都佔了多數，顯示傳承詞有極大的穩固性。在傳承與變異之中，詞義的改變多在引申義，也有一部份核心詞在語義場中的表達趨向概括化，搭配關係也有變化。除此之外，特徵詞的特徵在形容詞之中呈現，並且取代了原有的說法。

第四章是廣州話詞彙演變特寫。這一章以《讀本》作爲根據，調查老中青三派的語言使用情況。結果顯示廣州方言的老青之間的差異不多於 25%，表示廣州方言的保留情況仍大致良好。按詞類來看，名詞的變化最快，其次是動詞、形容詞、量詞與代詞。而使用頻率、年齡這兩個影響語言變化的因素，在名詞、動詞、形容詞中有較大的影響，對量詞與代詞的影響較小。

綜合以上的分析，本文得出以下的主要結論：

一、常用基本詞彙與一般詞彙，整體而言，兩類詞在存留情況上有一定的差距，但在具體的詞類之中，這個差距並不一致。當中以名詞的差距最大，代詞的差距最小。

二、廣州方言的義類變化情況，與其它方言如廈門方言的大致相同，以反映自然世界的詞保留的情況最好，體現人及人際關係的詞次之，展現社會生活的詞的丟失最嚴重。

三、影響詞彙演變的內部因素，在各層級的義類系統中都有明顯的體現，而詞彙競爭的因素對廣州方言詞彙系統的影響最爲顯著。

四、影響詞彙演變的外部因素中，歷史事件引起的社會生活改變是一個重要因素。本文考察的時間段之中，十九世紀的鴉片戰爭和二十世紀的抗日戰爭這兩個重大的歷史事件，都形成了詞彙系統的階段性分水嶺。

附錄一　共現於四部文獻的常用基本詞彙

本附錄所收的詞共現於四部文獻的詞彙，屬於第二章「廣州方言詞彙演變概述」所討論的內容，共 506 條。材料包括 1687 的《廣東新語》（以下簡稱「新」）、1841 的《中文讀本》（以下簡稱「讀」）、1877 的《散語四十章》（以下簡稱「散」）、1933 年的《廣東俗語考》（以下簡稱「俗」）。所有詞彙按照義類分爲三種類型：一、反映自然世界的詞；二、體現人及人關係的詞；三、展現社會生活的詞三大部份。

表中的常用基本詞彙，均列出粵語拼音、詞條、釋義、出處。粵語拼音以今音標示。現代廣州方言中有變調的字，也會在粵語拼音一欄標示變調，並以短橫「-」區別，以方便讀者參考。例如 tɐu⁴⁻²，前一個聲調「4」爲本調，短橫「-」之後的「2」爲現代廣州方言的變調。至於「釋義」一欄，文獻中如無解釋文義，用「O」表示。而粵語拼音、詞條、釋義、出處的差異，均以斜線「／」區隔。

一、反映自然世界的詞共 245 條，包括：1 天象地理（12 條）、2 節令時間（9 條）、3 植物（115 條）、4 動物（107 條）、5 礦物自然物（2 條）。

1. 天象地理

	粵語拼音	詞　條	釋　　義	出　處
1.	foŋ^{1}	風	O / 微風而涼者	散 / 俗
2.	foŋ^{1} kɐu^{6}	風舊	颶風也 / 惡風	新 / 俗
3.	hɔi^{2}	海	水 / O	新 / 散
4.	jɐt^{9} tɐu$^{4-2}$	日頭	sun / O	讀 / 散
5.	jit^{9} tɐu$^{4-2}$	熱頭	sun shine / O	讀 / 散
6.	pak^{9} tsɔŋ^{6} jy^{5}、pak^{9} jy^{5} / pak^{9} tsɔŋ^{6} jy^{5}	白撞雨、白雨 / 白撞雨	凡天晴暴雨忽作，雨不避日，日不避雨，點大而疏。/ 日而雨，當烈日下忽落雨	新 / 俗
7.	sɵy^{2}	水	潮 / O	新 / 散
8.	t^{h}ɐm^{5}	氹 / 涔	O / 潦水，窪也，路上低陷處有水。	散 / 俗
9.	t^{h}in^{1} jit^{9}	天熱	summer / O	讀 / 散
10.	t^{h}in^{1} nyn^{5}	天暖	warm weather / O	讀 / 散
11.	t^{h}in^{1} si^{4}	天時	weather / O	讀 / 散
12.	ts^{h}oŋ^{1}	涌	港 / 小水，粵借作內河小水用	新 / 俗 / 俗

2. 節令時間

	粵語拼音	詞　條	釋　　義	出　處
1.	ai^{1} man$^{5-1}$	挨晚	evening / 晚，天將晚，將近晚	讀 / 俗
2.	an^{3} tsɐu^{3}	晏晝	O / 午，日午	散 / 俗
3.	jɐt^{9}	日	day / O	讀 / 散
4.	jɐt^{9} jɐt^{9}	日日	daily / O	讀 / 散
5.	t^{h}eŋ^{1} jɐt^{9}	聽日 / 聽日 / 停日	tomorrow / O / 明日，行中止也，停一日以待也，即明字。	讀 / 散 / 俗
6.	t^{h}in^{1} laŋ^{5}	天冷	cold weather / O	讀 / 散
7.	tsɔk^{9} jɐt^{9}	昨日	yesterday / O	讀 / 散
8.	tsɔk^{9} man^{5}	昨晚	last night / O	讀 / 散
9.	tsiu^{1} t^{h}ɐu^{4} tsou^{2}	朝頭早	morning / O	讀／散

3. 植　物

	粵語拼音	詞　條	釋　　義	出　處
1.	a^{1}	椏	crotch / 樹枝	讀 / 俗

2.	ɐi^{2} kwa^{1}	矮瓜	茄／reddish crooked squash／蔬之屬	新／讀／俗
3.	ɔ^{1} ŋɐi^{6}	阿魏	O／asafetida	新／讀
4.	fa^{1} lei^{4} mok^{9}	花梨木	O／rose wood	新／讀
5.	fan^{1} kwa^{1}	番瓜	南瓜／flat yellow pumpkin	新／讀
6.	fan^{1} sɛk^{9} lɐu$^{4\text{-}2}$	番石榴	guava／拔子	讀／俗
7.	fan^{1} sy$^{4\text{-}2}$	番薯	其皮或紅或白，大如兒臂而拳曲者／sweet potato	新／讀
8.	fɐt^{9} sɐu^{2}	佛手	皮厚而皺，人多以白糖作丁，及佛手／香櫞片爲蜜煎／citron／果之屬	新／讀／俗
9.	fɐt^{9} sɔŋ^{1}	佛桑	花丹色者名朱槿，白者曰白槿。／red hibiscus	新／讀
10.	fɐt^{9} tou^{5} tsok^{7}	佛肚竹	人面竹／whanghee bamboo	新／讀
11.	fok^{9} leŋ^{4}	茯苓	神宜伏，茯者伏也，神伏於土中而爲苓，故曰茯苓。苓者靈也，神能伏則靈。／China root	新／讀
12.	foŋ^{1} lan^{4}	風蘭	花如水仙，黃色，從葉心抽出，作雙朵，繫置簷間，無水土自然繁茂；以花形似名，然不香／air-plant	新／讀
13.	fu^{2} kwa^{1}	苦瓜	其味甚苦，然雜他物煮之，他物弗苦，自苦而不以苦人，有君子之德焉；類茅而節高莖曲，宜編織，性寒宜作瀝青，其根穿行山谷，延蔓成林，又名過山苦／egg plant, or brinjal	新／讀
14.	fu^{2} lin^{6}	苦楝	村落間凡生女多必多植之，以爲嫁時器物。花紫多實，實苦不可口。／pride of India	新／讀
15.	fu^{4} joŋ^{4}	芙蓉	O／hibiscus mutabilis	新／讀
16.	hɐk^{7} jip^{9}	黑葉	荔枝葉青錄，此獨黑／black leaved lichi	新／讀
17.	hɐŋ^{6}	杏	O／bark red plum	新／讀
18.	hɐt^{9} t^{h}ou^{4}	核桃	O／walnuts	新／讀
19.	hœŋ^{1} kwa^{1}	香瓜	金瓜／muskmelon	新／讀
20.	hœŋ^{1} ts^{h}yn^{4}	香椽	一曰枸櫞……其狀如人手／citron／果之屬	新／讀／俗

21.	hoŋ^{4} tɐu$^{6-2}$	紅豆／紅荳	本名相思子。其葉如槐，莢如豆子，夏熟，珊瑚色，大若芡肉微扁。／red beans	新／讀
22.	jɐn^{4} min^{6}	人面	子如大梅李，其核類人面，兩目鼻口皆具。／枳椇	新／俗
23.	jɐu$^{4-2}$	柚	大者曰柚／pumelo	新／讀
24.	jœŋ^{4} lɐu^{5}	楊柳	O／willow	新／讀
25.	jœŋ^{4} mui$^{4-2}$	楊梅	O／strawberry tree	新／讀
26.	jœŋ^{4} t^{h}ou$^{4-2}$	羊桃、洋桃／楊桃／楊桃	其種自大洋來，一曰洋桃／枳椇／carambola, averrhoa	新／讀／俗
27.	jok^{9} lan^{4}	玉蘭	O／magnolia yulan	新／讀
28.	jy^{5} hœŋ^{1}	乳香	O／olibanum	新／讀
29.	jyt^{9} kwɐi^{1}	月瑰／月貴	有深淺紅二色，花比木芙蓉差小……月月開，故名月貴，一名月記……故又名月月紅／monthly rose	新／讀
30.	kɐi^{1} si^{2} kwɔ^{2}	雞屎果／雞屎菓	guava／番石榴	讀／俗
31.	kai^{3} lan$^{4-2}$	芥蘭	葉如芥而綠，花黃花，比葉尤甘，葉有鉛，不宜多食，以微藍故，又名芥藍／coarse mustard	新／讀
32.	kam ^{3} lam$^{5-2}$	橄欖	Olive／果之屬	讀／俗
33.	kɐm^{1} foŋ^{6} fa^{1}	金鳳花	鳳仙花／poinciana pulcherrima	新／讀
34.	kɐm^{1} kwa^{1}	金瓜	小者如橘，大者如邏柚，色赭黃而香／muskmelon	新／讀
35.	kɐm^{1} kwɐt^{7}	金橘	最小，剝皮則酢，合食則甘／kumkwat orange	新／讀
36.	kɐm^{1} tsɐm^{1} ts^{h}ɔi^{3}	金針菜	narrow leaved greens／萱草	讀／俗
37.	kɐm^{1} tsɛ ^{3}	玕蔗／甘蔗	蔗之甘在幹在蔗也，其首甜而堅實難食，尾淡不可食，故貴其幹也／sugar cane	新／讀
38.	kɐŋ^{2}	梗	petiole／枝身	讀／俗
39.	kap^{8} tsok^{7} t^{h}ou^{4}	夾竹桃	夾竹桃一名桃柳。葉如柳，花如絳桃，故曰桃柳。枝幹如菉竹而促節，故曰夾竹／oleander	新／讀
40.	kɐu^{2} lei^{5} hœŋ^{1}	九里香	木本，葉細如黃楊，花成丸，色白，有香甚烈。／murraya exotica	新／讀

41.	kʰœŋ^{2}	蕻	樹根／slump	讀／俗
42.	ku^{2} tsʰɵy^{4} tsiu^{1}	鼓槌蕉	大而味淡。有核，如梧子大而三棱。／triangular plantain	新／讀
43.	lɐi^{6} tsi^{1}	荔枝	荔字從艹，從劦……劦音離，割也。／lichi	新／讀
44.	lɐk^{9}	勒／竻	刺也，廣人以刺爲勒／有刺	新／俗
45.	lɔ^{4} pak^{9}	蘿蔔	O／turnips	新／讀
46.	lei$^{4-2}$	梨	O／pear	新／讀
47.	lei$^{5-2}$	李	O／small yellow plum	新／讀
48.	loŋ^{4} nou^{5}	龍腦	O／camphor	新／讀
49.	lou^{5}	荖	siri leaf／與檳榔夾食	讀／俗
50.	ma^{5} lan^{4}	馬蘭	其葉似蘭而大，馬者大也／Iris, or fleur-de-lis	新／讀
51.	ma^{5} tʰɐi$^{4-2}$	馬蹄	water chestnut／果之屬	讀／俗
52.	man^{6} kwɔ^{2}／man^{4} tsi^{6} kwɔ^{2}	卍果／卍字菓	果作卍字形，畫甚方正，蒂在字中不可見，生食香甘，一名蓬鬆子。／seeds of hovenia	新／讀
53.	man^{6} nin^{4} tsʰoŋ^{4}	萬年松	松也，苔成樹而枝葉類松者也。／lycopodium	新／讀
54.	man^{6} sɐu^{6} kwɔ^{2}	萬壽果	quince／枳椇	讀／俗
55.	mau^{5} tan^{1}／mau^{5} tan^{1} fa^{1}	牡丹／牡丹花	二三月大開，多粉紅，亦有重疊樓子，惟花頭頗小。／mowtan pæony	新／讀
56.	min^{4} fa^{1}	棉花	cotton／O	讀／散
57.	mok^{9} hœŋ^{1}	木香	O／putchuck	新／讀
58.	mok^{9} min^{4}／mok^{9} min^{4} sy^{6}	木棉／木棉樹	高十餘丈，大數抱，枝柯一一對出，……正月發蕾，似辛夷而厚，作深紅、金紅二色／cotton tree	新／讀
59.	mui$^{4-2}$	梅	O／plum	新／讀
60.	mut^{9} jœk^{9}	沒藥	O／myrrh	新／讀
61.	mut^{9} lei$^{6-2}$／mut^{9} lei$^{6-2}$ fa^{1}	茉莉／茉莉花	本有藤有木，其花有實珠，有千葉，有重臺。／white jasmine	新／讀
62.	nam^{4} kwa^{1}	南瓜	三月至九月（結果）／flat yellow pumpkin	新／讀
63.	ŋ^{5} lim^{5}	五斂	（羊桃）有五棱者名五斂，以糯米水澆則甜，名糯羊桃。／枳椇	新／俗
64.	ŋa^{4}	芽	Sprout／初出坭上	讀／散
65.	ŋan^{6} lɔi^{4} hoŋ^{4}	雁來紅	秋深時莖葉俱紅……花比素馨差小，五瓣鮮紅／plumbago	新／讀

66.	oŋ^{3} ts^{h}ɔi^{3}	蕹菜	水蔬／water greens	讀／俗
67.	pa^{1} tsiu^{1}	芭蕉	草之大者曰芭蕉／green plantain	新／讀
68.	pak^{8} hɐp^{9}／pak^{8} hɐp^{9} fa^{1}	百合／百合花	O／white lily	新／讀
69.	pak^{9} ts^{h}ɔi^{3}	白菜	brassica／菘	讀／俗
70.	pɐn^{1} lɔŋ^{4}	檳榔	O／betel nuts,areca palm	新／讀
71.	pɐt^{7} pɐt^{9}／pɐt^{7} put^{9} tsi^{2}	蓽茇／蓽撥子	O／long pepper	新／讀
72.	pɔ^{1} lɔ^{4} mɐt^{9}	波羅密	佛氏所稱波羅蜜／jack fruit	新／讀
73.	pɔ^{1} ts^{h}ɔi^{3}	菠菜	winter coarse greens／菠稜	讀／俗
74.	p^{h}ɐn^{4} p^{h}ɔ^{4}／p^{h}ɐn^{4} p^{h}ɔ^{4} sy^{6}	頻婆／蘋婆樹	O／sterulia	新／讀
75.	p^{h}eŋ^{4} kwɔ^{2}	蘋果／平果、平菓	O／apple	新／讀
76.	p^{h}ou^{4} t^{h}ou^{4}	葡萄	O／grape	新／讀
77.	pin^{2} tɐu$^{6-2}$	藊豆	有紅邊、青、白三種。一曰蛾眉豆，象形也。／broad bean	新／讀
78.	sɐi^{1} kwa^{1}	西瓜	冬月亦結者／watermelon／O	新／讀／散
79.	sɐn^{1} ji^{4}／sɐn^{1} ji^{4} fa^{1}	辛夷／辛荑花	O／magnolia purpurea	新／讀
80.	san^{1} nɔi^{6}	山柰	三藾／kaempferia	新／讀
81.	sɛk^{9} lɐu$^{4-2}$	石榴	O／pomegranate	新／讀
82.	si^{3} kwɐn^{1} tsi^{2}	使君子	留求子／quisqualis indica	新／讀
83.	sok^{9} ts^{h}a^{4}	蜀茶	O／variegated camellia	新／讀
84.	sou^{1} mok^{9}	蘇木	O／sapan wood	新／讀
85.	sou^{3} heŋ^{1}／sou^{3} heŋ^{1} fa^{1}／sou^{3} heŋ^{1}	素馨／素馨花／素馨	O／common white jasmine／O	新／讀／俗
86.	sɵy^{2} kwa^{1}	水瓜	冬月亦結者／long crook squash	新／讀
87.	sɵy^{6} hœŋ^{1}	瑞香	乳源多白瑞香，冬月盛開如雪，名雪花。／daphne odora	新／讀
88.	sy^{4} lœŋ^{4}	薯莨	其白者不中用，用必以紅，紅者多膠液，漁人以染罛罾，使苧麻爽勁，既利水又耐鹹潮不易腐。／用膠以漿罟網或膠布以爲衣服	新／讀

89.	syt^{8} lei^{4}	雪梨	（沙梨）正月熟者曰雪梨，稍小，味益清。／shantung pear	新／讀
90.	teŋ^{1} hœŋ^{1}	丁香	葉似櫟，花圓細而黃。／cloves	新／讀
91.	t^{h}an^{4} hœŋ^{1}	檀香	O／sandal-wood tree	新／讀
92.	t^{h}ɐŋ^{4} wɔŋ^{4}	藤黃	O／gamboge	新／讀
93.	t^{h}ɔk^{8}	籜	sheath／竹皮	讀／俗
94.	t^{h}ɔŋ^{4} hou^{1}	塘蒿／茼蒿	celery／蔬之屬	讀／俗
95.	t^{h}it^{8} lek^{9} mok^{9} ／tit^{8} lei^{6} mok^{9}	鐵力木／鐵利木	理甚堅致，質初黃，用之則黑。……廣人以作梁柱及屏障。／iron pear wood	新／讀
96.	t^{h}ou$^{4-2}$	桃	O／peach	新／讀
97.	toŋ^{1} kwa^{1}	冬瓜	冬月亦結者／pumpkin	新／讀
98.	tou^{6} kyn^{1} fa^{1}	杜鵑花	以杜鵑啼時開，故名。／azalea indiea	新／讀
99.	ts^{h}am^{3}	杉	O／fir, pine	新／讀
100.	ts^{h}ɐm^{4} hœŋ^{1}	沉香	O／aloes-wood	新／讀
101.	ts^{h}aŋ$^{4-2}$	橙	皮厚而皺，人多以白糖作丁，及佛手、香櫞片爲蜜煎／coolie orange	新／散
102.	ts^{h}œŋ^{4} mei^{4}	薔薇	O／cinnamon rose	新／讀
103.	ts^{h}oŋ^{1}	蔥	O／O	新／散
104.	ts^{h}oŋ^{1} t^{h}ɐu^{4}	蔥頭	onions／O	讀／散
105.	ts^{h}ou^{2} ku^{1}	草菰／草菇	agaricus／蔬之屬	讀／俗
106.	tsi^{2} kɐŋ^{2}	紫梗	O／gum lac	新／讀
107.	tsi^{2} kap^{8} fa^{1}	指甲花	頗類木樨，細而正黃，多須菂，一花數出甚香。粵女以其葉兼礬石少許染指甲／lawsonia purpurea	新／讀
108.	tsim^{1} mɐi^{5}	粘米	似粳而尖小長身，故名「占」。亦曰「秈」／common rice	新／讀
109.	tsit^{8}	節	knot／樹瘿	新／俗
110.	tsit^{8} kwa^{1}	節瓜	冬瓜以白皮者及小者……節瓜蔓地易生，一節一瓜，得水氣最多，能解暑熱／hairy squash	新／讀
111.	wɔŋ^{4} kwa^{1}	黃瓜	二月至四月（結果）／cucumber	新／讀
112.	wu^{1} mok^{9}	烏木	O／ebony	新／讀
113.	wu^{4} kwa^{1}	瓠瓜	形長尺餘，兩頭如一，與葫蘆皆以臘月下種／melon	新／讀

114.	wu^{4} lou$^{4-2}$	葫蘆	以二三月結至五六月 / bottle gourd	新 / 讀
115.	wu^{4} tsiu^{1}	胡椒	以來自洋舶者，色深黑多皺名胡椒者爲貴 / pepper, black pepper	新 / 讀

4. 動　物

	粵語拼音	詞　條	釋　　義	出　處
1.	ɐm^{1} ts^{h}ɵn^{1}	鵪鶉	鵪與鶉其形相似 / quail / 駕	新 / 讀 / 俗
2.	ap^{8}	鴨	鴨在田間，春夏食蟛蜞，秋食遺稻，易以肥大，故鄉落間多畜鴨。/ duck	新 / 讀
3.	fɐt^{7} fɐt^{7}	狒狒	狒狒狀如獼猴，紅髮鬃鬃，人言而鳥聲，能知生死。笑似嘐嘐，上吻覆額，得之生飲其血，可見鬼物，是皆人熊之屬也。/ orang outang	新 / 讀
4.	fɔ^{2} kɐi^{1}	火雞	O / turkey	新 / 讀
5.	fei^{1} sy^{2}	飛鼠	rat / 蝙蝠	讀 / 俗
6.	fei^{2} ts^{h}ɵy^{3}	翡翠	variegated kingfisher / 鷸羽	讀 / 俗
7.	ha^{1} ku^{1}	蝦姑	海馬 / crevette, or broad seashrimp	新 / 讀
8.	ha^{1} ma^{4}	蝦蟆	O / striped frog	新 / 讀
9.	hai^{5}	蟹	O / crab	新 / 讀
10.	hau^{2} fu^{5} niu^{5}	巧婦鳥	tailor bird / 鷦鷯	新 / 讀
11.	hɔi^{2} ma^{5}	海馬	蝦姑 / pipe fish	新 / 讀
12.	hɔk$^{9-2}$	鶴	O / crane, red beaded crane	新 / 讀
13.	hin^{2}	蜆	bivalve shells / 介之屬	讀 / 俗
14.	hœŋ^{2} lɔ^{4}	響螺	murex or trumpet shell / 介之屬	讀 / 俗
15.	hoŋ^{2} tsœk^{8}	孔雀	雀之大者 / peacock	新 / 讀
16.	hou^{4}	蠔	oysters / 介之屬	讀 / 俗
17.	hou^{4} tsy^{1}	豪豬	蒿豬 / wild boar	新 / 讀
18.	jeŋ^{1} mou^{5}	鸚鵡	O / parrot	新 / 讀
19.	jeŋ^{4} fɔ^{2} / jeŋ^{4} fɔ^{2} ts^{h}oŋ^{4}	螢火 / 螢火蟲	fire-fly / 螢	讀 / 俗
20.	joŋ^{4} / joŋ^{4} jy$^{4-2}$ / joŋ^{4} jy$^{4-2}$	鱅 / 鱅魚 / 鱅魚	O / dace / 鱅	新 / 讀 / 俗

21.	jy^{4} fa^{1}	魚花	方言凡物之微細者皆曰「花」……亦曰「魚苗」……亦曰「魚秧」／魚種	新／俗
22.	ka^{1} jy$^{4-2}$	嘉魚	O／barbel／鮇	新／讀／俗
23.	kɐi^{1}	雞	fowls or gallianceous birds／O	讀／散
24.	kɐm^{1} jy$^{4-2}$	金魚	O／gold fish	新／讀
25.	kɐm^{1} ts^{h}in^{4} kɐi^{1}	金錢雞	通身作金錢如孔雀尾，足四距／peacock pheasant	新／讀
26.	kɐp^{8}	蛤	廣而圓者皆曰蛤／bivalve shells	新／讀
27.	kɐp^{8} kai^{3}	蛤蚧	長五六寸，似蜥蜴，四足，有毛尾絕短，嘗自呼其名以鳴，一歲則鳴一聲。／red spotted lizard	新／讀
28.	kɐp^{8} na^{2}	蛤乸／蛤毑、蛤乸	frog／蝦蟇	讀／俗
29.	kɐu^{2}	狗	dog／O	讀／散
30.	kɐu^{2} mou^{4} ts^{h}oŋ^{4}	狗毛蟲	hairy caterpillar／蠖	讀／俗
31.	lɔ$^{4-2}$	螺	O／univalve spiral shells	新／讀
32.	lɔk^{8} tɔ^{4}	駱駝	camel／O	讀／散
33.	lei^{5}/lei^{5} jy$^{4-2}$	鯉／鯉魚	鯇之美在頭，鯉在尾，鰱在腹／carp	新／讀
34.	leŋ^{4} lei^{5}	鯪鯉	一名穿山甲／manis or pangolin	新／讀
35.	lin^{4}	鰱	鯇之美在頭，鯉在尾，鰱在腹。／roaches	新／讀
36.	liu$^{5-1}$ kɔ^{1}	了哥	watteld grackle／捌捌鳥	讀／俗
37.	lœŋ^{5} tɐu^{4} sɛ^{4}	兩頭蛇	O／admphisbena	新／讀
38.	loŋ^{4} ha^{1}	龍蝦	O／crawfish or large sea prawns	新／讀
39.	løy^{1}	蠕	比黃蜆大／介之屬	新／俗
40.	løy^{4} koŋ^{1} jy$^{4-2}$	雷公魚	Wolf-fish／蝌蚪	讀／俗
41.	ma^{5}	馬	O／horse	新／讀
42.	mɐk^{9} jy^{4}	墨魚	Cuttle-fish／烏鰂	讀／俗
43.	mɐn$^{4-1}$	蚊	多生於腐葉／爛灰及陰濕地，或臭溝沙蟲所化。／musketo	新／讀
44.	man^{6} lei^{4}	鰻鱺	背有肉鬣連尾無鱗，口有舌，腹白，大者長數尺／conger eel	新／讀
45.	mau^{1} ji^{4} tɐu^{4} jeŋ^{1}／mau^{1} tɐu^{4} jeŋ^{1}	貓兒頭鷹／貓頭鷹	owl／茅鴟	讀／俗

46.	mau⁵ lɐi⁶	牡蠣	大者亦曰牡蠣，蠣無牡牝，以其大，故名曰牡也。／oysters	新／讀
47.	meŋ⁴ ha¹	明蝦	O／prawns	新／讀
48.	min⁴ jœŋ⁴⁻²	綿羊	O／sheep	新／讀
49.	moŋ⁴ toŋ⁴	艨艟	一名越王鳥，大如孔雀，有黃白黑色，喙長尺許……其名一曰象雕，亦曰越王雕，言其大也。／heron	新／讀
50.	nɐi⁴ tsʰɐu¹	泥鰍	長二三寸，無鱗，以涎沫自染。／鰼	新／俗
51.	nim⁴ jy⁴⁻²	鮎魚	出流水者色青白，出止水者青黃。／鰋	新／俗
52.	ŋ⁴ koŋ¹	蜈蚣	短者也，其長者節節有足，是曰百足／centipede	新／讀
53.	ŋɐn⁴ ha¹	銀蝦	最小／sea shrimps or crangons	新／讀
54.	ŋɔk⁹ jy⁴	鱷魚	O／crocodile	新／讀
55.	pak⁸ tsok⁷	百足	短者也，其長者節節有足，是曰百足／centipede, gally-worm／蜈蚣	新／讀／俗
56.	pak⁹ fan⁶／pak⁹ fan⁶ jy⁴⁻²／pak⁹ fan⁶	白飯／白飯魚／白飯	皆魚名／white rich fish／鰷	新／讀／俗
57.	pak⁹ han⁴	白鷴	silver pheasant／南越羽族之珍，即白雉也	新／讀
58.	pak⁹ kɐp⁸⁻²	白鴿	鴿皆曰白鴿／dove	新／讀
59.	pak⁹ ŋɐi⁵	白蟻	以卑濕而生／white ant	新／讀
60.	pak⁹ sin⁵	白鱔	以產池塘中烏耳者爲佳／white or light colored eel	新／讀
61.	pat⁸ kɔ¹	八哥	watteld grackle, raven／鴝鵒	讀／俗
62.	pei¹	羆	狒狒牝曰羆、熊牝／white bear	新／讀
63.	pei² mok⁹ jy⁴⁻²	比目魚	O／sole fish	新／讀
64.	pʰɔŋ⁵	蚌	凡狹長者皆曰蚌／fresh water bivalves	新／讀
65.	pin²	鯿	O／魴	新／俗
66.	sa¹	魦／魦、鯊	背鬣而腹翅，大者丈餘。皮有沙，圓細如珠，可以治木發光潤。／common shark	新／讀
67.	sa¹ ha¹	沙蝦	O／sea shrimps or crangons	新／讀

68.	sa^{1} jy$^{4-2}$	沙魚	common shark / 鯊	讀 / 俗
69.	sek^{7} sɵt^{7}	蟋蟀	於草中出者少力，於石隙竹根生者堅老善鬥。 / ciricket	新 / 讀
70.	seŋ^{1} seŋ^{1}	猩猩	猩猩人面猿身 / oang outang	新 / 讀
71.	sɛk^{9} sɐu^{2} / sɛk^{9} sɐu^{2} jy$^{4-2}$	石首 / 石首魚	春日黃花，秋日石首 / labrus, sciaena	新 / 讀
72.	si^{4}	鰣	O / roaches	新 / 讀
73.	sɵy^{2} ap^{8}	水鴨	比家鴨稍小，色雜青白，背上頗有文，短喙長尾，卑腳紅掌 / wild duck or mallard	新 / 讀
74.	sɵy^{2} mou^{5}	水母	蝦之母名曰水母，塊然如破絮，黑色，有口無目，常有蝦隨之 / sea-qualm, or medusa	新 / 讀
75.	sɵy^{2} tsɐt^{9}	水蛭	螞蝗 / leech, or bloodsucker	新 / 讀
76.	sɵy^{2} ts^{h}at^{8}	水獺	一名猵獺，類青狐而小，喙尖足駢，能知水信高下為穴，廣人以占水旱 / otter	新 / 讀
77.	tɔi^{6} mui^{6}	玳瑁	如龜，大者如盤盂，上有鱗 / tortoiseshell	新 / 讀
78.	t^{h}ɔŋ^{4} sɐt^{7}	塘虱	O / silure / 鮧鮀	新 / 讀 / 俗
79.	t^{h}in^{4} kɐi^{1}	田雞	frog / 蝦蟇	讀 / 俗
80.	t^{h}ip^{8} sa^{1} / t^{h}at^{8} sa^{1}	貼沙 / 撻沙 / 撻沙	貼沙一名「版魚」，亦曰「左魪」，身扁喜貼沙上 / flounder / 比目	新 / 讀 / 俗
81.	tse^{3} ku^{1}	鷓鴣	O / partidge	新 / 讀
82.	tsek^{7}/tsek^{7} jy$^{4-2}$	鯽 / 鯽魚	魚，金魚 / bream	新 / 讀
83.	ts^{h}ɐm^{4} loŋ^{4} jy$^{4-2}$ / ts^{h}ɐm^{4} loŋ^{4}	鱘龍魚 / 鱘龍	sturgeon / 鮪	讀 / 俗
84.	ts^{h}ɐu^{4} pak^{9}	鰽白	O / herring	新 / 讀
85.	ts^{h}ɔŋ^{1} jy$^{4-2}$	鯧魚 / 蒼魚	狀如鯿，圓頭縮尾狹鱗，肉厚而細，一脊之外，其刺與骨皆脆美，一名鏡魚。 / pomfret	新 / 讀
86.	ts^{h}ɔŋ^{1} kɐi^{1}	鶬雞	有鶬雞，食於田澤洲渚間，大者如鶴，青蒼色，長頸高腳，群起飛鳴則有雨，一名雨落母，亦曰麥雞。 / black crane	新 / 讀
87.	ts^{h}eŋ^{1} lɵn^{4}	青鱗	O / herring	新 / 讀
88.	ts^{h}ek^{8} wɔk^{9}	尺蠖	geometrical worms / 蠖狗毛蟲	讀 / 俗

89.	ts^{h}ing^{1}	蟶	O / razor sheath, or solen	新 / 讀
90.	ts^{h}œŋ^{1}	鯧	O / pomfret	新 / 讀
91.	ts^{h}ɵn^{1}	春 / 卵	蝦凡禽魚卵皆曰（卵） / 魚子	新 / 俗
92.	ts^{h}ɵn^{5}	鱒	roaches / 鱒魚紅眼，故謂之紅眼鱒	讀 / 俗
93.	ts^{h}yn^{1} san^{1} kap^{8}	穿山甲	鯪鯉 / manis or pangolin / 鯪鯉	新 / 讀 / 俗
94.	tsin^{3} tsy^{1}	箭豬	豪彘 / 封豕	新 / 俗
95.	tsiu^{1} liu^{4}	鷦鷯	wren / 以茅葦羽毳爲房，或一或二，若雞卵大，	新 / 讀
96.	tsœŋ^{1} kɵy^{2}	章舉	章魚 / eligh armed cuttle fish, or octopus	新 / 讀
97.	tsœŋ^{6}	象	O / elephant	新 / 讀
98.	tsœŋ^{6} ŋa^{4}	象牙	色如白象牙。 / ivory, tusks	新 / 讀
99.	tsok^{7} kɐi^{1}	竹雞	形如鷓鴣，褐色斑赤文，居竹林中，見儔必鬥 / rail or wedge tailed partridge	新 / 讀
100.	wa^{1}	蛙	大聲曰蛙，小聲曰蛤。 / frog	新 / 讀
101.	wa^{6} mei^{4}	畫眉	山鶘青紫，畫眉紅綠，形色小異，而情性相同。 / thrush, white eyed, gray thrush	新 / 讀
102.	wɐn^{4} mou^{5}	雲母	mothers' pearl / 貝	讀 / 俗
103.	wan^{5} / wan^{5} jy$^{4-2}$ / wan^{5}	鯇 / 鯇魚 / 鯇	魚生 / tench / 鯶魚	新 / 讀 / 俗
104.	wɔŋ^{4} fa^{1}、 wɔŋ^{4} fa^{1} jy$^{4-2}$ / wɔŋ^{4} fa^{1} jy$^{4-2}$	黃花、黃花魚 / 黃花魚	皆魚名。 / 小鰽	新 / 俗
105.	wɔŋ^{4} jy$^{4-2}$	黃魚	O / herring	新 / 讀
106.	wu^{1} jy$^{4-2}$	烏魚	blenny / 鱧	讀 / 俗
107.	wu^{1} ts^{h}ak^{9}	烏賊	腹中有墨，吐之以自衛 / cuttle-fish	新 / 讀

5. 礦物自然物

	粵語拼音	詞　條	釋　　義	出　處
1.	lɐu^{4} wɔŋ^{4}	硫黃 / 硫磺	O / brimstone	新 / 讀
2.	ma^{5} nou^{5}	瑪瑙	O / agate	新 / 讀

二、體現人及人關係的詞共 122 條，包括：1. 人體器官（37 條）、2. 生理病理（9 條）、3. 親屬稱呼（39 條）、4. 人品（37 條）。

1. 人體器官

	粵語拼音	詞　條	釋　　義	出　處
1.	ha^{6} p^{h}a^{4}、ha^{6} pa^{1} / ha^{6} pa^{1} / ha^{6} p^{h}a^{4}	下耙、下把／下巴／下爬	chin／O／口下部，頤	讀／散／俗
2.	hɐu^{2} sən^{4}	口唇	the lips／O	讀／散
3.	hɐu^{2} sɵy^{2}	口水	salivary／O	讀／俗
4.	hɐu^{4}	喉	通聲息路、windpipe／頸前便嘅叫喉	讀／散
5.	hɐu^{4} lam^{5}	喉欖	Adam's apple, pomun adami／咽喉	讀／俗
6.	hɐu^{4} loŋ^{4}	喉嚨	fauces／O	讀／散
7.	ji^{5} tɔ^{2}	耳朵	the ear／O	讀／散
8.	ji^{5} tsɐi^{2}	耳仔	ears／O	讀／散
9.	kak^{8} lak^{7} tɐi^{2}	咖嘞底／胳肢窩	under the arm／腋下	讀／俗
10.	kɛŋ^{2}	頸	neck／頭下嘅叫頸	讀／散
11.	kœk^{8} nɔŋ^{4}	脚囊／脚臢	calf on the leg／O	讀／散
12.	kœk^{8} ŋan^{5}	脚眼	O／脚踭上嘅骨	讀／散
13.	kœk^{8} tsaŋ^{1}	脚踭	heel of the foot／脚踭上嘅骨	讀／散
14.	lei^{6}	脷／利	O／舌	散／俗
15.	nou^{5} tsœŋ^{1}	腦漿	cerbrum of brain／O	讀／散
16.	ŋa^{4} ts^{h}ɔŋ^{4}	牙藏／牙床	upper jawbone／牙床，齒根肉	讀／俗
17.	ŋak^{9} t^{h}ɐu^{4}	額頭	the forehead／O	讀／散
18.	ŋan^{5} tseŋ^{1}	眼睛	the eyeball／O	讀／散
19.	pɔ^{1} lɔ^{4} kɔi^{3}	波羅蓋	O／脚間嘅骨節	讀／散
20.	pɔk^{8} tɐu^{4}	膊頭	the shoulders／膊頭係頸邊兩傍嘅骨	讀／散
21.	pei^{3}	臂	O／自肘至腕	讀／俗
22.	pei^{6} kɔ^{1}	鼻哥	nose／O	讀／散
23.	pei^{2}	屌／髀	髀也／膝上之大骨、the thigh bone／大腿，脚之上截	新／讀／俗
24.	sɐn^{1}	身	O／O	讀／散

25.	sɐt^{7} t^{h}ɐu^{4}	膝頭	knees / O	讀 / 散
26.	sɐu^{2} pei^{3}	手臂	the arm / O	讀 / 散
27.	sɐu^{2} tsi^{2}	手指	a finger / O	讀 / 散
28.	sɐu^{2} tsœŋ^{2}	手掌	the palm of the hand / O	讀 / 散
29.	sou^{1}	鬚	beard / O	讀 / 散
30.	tai^{6} ŋa^{4}	大牙	molar teeth / O	讀 / 散
31.	t^{h}ɐu^{4} fat^{8}	頭髮	head / O	讀 / 散
32.	t^{h}ou^{5} ts^{h}i^{4}	肚臍	腹、the abdomen / O	讀 / 散
33.	tsau^{2}	肘	O / 臂節，手曲處	讀 / 俗
34.	tsɛk^{8} kwɐt^{7}	脊骨	vertebral / 兩膊後便之中係叫脊骨	讀 / 散
35.	tsɵy^{2}	嘴 / 觜	口 / O	散 / 俗
36.	tsɵy^{2} sɵn^{4}	嘴唇	O / 口唇	散 / 俗
37.	wu^{4} sou^{1}	鬍鬚	hair on the cheeks / O	讀 / 散

2. 生理病理

	粵語拼音	詞　條	釋　　義	出　處
1.	fɐn^{3}	㖹 / 瞓	recline upon / O	讀 / 散
2.	fat^{8} tseŋ^{1} kwɔŋ^{1} / fat^{8} ts^{h}eŋ^{1} kwɔŋ^{1}	發睛光 / 發青光	amaurosis / 盲眼，青盲	讀 / 俗
3.	heŋ^{3}	礜	瘡腫起，興去聲 / 身熱	新 / 俗
4.	jit^{9} fɐi$^{3-2}$ / fɐi$^{3-2}$	熱痱 / 痱	prickly heat / 熟瘡，熱生之小瘡	讀 / 俗
5.	pei^{6} ɔŋ^{3} / ɔŋ^{3}	鼻齆 / 齆	鼻塞，音甕 / 鼻塞，鼻不通	新 / 俗
6.	saŋ^{1} ji^{5} tseŋ^{6} / saŋ^{1} ji^{5} tsaŋ^{5}	生耳睜 / 生耳睜	otorrhcea / 半聾	讀 / 俗
7.	sœŋ^{1}	傷	wounds / O	讀 / 散
8.	ta^{2} ham^{3} lou^{6}	打喊嚕 / 打欠露	gapes / 欠伸，口開出氣	讀 / 俗
9.	ta^{2} hɐt^{7} ts^{h}i^{1}	打咳嚏 / 打乞癡	sneezes / 鼻噴	讀 / 俗

3. 親屬稱呼

	粵語拼音	詞　條	釋　　義	出　處
1.	fu^{6} ts^{h}ɐn^{1}	父親	my father / O	讀 / 散
2.	ka^{1} koŋ^{1}	家公	舅姑 / 翁姑	新 / 俗
3.	ka^{1} p^{h}ɔ$^{4-2}$	家婆	舅姑 / 翁姑	新 / 俗

4.	kʰɐi^{3} tsɐi^{2}	契仔	盟好之子 / an adopted child	新 / 讀
5.	kʰɐm^{1} heŋ^{1} / kɐm^{1} heŋ^{1} tɐi^{6}	襟兄 / 襟兄弟	wife's elder sister's husband / 姊妹之夫相稱	讀 / 俗
6.	kʰɐm^{1} tɐi^{6} / kʰɐm^{1} heŋ^{1} tɐi^{6}	襟弟 / 襟兄弟	wife's younger sister's husband / 姊妹之夫相稱	讀 / 俗
7.	kʰɐm^{5} mou^{5}	妗母	母之兄弟妻 / maternal uncle's wife / 母之兄嫂	新 / 讀 / 俗
8.	kʰɐm^{5} pʰɔ^{4}	妗婆	孫謂祖母之兄弟及妻 / father's maternal uncle's wife	新 / 讀
9.	kʰɐu^{5} fu$^{6-2}$	舅父	母之兄弟 / maternal uncles / 母之兄嫂	新 / 讀 / 俗
10.	kʰɐu^{5} koŋ^{1}	舅公	孫謂祖母之兄弟及妻 / father's maternal uncle	新 / 讀
11.	leŋ^{6} tsyn^{1}	令尊	honored father / O	讀 / 散
12.	lou^{4} jɛ^{4}	老爺	O / 新婦稱夫父	散 / 俗
13.	lou^{5} koŋ^{1}	老公	the old man / 夫	讀 / 俗
14.	lou^{5} pʰɔ^{4}	老婆	The old woman / 妻	讀 / 俗
15.	ma^{1}	媽	母	新 / 俗
16.	nai$^{5-1}$	嬭	母	新 / 俗
17.	nam^{4} jɐn$^{4-2}$	男人	my husband / O	讀 / 散
18.	ŋɔi^{6} sɐŋ^{1} / ŋɔi^{6} sɐŋ^{1} 、sɐŋ^{1}	外甥 / 外甥、甥	sister's son / 姊妹之子	讀 / 俗
19.	ŋɔk^{9} mou$^{5-2}$	岳母	wife's mother / 妻母	讀 / 俗
20.	ŋɔk^{9} tsœŋ$^{6-2}$	岳丈	wife's father / 妻父	讀 / 俗
21.	pa^{1}	爸	父	新 / 俗
22.	pak^{8} fu^{6}	伯父	father's elder brother / 父之兄	讀 / 俗
23.	sɐi^{3} lou^{2}	細佬	the younger brother / O / 弟	讀 / 散 / 俗
24.	sɐk^{7}	塞	玄孫 / 曾孫	新 / 俗
25.	sɐm^{1} pʰou^{5} / sɐn^{1} pʰou^{5} / sɐm^{1} pʰou^{5}	心抱 / 新抱 / 心抱	新婦 / the bride / 媳	新 / 讀 / 俗
26.	siu^{3} nai$^{5-1}$	少奶	O / 妻	散 / 俗
27.	sok^{7} fu^{6}	叔父	father's younger brother / 父之弟	讀 / 俗
28.	sok^{7} koŋ^{1}	叔公	母之叔伯父母 / father's paternal younger uncle	新 / 讀
29.	sok^{7} pʰɔ^{4}	叔婆	母之叔伯父母 / father's paternal younger uncle's wife	新 / 讀

30.	tai^{6} jɐn^{4} p^{h}ɔ^{4}	大人婆	舅姑／家姑	新／俗
31.	tai^{6} kɔ^{1}	大哥	elder brother／O	讀／散
32.	tai^{6} k^{h}ɐu^{5}	大舅	wife's elder brother／妻之兄	讀／俗
33.	tai^{6} lou^{2}	大佬	the eldest brother／O／兄	讀／散／俗
34.	tɛ^{1}	爹	父	新／俗
35.	tsɐi^{2}	崽／子	子／己所生	新／俗
36.	tsɐt$^{9-2}$	侄	nephew; or brother's son／伯與叔稱其兄弟之子	讀／俗
37.	ts^{h}ɐn$^{1-3}$ ka^{1}	親家	son's wife's father／姻家	讀／俗
38.	tsou^{2} fu^{6}	祖父	grandfather／O	讀／散
39.	tsyn^{1} joŋ^{1}	尊翁	honored father／O	讀／散

4. 人　品

	粵語拼音	詞　條	釋　　義	出　處
1.	a^{3} kun^{1} tsɐi^{2} ／ kun^{1} tsɐi^{2}	亞官仔／官仔	良家子／少主	新／俗
2.	fan^{1} jɐn^{4}	番人	O／foreigner	新／讀
3.	fan^{3} tsɐi^{2}	販仔	小販／hawkers, peddler	新／讀
4.	fɔ^{2} tɐu$^{4-2}$	火頭	O／廚子	散／俗
5.	jɐn^{4}	人	O／O	讀／散
6.	jɐn^{4} hak^{8}	人客	O／O	讀／散
7.	kɐn^{1} pan^{1}	跟班	personal servants／O／長隨	讀／散／俗
8.	kaŋ^{1} fu^{1}	更夫	watchmen／係看更嘅人／司更者	讀／散／俗
9.	k^{h}œŋ^{4} tou^{6}	強盜	robbers／O	讀／散
10.	koŋ^{1} tsœŋ^{6}	工匠	architects／O	讀／散
11.	ku^{1} nœŋ^{4}	姑娘	lady／O	讀／散
12.	kwɔŋ^{1} kwɐn^{3}	光棍	swindlers／O	讀／俗
13.	lou^{2}	佬	平人；亦曰「獠」，賤稱也。／通稱男子	新／俗
14.	mok^{9} tsœŋ^{6}	木匠	carpenters／O	讀／散
15.	mui^{1} tsɐi^{2}	妹仔／妹仔／侮仔	小婢媵／a servant girl／婢	新／讀／俗
16.	nɐi^{4} søy^{2} si^{1} fu^{2}	坭水師傅	masons／O	讀／散

17.	noŋ^{4} fu^{1}	農夫	husbandmen / O	讀 / 散
18.	nou^{4} pok^{9}	奴僕	slaves / 使喚嘅人	讀 / 散
19.	nyn^{6} tsɐi^{2}	嫩仔	O / 小童	散 / 俗
20.	ŋɔi^{6} kɔŋ^{1} lou^{2} / ŋɔi^{6} kɔŋ^{1}	外江獠（佬）/ 外江	嶺北人 / northern people	新 / 讀
21.	sɐi^{3} mɐn$^{4-1}$ tsɐi^{2}	細蚊仔	litte child / O	讀 / 散
22.	sau^{1} goŋ^{1}	梢公 / 艄工	司柁者 / pilot / 把舵	新 / 讀 / 俗
23.	si^{1} fu$^{6-2}$	師傅	手作嘅工人 / 木匠	散 / 俗
24.	si^{6} t^{h}ɐu$^{4-2}$	事頭	搖櫓者 / Sir	新 / 讀
25.	sin^{1} saŋ^{1}	先生	Teacher / O	讀 / 散
26.	tan^{6} ka^{1}	蛋家	以艇爲家 / tanka-boat people	新 / 讀
27.	tɐu^{3} mok^{9}	鬥木	O / 做木	散 / 俗
28.	t^{h}ɔŋ^{4} jɐn^{4}	唐人	O / Chinese / O	新 / 讀 / 散
29.	t^{h}oŋ^{4} tsi^{2}	童子	musicians / O	讀 / 散
30.	tou^{6} si$^{6-2}$	道士	rationalists / O	讀 / 散
31.	ts^{h}ai^{1} jek^{9}	差役	O / 嗰碎差使嘅人總名	讀 / 散
32.	ts^{h}ak$^{9-2}$	賊	O / O	讀 / 散
33.	ts^{h}ɐn$^{1-3}$ ka^{1} lɔŋ^{4}	親家郎	婣婭之使役 / 迎親執役者	新 / 俗
34.	ts^{h}ɔi^{4} foŋ$^{4-2}$	裁縫	tailor / O / 成衣匠	讀 / 散 / 俗
35.	tsœŋ^{2} kwɐi$^{6-2}$	掌櫃	accountants / O	讀 / 散
36.	tsoŋ^{2} tok^{7}	總督	deputies from the governor's office / 係爵位大嘅咯	讀 / 散
37.	tsy^{6} nin^{4} t^{h}ɐi^{6}	住年娣	domestics / O	讀 / 散

三、展現社會生活的詞共 139 條，包括：1. 衣食住行品（102 條） a. 衣（i 衣飾（28 條）、ii 布料（7 條））、b. 食（23 條）、c. 住（8 條）、d. 行（7 條）、e. 日用品（29 條）；2. 社會經濟 a. 商業（10 條）、b. 船業（10 條）、c. 文化娛樂（3 條）；3. 其它（14 條）

1. 衣食住行品

1a 衣（i 衣飾）

	粵語拼音	詞　條	釋　　義	出　處
1.	fu^{3}	褲	Pantaloons / O	讀 / 散

2.	hɔ^{4} pau^{1}	荷包	Wallet／囊之小者，囊	讀／俗
3.	hɔn^{6} sam^{1}	汗衫	Shirt／貼肉嘅單衫／中衣，三代之襯衣也	讀／散／俗
4.	hœ^{1}	靴	Boots／O	讀／散
5.	ji^{1} fok^{9}	衣服	Dresses／O	讀／散
6.	ji^{1} sœŋ^{4}	衣裳	dresses, clothes／O	讀／散
7.	ji^{5} wan$^{4-2}$	耳環	Earring／耳飾	讀／俗
8.	kap^{8}	夾／袷	O／衣有裡	散／俗
9.	kap^{8} nap^{9}	夾衲	double garments／有面又有裡嘅	讀／散
10.	k^{h}ɛk^{9}	屐	Pattens／木鞋，即今之麻鞋	讀／俗
11.	kœk^{8} maŋ^{1}	腳𦁨／腳綳	gaiters 綁腿／腳纏，束腳	讀／俗
12.	lœŋ^{4} mou$^{6-2}$	涼帽	summer hat／夏天用嘅	讀／散
13.	ma^{5} kwa^{3}	馬褂	riding jacket／上面所著嘅短衣服	讀／散
14.	mou$^{6-2}$	帽	Bonnet／O	讀／散
15.	nyn^{5} mou$^{6-2}$	暖帽／煖帽	winter hat／冬天用嘅	讀／散
16.	nyn^{5} tou^{5}	暖肚／煖肚	Stomacher／襪胸	讀／俗
17.	ŋɐu^{4} tɐu^{4} fu^{3}	牛頭褲／牛頭袴	breeches／短袴	讀／俗
18.	pak^{8} tsip^{8} k^{h}wɐn^{4}	百摺裙／百襵裙	Petticoat／折疊至多	讀／俗
19.	pui^{3} sɐm^{1}	背心	有前幅有後幅但係冇袖嘅／半臂	散／俗
20.	sɐu^{2} kɐn^{1}	手巾	O／handkerchief／O	新／讀／散
21.	sin^{3} pou^{6}／pou^{6}	線步／步	seam／線腳	讀／俗
22.	tai$^{3-2}$ k^{h}ɐu^{3}	帶扣／帶鈕	Clasp／帶紐	讀／俗
23.	tan^{1}／tan^{1} sam^{1}	襌／單衫	無裡，衣無裡／O	散／俗
24.	t^{h}at^{8} tsaŋ^{1} hai^{4}	撻踭鞋／少踭鞋	O／跴踭鞋	讀／俗
25.	t^{h}ou^{3} fu^{3}	套褲	legging／O	讀／散
26.	tsɐm^{1} tsi^{2}	針黹	O／女工，婦女縫衫	散／俗
27.	tsɐu^{6}	袖	Cuff／O	讀／散
28.	ts^{h}a$^{3-1}$	衩／衩	opened 開叉／衫腳兩旁開處	讀／俗

1a. 衣（ii 布料）

	粵語拼音	詞　條	釋　　義	出　處
1.	fa^{1} pou^{3}	花布	O／chintz	新／讀

2.	pou^{3}	布	O / O	新 / 散
3.	sa^{1}	紗	O / O	新 / 散
4.	si^{1}	絲	O / O	新 / 散
5.	si^{1} keŋ^{1}	絲經	O / warp	新 / 讀
6.	t^{h}ou^{2} si^{1}	土絲	Canton（raw）silk / O	讀 / 散
7.	wu^{4} si^{1}	湖絲	raw silk / O	讀 / 散

1b. 食（飲食）

	粵語拼音	詞　條	釋　　義	出　處
1.	jɐu^{4} san^{2}	油糤 / 油饊	油糤膏環以麵，薄脆以粉 / 粉餌煎者，油器	新 / 俗
2.	kɐi^{1} ts^{h}ɵn^{1}	雞春	卵 / egg	新 / 讀
3.	kwɔ^{2} tsi^{2}	菓子 / 果子	fruits / O	讀 / 散
4.	mɐi^{5}	米	Rice / O	讀 / 散
5.	min^{6} fɐn^{2}	麵粉	Flour / O	讀 / 散
6.	min^{6} pau^{1}	麵包	Bread / O	讀 / 散
7.	ŋɐu^{4} nai^{5}	牛奶	Milk / O	讀 / 散
8.	pak^{9} tɔŋ^{4}	白糖	white sugar / O	讀 / 散
9.	peŋ^{1} tɔŋ^{4}	冰糖	其凝結成大塊者，堅而瑩，黃白相間 / sugar candy	新 / 讀
10.	saŋ^{1} jim^{4}	生鹽	曬之則爲生鹽 / O	新 / 散
11.	si^{6} jɐu^{4}	豉油	soy / O	讀 / 散
12.	sin^{3} kɐi^{1}	鐵雞 / 刋雞	capon / 閹雞	讀 / 俗
13.	siu^{1} tsɐu^{2}	燒酒	燒酒之尤烈者 / wine	新 / 讀
14.	sok^{9} jim^{4}	熟鹽	煮之則爲生鹽 / O	新 / 散
15.	soŋ^{3}	送	provision，relish / 魚肉，送飯者，買肴	讀 / 俗
16.	soŋ^{3} ts^{h}ɔi^{3}	送菜	O / 肴饌	散 / 俗
17.	tan^{2}	蛋	O / 雞卵	散 / 俗
18.	tim^{2} sɐm^{1}	點心	Pastry / 饅頭，包餕	讀 / 俗
19.	tsɐu^{2}	酒	Spirits / O	讀 / 散
20.	ts^{h}ɔi^{3}	菜	Greens / O / 蔬	讀 / 散 / 俗
21.	tsin^{1} tɵy^{1}	煎堆 / 煎䭔	茶素　以糯粉爲大小圓，入油煎之，以祀先及饋親友者也 / 粉餌煎者，以油煎餅	新 / 俗

22.	tsoŋ^{2}	粽／糉	O／裏蒸，蘆葉裏米角黍	新／俗
23.	wu^{4} tsiu^{1} mut^{9} ／tsiu^{1} mut^{9}	胡椒櫗／椒末	pepper／胡椒粉，研胡椒成粉	讀／俗

1c. 住（房屋建築）

	粵語拼音	詞　條	釋　　義	出　處
1.	fa^{1} tɛŋ^{1}	花廳	flower-hall、官家待客／橫廳，本作聽事古者治事處謂之聽事即庭也	讀／俗
2.	fɔŋ$^{4-2}$	房	room／O	讀／散
3.	lɐu$^{4-2}$	樓	茅屋，平者／floor 地板	新／讀
4.	ok^{7}	屋	house／O	讀／散
5.	sɐm^{3} tseŋ^{2}	滲井	sink-drain／暗井，屋裏暗井所以藏水者	讀／俗
6.	ts^{h}œŋ^{4}	牆、墻／牆	high wall／O	讀／散
7.	tsiu^{3} pek^{7}	照壁	emblzaoned wall／衙門外牆，障屏也	讀／俗
8.	wɐi^{4}	圍	茅屋，平者／walled garden	新／讀

1d. 行（交通運輸）

	粵語拼音	詞　條	釋　　義	出　處
1.	fan^{1} syn^{4}	番船	O／foreign ships	新／讀
2.	sam^{1} pan^{2}／sam^{1} pan^{2} t^{h}ɛŋ^{3}／san^{1} pan^{2}	三板／三板艇／舢板	gig , boat／O／舟	讀／散／俗
3.	syn^{4}	船	O／舟	散／俗
4.	t^{h}ɛŋ^{3}	艇	小舟，戰船，蛋人所居／舟	新／俗
5.	tou^{6}	艔／渡	載人與貨物者／舟	新／俗
6.	tou^{6} syn^{4}	艔船／渡船	O／passage-boats	新／讀
7.	waŋ^{4} søy^{2} tou^{6}	橫水渡	小者／ferry boats	新／讀

1e. 日用品

	粵語拼音	詞　條	釋　　義	出　處
1.	aŋ^{1}	罌	Jars／缶	讀／俗
2.	fai^{3} tsi^{2}	快子	Chopsticks／O	讀／散
3.	fan^{1} kan^{2}	番碱／番梘	soap　／O	讀／俗
4.	foŋ^{1} lou$^{4-2}$	風爐	Furnace／O	讀／散

5.	foŋ^{1} sœŋ^{1}	風箱	Bellows / 橐籥	讀 / 俗
6.	jɛ^{4} ji^{1} sou$^{3\text{-}2}$	椰衣掃	coir broom / O	讀 / 散
7.	ka^{1} fɔ^{2}	傢夥	fixtures / 家內用嘅野	讀 / 散
8.	kɐi^{1} mou^{4} sou$^{3\text{-}2}$	雞毛掃	feather duster / O	讀 / 散
9.	kɔi^{3}	蓋	O / 鑊覆	讀 / 俗
10.	kwɐi^{6} toŋ^{2}	櫃桶	Drawer / O	讀 / 散
11.	lɔ^{4}	籮 / 菓	basket / 載米	讀 / 俗
12.	lɔ^{4} keŋ^{1}	羅經	O / compass	新 / 讀
13.	lei^{6} kwat^{8}	利刮	tongue scraper / 淨口之具	讀 / 俗
14.	p^{h}ei^{5} min$^{6\text{-}2}$	被面	O / coverlet, bedcovers	新 / 讀
15.	p^{h}ou^{1} kɔi^{3}	鋪蓋	O / 被席，被與席；鋪陳也，布也；席，鋪者；覆，蓋者	散 / 俗
16.	p^{h}un^{4}	盤	tea tray / O	讀 / 散
17.	si^{4} sɐn^{4} piu^{1}	時辰標 / 時辰鏢	O / watches	讀 / 散
18.	tam^{3} kɔn^{1}	擔杆	carrying beam / 擔挑	讀 / 俗
19.	t^{h}ɔi$^{4\text{-}2}$	檯	Table / O	讀 / 散
20.	t^{h}iu$^{4\text{-}2}$ tɐŋ^{3}	條櫈 / 跳凳	forms / 長凳	讀 / 俗
21.	tip$^{9\text{-}2}$	碟 / 碟 / 疊	Plate / O / 盌之屬	讀 / 散 / 俗
22.	tsɐu^{2} tsɵn^{1}	酒罇 / 酒樽	wine bottles / 碎用嘅傢夥	讀 / 散
23.	ts^{h}a^{4} pou^{1}	茶煲	tea-kettle / O	讀 / 俗
24.	ts^{h}a^{4} wu$^{4\text{-}2}$	茶壺	tea-pots / 碎用嘅傢夥	讀 / 散
25.	ts^{h}ai^{4}	柴	Billets / O	讀 / 散
26.	ts^{h}i^{4} kɐŋ^{1}	匙羹	Spoon / O / 匕柶	讀 / 散 / 俗
27.	tsoŋ^{1}	盅 / 盅 / 鍾	Cup / 有蓋 / 杯之屬	讀 / 散俗
28.	wɔ^{1}	鍋	O / 煮飯器	散 / 俗
29.	wɔk^{9}	鑊	pan, chaldron / O / 煮飯之具	讀 / 散 / 俗

2. 社會經濟

2a. 商　業

	粵語拼音	詞　條	釋　　義	出　處
1.	kiu$^{6\text{-}2}$	轎	sedan / O / 肩輿	讀 / 散 / 俗

2.	ŋɐn^{4} ts^{h}in$^{4-2}$	銀錢	dollars / O	讀 / 散
3.	ŋɐn$^{4-2}$	銀	money, cost / O	讀 / 散
4.	p^{h}ou^{3}	鋪、舖	shop / O	讀 / 散
5.	p^{h}ou^{3} tɐu$^{4-2}$	鋪頭、舖頭	shop / O	讀 / 散
6.	p^{h}un^{4} fɐi^{3}	盤費	charges / O	讀 / 散
7.	tɔŋ^{3} p^{h}iu^{3}	當票	O / 質券	散 / 俗
8.	t^{h}oŋ^{4} ts^{h}in^{4}	銅錢	copper pieces / O	讀 / 散
9.	ts^{h}in$^{4-2}$	錢	copper pieces / O	讀 / 散
10.	ts^{h}in$^{4-2}$ ŋɐn$^{4-2}$	錢銀	O	讀 / 散

2b. 船　業

	粵語拼音	詞　條	釋　　義	出　處
1.	kou^{1}	篙	tracking-poles / 行船之具	讀 / 俗
2.	ku^{1}	罛	O / 魚網	新 / 俗
3.	lam^{6}	纜	rope / 繩索	讀 / 俗
4.	lei^{5}	帆	帆，帆：以通莫席縫之 / 風颿	新 / 俗
5.	lok^{7} lou^{4}	轆轤	pully / 爲輪軸引重	讀 / 俗
6.	lou^{5}	櫓	O / sculls / 行船之具	新 / 讀 / 俗
7.	ŋɐi^{4}	桅	mast / 船檣	讀 / 俗
8.	p^{h}oŋ^{4}	篷	帆也，以蒲席爲之 / awning / 風颿	新 / 讀 / 俗
9.	tsɐŋ^{1}	罾	lifting net / 魚網	讀 / 俗
10.	tsœŋ^{2}	槳	行船之具 / oars	讀 / 俗

2c. 文化娛樂

	粵語拼音	詞　條	釋　　義	出　處
1.	kin^{3}（今白讀 jin^{2}）	毽 / 毽	O / 運動之具	新 / 俗
2.	syt^{8} wa^{6}	說話	O / O	讀 / 散
3.	tsok^{9} wa$^{6-2}$	俗話	dialect of Canton / O	讀 / 散

3. 其　他

	粵語拼音	詞　條	釋　　義	出　處
1.	fat^{8} tsi^{2}	法子	O / O	讀 / 散

2.	jɛ^{5}	野、嘢 / 嘢	things / O	讀 / 散
3.	jœŋ^{6}	樣	kinds / O	讀 / 散
4.	la^{3}	鏬 / 罅	seams / 小隙	讀 / 俗
5.	lap^{9} sap^{8}	擸捶	積腐穢 / refuse / 瓦渣岡，瓦渣，糞除之物	新 / 讀 / 俗
6.	loŋ^{4}	吼 / 窿	a small opening / 從竅出，孔竅，小孔	讀 / 俗
7.	meŋ^{4} mok^{9}	名目	names / O	讀 / 散
8.	nin^{4} kei^{2}	年紀	O / 年歲，生人年歲	散 / 俗
9.	p^{h}ei^{4} hei^{3}	皮氣 / 脾氣	disposition / O	讀 / 散
10.	sek^{7} søy^{2}	色水	color / O	讀 / 散
11.	si^{6} kɔn^{3}	事幹	business / O	讀 / 散
12.	tɐu^{3}	鬥 / 簇	雌鷄伏卵 / 鳥巢	新 / 俗
13.	t^{h}ɐi^{2} min^{6}	體面	reputation / 即係話人有好行爲有名聲嘅	讀 / 散
14.	tøn^{1}	墪 / 墪、墩	stack / 地高者，地之高堆	讀 / 俗

附錄二　《中文讀本》中的701個常用基本詞彙

本附錄所收的常用基本詞彙指的是在《中文讀本》（以下簡稱「讀」）出現並重現於下面三本文獻的詞彙，包括：屈大均（1687）《廣東新語》（以下簡稱「新」）、包爾滕（1877）《散語四十章》（以下簡稱「散」）、孔仲南（1933）《廣東俗語考》（以下簡稱「俗」）；不屬於此定義的「常用基本詞彙」，均視作「一般詞彙」，而不作收錄。收錄範圍包括名詞、動詞、形容詞、量詞、代詞五類，合共 701 個詞。這些詞均屬於第四章「從老中青的差異看廣州方言詞類演變的情況」的討論內容。

表中的常用基本詞彙，均列出粵語拼音、詞條、釋義、出處。粵語拼音以今音標示。現代廣州方言中有變調的字，也會在粵語拼音一欄標示變調，並以短横「-」區別，以方便讀者參考。例如 man$^{5-1}$，前一個聲調「5」為本調，短横「-」之後的「1」為現代廣州方言的變調。文獻中如無解釋文義，用「O」表示。文獻中的量詞大多無釋義，附錄根據文獻資料，列出例子作參考。粵語拼音、詞條、釋義、出處的差異，均以斜線「／」區隔。

一、名　詞

	粵語拼音	詞　條	釋　　義	出　處
1.	a^{1}	椏	crotch／樹枝	讀／俗
2.	ai^{1} man$^{5\text{-}1}$	挨晚	evening／晚，天將晚，將近晚	讀／俗
3.	ɐi^{2} kwa^{1}	矮瓜	茄／reddish crooked squash／蔬之屬	新／讀／俗
4.	ɐm^{1} ts^{h}ɵn^{1}	鵪鶉	鵪與鶉其形相似／quail／鴽	新／讀／俗
5.	aŋ^{1}	罌	Jars／缶	讀／俗
6.	ap^{8}	鴨	鴨在田間，春夏食蟛蜞，秋食遺稻，易以肥大，故鄉落間多畜鴨。／duck	新／讀
7.	ban^{1} long^{4}	檳榔	areca palm	新／讀
8.	ɔ^{1} ŋɐi^{6}	阿魏	O／asafetida	新／讀
9.	fa^{1} lei^{4} mok^{9}	花梨木	O／rose wood	新／讀
10.	fa^{1} pou^{3}	花布	O／chintz	新／讀
11.	fa^{1} tɛŋ^{1}	花廳	flower-hall、官家待客／横廳，本作聽事古者治事處謂之聽事即庭也	讀／俗
12.	fai^{3} tsi^{2}	快子	Chopsticks／O	讀／散
13.	fan^{1} jɐn^{4}	番人	O／foreigner	新／讀
14.	fan^{1} kan^{2}	番碱／番梘	soap　／O	讀／俗
15.	fan^{1} kwa^{1}	番瓜	南瓜／flat yellow pumpkin	新／讀
16.	fan^{1} sɛk^{9} lɐu$^{4\text{-}2}$	番石榴	guava／拔子	讀／俗
17.	fan^{1} sy$^{4\text{-}2}$	番薯	其皮或紅或白，大如兒臂而拳曲者／sweet potato	新／讀
18.	fan^{1} syn^{4}	番船	O／foreign ships	新／讀
19.	fan^{3} tsɐi^{2}	販仔	小販／hawkers, peddler	新／讀
20.	fat^{8} tsi^{2}	法子	O／O	讀／散
21.	fɐt^{7} fɐt^{7}	狒狒	狒狒狀如獼猴，紅髮髤鬍，人言而鳥聲，能知生死。笑似鬩鬩，上吻覆額，得之生飲其血，可見鬼物，是皆人熊之屬也。／orang outang	新／讀
22.	fɐt^{9} sɐu^{2}	佛手	皮厚而皺，人多以白糖作丁，及佛手／香橼片爲蜜煎／citron／果之屬	新／讀／俗

23.	fɐt^{9} sɔŋ^{1}	佛桑	花丹色者名朱槿，白者曰白槿。/ red hibiscus	新 / 讀
24.	fɐt^{9} tou^{5} tsok^{7}	佛肚竹	人面竹 / whanghee bamboo	新 / 讀
25.	fɔ^{2} kɐi^{1}	火雞	O / turkey	新 / 讀
26.	fɔŋ$^{4-2}$	房	room / O	讀 / 散
27.	fei^{1} sy^{2}	飛鼠	rat / 蝙蝠	讀 / 俗
28.	fei^{2} ts^{h}ɵy^{3}	翡翠	variegated kingfisher / 鷸羽	讀 / 俗
29.	fok^{9} leŋ^{4}	茯苓	神宜伏，茯者伏也，神伏於土中而爲苓，故曰茯苓。苓者靈也，神能伏則靈。/ China root	新 / 讀
30.	foŋ^{1} lan^{4}	風蘭	花如水仙，黃色，從葉心抽出，作雙朵，繫置簷間，無水土自然繁茂；以花形似名，然不香 / air-plant	新 / 讀
31.	foŋ^{1} lou$^{4-2}$	風爐	Furnace / O	讀 / 散
32.	foŋ^{1} sœŋ^{1}	風箱	Bellows / 橐籥	讀 / 俗
33.	fu^{2} kwa^{1}	苦瓜	其味甚苦，然雜他物煮之，他物弗苦，自苦而不以苦人，有君子之德焉；類茅而節高莖曲，宜編織，性寒宜作瀝青，其根穿行山谷，延蔓成林，又名過山苦 / egg plant, or brinjal	新 / 讀
34.	fu^{2} lin^{6}	苦楝	村落間凡生女多必多植之，以爲嫁時器物。花紫多實，實苦不可口。/ pride of India	新 / 讀
35.	fu^{3}	褲	Pantaloons / O	讀 / 散
36.	fu^{4} joŋ^{4}	芙蓉	O / hibiscus mutabilis	新 / 讀
37.	fu^{6} ts^{h}ɐn^{1}	父親	my father / O	讀 / 散
38.	ha^{1} ku^{1}	蝦姑	海馬 / crevette, or broad seashrimp	新 / 讀
39.	ha^{1} ma^{4}	蝦蟆	O / striped frog	新 / 讀
40.	ha^{6} p^{h}a^{4}、ha^{6} pa^{1} / ha^{6} pa^{1} / ha^{6} p^{h}a^{4}	下耙、下把 / 下巴 / 下爬	chin / O / 口下部，頤	讀 / 散 / 俗
41.	ha^{6} tɐu^{4}	下頭	next / O	讀 / 散
42.	hai^{4} hyn^{3} / hyn^{3}、hai^{4} hyn^{3}	鞋券 / 楥、鞋楥	last / 鞋模、做鞋之模	讀 / 俗
43.	hai^{5}	蟹	O / crab	新 / 讀

44.	hɐk^{7} jip^{9}	黑葉	荔枝葉青錄，此獨黑／black leaved lichi	新／讀
45.	hɐŋ^{6}	杏	O／bark red plum	新／讀
46.	hɐt^{9} t^{h}ou^{4}	核桃	O／walnuts	新／讀
47.	hau^{2} fu^{5} niu^{5}	巧婦鳥	tailor bird／鷦鷯	新／讀
48.	hɐu^{2} sɵn^{4}	口唇	the lips／O	讀／散
49.	hɐu^{2} sɵy^{2}	口水	salivary／O	讀／俗
50.	hɐu^{4}	喉	通聲息路、windpipe／頸前便嘅叫喉	讀／散
51.	hɐu^{4} lam^{5}	喉欖	Adam's apple, pomun adami／咽喉	讀／俗
52.	hɐu^{4} loŋ^{4}	喉嚨	fauces／O	讀／散
53.	hɔ^{4} pau^{1}	荷包	Wallet／囊之小者，囊	讀／俗
54.	hɔ^{6} lan^{4} kwɔk^{8}／hɔ^{4} lan^{1}	賀蘭國（荷蘭國）／荷蘭	O／Holland Dutch	新／讀
55.	hɔi^{2} ma^{5}	海馬	蝦姑／pipe fish	新／讀
56.	hɔk$^{9-2}$	鶴	O／crane, red beaded crane	新／讀
57.	hɔn^{6} sam^{1}	汗衫	Shirt／貼肉嘅單衫／中衣，三代之襯衣也	讀／散／俗
58.	hin^{2}	蜆	蜆	bivalve shells／介之屬
59.	hœ^{1}	靴	Boots／O	讀／散
60.	hœŋ^{1} kwa^{1}	香瓜	金瓜／muskmelon	新／讀
61.	hœŋ^{1} ts^{h}yn^{4}	香櫞	一曰枸櫞……其狀如人手／citron／果之屬	新／讀／俗
62.	hœŋ^{2} lɔ^{4}	響螺	murex or trumpet shell／介之屬	讀／俗
63.	hoŋ^{2} tsœk^{8}	孔雀	蒿豬／wild boar	新／讀
64.	hoŋ^{4} tɐu$^{6-2}$	紅豆／紅荳	本名相思子。其葉如槐，莢如豆子，夏熟，珊瑚色，大若芡肉微扁。／red beans	新／讀
65.	hou^{4}	蠔	Oysters	
66.	hou^{4} tsy^{1}	豪豬	oysters／介之屬	讀／俗
67.	jɐn^{4}	人	O／O	讀／散
68.	jɐn^{4} hak^{8}	人客	O／O	讀／散
69.	jɐt^{9}	日	day／O	讀／散

70.	jɐt^{9} jɐt^{9}	日日	daily / O	讀 / 散
71.	jɐt^{9} tɐu$^{4-2}$	日頭	sun / O	讀 / 散
72.	jɐu$^{4-2}$	柚	大者曰柚 / pumelo	新 / 讀
73.	jeŋ^{1} mou^{5}	鸚鵡	O / parrot	新 / 讀
74.	jeŋ^{4} fɔ^{2}	螢火 / 螢火蟲	fire-fly / 螢	讀 / 俗
75.	jɛ^{4} ji^{1} sou$^{3-2}$	椰衣掃	coir broom / O	讀 / 散
76.	jɛ^{5}	野、嘢 / 嘢	things / O	讀 / 散
77.	ji^{1} fok^{9}	衣服	Dresses / O	讀 / 散
78.	ji^{1} sœŋ^{4}	衣裳	dresses, clothes / O	讀 / 散
79.	ji^{5} tɔ^{2}	耳朵	the ear / O	讀 / 散
80.	ji^{5} tsɐi^{2}	耳仔	ears / O	讀 / 散
81.	ji^{5} wan$^{4-2}$	耳環	Earring / 耳飾	讀 / 俗
82.	jit^{9} fɐi$^{3-2}$ / fɐi$^{3-2}$	熱痱 / 痱	prickly heat / 熱瘡，熱生之小瘡	讀 / 俗
83.	jit^{9} tɐu$^{4-2}$	熱頭	sun shine / O	讀 / 散
84.	jœŋ^{4} lɐu^{5}	楊柳	O / willow	新 / 讀
85.	jœŋ^{4} mui$^{4-2}$	楊梅	O / strawberry tree	新 / 讀
86.	jœŋ^{4} t^{h}ou$^{4-2}$	羊桃、洋桃 / 楊桃 / 楊桃	其種自大洋來，一曰洋桃 / 枳椇 / carambola, averrhoa	新 / 讀 / 俗
87.	jœŋ^{6}	樣	kinds / O	讀 / 散
88.	jok^{9} lan^{4}	玉蘭	O / magnolia yulan	新 / 讀
89.	joŋ^{4} / joŋ^{4} jy$^{4-2}$ / joŋ^{4} jy$^{4-2}$	鱅 / 鱅魚 / 鱅魚	O / dace / 鱅	新 / 讀 / 俗
90.	jy^{5} hœŋ^{1}	乳香	O / olibanum	新 / 讀
91.	jyt^{9} kwɐi^{1}	月瑰 / 月貴	有深淺紅二色，花比木芙蓉差小……月月開，故名月貴，一名月記……故又名月月紅 / monthly rose	新 / 讀
92.	ka^{1} fɔ^{2}	傢夥	fixtures / 家內用嘅野	讀 / 散
93.	ka^{1} jy$^{4-2}$	嘉魚	O / barbel / 穌	新 / 讀 / 俗
94.	kɐi^{1}	雞	fowls or gallianceous birds / O	讀 / 散
95.	kɐi^{1} mou^{4} sou$^{3-2}$	雞毛掃	feather duster / O	讀 / 散
96.	kɐi^{1} si^{2} kwɔ^{2}	雞屎果 / 雞屎菓	guava / 番石榴	讀 / 俗

97.	kɐi^{1} ts^{h}ɵn^{1}	雞春	卵／egg	新／讀
98.	kai^{3} lan$^{4-2}$	芥蘭	葉如芥而綠，花黃花，比葉尤甘，葉有鉛，不宜多食，以微藍故，又名芥藍／coarse mustard	新／讀
99.	kak^{8} lak^{7} tɐi^{2}	咖略底	under the arm／腋下	讀／俗
100.	kam^{3} lam$^{5-2}$	橄欖	Olive／果之屬	讀／俗
101.	kɐm^{1} foŋ^{6} fa^{1}	金鳳花	鳳仙花／poinciana pulcherrima	新／讀
102.	kɐm^{1} jy$^{4-2}$	金魚	O／gold fish	新／讀
103.	kɐm^{1} kwa^{1}	金瓜	小者如橘，大者如邏柚，色赭黃而香／muskmelon	新／讀
104.	kɐm^{1} kwɐt^{7}	金橘	最小，剝皮則酢，合食則甘／kumkwat orange	新／讀
105.	kɐm^{1} tsɐm^{1} ts^{h}ɔi^{3}	金針菜	narrow leaved greens／萱草	讀／俗
106.	kɐm^{1} tsɛ^{3}	玕蔗／甘蔗	蔗之甘在幹在蔗也，其首甜而堅實難食，尾淡不可食，故貴其幹也／sugar cane	新／讀
107.	kɐm^{1} ts^{h}in^{4} gɐi^{1}	金錢雞	通身作金錢如孔雀尾，足四距／peacock pheasant	新／讀
108.	kɐn^{1} pan^{1}	跟班	personal servants／O／長隨	讀／散／俗
109.	kaŋ^{1} fu^{1}	更夫	watchmen／係看更嘅人／司更者	讀／散／俗
110.	kɐŋ^{2}	梗	petiole／枝身	讀／俗
111.	kɐp^{8}	蛤	廣而圓者皆曰蛤／bivalve shells	新／讀
112.	kɐp^{8} gai^{3}	蛤蚧	長五六寸，似蜥蜴，四足，有毛尾絕短，嘗自呼其名以鳴，一歲則鳴一聲。／red spotted lizard	新／讀
113.	kɐp^{8} na^{2}	蛤乸／蛤毑、蛤乸	frog／蝦蟇	讀／俗
114.	kap^{8} nap^{9}	夾衲	double garments／有面又有裏嘅	讀／散
115.	kap^{8} tsok^{7} t^{h}ou^{4}	夾竹桃	夾竹桃一名桃柳。葉如柳，花如絳桃，故曰桃柳。枝幹如菉竹而促節，故曰夾竹／oleander	新／讀
116.	kɐu^{2}	狗	dog／O	讀／散
117.	kɐu^{2} lei^{5} hœŋ^{1}	九里香	木本，葉細如黃楊，花成艽，色白，有香甚烈。／murraya exotica	新／讀

118.	kɐu^{2} mou^{4} ts^{h}oŋ^{4}	狗毛蟲	hairy caterpillar / 蠖	讀 / 俗
119.	kau^{3} tsin^{2}	鉸剪	Scissors / 交刃，裁縫所用以翦布者	讀 / 俗
120.	kɔi^{3}	蓋	O / 鑊覆	讀 / 俗
121.	kɛŋ^{2}	頸	neck / 頭下嘅叫頸	讀 / 散
122.	k^{h}ɐi^{3} tsɐi^{2}	契仔	盟好之子 / an adopted child	新 / 讀
123.	k^{h}ɐm^{1} heŋ^{1} / k^{h}ɐm^{1} heŋ^{1} tɐi^{6}	襟兄 / 襟兄弟	wife's elder sister's husband / 姊妹之夫相稱	讀 / 俗
124.	k^{h}ɐm^{1} tɐi^{6} / k^{h}ɐm^{1} heŋ^{1} tɐi^{6}	襟弟 / 襟兄弟	wife's younger sister's husband / 姊妹之夫相稱	讀 / 俗
125.	k^{h}ɐm^{5} mou^{5}	妗母	母之兄弟妻 / maternal uncle's wife / 母之兄嫂	新 / 讀 / 俗
126.	k^{h}ɐm^{5} p^{h}ɔ^{4}	妗婆	孫謂祖母之兄弟及妻 / father's maternal uncle's wife	新 / 讀
127.	k^{h}ɐu^{5} fu$^{6-2}$	舅父	母之兄弟 / maternal uncles / 母之兄嫂	新 / 讀 / 俗
128.	k^{h}ɐu^{5} koŋ^{1}	舅公	孫謂祖母之兄弟及妻 / father's maternal uncle	新 / 讀
129.	k^{h}ɛk^{9}	屐	Pattens / 木鞋，即今之厤鞋	讀 / 俗
130.	k^{h}œŋ^{2}	薑	樹根 / slump	讀 / 俗
131.	k^{h}œŋ^{4} tou^{6}	強盜	robbers / O	讀 / 散
132.	kiu$^{6-2}$	轎	sedan / O / 肩輿	讀 / 散 / 俗
133.	kœk^{8} maŋ^{1}	腳掹 / 腳綳	gaiters 綁腿 / 腳纏，束腳	讀 / 俗
134.	kœk^{8} nɔŋ^{4}	腳囊 / 腳臁	calf on the leg / O	讀 / 散
135.	kœk^{8} ŋan^{5}	腳眼	O / 腳踭上嘅骨	讀 / 散
136.	kœk^{8} tsaŋ^{1}	腳踭	heel of the foot / 腳踭上嘅骨	讀 / 散
137.	koŋ^{1} tsœŋ^{6}	工匠	architects / O	讀 / 散
138.	kou^{1}	篙	tracking-poles / 行船之具	讀 / 俗
139.	ku^{1} nœŋ^{4}	姑娘	lady / O	讀 / 散
140.	ku^{2} ts^{h}ɵy^{4} tsiu^{1}	鼓槌蕉	大而味淡。有核，如梧子大而三棱。 / triangular plantain	新 / 讀
141.	kwɐi^{6} toŋ^{2}	櫃桶	Drawer / O	讀 / 散
142.	kwɔ^{2} tsi^{2}	菓子 / 果子	fruits / O	讀 / 散
143.	kwɔŋ^{1} kwɐn^{3}	光棍	swindlers / O	讀 / 俗
144.	la^{3}	罅 / 罅	seams / 小隙	讀 / 俗

145.	lɐi^{4}	犂	base of plough／墾田器	讀／俗
146.	lɐi^{6} tsi^{1}	荔枝	荔字從廿，從刕……刕音離，割也。／lichi	新／讀
147.	lam^{6}	纜	rope／繩索	讀／俗
148.	lap^{8} sap^{8}	攋搔	積腐穢／refuse／瓦渣岡，瓦渣，糞除之物	新／讀／俗
149.	lɐu^{4} wɔŋ^{4}	硫黃／硫磺	O／brimstone	新／讀
150.	lɐu$^{4-2}$	樓	茅屋，平者／floor 地板	新／讀
151.	lɔ^{4}	籮／蘽	basket／載米	讀／俗
152.	lɔ^{4} keŋ^{1}	羅經	O／compass	新／讀
153.	lɔ^{4} pak^{9}	蘿蔔	O／turnips	新／讀
154.	lɔ$^{4-2}$	螺	O／univalve spiral shells	新／讀
155.	lɔk^{8} tɔ^{4}	駱駝	camel／O	讀／散
156.	lei$^{4-2}$	梨	O／pear	新／讀
157.	lei^{5}／lei^{5} jy$^{4-2}$	鯉／鯉魚	鯇之美在頭，鯉在尾，鰱在腹／carp	新／讀
158.	lei$^{5-2}$	李	O／small yellow plum	新／讀
159.	lei^{6} kwat^{8}	利刮	tongue scraper／淨口之具	讀／俗
160.	leŋ^{4} lei^{5}	鯪鯉	一名穿山甲／manis or pangolin	新／讀
161.	leŋ^{6} tsyn^{1}	令尊	honored father／O	讀／散
162.	lin^{4}	鰱	鯇之美在頭，鯉在尾，鰱在腹。／roaches	新／讀
163.	liu$^{5-1}$ kɔ^{1}	了哥	watteld grackle／捌捌鳥	讀／俗
164.	lœŋ^{4} mou$^{6-2}$	涼帽	summer hat／夏天用嘅	讀／散
165.	lœŋ^{5} tɐu^{4} sɛ^{4}	兩頭蛇	O／admphisbena	新／讀
166.	lok^{7} lou^{4}	轆轤	pully／爲輪軸引重	讀／俗
167.	loŋ^{4}	吼／窒	a small opening／從竅出，孔竅，小孔	讀／俗
168.	loŋ^{4} ha^{1}	龍蝦	O／crawfish or large sea prawns	新／讀
169.	loŋ^{4} nou^{5}	龍腦	O／camphor	新／讀
170.	lou^{5}	荖	siri leaf／與檳榔夾食	讀／俗
171.	lou^{5}	櫓	O／sculls／行船之具	新／讀／俗
172.	lou^{5} koŋ^{1}	老公	the old man／夫	讀／俗
173.	lou^{5} p^{h}ɔ^{4}	老婆	The old woman／妻	讀／俗
174.	løy^{4} koŋ^{1} jy$^{4-2}$	雷公魚	Wolf-fish／蝌蚪	讀／俗

175.	ma^{5}	馬	O / horse	新 / 讀
176.	ma^{5} kwa^{3}	馬褂	riding jacket / 上面所著嘅短衣服	讀 / 散
177.	ma^{5} lan^{4}	馬蘭	其葉似蘭而大，馬者大也 / Iris, or fleur-de-lis	新 / 讀
178.	ma^{5} nou^{5}	瑪瑙	O / agate	新 / 讀
179.	ma^{5} t^{h}ɐi$^{4-2}$	馬蹄	water chestnut / 果之屬	讀 / 俗
180.	mɐi^{5}	米	Rice / O	讀 / 散
181.	mɐk^{9} jy^{4}	墨魚	Cuttle-fish / 烏鰂	讀 / 俗
182.	mɐn$^{4-1}$	蚊	多生於腐葉 / 爛灰及陰濕地，或臭溝沙蟲所化。 / musketo	新 / 讀
183.	man^{6} kwɔ^{2} / man^{4} tsi^{6} kwɔ^{2}	卍果 / 卍字菓	果作卍字形，畫甚方正，蒂在字中不可見，生食香甘，一名蓬鬆子。 / seeds of hovenia	新 / 讀
184.	man^{6} lei^{4}	鰻鱺	背有肉鬣連尾無鱗，口有舌，腹白，大者長數尺 / conger eel	新 / 讀
185.	man^{6} nin^{4} ts^{h}oŋ^{4}	萬年松	松也，苔成樹而枝葉類松者也。 / lycopodium	新 / 讀
186.	man^{6} sɐu^{6} kwɔ^{2}	萬壽果	quince / 枳椇	讀 / 俗
187.	mau^{1} ji^{4} tɐu^{4} jeŋ^{1} / mau^{1} tɐu^{4} jeŋ^{1}	貓兒頭鷹 / 貓頭鷹	owl / 茅鴟	讀 / 俗
188.	mau^{5} lɐi^{6}	牡蠣	大者亦曰牡蠣，蠣無牡牝，以其大，故名曰牡也。 / oysters	新 / 讀
189.	mau^{5} tan^{1} fa^{1}	牡丹 / 牡丹花	二三月大開，多粉紅，亦有重疊樓子，惟花頭頗小。/ mowtan pæony	新 / 讀
190.	mɔ$^{4-2}$	磨	stone mill / 石磑	讀 / 俗
191.	meŋ^{4} ha^{1}	明蝦	O / prawns	新 / 讀
192.	meŋ^{4} mok^{9}	名目	names / O	讀 / 散
193.	min^{4} fa^{1}	棉花	cotton / O	讀 / 散
194.	min^{4} jœŋ$^{4-2}$	綿羊	O / sheep	新 / 讀
195.	min^{6} fɐn^{2}	麵粉	Flour / O	讀 / 散
196.	min^{6} pau^{1}	麵包	Bread / O	讀 / 散
197.	mok^{9} hœŋ^{1}	木香	O / putchuck	新 / 讀
198.	mok^{9} min^{4} / mok^{9} min^{4} sy^{6}	木棉 / 木棉樹	高十餘丈，大數抱，枝柯一一對出，……正月發蕾，似辛夷而厚，作深紅、金紅二色 / cotton tree	新 / 讀

199.	mok^{9} tsœŋ^{6}	木匠	carpenters / O	讀 / 散
200.	moŋ^{4} toŋ^{4}	艨艟	一名越王鳥，大如孔雀，有黃白黑色，喙長尺許……其名一曰象雕，亦曰越王雕，言其大也。 / heron	新 / 讀
201.	mou$^{6-2}$	帽	Bonnet / O	讀 / 散
202.	mui^{1} tsɐi^{2}	妹仔 / 妹仔 / 侮仔	小婢媵 / a servant girl / 婢	新 / 讀 / 俗
203.	mui$^{4-2}$	梅	O / plum	新 / 讀
204.	mut^{9} jœk^{9}	沒藥	O / myrrh	新 / 讀
205.	mut^{9} lei$^{6-2}$ / mut^{9} lei$^{6-2}$ fa^{1}	茉莉 / 茉莉花	本有藤有木，其花有實珠，有千葉，有重臺。 / white jasmine	新 / 讀
206.	nɐi^{4} søy^{2} si^{1} fu^{2}	坭水師傅	masons / O	讀 / 散
207.	nam^{4} jɐn$^{4-2}$	男人	my husband / O	讀 / 散
208.	nam^{4} kwa^{1}	南瓜	三月至九月（結果） / flat yellow pumpkin	新 / 讀
209.	noŋ^{4} fu^{1}	農夫	husbandmen / O	讀 / 散
210.	nou^{4} pok^{9}	奴僕	slaves / 使喚嘅人	讀 / 散
211.	nou^{5} tsœŋ^{1}	腦漿	cerbrum of brain / O	讀 / 散
212.	nyn^{5} mou$^{6-2}$	暖帽 / 煖帽	winter hat / 冬天用嘅	讀 / 散
213.	nyn^{5} tou^{5}	暖肚 / 煖肚	Stomacher / 襪胸	讀 / 俗
214.	ŋ^{4} koŋ^{1}	蜈蚣	短者也，其長者節節有足，是曰百足 / centipede	新 / 讀
215.	ŋa^{4}	芽	Sprout / 初出坭上	讀 / 散
216.	ŋa^{4} ts^{h}ɔŋ^{4}	牙藏 / 牙床	upper jawbone / 牙床，齒根肉	讀 / 俗
217.	ŋɐi^{4}	桅	mast / 船檣	讀 / 俗
218.	ŋak^{9} t^{h}ɐu^{4}	額頭	the forehead / O	讀 / 散
219.	ŋɐn^{4} ha^{1}	銀蝦	最小 / sea shrimps or crangons	新 / 讀
220.	ŋan^{4} syn^{4}	研船	rolling vessel / 研藥器	讀 / 俗
221.	ŋɐn^{4} ts^{h}in$^{4-2}$	銀錢	dollars / O	讀 / 散
222.	ŋɐn$^{4-2}$	銀	money, cost / O	讀 / 散
223.	ŋan^{5} tseŋ^{1}	眼睛	the eyeball / O	讀 / 散
224.	ŋan^{6} lɔi^{4} hoŋ^{4}	雁來紅	秋深時莖葉俱紅...花比素馨差小，五瓣鮮紅 / plumbago	新 / 讀
225.	ŋɐu^{4} nai^{5}	牛奶	Milk / O	讀 / 散
226.	ŋɐu^{4} tɐu^{4} fu^{3}	牛頭褲 / 牛頭袴	breeches / 短袴	讀 / 俗

227.	ŋɔi^{6} kɔŋ^{1} lou^{2} / ŋɔi^{6} kɔŋ^{1}	外江獠（佬）/ 外江	嶺北人 / northern people	新 / 讀
228.	ŋɔi^{6} sɐŋ^{1} / ŋɔi^{6} sɐŋ^{1}、sɐŋ^{1}	外甥 / 外甥、甥	sister's son / 姊妹之子	讀 / 俗
229.	ŋɔk^{9} jy^{4}	鱷魚	O / crocodile	新 / 讀
230.	ŋɔk^{9} mou$^{5-2}$	岳母	wife's mother / 妻母	讀 / 俗
231.	ŋɔk^{9} tsœŋ$^{6-2}$	岳丈	wife's father / 妻父	讀 / 俗
232.	ok^{7}	屋	house / O	讀 / 散
233.	oŋ^{3} ts^{h}ɔi^{3}	蕹菜	水蔬 / water greens	讀 / 俗
234.	pa^{1} tsiu^{1}	芭蕉	草之大者曰芭蕉 / green plantain	新 / 讀
235.	pak^{8} fu^{6}	伯父	father's elder brother / 父之兄	讀 / 俗
236.	pak^{8} hɐp^{9} fa^{1}	百合 / 百合花	O / white lily	新 / 讀
237.	pak^{8} tsip^{8} k^{h}wɐn^{4}	百摺裙 / 百襵裙	Petticoat / 折疊至多	讀 / 俗
238.	pak^{8} tsok^{7}	百足	短者也，其長者節節有足，是曰百足 / centipede, gally-worm / 蜈蚣	新 / 讀 / 俗
239.	pak^{9} fan^{6} jy$^{4-2}$	白飯 / 白飯魚 / 白飯	皆魚名 / white rich fish / 鰷	新 / 讀 / 俗
240.	pak^{9} han^{4}	白鷳	silver pheasant / 南越羽族之珍，即白雉也	新 / 讀
241.	pak^{9} kɐp$^{8-2}$	白鴿	鴿皆曰白鴿 / dove	新 / 讀
242.	pak^{9} ŋɐi^{5}	白蟻	以卑濕而生 / white ant	新 / 讀
243.	pak^{9} sin^{5}	白鱔	以產池塘中烏耳者爲佳 / white or light colored eel	新 / 讀
244.	pak^{9} tɔŋ^{4}	白糖	white sugar / O	讀 / 散
245.	pak^{9} ts^{h}ɔi^{3}	白菜	brassica / 菘	讀 / 俗
246.	pɐn^{1} lɔŋ^{4}	檳榔	betel nuts	新 / 讀
247.	pɐt^{7} pɐt^{9} / pɐt^{7} put^{9} tsi^{2}	蓽茇 / 蓽橃子	O / long pepper	新 / 讀
248.	pat^{8} kɔ^{1}	八哥	watteld grackle, raven / 鴝鵒	讀 / 俗
249.	pɔ^{1} lɔ^{4} kɔi^{3}	波羅蓋	波羅蓋	O / 腳間嘅骨節
250.	pɔ^{1} lɔ^{4} mɐt^{9}	波羅密	波羅密	佛氏所稱波羅蜜 / jack fruit

251.	pɔ^{1} lei^{1}	玻璃	西洋人以爲眼鏡 / glass / O	新 / 讀 / 散
252.	pɔ^{1} ts^{h}ɔi^{3}	菠菜	winter coarse greens / 菠薐	讀 / 俗
253.	pɔk^{8} tɐu^{4}	膊頭	the shoulders / 膊頭係頸邊兩傍嘅骨	讀 / 散
254.	pei^{1}	羆	狒狒牝曰羆、熊牝 / white bear	新 / 讀
255.	pei^{2}	髩 / 髀	髀也 / 膝上之大骨、the thigh bone / 大腿，腳之上截	新 / 讀 / 俗
256.	pei^{2} mok^{9} jy$^{4-2}$	比目魚	O / sole fish	新 / 讀
257.	pei^{3}	臂	O / 自肘至腕	讀 / 俗
258.	pei^{4} hei^{3}	皮氣 / 脾氣	disposition / O	讀 / 散
259.	pei^{5} min^{2}	被面	O / coverlet, bedcovers	新 / 讀
260.	pei^{6} kɔ^{1}	鼻哥	nose / O	讀 / 散
261.	peŋ^{1} tɔŋ^{4}	冰糖	其凝結成大塊者，堅而瑩，黃白相間 / sugar candy	新 / 讀
262.	p^{h}a$^{4-2}$	杷	Leveller / 收麥器、平田器	讀 / 俗
263.	p^{h}ɐn^{4} p^{h}ɔ^{4} / p^{h}ɐn^{4} p^{h}ɔ^{4} sy^{6}	頻婆 / 蘋婆樹	O / sterulia	新 / 讀
264.	p^{h}au^{4}	刨	Plane / 平木	讀 / 俗
265.	p^{h}oŋ^{4}	篷	帆也，以蒲席爲之 / awning / 風颿	新 / 讀 / 俗
266.	p^{h}ou^{3}	鋪、舖	shop / O	讀 / 散
267.	p^{h}ou^{3} tɐu$^{4-2}$	鋪頭、舖頭	shop / O	讀 / 散
268.	p^{h}ou^{4} t^{h}ɐi^{4}	菩提	O / raisins	新 / 讀
269.	p^{h}ou^{4} t^{h}ou^{4}	葡萄	O / grape	新 / 讀
270.	p^{h}un^{4}	盤	tea tray / O	讀 / 散
271.	p^{h}un^{4} fɐi^{3}	盤費	charges / O	讀 / 散
272.	pin^{2} tɐu$^{6-2}$	藊豆	有紅邊、青、白三種。一曰蛾眉豆，象形也。 / broad bean	新 / 讀
273.	ping^{4} kwo^{2} / ping^{4} kwo^{2}	蘋果 / 平果、平菓	O / apple	新 / 讀
274.	pong^{5}	蚌	凡狹長者皆曰蚌 / fresh water bivalves	新 / 讀
275.	sa^{1}	魦 / 魦、鯊	背鬣而腹翅，大者丈餘。皮有沙，圓細如珠，可以治木發光潤。 / common shark	新 / 讀

276.	sa^{1} ha^{1}	沙蝦	O / sea shrimps or crangons	新 / 讀
277.	sa^{1} jy$^{4-2}$	沙魚	common shark / 鯊	讀 / 俗
278.	sɐi^{1} kwa^{1}	西瓜	冬月亦結者 / watermelon / O	新 / 讀 / 散
279.	sɐi^{3} lou^{2}	細佬	the younger brother / O / 弟	讀 / 散 / 俗
280.	sɐi^{3} mɐn$^{4-1}$ tsɐi^{2}	細蚊仔	litte child / O	讀 / 散
281.	sam^{1} pan^{2} / sam^{1} pan^{2} t^{h}ɛŋ^{3} / san^{1} pan^{2}	三板 / 三板艇 / 舢板	gig , boat / O / 舟	讀 / 散 / 俗
282.	sɐm^{1} p^{h}ou^{5} / sɐn^{1} p^{h}ou^{5} / sɐm^{1} p^{h}ou^{5}	心抱 / 新抱 / 心抱	新婦 / the bride / 媳	新 / 讀 / 俗
283.	sɐm^{3} tsɛŋ^{2}	滲井	sink-drain / 暗井，屋裏暗井所以藏水者	讀 / 俗
284.	sɐn^{1}	身	O / O	讀 / 散
285.	sɐn^{1} ji^{4} / sɐn^{1} ji^{4} fa^{1}	辛夷 / 辛荑花	O / magnolia purpurea	新 / 讀
286.	san^{1} nɔi^{6}	山柰	三藾 / kaempferia	新 / 讀
287.	saŋ^{2} seŋ^{4}	省城	provincial city / O	讀 / 散
288.	sɐt^{7} t^{h}ɐu^{4}	膝頭	knees / O	讀 / 散
289.	sau^{1} koŋ^{1}	梢公 / 艄工	司柁者 / pilot / 把舵	新 / 讀 / 俗
290.	sɐu^{2} kɐn^{1}	手巾	O / handkerchief / O	新 / 讀 / 散
291.	sɐu^{2} pei^{3}	手臂	the arm / O	讀 / 散
292.	sɐu^{2} tsi^{2}	手指	a finger / O	讀 / 散
293.	sɐu^{2} tsœŋ^{2}	手掌	the palm of the hand / O	讀 / 散
294.	sɔ^{2}	鎖	Lock / 門鍵	讀 / 俗
295.	sek^{7} søy^{2}	色水	color / O	讀 / 散
296.	sek^{7} søt^{7}	蟋蟀	於草中出者少力，於石隙竹根生者堅老善鬥。 / ciricket	新 / 讀
297.	sɛk^{9} lɐu$^{4-2}$	石榴	O / pomegranate	新 / 讀
298.	sɛk^{9} sɐu^{2} / sɛk^{9} sɐu^{2} jy$^{4-2}$	石首 / 石首魚	春曰黃花，秋曰石首 / labrus, sciaena	新 / 讀
299.	seŋ^{1} seŋ^{1}	猩猩	猩猩人面猿身 / oang outang	新 / 讀
300.	si^{1} keŋ^{1}	絲經	O / warp	新 / 讀

301.	si^{3} kwɐn^{1} tsi^{2}	使君子	留求子 / quisqualis indica	新 / 讀
302.	si^{4}	鰣	O / roaches	新 / 讀
303.	si^{4} sɐn^{4} piu^{1}	時辰標 / 時辰鏢	O / watches	讀 / 散
304.	si^{6} jɐu^{4}	豉油	soy / O	讀 / 散
305.	si^{6} kɔn^{3}	事幹	business / O	讀 / 散
306.	si^{6} t^{h}ɐu$^{4-2}$	事頭	搖櫓者 / Sir	新 / 讀
307.	sim^{4} sy^{4} / k^{h}ɐm^{4}k^{h}ɵy$^{4-1}$	蟾蜍	Toad / 癩蝦蟇	讀 / 俗
308.	sin^{1} saŋ^{1}	先生	Teacher / O	讀 / 散
309.	sin^{3} kɐi^{1}	鐵雞 / 𠜂雞	capon / 閹雞	讀 / 俗
310.	sin^{3} pou^{6} / pou^{6}	線步 / 步	seam / 線腳	讀 / 俗
311.	siu^{1} tsɐu^{2}	燒酒	燒酒之尤烈者 / wine	新 / 讀
312.	sœŋ^{6} tɐu^{4}	上頭	above / O	讀 / 俗
313.	sok^{7} fu^{6}	叔父	father's younger brother / 父之弟	讀 / 俗
314.	sok^{7} koŋ^{1}	叔公	母之叔伯父母 / father's paternal younger uncle	新 / 讀
315.	sok^{7} p^{h}ɔ^{4}	叔婆	母之叔伯父母 / father's paternal younger uncle's wife	新 / 讀
316.	sok^{9} ts^{h}a^{4}	蜀茶	O / variegated camellia	新 / 讀
317.	soŋ^{3}	送	provision，relish / 魚肉，送飯者，買肴	讀 / 俗
318.	sou^{1}	鬚	beard / O	讀 / 散
319.	sou^{1} mok^{9}	蘇木	O / sapan wood	新 / 讀
320.	sou^{3} heŋ^{1} / sou^{3} heŋ^{1} fa^{1} / sou^{3} heŋ^{1}	素馨 / 素馨花 / 素馨	O / common white jasmine / O	新 / 讀 / 俗
321.	sɵy^{2} ap^{8}	水鴨	比家鴨稍小，色雜青白，背上頗有文，短喙長尾，卑腳紅掌 / wild duck or mallard	新 / 讀
322.	sɵy^{2} kwa^{1}	水瓜	冬月亦結者 / long crook squash	新 / 讀
323.	sɵy^{2} mou^{5}	水母	蝦之母名曰水母，塊然如破絮，黑色，有口無目，常有蝦隨之 / sea-qualm, or medusa	新 / 讀
324.	sɵy^{2} tsɐt^{9}	水蛭	螞蝗 / leech, or bloodsucker	新 / 讀
325.	sɵy^{2} ts^{h}at^{8}	水獺	一名猵獺，類青狐而小，喙尖	新 / 讀

			足駢，能知水信高下爲穴，廣人以占水旱 / otter	
326.	søy^{6} hœŋ^{1}	瑞香	乳源多白瑞香，冬月盛開如雪，名雪花。 / daphne odora	新 / 讀
327.	sy^{4} lœŋ^{4}	薯莨	其白者不中用，用必以紅，紅者多膠液，漁人以染罛罾，使苧麻爽勁，既利水又耐鹹潮不易腐。 / 用膠以漿罟網或膠布以爲衣服	新 / 讀
328.	syt^{8} wa^{6}	說話	O / O	讀 / 散
329.	syt^{8} lei^{4}	雪梨	（沙梨）正月熟者曰雪梨，稍小，味益清。 / shantung pear	新 / 讀
330.	tai$^{3-2}$ kʰɐu^{3}	帶扣 / 帶鈕	Clasp / 帶紐	讀 / 俗
331.	tai^{6} kɔ^{1}	大哥	elder brother / O	讀 / 散
332.	tai^{6} kʰɐu^{5}	大舅	wife's elder brother / 妻之兄	讀 / 俗
333.	tai^{6} lou^{2}	大佬	the eldest brother / O / 兄	讀 / 散 / 俗
334.	tai^{6} ŋa^{4}	大牙	molar teeth / O	讀 / 散
335.	tam^{3} kɔn^{1}	擔杆	carrying beam / 擔挑	讀 / 俗
336.	tan^{6} ka^{1}	蛋家	以艇爲家 / tanka-boat people	新 / 讀
337.	tɔi^{6} mui^{6}	玳瑁	如龜，大者如盤盂，上有鱗 / tortoiseshell	新 / 讀
338.	teŋ^{1} hœŋ^{1}	丁香	葉似櫟，花圓細而黃。 / cloves	新 / 讀
339.	tʰɐi^{2} min^{6}	體面	reputation / 即係話人有好行爲有名聲嘅	讀 / 散
340.	tʰan^{4} hœŋ^{1}	檀香	O / sandal-wood tree	新 / 讀
341.	tʰɐŋ^{4} wɔŋ^{4}	藤黃	O / gamboge	新 / 讀
342.	tʰat^{8} tsaŋ^{1} hai^{4}	撻踭鞋 / 少踭鞋	O / 跴踭鞋	讀 / 俗
343.	tʰɐu^{4} fat^{8}	頭髮	head / O	讀 / 散
344.	tʰɔi$^{4-2}$	檯	Table / O	讀 / 散
345.	tʰɔk^{8}	籜	sheath / 竹皮	讀 / 俗
346.	tʰɔŋ^{4} hou^{1}	塘蒿 / 茼蒿	celery / 蔬之屬	讀 / 俗
347.	tʰɔŋ^{4} jɐn^{4}	唐人	O / Chinese / O	新 / 讀 / 散
348.	tʰɔŋ^{4} sɐt^{7}	塘虱	O / silure / 鱴魟	新 / 讀 / 俗

349.	t^{h}eŋ^{1} jɐt^{9}	聽日／曬日／停日	tomorrow／O／明日，行中止也，停一日以待也，即明字。	讀／散／俗
350.	t^{h}in^{1} jit^{9}	天熱	summer／O	讀／散
351.	t^{h}in^{1} laŋ^{5}	天冷	cold weather／O	讀／散
352.	t^{h}in^{1} nyn^{5}	天暖	warm weather／O	讀／散
353.	t^{h}in^{1} si^{4}	天時	weather／O	讀／散
354.	t^{h}in^{4} kɐi^{1}	田雞	frog／蝦蟇	讀／俗
355.	t^{h}ip^{8} sa^{1} ／ t^{h}at^{8} sa^{1}	貼沙／撻沙／撻沙	貼沙一名「版魚」，亦曰「左魪」，身扁喜貼沙上／flounder／比目	新／讀／俗
356.	t^{h}it^{8} lek^{9} mok^{9}／tit^{8} lei^{6} mok^{9}	鐵力木／鐵利木	理甚堅致，質初黃，用之則黑。……廣人以作梁柱及屏障。／iron pear wood	新／讀
357.	t^{h}iu$^{4-2}$ tɐŋ^{3}	條櫈／跳凳	forms／長凳	讀／俗
358.	t^{h}oŋ^{4} ts^{h}in^{4}	銅錢	copper pieces／O	讀／散
359.	t^{h}oŋ^{4} tsi^{2}	童子	musicians／O	讀／散
360.	t^{h}ou^{2} si^{1}	土絲	Canton（raw）silk／O	讀／散
361.	t^{h}ou^{3} fu^{3}	套褲	legging／O	讀／散
362.	t^{h}ou$^{4-2}$	桃	O／peach	新／讀
363.	t^{h}ou^{5} ts^{h}i^{4}	肚臍	腹、the abdomen／O	讀／散
364.	tim^{2} sɐm^{1}	點心	Pastry／饅頭，包餕	讀／俗
365.	tip$^{9-2}$	碟／碟／疊	Plate／O／盌之屬	讀／散／俗
366.	tɵn^{1}	墪／墪、墩	stack／地高者，地之高堆	讀／俗
367.	toŋ^{1} kwa^{1}	冬瓜	冬月亦結者／pumpkin	新／讀
368.	tou^{6} kyn^{1} fa^{1}	杜鵑花	以杜鵑啼時開，故名。／azalea indiea	新／讀
369.	tou^{6} si$^{6-2}$	道士	rationalists／O	讀／散
370.	tou^{6} syn^{4}	艔船／渡船	O／passage-boats	新／讀
371.	tsam^{6} tou^{1}	鏨刀	keveled knife／O	讀／俗
372.	tsɐŋ^{1}	罾	lifting net／魚網	讀／俗
373.	tsɐt$^{9-2}$	侄	nephew; or brother's son／伯與叔稱其兄弟之子	讀／俗
374.	tsau^{2}	肘	O／臂節，手曲處	讀／俗
375.	tsɐu^{2}	酒	Spirits／O	讀／散
376.	tsɐu^{2} tsɵn^{1}	酒罇／酒樽	wine bottles／碎用嘅傢夥	讀／散

377.	tsɐu^{6}	袖	Cuff / O	讀 / 散
378.	tsɔk^{9} jɐt^{9}	昨日	yesterday / O	讀 / 散
379.	tsɔk^{9} man^{5}	昨晚	last night / O	讀 / 散
380.	tse^{3} ku^{1}	鷓鴣	O / partidge	新 / 讀
381.	tsek^{7} jyu^{2}	鯽 / 鯽魚	魚 / bream	新 / 讀
382.	tsɛk^{8} kwɐt^{7}	脊骨	vertebral / 兩膊後便之中係叫脊骨	讀 / 散
383.	ts^{h}a^{1}	杈	fork / O	讀 / 俗
384.	ts^{h}a$^{3-1}$	詫 / 衩	opened 開叉 / 衫腳兩旁開處	讀 / 俗
385.	ts^{h}a^{4} pou^{1}	茶煲	tea-kettle / O	讀 / 俗
386.	ts^{h}a^{4} wu$^{4-2}$	茶壺	tea-pots / 碎用嘅傢夥	讀 / 散
387.	ts^{h}ai^{1} jek^{9}	差役	O / 呏碎差使嘅人總名	讀 / 散
388.	ts^{h}ai^{4}	柴	Billets / O	讀 / 散
389.	ts^{h}ak$^{9-2}$	賊	O / O	讀 / 散
390.	ts^{h}am^{3}	杉	O / fir, pine	新 / 讀
391.	ts^{h}ɐm^{4} hœŋ^{1}	沉香	O / aloes-wood	新 / 讀
392.	ts^{h}ɐm^{4} loŋ^{4} jy$^{4-2}$	鱘龍魚 / 鱘龍	sturgeon / 鮪	讀 / 俗
393.	ts^{h}ɐn$^{1-3}$ ka^{1}	親家	son's wife's father / 姻家	讀 / 俗
394.	ts^{h}an^{2}	鏟	garden-spade / 墾田器	讀 / 俗
395.	ts^{h}aŋ$^{4-2}$	橙	皮厚而皺，人多以白糖作丁，及佛手、香橼片爲蜜煎 / coolie orange	新 / 散
396.	ts^{h}ɐu^{4} pak^{9}	鰽白	O / herring	新 / 讀
397.	ts^{h}ɔi^{3}	菜	Greens / O / 蔬	讀 / 散 / 俗
398.	ts^{h}ɔi^{4} foŋ$^{4-2}$	裁縫	tailor / O / 成衣匠	讀 / 散 / 俗
399.	ts^{h}ɔŋ^{1} jy$^{4-2}$	鯧魚 / 蒼魚	狀如鯿，圓頭縮尾狹鱗，肉厚而細，一脊之外，其刺與骨皆脆美，一名鏡魚。 / pomfret	新 / 讀
400.	ts^{h}ɔŋ^{1} kɐi^{1}	鶬雞	有鶬雞，食於田澤洲渚間，大者如鶴，青蒼色，長頸高腳，群起飛鳴則有雨，一名雨落母，亦曰麥雞。 / black crane	新 / 讀
401.	ts^{h}ek^{8} wɔk^{9}	尺蠖	geometrical worms / 蠖狗毛蟲	讀 / 俗
402.	ts^{h}eŋ^{1} løn^{4}	青鱗	O / herring	新 / 讀
403.	ts^{h}i^{4} hei^{3}	磁器	Porcelain / O	讀 / 散

404.	ts^{h}i^{4} kɐŋ^{1}	匙羹	Spoon／O／匕柶	讀／散／俗
405.	ts^{h}in$^{4-2}$	錢	copper pieces／O	讀／散
406.	ts^{h}in$^{4-2}$ ŋɐn$^{4-2}$	錢銀	O	讀／散
407.	ts^{h}ing^{1}	蟶	O／razor sheath, or solen	新／讀
408.	ts^{h}œŋ^{1}	鯧	O／pomfret	新／讀
409.	ts^{h}œŋ^{4}	牆、墻／牆	high wall／O	讀／散
410.	ts^{h}œŋ^{4} mei^{4}	薔薇	O／cinnamon rose	新／讀
411.	ts^{h}ɵn^{5}	鱒	roaches／鱒魚紅眼，故謂之紅眼鱒	讀／俗
412.	ts^{h}oŋ^{1} t^{h}ɐu^{4}	蔥頭	onions／O	讀／散
413.	ts^{h}ou^{2} ku^{1}	草菰／草菇	agaricus／蔬之屬	讀／俗
414.	ts^{h}yn^{1} san^{1} kap^{8}	穿山甲	鯪鯉／manis or pangolin／鯪鯉	新／讀／俗
415.	tsi^{2} kɐŋ^{2}	紫梗	O／gum lac	新／讀
416.	tsi^{2} kap^{8} fa^{1}	指甲花	頗類木樨，細而正黃，多須菂，一花數出甚香。粵女以其葉兼礬石少許染指甲／lawsonia purpurea	新／讀
417.	tsim^{1} mɐi^{5}	粘米	似粳而尖小長身，故名「占」。亦曰「秈」／common rice	新／讀
418.	tsit^{8}	節	knot／樹瘿	新／俗
419.	tsit^{8} kwa^{1}	節瓜	冬瓜以白皮者及小者...節瓜蔓地易生，一節一瓜，得水氣最多，能解暑熱／hairy squash	新／讀
420.	tsiu^{1} liu^{4}	鷦鷯	wren／以茅葦羽毳爲房，或一或二，若雞卵大，	新／讀
421.	tsiu^{1} t^{h}ɐu^{4} tsou^{2}	朝頭早	morning／O	讀／散
422.	tsiu^{3} pek^{7}	照壁	emblzaoned wall／衙門外牆，障屏也	讀／俗
423.	tsœŋ^{1} køy^{2}	章舉	章魚／eligh armed cuttle fish, or octopus	新／讀
424.	tsœŋ^{2}	槳	行船之具／oars	讀／俗
425.	tsœŋ^{2} kwɐi$^{6-2}$	掌櫃	accountants／O	讀／散
426.	tsœŋ^{6}	象	O／elephant	新／讀
427.	tsœŋ^{6} ŋa^{4}	象牙	色如白象牙。／ivory, tusks	新／讀
428.	tsok^{9} wa$^{6-2}$	俗話	dialect of Canton／O	讀／散

429.	tsok^{7} kɐi^{1}	竹雞	形如鷓鴣，褐色斑赤文，居竹林中，見儔必鬥 / rail or wedge tailed partridge	新 / 讀
430.	tsoŋ^{1}	盅 / 盅 / 鍾	Cup / 有蓋 / 杯之屬	讀 / 散俗
431.	tsoŋ^{2} tok^{7}	總督	deputies from the governor's office / 係爵位大嘅咯	讀 / 散
432.	tsou^{2} fu^{6}	祖父	grandfather / O	讀 / 散
433.	tsy^{6} nin^{4} t^{h}ɐi^{6}	住年娣	domestics / O	讀 / 散
434.	tsyn^{1} joŋ^{1}	尊翁	honored father / O	讀 / 散
435.	wa^{1}	蛙	大聲曰蛙，小聲曰蛤。 / frog	新 / 讀
436.	wa^{6} mei^{4}	畫眉	山鶘青紫，畫眉紅綠，形色小異，而情性相同。/ thrush, white eyed, gray thrush	新 / 讀
437.	wɐi^{4}	圍	茅屋，平者 / walled garden	新 / 讀
438.	wɐn^{4} mou^{5}	雲母	mothers' pearl / 貝	讀 / 俗
439.	wan^{5} / wan^{5} jy$^{4-2}$ / wan^{5}	鯇 / 鯇魚 / 鯇	魚生 / tench / 鯶魚	新 / 讀 / 俗
440.	waŋ^{4} sɵy^{2} tou^{6}	橫水渡	小者 / ferry boats	新 / 讀
441.	wɔk^{9}	鑊	pan, chaldron / O / 煮飯之具	讀 / 散 / 俗
442.	wɔŋ^{4} jy$^{4-2}$	黃魚	O / herring	新 / 讀
443.	wɔŋ^{4} kwa^{1}	黃瓜	二月至四月（結果）/ cucumber	新 / 讀
444.	wu^{1} jy$^{4-2}$	烏魚	blenny / 鱧	讀 / 俗
445.	wu^{1} mok^{9}	烏木	O / ebony	新 / 讀
446.	wu^{1} ts^{h}ak^{9}	烏賊	腹中有墨，吐之以自衛 / cuttle-fish	新 / 讀
447.	wu^{4} kwa^{1}	瓠瓜	形長尺餘，兩頭如一，與葫蘆皆以臘月下種 / melon	新 / 讀
448.	wu^{4} lou$^{4-2}$	葫蘆	以二三月結至五六月 / bottle gourd	新 / 讀
449.	wu^{4} si^{1}	湖絲	raw silk / O	讀 / 散
450.	wu^{4} sou^{1}	鬍鬚	hair on the cheeks / O	讀 / 散
451.	wu^{4} tsiu^{1}	胡椒	以來自洋舶者，色深黑多皺名胡椒者爲貴 / pepper, black pepper	新 / 讀
452.	wu^{4} tsiu^{1} mut^{9} / tsiu^{1} mut^{9}	胡椒欖 / 椒末	pepper / 胡椒粉，研胡椒成粉	讀 / 俗

二、動　詞

	粵語拼音	詞　條	釋　義	出　處
1.	ɐm^{2}	揞／撳／揞	以手覆物／close／以手覆之	新／讀／俗
2.	au^{2}	拗	holds, split／折	讀／俗
3.	ɐu^{3}	漚	fermentation／水浸，久則爛，久漬也	讀／俗
4.	ɔi^{3}	愛	wish／O	讀／散
5.	fan^{1} foŋ^{1}	翻風	the wind is very boisterous／O	讀／散
6.	fan^{1} lɐi^{4}	番嚟／翻嚟	come again／O	讀／散
7.	fɐn^{3}	噃／瞓	recline upon／O	讀／散
8.	fɐt^{7}	揔／拂	bail（some water）／O	讀／散
9.	fat^{8} tseŋ^{1} kwɔŋ^{1}／fat^{8} ts^{h}eŋ^{1} kwɔŋ^{1}	發晴光／發青光	amaurosis／盲眼，青盲	讀／俗
10.	fu^{3}	戽	dip, bail／以斗渫水，以戽斗挹水而出之	讀／俗
11.	hɐi^{2}	喺	O／O（在）	讀／散
12.	hɐi^{6}	係	is／O	讀／散
13.	hɔi^{1}	開	open／O	讀／散
14.	hɔŋ^{3}	炕	frying, warmed, bakes／O／炙乾，以火炕之使乾	讀／散／俗
15.	hɔŋ^{4}	行／絎	baste／縫衣，以線粗聯之	讀／俗
16.	hei^{2} sɐn^{1}	起身	O／O（起床）	讀／散
17.	hiu^{2} tɐk^{7}	曉得	Understand／O	讀／散
18.	hou^{2} ts^{h}i^{5}	好似	O／O（好像）	讀／散
19.	hɵy^{3}	去	gone／O	讀／散
20.	jɐm^{2}	飲	drink／O	讀／散
21.	jɐp^{9}	入	O／O（進入）	讀／散
22.	jau^{4}／jau^{4} sɵy^{2}／jau^{4}	游／游水／泅	泅水／swimming／浮行水面，浮行水上	新／讀／散
23.	jeŋ^{1} seŋ^{4}	應承	promised／O	讀／散
24.	jin^{2}	演／衍	display／自誇	讀／俗
25.	jiu^{1}	要	wish／O	讀／散
26.	jiu^{2}	擾／舀／舀	O／O／以殼取飯	新／讀／俗
27.	jok^{7}	嘟／蠕	move／動	讀／俗

28.	jɔŋ^{6}	用	use / O	讀 / 散
29.	kɐi^{3}	計	O / O（核算）	讀 / 散
30.	kai^{5}	㨨	O / O / 以手拈持	讀 / 散 / 俗
31.	kɐm^{6}	噤 / 㩒	putting / 遏之	讀 / 俗
32.	kɐn^{1}	跟	O / O / 尾隨	讀 / 散 / 俗
33.	kan^{2}	揀	choose / O	讀 / 散
34.	kau^{2}	攪	stir / O	讀 / 俗
35.	kau^{2}	絞	anchor / O	讀 / 俗
36.	kɔŋ^{2}	講	speak / O	讀 / 散
37.	k^{h}ɐm^{2}	撳	O / O（蓋）	讀 / 散
38.	k^{h}eŋ^{4}	凝 / 澄	set / 靜而清之，置水不動使清也	讀 / 俗
39.	k^{h}it^{8}	揭	O / 揭而開之也	讀 / 俗
40.	kin^{3}	見	seen / O	讀 / 散
41.	ku^{2}	估	O / suppose / O	新 / 讀 / 散
42.	kwɐn^{2}	滾	boil / O	讀 / 散
43.	lei^{4}	厘 / 嚟 / 嚟	來 / O / O	新 / 讀 / 散
44.	lɐk^{9}	勒	tie / 以繩束之	讀 / 俗
45.	lɔ^{2}	攞 / 攞 / 攞、攎	taken / O / 不以道取	讀 / 散 / 俗
46.	lɔŋ^{6}	晾	hung / 曬衫，無日謂之晾	讀 / 俗
47.	lip^{9}	擸	O / 撫	讀 / 俗
48.	lyn^{4}	聯	sew / O / 縫衣，製衣先以剪裁布而後聯之，取連合之義	讀 / 散 / 俗
49.	mai^{5}	買	O / O	讀 / 散
50.	mak^{8}	擘	open / O	讀 / 散
51.	mɐn$^{5\text{-}2}$	抆	smoothing, spreading / 揩抹	讀 / 俗
52.	mou^{5}	冇	O / O（沒有）	讀 / 散
53.	mut^{8} / mɐt^{8}	抹 / 抹 / 抹、瀎	wipe / O / 以布揩拭	讀 / 散 / 俗
54.	nɐu^{1}	嬲 / 嬲 / 惱	O / O / 激氣	讀 / 散 / 俗

55.	nɐu^{2}	扭	pull／O	讀／俗
56.	neŋ^{1}／nek^{7}	擰／擰／搦	take／O／用手持物	讀／散／俗
57.	neŋ^{6}	擰／[illegible]	Shake the head; or give a refusal, certainly will shake the head; or give a refusal／搖頭，轉	讀／俗
58.	nim^{1}	拈	Bring／O／指取	讀／散／俗
59.	nim^{6}	念	rehearse／O	讀／散
60.	nip^{9}	撚	pinch／手指搓	讀／俗
61.	pai^{2}	擺	put／O	讀／散
62.	pan^{6}	辦	cooked／O	讀／散
63.	pɔŋ^{1} ts^{h}ɐn^{3}	幫襯／幫趁	patronize／O	讀／散
64.	pɔŋ^{2}	綁	fasten, tie／繫之	讀／俗
65.	pei^{2}	捭、俾／俾／畀	give／施予	讀／散／俗
66.	p^{h}ɐi^{1}	[illegible]／批／[illegible]	以刀削物／pare／削	新／讀／俗
67.	pou^{1}	煲／煲／缹	boil／O／炊，以鍋，缶字之變	讀／散／俗
68.	pou^{6} tɐu^{3}／pou^{6} tɐu^{3}／pou^{6}	哺鬥／捕鬪／菢	雌雞伏卵／hatched／雞伏卵	新／讀／俗
69.	pui^{6}	焙	種火文武其中／fire to dry／O／煏之，以火烘之	新／讀／散／俗
70.	sɐi^{1}	篩／簁	sift／去米碎	讀／俗
71.	sɐi^{2}	使	use／O	讀／散
72.	sɐi^{2}	使	required／O	讀／散
73.	sɐi^{2} sɐn^{1}	洗身	to bath／O	讀／散
74.	sai^{3}	晒／曬／曬	O／O／有日謂之曬	讀／散／俗
75.	san^{1}	閂	門橫關／shut, close／O	新／讀／散
76.	sɐn^{1}	伸	stretch out／O	讀／散
77.	saŋ^{1} ji^{5} tseŋ^{6}／saŋ^{1} ji^{5} tsaŋ^{5}	生耳睜／生耳聤	otorrhcea／半聾	讀／俗
78.	sap^{9}	烚	boiling／O	讀／散
79.	sɐt^{7}	失	lost／O	讀／散
80.	sat^{8}	殺	destroy／O	讀／散

81.	sɔ^{1}	梳	comb / O	讀 / 散
82.	sɔ^{2}	鎖	handcuffed / O	讀 / 散
83.	sek^{7}	識	know / O	讀 / 散
84.	sek^{7}	熄	fire to be extinguished / O	讀 / 散
85.	sek^{9}	食	tasted / O	讀 / 散
86.	si^{1} ji^{4}	思疑	doubted / O	讀 / 散
87.	sip^{8}	攝 / 褺	O / 物有罅而別用一物，以固之曰褺	讀 / 俗
88.	siu^{1}	燒	burning / O / 膾炙	讀 / 散 / 俗
89.	sœŋ^{1}	傷	wound / O	讀 / 散
90.	soŋ^{3}	送	O / O	讀 / 散
91.	ta^{2}	打	攻治金鐵之器 / make	新 / 讀
92.	ta^{2}	打	beat / O	讀 / 散
93.	ta^{2} ham^{3} lou^{6}	打喊嚕 / 打欠露	gapes / 欠伸	讀 / 俗
94.	ta^{2} hɐt^{7} ci^{1}	打乞癡 / 打咳嚏	sneezes / 鼻噴	讀 / 俗
95.	ta^{2} lei^{5}	打理	O / O（料理、管理）	讀 / 散
96.	ta^{2} tsoŋ^{1}	打樁	driven down / 擊柱於牆腳	讀 / 俗
97.	tai^{3}	戴	put / O	讀 / 散
98.	tɐi^{6}	遞	hand / 傳物	讀 / 俗
99.	tɐk^{7}	得	O / O（要、可以）	讀 / 散
100.	tam^{1}	擔	O / O / 肩挑	讀 / 散 / 俗
101.	tɐn^{6}	燉	boiled / O	讀 / 散
102.	tɐu^{1}	兜	lifting up / O	讀 / 散
103.	tɐu^{3}	鬥 / 鬪 / 鬥 / 斣	角勝 / O / O / O	新 / 讀 / 散 / 俗
104.	t^{h}ɐi^{2}	睇 / 睇 / 題	O / O / 視	讀 / 散 / 俗
105.	t^{h}ɐi^{3}	剃 / 剃 / 鬀	shave / O / 剔髮，盡及身毛	讀 / 散 / 俗
106.	t^{h}ɐm^{3}	噤 / 貼	impose / 騙人	讀 / 俗
107.	t^{h}ɐn^{3}	褪	O / 脫衫，除衫，退後	散 / 俗
108.	t^{h}ɔi^{4}	抬	O / O（舉）	讀 / 散
109.	t^{h}ɔk^{8}	托	O / O（扛）	讀 / 散

110.	t^{h}ɔŋ^{1}	劏／劏／湯	slaughtered／O／宰牲	讀／散／俗
111.	t^{h}eŋ^{1}	聽	listen／O	讀／散
112.	t^{h}ik^{7}	趯	走／O／跳走	新／讀／俗
113.	t^{h}im^{5}	餂／賠	lose／受虧	讀／散
114.	t^{h}iu^{1}	斆／挑／斆	O／sow up／粗縫也，細曰縫，粗曰斆，著裏曰縫，著邊曰斆	讀／散／俗
115.	tim^{2}	點	light the lamps／O	讀／散
116.	tit^{8}	跌	fallen／O	讀／散
117.	tiu^{1}	雕	engraving／O	讀／散
118.	tou^{6}	鍍	plating／融金入銅	讀／俗
119.	tɵy^{3}	兑	weighs／O	讀／散
120.	tsa^{1}	揸／揸／揸、摣	hold／O／O	讀／散／俗
121.	tsɐi^{1}	擠、掣／擠／擠	put／O／收拾	讀／散／俗
122.	tsɐm^{3}	浸／蘸	soaked／投物落水，凡物墮於水	讀／俗
123.	tsɔi^{6}	在	at／O	讀／散
124.	tsɔŋ^{1}	裝	O／O／載之	讀／散／俗
125.	tsɔŋ^{6}	撞	seeing each other／O	讀／俗
126.	tseŋ^{2}	整	fix／O	讀／散
127.	ts^{h}ɐm^{1}	侵	pour／加添	讀／俗
128.	ts^{h}ɐn^{3} hɵy^{1}	趁虛、趂虛／趁虛	fairs, market ／赴市，赴市買賣	讀／俗
129.	ts^{h}aŋ^{1}	撐	open（撐開）／以篙刺船	讀／俗
130.	ts^{h}at^{8}	擦	clean, brush／O	讀／散
131.	ts^{h}au^{3}	焯／焯	fried（in fat）／油炸，油猛火炸之	讀／俗
132.	ts^{h}ɔ^{5}	坐	O／O	讀／散
133.	ts^{h}eŋ^{3}	稱	denominated／O	讀／散
134.	ts^{h}eŋ^{4} jyn^{6}	情願	is willing／O	讀／散
135.	ts^{h}ɛ^{2}	扯／撦	pull／牽之	讀／俗
136.	ts^{h}i^{5}	似	O／O（像）	讀／散

137.	tsʰɵt^{7}	出	out / O	讀 / 散
138.	tsʰɵt^{7}	出	O / O（發芽）	讀 / 散
139.	tsʰɵt^{7} kai^{1}	出街	O / O（上街）	讀 / 散
140.	tsʰɵy^{1}	吹	O / O	讀 / 散
141.	tsi^{1}	知	O / O	讀 / 散
142.	tsip^{8}	摺	O / O	讀 / 散
143.	tsiu^{3}	燋	charring / O	讀 / 俗
144.	tsœk^{9}	著	put on / O	讀 / 散
145.	tsoŋ^{1} ji^{3}	中意	like / O	讀 / 散
146.	tsou^{6}	做	make / O	讀 / 散
147.	tsɵy^{1}	錐	to bore / 穿孔	讀 / 俗
148.	wa^{6}	話	O / O（說）	讀 / 散
149.	wɐn^{2}	搵	find / O	讀 / 散
150.	wɔ^{6}	和	以水參之 / stir, blended together	新 / 讀
151.	wui^{5}	會、噲	be able, will / O	讀 / 散

三、形容詞

	粵語拼音	詞　條	釋　　義	出　處
1.	fai^{3}	快	active / O	讀 / 散
2.	hɐk^{7}	黑	dark / O	讀 / 散
3.	hɐp^{9} sek^{7}	合式	suitable / O	讀 / 散
4.	heŋ^{1}	輕	O / O	讀 / 散
5.	jɐu^{3}	幼	fine / 粗對面叫幼	讀 / 散
6.	jɐu^{3} sɐi^{3}	幼細	tender and fine / O	讀 / 散
7.	jɐu^{4} jek^{7} / jek^{7}	油益 / 膱	oily taste / 臭油，食物日久油氣變味	讀 / 俗
8.	jim^{1} jim^{1} tsim^{1} tsim^{1}	惓惓惦惦 / 殗殗殜殜	disturbed / 小病	讀 / 俗
9.	kɔn^{1} tseŋ^{6}	乾淨	clean / O	讀 / 散
10.	kip^{8}	刼 / 鹼	strong / 過鹹，大鹹，凡鹹之極者必鹼	讀 / 俗
11.	kou^{1}	高	elevated / O	讀 / 散
12.	ku^{2} kwai^{3}	古怪	strange / O	讀 / 散
13.	la^{3} tsa^{2}	噼揸 / 藞蓝	dirty / 不潔	讀 / 俗

14.	lɐm^{4} lɐm^{4} lei^{4} / lɐm^{4} lei^{4}	淋淋漓／淋漓	flow down in streams / 沾濕	讀／俗
15.	lan^{6}	爛	damaged / O	讀／散
16.	lɐp^{9} lɐp$^{9-2}$ lyn^{6} / lɐp^{9} lyn^{6}	衲衲亂／歷亂	confusion / 雜亂	讀／俗
17.	lɐu$^{6-3}$ hɐu^{2}	漏口／嘍口	stammering / O	讀／散
18.	leŋ^{3}	靚	美 / scour / 精美	新／讀／俗
19.	leŋ^{4} lei^{6}	伶俐	apt in / 聰明	讀／俗
20.	lou^{5} sɐt^{9}	老實	substantial / O	讀／散
21.	moŋ^{1}（ŋan^{5}）	蒙（眼）／蒙、瞢（眼）	dim-eyed / 眼不明	讀／俗
22.	nɐm^{4}	腍	O / 爛熟，大熟	讀／俗
23.	nɐp^{7}	凹／埕、癟	dented / 凹、谷虛	讀／俗
24.	nɔi^{6}	耐	long time / O	讀／散
25.	noŋ^{4}	濃	O / O　/ O	讀／散／俗
26.	nyn^{6}	嫩	O / O	讀／散
27.	ŋan^{5} fɐn^{3}	眼瞓／眼困	sleepy / 眼倦	讀／俗
28.	p^{h}eŋ^{4}	平	cheap / O	讀／散
29.	pin^{6}	便	easily / O	讀／散
30.	sɐi^{3}	細	small, younger / O	讀／散
31.	sɐn^{1} sin^{1}	新鮮	new / O	讀／散
32.	saŋ^{1}	生	eaten row / O	讀／散
33.	sɐp^{9}	濕	moist / O	讀／俗
34.	sɔ^{1}	疎	distant relation / O	讀／散
35.	seŋ^{4}	成	O / 整數	讀／俗
36.	si^{4} heŋ^{1}	時興	new fashioned, according to the fashion, rage / 時尚，凡物爲當時所習尚者	讀／俗
37.	sou^{1}	臊	frowzy / 羊腥，羊臭	讀／俗
38.	tɐi^{2}	抵／底	O / O（合算）	讀／散
39.	tɐk^{7} han^{4}	得閒	leisure / O	讀／散
40.	t^{h}at^{8}（tsaŋ^{1}）	撻（踭）／少（踭）	down / O	讀／俗
41.	toŋ^{3}	凍	cold / O / 冷	讀／散／俗

42.	tsak^{8}	窄	narrow／O	讀／散
43.	tsɔn^{3} kin^{6}	壯健	strong and robust／O	讀／散
44.	tseŋ^{3}	正	correctly／O	讀／散
45.	ts^{h}ɐi^{4} pei^{6}	齊備	O／O	讀／散
46.	ts^{h}ɐi^{4} tseŋ^{2}	齊整	straight／O	讀／散
47.	ts^{h}au^{4}	�／醮	rumpled／皮皺，面皮有皺紋	讀／俗
48.	ts^{h}oŋ^{5}	重	grave／O／O	讀／散／俗
49.	wu^{1} tsɔu^{1}	污漕／污糟／齷齪	dirty／O／不潔	讀／散／俗

四、物量詞

	粵語拼音	詞　條	例　　子	出　處
1.	fai^{3}	塊	換過塊石枱面／一塊布／皮肉曰一塊	讀／散／俗
2.	fu^{3}	副	一副新錫香案／牙籤衫鈕謂之一副	讀／俗
3.	ha^{5}	吓	要掃吓天花板／一吓	讀／散
4.	hɐu^{2}	口	爭口氣／一口大炮／一口釘	讀／散／俗
5.	kan^{1}	間	個間房裏頭有間替身房仔／我住呢間屋／屋宇之屬曰間	讀／散／俗
6.	kɔ^{3}	個	我個口／三五個錢／凡物如柑橙之類曰一個	讀／散／俗
7.	kin^{6}	件	戴件雨帽遮雨／一件帽／衫曰一件	讀／散／俗
8.	kun^{2}	管	穿管針聯衣服／一管針／蕭曰一管	讀／散／俗
9.	pa^{2}	把	呢把鎖唔開得／一把掃把／柴曰一把	讀／散／俗
10.	pau^{1}	包	一包粟咁長鬚／呢包銀／以布包之曰一包	讀／散／俗
11.	pɔŋ^{1}	幫	重有新到個幫船／一幫賊／人曰一幫	讀／散／俗
12.	p^{h}ɐt^{7}	疋／疋／匹	攞一疋紅夾金嘅（洋布）／一疋布／布曰匹	讀／散／俗
13.	p^{h}un^{4}	盤	抽呢盤菓碟嚟／捧盤水嚟／棋局曰盤	讀／散／俗
14.	pou^{6}	簿／部／部	三簿大字書／一部書／書一本曰一部	讀／散／俗
15.	seŋ^{4}	乘	抬乘轎去拜會／一乘車／轎一頂曰乘	讀／散／俗
16.	tam^{3}	擔	擔一擔水桶嚟／兩絡曰擔	讀／俗
17.	tɔ^{2}	朵	擰朵花戴落頭／花瓣謂之一朵	讀／俗

18.	t^{h}iu^4	條	一條毛／一條手巾／袴曰一條	讀／散／俗
19.	t^{h}oŋ^4	筒	一筒湯碗十隻／袖曰一筒	讀／俗
20.	tim^2 tsoŋ^1	點鐘	紅蘿蔔要焓得一點鐘正食得／半點鐘	讀／散
21.	tou^6	度	鎖埋個度房門／門曰一度	讀／俗
22.	tɵy^3	對	我對耳有的咁多撞聾／一對靴／一對襪	讀／散／俗
23.	tsan^2	盞	放盞暗燈喺火爐邊嚟／一盞燈燭臺／燈曰一盞	讀／散／俗
24.	tsek^8	隻	抹乾呢隻碗嚟／幾隻牙／以件言之曰隻	讀／散／俗
25.	ts^{h}yn^3	串	拈串朝珠／一串／珠曰一串	讀／散／俗
26.	tsi^1	枝	咁樣執住個枝筆／五枝筆／筆曰一枝	讀／散／俗
27.	tsœŋ^1	張	十二張學士椅／一張櫈／臺幾以張計	讀／散／俗
28.	tsœŋ^6	丈	十尺爲一丈／幾丈布	讀／散

五、代　詞

	粵語拼音	詞　條	釋　　義	出　處
1.	kɐm^2	噉	this／O	讀／散
2.	kɐm^3	咁	so／O	讀／散
3.	kɔ^2	個／嗰	the／O	讀／散
4.	kɔ^2 tsɐn^6 si$^{4\text{-}2}$	個陣時	the time／O	讀／散
5.	kei^2	幾	How／O	讀／散
6.	kei^2 tɔ^1	幾多	what is／O	讀／散
7.	k^{h}ɵy^5	佢	He／she	讀／散
8.	k^{h}ɵy^5 tei^6	佢哋	they	讀／散
9.	mɐt^7	乜	Any／O	讀／散
10.	mɐt^7 je^5	乜野	What／O	讀／散
11.	mɐt^7 sɵy^2	乜誰	who／O	讀／散
12.	ni^1	呢	this／O	讀／散
13.	ni^1 sy^3	呢處	here／O	讀／散
14.	nei^5 tei^6	你哋	you／O	讀／散
15.	ŋɔ^5 tei^6	我哋	we／O	讀／散
16.	pin^1	邊	Where／O	讀／俗
17.	pin^1 sy^3	邊處	Where／O	讀／散

18.	tim^{2}	點	what is / O	讀 / 散
19.	tim^{2} jœŋ^{2}	點樣	何如 / what kind, how / O	新 / 讀 / 散
20.	tsi^{6} ka^{1}	自家	O / O（自己）	讀 / 散
21.	tsyn^{1} ka^{3}	尊駕	he / O	讀 / 散

附錄三　《中文讀本》所見廣州方言瀕臨死亡的常用基本詞彙

此處列舉的瀕臨死亡詞彙指：只爲老派所認識或使用，現代廣州方言詞典不收的常用基本詞彙〔註1〕，共五十個。下面列出詞條後，以括號顯示其出處，然後列出原文的中文例句及英語翻譯，若無中文例句則只顯示原文的英語對譯詞。

1. 名詞類

1.1 植　物

1. *萬年松（1841：14.6）「Lycopodium」
2. 佛桑（1841：14.5）「Hibiscus」
3. 山柰（1841：14.3）「Kaempferia」
4. *玉蘭（1841：14.2）「Magnolia yulan」
5. 佛肚竹（1841：14.2）「Whanghee bamboo」
6. 金鳳花（1841：14.5）「Poinciana pulcherrima」
7. *指甲花（1841：14.5）「Lawsonia purpurea」

〔註 1〕常用基本詞彙指在《讀本》以外，共現於本書所考察的其它三本文獻（《廣東新語》、《散語四十章》、《廣東俗語考》）的詞彙。

8. 素馨花（1841：14.5）「Common white jasmine」
9. 蜀茶（1841：14.5）「Variegated Camellia」
10. 籜（1841：14.1）「籜竹節之衣也」「The sheath of the joint in bamboos is its covering」
11. 薯莨（1841：6.8）「薯莨綢以薯莨搗膠染綢」「Rust colored senshawis dyed in a jelly, made from gambier」
12. 藤黃（1841：6.2）「藤黃用以塗畫作色」「Gamboge is used in painting as a pigment」

1.2 人 品

13. *工匠（1841：7.1）「工匠營造起居所類者」「Architects are those who plan and build all kinds of lodging-places.」
14. *木匠（1841：7.1）「木匠架桁蓋成樓閣祠宇」「Carpenters construct rafters and build houses, lodges, temples, and such like edifices.」
15. 奴僕（1841：4.10）「賣身與人名爲奴僕」「Those whose persons have been sold to others are called slaves.」
16. 更夫（1841：4.9）「闆閻報漏號曰更夫」「Those who report the hour（of the night）in the streets are called watchmen.」
17. 住年娣（1841：5.8）「有四個住年娣」「He has four domestics」
18. 販仔（1841：6.2; 7.1）「販仔即遊街喊賣貨者」；「販仔先買而後挑上街零賣者」「Hawkers are those who go through the street, crying out that they have goods for sale.」「A pedler first buy articles and then afterwards carries them through the streets for retail.」
19. 梢公（1841：8.3）「梢公把柁之人」「The pilot is the man at the helm.」
20. 番人（1841：6.6）「呢宗算係番人算法，我哋本地冇呢宗例」「This is the way we calculate the prices with foreigners; we Chinese（among ourselves）have no regulation of this sort.」
21. 童子（1841：7.1）「童子八音吹彈」「Musician play on all kinds of wind and stringed instruments.」
22. 強盜（1841：4.10）「大夥打劫名爲強盜」「Those who plunder in large bands are called robbers.」

1.3　動物

23. *烏魚（1841：15.5）「Blenny」
24. 尺蠖（1841：15.7）「Geometrical worms」
25. 牡蠣（1841：15.6）「Oysters」
26. 青鱗（1841：15.5）「Herring」
27. 翡翠（1841：15.3）「Variegated kingfisher」
28. *蟾蜍（1841：15.4）「Toad」

1.4　工具材料

29. 土絲（1841：6.8）「土絲乃本土之絲也」「Canton（raw）silk is produced in this province.」
30. 湖絲（1841：6.5）「茶葉湖絲大黃雜貨都得」「Teas, Nankeen, raw silk, rhubarb, and sundry other commodities are all exchangeable.」
31. 轆轤（1841：8.3）「轆轤係桅扯㯙」「A pully is secured to the mast for hoisting the sail.」
32. 篙（1841：8.3）「篙水淺即撐之」「When the water is shallow use tracking-poles.」
33. 罾（1841：7.3）「罾係竹牽拗魚之器」「A lifting net is an apparatus of net work fastened to bamboos, by raising which the fish are taken up.」

1.5　服　飾

34. 套褲（1841：5.4）「做棉套褲嚟著」「Make a pair of leggins lined with cotton.」
35. 涼帽（1841：5.4）「涼帽用竹絲胎」「The summer hat is made of bamboo splints.」
36. *暖肚（1841：5.4）「脫衫要纜暖肚」「When taking off the shirt put on a stomacher.」
37. 暖帽（1841：5.4）「牌示換戴暖帽」「Orders to change and put on the winter hat.」

1.6　器具其它用具

38. 時辰表（1841：6.2）「時辰表乃外洋所來之物」「Watches are brought from

foreign countries.」

39. 條凳（1841：5.6）「一對條凳扛床」「The bed is supported by a pair of forms.」
40. 傢夥（1841：6.1）「頂者　頂其傢夥什物」「The purchase is simply the purchasing of fixtures」

1.7 商業郵電交通

41. 盤費（1841：6.6）「加起盤費使用　每條該銀一錢二分算」「then adding thereto charges and expenses, therefore,（addressing his customer,）for every handkerchief I ought to reckon one mace and two candareens of silver.」

1.8 房屋

42. 滲井（1841：8.2）「滲井乃家內放水落渠之穴」「A sink-drain is a hole in the house into which water is thrown to run off into the sewer.」
43. 樓（1841：15.3）「連灘草席墊樓」「Cover the floor with matting from Lintan」

1.9 食　物

44. 菓子（1841：5.7；5.10）「辦幾樣果子要熟慨」；「收呢的野去拈菓子嚟咯」「In procuring various kinds of fruits, select those which are the most thoroughly ripe.」「Take away these things, and bring on the dessert.」

1.10 人　體

45. 腳囊（1841：16.4）「Calf of the leg」

1.11 其　他

46. 堅（1841：9.1）「積苫堆稈草成墩　俗曰禾稈墩」「A stack is an accumulation of dried grass（or hay）formed like a barrow; its common name is a straw heap.」

2. 動詞類

2.1 日常操作

47. *行（1841：5.5）「帶針頂行衣服」「Put on the thimble to baste this

garment.」

48. 擾（1841：5.3）「擰湯殼擾湯嚟」「Bring a soup ladle to serve out the soup.」

2.2 交際事物人事

49. 在（1841：3.1）「令尊在家唔在」「Is your honored father at home?」

3. 物量詞

50. 管（1841：5.5）「穿管針聯衣服」「Thread a needle and sew this garment.」

* 有部份中年人認爲這些詞還在使用。

附錄四　本文所用廣州方言特殊用詞表

本表所收的詞包括：其它方言不用的古字，如「睇」（$t^hɐi^2$）、廣州方言自造的俗字，如「冇」（$mɛ^1$），和一些同音異義的字，如「耐」（$nɔi^6$）。粵語拼音以文獻的資料爲根據，文獻中如無讀音以*表示，並附上今音。

方言詞	詞　　義	字　音
二　畫		
ㄢ	花蕾，現在一般寫作「冧」	$lɐm^1$
乜	什麼	$mɐt^7$
乜嘢	什麼	$mɐt^7$ $jɛ^5$
三　畫		
兀	跍，現在一般寫作「趷」	$ŋɐt^9$ ，今讀 $kɐt^9$
下爬或下耙	下巴	ha^6 pa^4
四　畫		
冇	沒有	mou^5
仆	赴	p^hok^7
欠露	哈欠	ham^3 lou^6
文	元、塊（錢），現在一般寫作「蚊」	$mɐn^1$
火灺	火盡，現在一般寫作「火屎」	$fɔ^2$ si^2
五　畫		
正	好	$tsɛŋ^3$
正斗	好	$tsɛŋ^3$ $tɐu^2$

打⿰口遮	Calculate 計算	ta^{2} tsɛ^{3}
打臣	dozen 打（十二個）	ta^{2} sɐn^{4}
布顛	pudding 布丁，現在一般寫作「布甸」	pou^{3} tin^{1}
平	便宜	peŋ^{4}，今讀 pɛŋ^{4}
甲萬	漆箱，現指「保險箱」，寫作「夾萬」	kɐp^{8} man^{6}
凹	手腳曲處	au^{3}
瓜	死	kwa^{1}
瓜老親	死	kwa^{1} lou^{5} ts^{h}ɐn^{3}
瓜直	死	kwa^{1} tsek^{9}
白⿰麵寮⿰面寮	白	pak^{9} liu^{6} liu^{6}
白⿰麵蒙⿰面蒙	白	pak^{9} moŋ^{1} moŋ^{1}
白賴嘥	白	pak^{9} lai^{4} sai^{4}
白嘥嘥	白	pak^{9} sai^{4} sai^{4}
氹	路上低窪處有水	sɐm^{4}，今讀 t^{h}ɐm^{5}
六　畫		
吉時	custard 蛋奶凍	kɐt^{7} si^{4}
吉烈	cutlet 炸肉排	kɐt^{7} lit^{9}
百倮或百邏	生子百日	pak^{8} lɔ^{2}
死直	死	sei^{2} tsek^{9}
吓	助詞，表示動作的短暫	ha^{5}
佢	他	k^{h}ɵy^{5}
企	站立	k^{h}ei^{5}
企戙	直柱	k^{h}ei^{5} toŋ^{6}
多時	toast 烤麵包	tɔ^{1} si^{4}, si^{4} 今讀 si^{2}
⿰勾刂鐮	一種鐮刀	kɐu^{1} lim^{4}
七　畫		
車厘	Jellies 果凍，現在一般寫作「啫喱」	ts^{h}ɛ^{1} lei^{4} ，今讀 ts^{h}ɛ^{1} lei^{2}
劫	澀	kip^{8}
呅	元、塊（錢），現在一般寫作「蚊」	mɐn^{1}
吼	孔，現在一般寫作「窿」	loŋ^{1}
利	舌，現在一般寫作「脷」	*，今讀 lei^{6}
係	是	hɐi^{6}
阿⿱父者	爸爸	a^{3} tsɛ^{1}
局爐	烤箱	kok^{9} lou^{4}

局盅	沏茶用的碗，有蓋	kok^{9} tsoŋ^{1}
㕛	逃人	liu^{1}
呃	騙	*,今讀 ŋak^{7}
八　畫		
長陎隑	長長的	ts^{h}œŋ^{4} lai^{5} kwai^{5}
長蹽蹻	長長的	ts^{h}œŋ^{4} liu^{5} k^{h}iu^{5}
長倰儯	長長的	ts^{h}œŋ^{4} lɐŋ^{6} kwɐŋ^{6}
長皾皾	長長的	ts^{h}œŋ^{4} niu^{1} niu^{1}
爭	手腳曲處	*，今讀 tsaŋ^{1}
拈	拿	nim^{1}
拎	拿	neŋ^{1}
抵	值得	tɐi^{2}
拉柴	死	lai^{1} ts^{h}ai^{4}
咗	助詞，用在動詞後，表示動作已經完成	tsɔ^{2}
咕咕	小男孩生殖器	ku^{4}ku^{1}
畀	給，現在一般寫作「俾」	pei^{2}
呢	這	nei^{1}
竻	刺，現在一般寫作「　」	*，今讀 lɐk^{9}
肶	大腿，現在一般寫作「髀」	pei^{2}
妹仔	婢女	mui^{1} tsɐi^{2}
犗雞	閹雞	sin^{3} kɐi^{1}
乸	母的	na^{2}
九　畫		
風颸	微風	foŋ^{1} si^{1}
紅㩧㩧	紅	hoŋ^{4} pɔk^{7} pɔk^{7}
紅當蕩	紅	hoŋ^{4} tɔŋ^{1} tɔŋ^{6}
紅轟轟	紅	hoŋ^{4} kwɐŋ^{4} kwɐŋ^{4}
赴	疾往	p^{h}ou^{3}
莢	豆殼	kap^{8}，今讀 hap^{8}
厘	來	lei^{4}
泵	大桶，今唧筒	pɐm^{1}
耐	時間長	nɔi^{6}
哋	詞尾，表示人稱的複數	tei^{6}

咯	語氣詞	lɔk^{8}
咳嚏	噴嚏	hɐt^{7} ts^{h}i^{7}
送	菜	soŋ^{3}
逆	逆	ŋak^{9}
⿰口企	家	k^{h}ei^{2}
𩗬	西北風，現指「母的」，寫作「乸」	*，今讀 na^{2}
十　畫		
鬥木	做木器工作	tɐu^{3} mok^{9}
烏窣窣	黑	wu^{1} tsɵt^{7} tsɵt^{7}
烏黵黵	黑	wu^{1} tam^{2} tam^{2}
釘	死	tɛŋ^{1}
班戟	pancake 煎餅	pan^{1} kek^{7}，kek^{7} 今讀 k^{h}ek^{7}
砵酒	port 葡萄牙紅葡萄酒	put^{7} tsɐu^{2}
唔	不	m̩
俾	給	pei^{2}
胼骨	肋骨	p^{h}ɛŋ^{1}　kwɐt^{7}
煙治	inch 英寸	jin^{1} tsi^{6}
㞗	男生殖器	kɐu^{1}
揻	拿	kai^{5}
⿰巾里	帆	lei^{5}
⿰羊毛	絮絁所織	*，（今音不詳）
畛水	畛者界也	*，（今音不詳）
十一畫		
細蚊仔	小孩	sɐi^{3}　mɐn^{4}　tsɐi^{2} ,mɐn^{4} 今讀 mɐn^{1}
啞叻酒	arrack 以椰子汁製成的酒	a^{3} lek^{7} tsɐu^{2}
帶睜	身體不舒服	tai^{3}tsaŋ^{1}
捭	給，現在一般寫作「俾」	pei^{2}
勒	刺，現在一般寫作「簕」	*，今讀 lɐk^{9}
萌	（鼻）塞	mɐŋ^{4}
梗	枝身	kwaŋ^{2}
野	東西或事情，現在一般寫作「嘢」	jɛ^{5}
啱	合適	*，今讀 ŋam^{1}
笪	量詞，塊	tat^{8}

脷	舌	lei^{6}
朘朘	小孩生殖器	tsœ^{1} tsœ^{1}
添	語氣詞，表示強調	tim^{1}
涸	乾	k^{h}ɔk^{8} 或 k^{h}ek^{7}
𢛴𢛴沾沾	身體不舒服	jim^{1} jim^{1} tsim^{1} tsim^{1}
𢛴憸	挑剔，現在一般寫作「醃尖」	jim^{1} tsim^{1}
十二畫		
湯	宰殺，現在一般寫作「劏」	t^{h}ɔŋ^{1}
墶	量詞，塊；現在一般寫作「笪」	tat^{8}
腤	肘、踵	tsaŋ^{1}
睞	一瞥，現在一般寫作「霎」	sap^{8}
琴	昨	k^{h}ɐm^{4}
喫	吃	jak^{8}
睇	看	t^{h}ɐi^{2}
喺	在	hɐi^{2}
嘅	的	kɛ^{3}
詈	怒視、恨視，現在寫作「覼」或「矖」	lɐi^{6}
崽	子，現在一般寫作「仔」	tsɐi^{2}
黑古勒特	黑不溜秋	hɐk^{7} ku^{2} lɐk^{9} tɐk^{9}
黑眯掹	黑糊糊	hɐk^{7} mi^{1} mɐŋ^{1}
鈪	鐲子	ak$^{7/8}$，今讀 ak^{2}
番梘或番堿	肥皂，現在一般寫作「番梘」	fan^{1} kan^{2}
腍	軟	nɐm^{4}
㗎啡	coffee 咖啡，現在一般寫作「咖啡」	ka^{3} fei^{1}，今讀 ka^{3} fɛ^{1}
揸	拿	tsa^{1}
揸古聿	chocolate 巧克力，現在一般寫作「朱古力」	tsa^{1} ku^{2} lɵt^{9}，今讀 tsy^{1} ku^{1} lɐk^{7}
十三畫		
𠹌	睡	fɐn^{3}
圓陀陀	圓的	jyn^{4} t^{h}ɔ^{1} t^{h}ɔ^{1}
圓隋隋	圓的	jyn^{4} tɔ^{6} tɔ^{6}
圓轆轆	圓的	jyn^{4} lok^{7} lok^{7}
睜	睜大眼	tsɐŋ^{1}
趌	怒走	kɐt^{9}
搦	拿	nek^{7}

蒸	悶熱	*,今讀 tseŋ^{1}
噏	口動，現指「說」	ŋɐp^{7}
踭	肘、踵	tsaŋ^{1}
嗰	那	*，今讀 kɔ^{2}
塞	玄孫	*，今讀 sɐk^{7}
窠鬥	人臥處	*，今讀 fɔ^{1} tɐu^{3}
嘭	不好的	p^{h}an^{3}
擏	搖	ŋou^{4}
毽	毽子	jin^{2}
睞	怒視、恨視，現在寫作「䁖」或「䁖」	lɐi^{6}
峻	赤子陰	ts^{h}ɵn^{1}
峻睪	赤子陰	ts^{h}ɵn^{1} ku^{1}
睼	看，現在一般寫作「睇」	t^{h}ɐi^{2}
十四畫		
駁	接、連接	pɔk^{8}
鉸	骨關節	kau^{3}
髟	劉海	jɐm^{1}
銎	孔，現在一般寫作「窿」	loŋ^{1}
蔕	果鼻	teŋ^{3}
睺	窺視	hɐu^{1}
嘢	東西或事情	jɛ^{5}
嗮	用在動詞或形容詞後，表示「全」的意思，現在一般寫作「曬」	sai^{3}
篘篴竹	竹的一種，大如腳指，堅厚修長	*，篘篴tsok^{7}（篘篴今音不詳）
十五畫		
噠	tart 撻	tat^{7}
熱辣辣	熱	jit^{9} lat^{9} lat^{9}
靚	美	《讀本》讀作 tseŋ^{3}，今讀 lɛŋ^{3}
撍	pulling	tsim^{4}
薑	樹根	k^{h}œŋ^{2}，今讀 kœŋ^{1}
劏	宰殺	t^{h}ɔŋ^{1}
瞌	合（眼）	hɐp^{7}
瞓	睡	fɐn^{3}

嘶餩	嗝	si^{1} ek^{7}
噆	叮，現在一般寫作「針」	tsɐm^{1}
乾毛	幼毛，現在一般寫作「汗毛」	hɔn^{6} mou^{4}
十六畫		
擔杆	扁擔	tam^{3} kɔn^{1}
噲	會，現在一般寫作「會」	wui^{5}
颾	當寒時天明無雨，從西北暴至的風	*，（今音不詳）
褸	大衣	*，lɐu^{1}
𡃶	窺視，現在一般寫作「瞜」	tsɔŋ^{1}
瞠	睜大眼，現在一般寫作「矘」	ts^{h}aŋ^{3}
瞜	窺視	tsɔŋ^{1}
瞜虎	窺視	tsɔŋ^{1} au^{1}
十七畫		
雹	物之起泡者	p^{h} ɔk^{7}
擰	拿，現在一般寫作「拎」	neŋ^{1}
擠	放	tsɐi^{1}
點	怎樣、怎麼樣	tim^{2}
瞶	合眼，現在一般寫作「瞇」	mei^{1}
簍	大衣，現在一般寫作「褸」	lɐu^{1}
瞧	看，現在一般寫作「睄」	sau^{4}
緊	悶熱，現在一般寫作「翳」	ŋɐi^{3}
嬲	生氣、憎恨	nɐu^{1}
罅	縫兒	la^{3}
臊	膻	sou^{1}
十八畫		
櫃面	船面之板，現指「櫃檯」	kwɐi^{6} min^{6}, min^{6} 今讀 min^{2}
櫃桶	抽屜	kwɐi^{6} t^{h}oŋ^{2}
覷	窺視，現在一般寫作「瞜」	tsɔŋ^{1}
擸㩭	垃圾	lap^{9} sap^{8}
嚜	mop 拖把	mɐk^{7}
嚟	來	lɐi^{4}
嚛	水乾，現在一般寫作「涸」	k^{h}ɔk^{8}
十九畫		
鏬	縫兒，現在一般寫作「罅」	la^{3}

厴	肋下	jim²
二十畫		
竇	窩	tɐu³
䫻	當寒時天明無雨，從西北暴至的風	*，（今音不詳）
嚼	吃，現在一般寫作「噍」	siu⁶，今讀 tsiu⁶
礐	瘡腫起、熱，現在一般寫作「熒」	heŋ³
鐓雞	閹雞	sin³ kɐi¹
二十一畫		
鞾	有柄鞋	*，（今音不詳）
趯	行	tʰek⁷
二十二畫		
聽	明	tʰeŋ¹
囉	語氣詞，用於反詰	lɔ¹
孋	好	tsan²
攞	拿	lɔ²
二十三畫		
齰	吃	kɔk⁸
二十五畫		
鸏鸗	一種鳥	moŋ⁴ tʰoŋ⁴

參考文獻

1. CHEUNG, Hung-nin Samuel, Completing the Completive：(Re) Constructing Early Cantonese Grammar〔J〕. *Studies on the History of Chinese Syntax, ed. by C. Sun, Journal of Chinese Linguistics*, Monograph Series 10, Berkeley. 1997. 133-165.
2. CHEUNG, Hung-nin Samuel, The Interrogative Construction：(Re) Constructing Early Cantonese Grammar〔A〕. *Sinitic Grammar： Synchronic and Diachronic Perspectives*, ed. by Chappell. Oxford： Oxford U Press. 2001. 191-231.
3. 白宛如，廣州方言詞典〔Z〕，南京市：江蘇教育出版社，1998。
4. 白宛如，廣州話本字考〔J〕，方言，1980（3）：209～223。
5. 白雲，「走」詞義系統的歷時與共時比較研究〔J〕，山西大學學報，2007（2）：81～85。
6. 北京大學中國語言文學系語言學教研室，漢語方言詞彙〔R〕，北京：語文出版社，1995。
7. 曹芳宇，唐代量詞研究〔D〕，南開大學博士學位論文，2010。
8. 陳伯煇，論粵方言詞本字考釋〔M〕，香港：中華書局，1998。
9. 陳瑞端，粵語閩南語詞彙比較研究〔D〕，香港中文大學碩士學位論文，1983。
10. 陳珊珊，《語言自邇集》對日本明治時期中國語教科書的影響〔J〕，吉林大學社會科學學報，2009（2）：117～123。
11. 陳賢，現代漢語「來」、「去」的語義研究〔D〕，復旦大學博士學位論文，2007。
12. 陳澤平，19 世紀傳教士研究福州方言的幾種文獻資料〔J〕，福建師範大學學報，2003（3）：34～38。
13. 陳澤平，19 世紀以來的福州方言：傳教士福州土白文獻之語言學研究〔M〕，福州市：福建人民出版社，2010。

14. 陳澤平，十九世紀的福州音系〔J〕，中國語文，2002（5）：431～440。
15. 陳章太，四代同堂的語言生活〔J〕，語文建設，1990（3）：17～19。
16. 戴忠沛，〈俗話傾談〉反映的19世紀中粵方言特徵〔A〕，第十三屆國際粵方言研討會論文集〔C〕，香港：香港城市大學，2009。
17. 黨靜鵬，《語言自邇集》的詞彙學價值〔J〕，河北大學學報，2011（5）：126～131
18. 杜翔，「走」對「行」的替換與「跑」的產生〔J〕，中文：自學指導，2004（6）：35～38。
19. 符淮青，漢語表「紅」的顏色詞群分析（上）〔J〕，語文研究1988（8）：28～35。
20. 符淮青，漢語表「紅」的顏色詞群分析（下）〔J〕，語文研究1989（1）：39～46。
21. 符淮青，現代漢語詞彙（增訂本）〔M〕，北京：北京大學出版社，2004。
22. 甘於恩，粵語與文化研究參考書目〔M〕，廣州：廣東科技出版社，2007。
23. 高華年，廣州方言研究〔M〕，香港：商務印書館，1980。
24. 廣州市歷史〔Z〕，廣州市地方志： 2012年3月28日20：13，http://www.gzsdfz.org.cn/。
25. 郭必之、片岡新，早期廣州話完成體標記『嘵』的來源和演變〔J〕，中國文化研究所學報，2006（46）：91～115。
26. 郭熙，論大陸漢語與臺港漢語在詞彙上的差異〔A〕，雙語雙方言〔C〕，廣州：中山大學出版社，1989。
27. 漢典〔Z〕，2011年12月25日 20:13，http://www.zdic.net/
28. 何小蓮，西醫東漸與文化調適〔M〕，上海：上海古籍出版社，2006。
29. 胡明揚，上海話一百年來的若干變化〔J〕，中國語文，1978（3）：199～205。
30. 胡士雲，大陸與港臺語言交際中的詞彙問題〔A〕，雙語雙方言〔C〕，廣州：中山大學出版社，1989。
31. 胡雙寶，讀威妥瑪著〈語言自邇集〉〔J〕，語文研究，2002（4）：22～28。
32. 黃海雄，早期粵語中的選擇問句〔A〕，第十屆國際粵方言研討會論文集〔C〕，北京：中國社會科學出版社，2005 。
33. 黃鴻釗，香港近代史〔M〕，香港：學津書店，2004。
34. 黃小婭，廣州「河南」地名考〔J〕，廣東社會科學，2003（1）：60。
35. 黃小婭，近兩百年來廣州方言詞彙和方言用字的演變〔D〕，暨南大學博士學位論文，2000。
36. 黃小婭，試論廣州市原芳村區地名的地域文化特色〔J〕，中國地方志，2009（3）：40～46。
37. 黃耀堃、丁國偉〈唐字調音英語〉與二十世紀初香港粵語的聲調〔J〕，方言，2001（3）：281～285。
38. 黃仲鳴，香港三及第文體的流變及其語言學研究〔D〕，暨南大學博士學位論文，2001。

39. 賈彥德，漢語語義學〔M〕，北京：北京大學出版社，1992。
40. 蔣紹愚，古漢語詞彙綱要〔M〕，北京：商務印書館，2005。
41. 蔣紹愚，近代漢語研究概要〔M〕，北京：北京大學出版社，2005。
42. 焦毓梅，「聽」、「聞」、「嗅」語義歷史變化情況考察〔J〕，國際中國學研究，2009（12）：75～84。
43. 解海江、李如龍，漢語義位「吃」普方古比較研究〔J〕，語言科學，2001（3）：96～104。
44. 解海江，漢語編碼度研究〔D〕，廈門大學博士學位論文，2004。
45. 孔仲南，廣東俗語考〔M〕，上海：上海文藝出版社，1935。
46. 李敬忠，語言演變論〔M〕，廣州：廣州出版社，1994。
47. 李藍，早期粵語文獻中的粵語音系及相關的語言學問題〔A〕，第十屆國際粵方言研討會論文集〔C〕，北京：中國社會科學出版社，2005。
48. 李如龍、徐睿淵，廈門方言詞彙一百多年來的變化——三本教會廈門語料的考察〔J〕，廈門大學學報，2007（1）：84～91。
49. 李如龍，漢語方言的比較研究〔M〕，北京：商務印書館，2001。
50. 李如龍，漢語方言特徵詞研究〔M〕，廈門：廈門大學出版社，2001。
51. 李如龍，漢語方言學〔M〕，北京：高等教育出版社，2001。
52. 李如龍，考求方言詞本字的音韻論證語言研究〔J〕，1988（1）：110～122。
53. 李如龍，試論粵語的特徵（未發表論文）〔Z〕，2012。
54. 李如龍，《論粵方言詞本字考釋》序〔Z〕，論粵方言詞本字考釋〔M〕，香港：中華書局，1998。
55. 李如龍，漢語應用研究〔M〕，北京：中國傳媒大學出版社，2004。
56. 李新魁，廣東的方言〔M〕，廣東：廣東人民出版社，1994。
57. 李新魁，廣州方言研究〔M〕，廣州：廣東人民出版社，1995。
58. 林寒生，福州方言詞彙二三百年來的歷史演變〔A〕，第七屆閩方言國際研討會論文，2001。
59. 林立芳、鄺永輝、莊初升，閩、粵、客方共同的方言詞考略〔J〕，韶關大學學報，1995（3）：22～27。
60. 林蓮仙，粵語釋俗〔A〕，壽羅香林教授論文集〔C〕，香港：萬有圖書，1970。
61. 林倫倫，粵方言常用詞考釋〔J〕，語文研究，1994（1）：32～37。
62. 林倫倫，廣州話潮州話相同詞語初探〔A〕，第二屆國際粵方言研討會論文集〔C〕，廣州：暨南大學出版社，1989。
63. 林亦，百年來的東南方音史研究〔M〕，南京：南京大學出版社，2004。
64. 劉進，廣州話方言詞彙〔J〕，語文知識，1956（1）：35～36。
65. 劉開琨，說「坐」語文教學與研究〔J〕，1992（1）：42。
66. 劉叔新，現代漢語同義詞詞典〔Z〕，天津：天津人民出版社，1987。

67. 劉鎮發、張群顯的清初的粵語音系——〈分韻撮要〉的聲韻系統〔A〕，第八屆國際粵方言研討會論文集〔C〕，北京：中國社會科學出版社，2003。
68. 劉鎮發，現代粵語源於宋末移民說〔A〕，第七屆國際粵方言研討會論文集〔C〕，北京：商務印書館，2000。
69. 劉鎮發，香港兩百年來語言生活的改變〔A〕，臺灣及東南亞華文華語研究〔C〕，香港：靄明出版社，2004。
70. 盧興翹，粵方言與普通話常用詞比較研究〔D〕，廈門大學博士學位論文，2005。
71. 羅常培，《耶穌會在音韻學上的貢獻》補〔J〕，國學季刊，193？。
72. 羅常培，西洋人研究中國方音的成績及缺點〔A〕，羅常培語言學論文選集〔C〕，北京：中華書局，1963。
73. 羅常培，耶穌會在音韻學上的貢獻〔J〕，歷史語言研究所集刊，1930。
74. 羅正平，廣州方言詞彙探源〔J〕，中國語文，1960，(3)：129～134。
75. 呂傳峰，常用詞「喝、飲」歷時替換考〔J〕，語文學刊（高教版），2005（9）：19～22。
76. 呂傳峰，現代方言中「喝類詞」的演變層次〔J〕，語言科學，2005（6）：96～102。
77. 麥耘、譚步雲，實用廣州話分類詞典〔Z〕，香港：商務印書館，1997。
78. 麥耘、譚步雲，實用廣州話分類詞典〔Z〕，香港：商務印書館，2011。
79. 龐兆勳，古漢語中關於「死」的委婉語的類型及文化意蘊韶〔J〕，關學院學報，2008（2）：92～95。
80. 片岡新：19 世紀的粵語處置句：摵字句〔A〕，第十屆國際粵方言研討會論文集〔C〕，北京：中國社會科學出版社，2005。
81. 戚年升、查中林，「聞」對「嗅」的歷時替換〔J〕，宜賓學院學報，2010（2）：103～106。
82. 錢乃榮，上海語言發展史〔M〕，上海：上海人民出版社，2004。
83. 喬硯農，廣州話口語詞的研究〔M〕，香港：華僑語文出版社，1966。
84. 丘寶怡：談早期粵語選擇問句析取連詞「嚊」、「嚊係」〔A〕，第十屆國際粵方言研討會論文集〔C〕，北京：中國社會科學出版社，2005。
85. 屈大均，廣東新語〔M〕，北京：中華書局，1985。
86. 屈大均著，李育中等注，廣東新語注〔M〕，廣州：廣東人民出版社，1991。
87. 饒秉才、歐陽覺亞、周無忌，廣州話方言詞典〔Z〕，香港：商務印書館，1981。
88. 饒秉才、歐陽覺亞、周無忌，廣州話方言詞典（修訂版）〔Z〕，香港：商務印書館，2009。
89. 聖書公會《新舊約全書》（廣東話）〔Z〕，2012 年 1 月 8 日 20：27，http://nla.gov.au/nla.gen-vn483026
90. 施眞珍，《後漢書》核心詞研究〔D〕，華中科技大學博士學位論文，2009。
91. 史光輝，常用詞「焚、燒、燔」歷時替換考〔J〕，古漢語研究， 2004（1）：86

～90。
92. 松本一男，關於廣東話語彙的若干考察〔J〕，中國語學，1956（2）：5～13。
93. 蘇曉青、佟秋妹、王海燕，徐州方言詞彙 60 年來的變化——徐州方言向普通話靠攏的趨勢考察之二〔J〕，徐州師範大學學報，2004（5）：61～64。
94. 譚世寶，廣州、香港的一些粵方言詞考辨——以近十多年的若干粵語詞典的詞條爲中心〔A〕，第八屆國際粵方言研討會論文集〔C〕，2001。
95. 覃遠雄，平話、粵語與壯語「給」義的詞〔J〕，民族語文 2007（5）：57～62。
96. 汪維輝，東漢——隋常用詞演變研究〔M〕，南京：南京大學出版社，2004。
97. 王鳳陽，古辭辨〔M〕，長春：吉林文史出版社，1994。
98. 王力，漢語史稿（下冊）〔M〕，北京：中華書局，1980。
99. 王力，王力古漢語詞典〔Z〕，北京：中華書局，2000。
100. 王培光，香港一些地名用字考.〔J〕，方言，2000（2）：186～190。
101. 王青、薛遴論，「吃」對「食」的歷時替換〔J〕，揚州大學學報，2005（5）：73～76。
102. 王彤偉，《三國志》同義詞研究〔D〕，復旦大學博士學位論文，2007。
103. 王彤偉，常用詞焚、燒的歷時替代〔J〕，重慶師範大學學報，2005（5）：109～113。
104. 謝曉明、左雙菊，飲食義動詞「吃」帶賓情況的歷史考察〔J〕，古漢語研究，2007（4）：91～96。
105. 徐睿淵，廈門方言一百多年來語音系統和詞彙系統的演變——對三本教會語料的考察〔D〕，廈門大學博士學位論文，2008。
106. 徐宗澤，明清間耶穌會士譯著提要〔M〕，上海：上海書店出版社，1949。
107. 楊敬宇，三部粵謳作品中的可能式否定形式〔J〕，方言，2005（4）：319～322。
108. 姚玉敏，也談早期粵語的變調現象〔J〕，方言，2010（1）：18～29。
109. 尹戴忠，上古看視類動詞的演變規律〔J〕，求索，2008（2）：200～201。
110. 游汝傑，漢語方言學教程〔M〕，上海：上海教育出版社，2004。
111. 游汝傑，西洋傳教士漢語方言學著作書目考述〔M〕，哈爾濱市：黑龍江教育出版社，2002。
112. 余靄芹，Materials for the Diachronic Study of the Yue Dialects〔A〕，樂在其中：王士元教授七十華誕慶祝文集〔C〕，2004，天津市：南開大學出版社
113. 余靄芹，粵語方言的歷史研究——讀麥仕治廣州俗話《書經》解義〔J〕，中國語文 2000（6）：497～507。
114. 余靄芹，粵語研究（*Studies in Yue Dialects I：Phonology of Cantonese*）〔M〕，London：Cambridge University Press，1972。
115. 余靄芹，粵語研究的當前課題〔J〕，中國語言學報，1995（1）：1～41。
116. 于飛，兩漢常用詞研究〔D〕，吉林大學博士學位論文，2008。
117. 袁家驊，漢語方言概要（第二版）〔M〕，北京：語文出版社 2001。

118. 粵語審音配詞字庫〔Z〕，2012 年 1 月 30 日 20:02，http://humanum.arts.cuhk.edu.hk/Lexis/lexi-can/。

119. 在線新華字典〔Z〕，2011 年 12 月 30 日 19：37，http://xh.5156edu.com/。

120. 詹伯慧、張日昇，粵北十縣市粵方言調查報告〔R〕，廣州：暨南大學出版社，1994 年。

121. 詹伯慧、張日昇，珠江三角洲方言詞彙對照〔M〕，廣州：廣東人民出版社，1988。

122. 詹伯慧、張日昇，珠江三角洲粵方言常用詞述略〔J〕，第二屆國際粵方言研討會論文集〔C〕，廣州：暨南大學出版社，1989。

123. 詹憲慈，廣州語本字〔M〕，香港：中文大學出版社，1929。

124. 曾綺雲，從〈唯一趣報有所謂〉看二十世紀初香港粵語詞彙〔D〕，香港中文大學碩士學位論文，2005。

125. 曾子凡，廣州話口語詞在用字上的特點〔A〕，第二屆國際粵方言研討會論文集〔C〕，廣州：暨南大學出版社，1989。

126. 曾子凡，廣州話・普通話口語詞對譯手冊〔Z〕，香港：三聯書店，1982。

127. 曾子凡，廣州話・普通話語詞對比研究〔M〕，香港：香港普通話研習社，1995。

128. 張洪年，早期粵語『個』的研究〔A〕，上高水長：丁邦新先生七秩壽慶論文集〔C〕，2004。

129. 張洪年，早期粵語的變調現象〔J〕，方言，2000（4）：299～312。

130. 張洪年，早期粵語裏的借詞現象〔A〕，語言變化與漢語方言：李方桂先生紀念論文集〔C〕，臺北市：中央研究院語言學研究所籌備處，2000。

131. 張惠英，廣州方言詞考釋〔J〕，方言，1990（2）：135～143。

132. 張美蘭，《語言自邇集》中的清末北京話口語詞及其貢獻〔J〕，北京社會科學，2007（5）：83～87。

133. 張施娟，裨治文與他的《美理哥合省國志略》〔D〕，浙江大學博士學位論文，2005。

134. 張雙慶，從儋州話的「洗皮」説起（3／12／2003）〔Z〕，香港中文大學博文網站，每周話題，2012 年 1 月 18 日 20：27，http://www.win2003.chi.cuhk.edu.hk/bowen/

135. 張雙慶，香港粵語的代詞〔A〕，代詞〔C〕，廣州：暨南大學出版社，2009。

136. 張雙慶，粵語特徵詞研究〔A〕，漢語方言特徵詞研究〔C〕，2001。

137. 張衛東，〈語言自邇集〉譯序〔J〕，漢字文化，2002（2）：46～50。

138. 張永言，詞彙學簡論〔M〕，武昌：華中工學院出版社，1982。

139. 張正石，淺析動詞「來」的方向在話語中的變化〔J〕，北方論叢，2003（2）：93～95。

140. 趙恩挺，廣州話白年來的詞彙變遷——以 J，Dyer Ball 的廣州話教科書爲線索，〔D〕，臺灣國立師範大學博士學位論文，2003。

141. 鄭見見，流失中的廈門方言詞彙——以一家祖孫三代方言詞彙的使用情況爲例〔D〕，廈門大學本科學位論文，2007。

142. 竹越美奈子、橫田文彥：「喺」的歷史演變〔A〕，第十屆國際粵方言研討會論文集〔C〕，北京：中國社會科學出版社，2005。

143. 莊初升、劉鎮發，巴色會傳教士與客家方言研究〔J〕，韶關學院學報，2002（7）：1～8。

144. 鄒嘉彥、游汝傑，漢語與華人社會〔M〕，上海：上海復旦大學出版社，2001。

145. 左雙菊，位移動詞「來／去」帶賓能力的歷時、共時考察〔D〕，華中師範大學博士學位論文，2007。

後　記

經過連月的閉關，論文終於在限期前完成。論文從構思至完成，並不如想像中順利。在展開研究期間，兩個孩子先後出生，家庭生活經歷了很大的變化，也遇到很多的困難。到下筆寫作的時候，保姆不辭而別，我幾乎是二十四小時工作：白天教課，課餘寫論文，夜裏還要照顧小孩，因此有一部份的內容，是在睡眠嚴重不足的情況之下熬出來的。

值得慶幸的是老師、同學、家人給予了我及時的幫助與鼓勵，助我排除萬難，完成論文。

首先我要感謝的是導師李如龍教授。李老師治學態度嚴謹，學術視野開闊，研究方法嶄新，能夠受業於老師的門下，是我的榮幸。入學之初，老師已給我指出有價值的研究方向。撰寫論文期間，老師總是一針見血地點出問題所在，以敏銳的學思指導我正確的理論方向。如果說我在學習上有所領悟，那是老師毫無保留地向我傳授治學心得的結果。老師工作雖然繁重，又常常奔波在外，但每次經過香港，都會抓緊機會瞭解我們的學習情況，督促我們、指導我們、勉勵我們。去年年底，老師講學回國，特地停留香港，爲我們幾個香港同學加油；這一切一切，豈是簡單的「謝謝」可以表達！

我還要感謝師母陳文祥女士。師母待我們如親人，每次到廈門學習，都會照顧我們的起居飲食，讓我這個外地人感到特別溫暖。師母時常叮囑我在忙碌之中，要好好照顧身體。在論文進度落後的時候，又勉勵我繼續努力，不要放棄。在此，我要向師母表達由衷的謝意。

論文得以完成，劉鎮發老師也給予了不少的幫助。劉老師和我相識十多年，亦師亦友。在論文的老中青調查方面，劉老師提供了很多寶貴的建議，又給我介紹調查對象。論文第四章能順利開展，實在有劉老師的一份功勞。

要感謝的還有同學侯小英、徐睿淵、林綺雯。由於內地大學的制度跟香港的有很大的差別，許多學務上的問題，實在是不知道如何處理。小英和阿睿知道我的情況，總是主動爲我辦理學校的手續。學習上遇到疑難時，兩位同學都毫不吝嗇地把寶貴的學習經驗告訴我，又爲我提供可行的解決辦法。而林綺雯是我的同事兼同學，在撰寫論文期間，與我並肩作戰，時常提醒我、鼓勵我。這幾位同學的幫助，都教我十分感激。

最後要感謝的是我的家人。先生的父親吳烱圻教授，認眞仔細地爲我審閱全文，我在此向他表示深深的謝意。爲了完成這篇論文，我虧欠了兩個孩子很多寶貴的時間，在他們最需要我的時候，我卻把責任交給了丈夫和父母。沒有他們的體諒、支持與犧牲，論文是無法完成的。

「主耶和華啊，……在祢沒有難成的事。」（耶 32：17）

林茵茵

2012 年 4 月於香港紅磡